ALAIN DE BOTTON

THE ROMANTIC
MOVEMENT

알랭 드 보통 Alain de Botton

1969년 스위스 취리히에서 태어났다. 케임브리지 대학교에서 역사학을 전공하고 킹스칼리지런던에서 철학 석사를 받았으며, 하버드에서 철학 박사 과정을 밟던 중 작가로서의 길을 걷기 시작했다. 스물셋에 발표한 첫 소설《왜 나는 너를 사랑하는가Essays in Love》를 시작으로《우리는 사랑일까The Romantic Movement》《키스 앤 텔Kiss and Tell》《낭만적 연애와 그 후의 일상The Course of Love》이 전 세계 20여 개국에 번역 출간되며 수많은 독자들을 매료했다. 철학 에세이와 픽션이 절묘하게 조합된 이 독특하고 대담한 소설들로 '이 시대의 스탕달' '닥터 러브'라는 별명을 얻은 바 있다. 이 밖에도 그는 철학이 필요한 다른 여러 삶의 영역들에 대해서도 폭넓은 통찰을 선보여왔다.《프루스트가 우리의 삶을 바꾸는 방법들》《철학의 위안》《여행의 기술》《불안》《행복의 건축》《일의 기쁨과 슬픔》《뉴스의 시대》등으로 이어지는 행보는 그에게 세계적 명성과 더불어 '일상의 철학자'라는 명실상부한 수식어를 안겨주었다. 이 밖에도 그는 자신의 작품을 바탕으로 한 다큐멘터리 제작, 실생활을 위한 철학을 지향하는 '인생 학교' 설립 등 다양한 활동을 하고 있으며, 2003년 프랑스 문화부 장관으로부터 기사 작위를 받기도 했다.

작가 홈페이지 www.alaindebotton.com

옮긴이 공경희

서울대학교 영어영문학과를 졸업한 후 전문 번역가로 활동해오고 있다. 성균관대학교 번역대학원 겸임교수를 역임했고, 서울여자대학교 영어영문학과 대학원에서 강의했다. 옮긴 책으로《호밀밭의 파수꾼》《모리와 함께한 화요일》《비밀의 화원》《매디슨 카운티의 다리》《파이 이야기》등이 있다.

우리는
사랑일까

알랭 드 보통
장편소설

공경희
옮김

은행나무

차례

서장

앨리스가 어떤 사람이냐고 물으면, 사람들의 입에서는 대뜸 '몽상가'란 말이 나왔다. 문명과 그에 따른 회의주의란 외피 아래에서, 그녀의 눈빛은 꿈꾸는 듯, 현실에서 벗어나 영원히 다른 세상으로 빠져든 사람처럼 초점을 잃었다. 옅은 초록 눈동자에는 상실감과 불완전한 갈망이 섞인 우수가 깃들어 있었다. 그녀는 어색하고 조금은 수줍게, 어지러운 세상에서 진부한 존재에 의미를 불어넣을 무언가를 찾아 헤맸다. 그리고 아마 시대 탓이겠지만, 이런 자기초월에 대한 갈망은 [신학적으로 말해서] 사랑이라는 관념과 같은 것으로 자리 매김하게 되었다.

앨리스는 '관계'라는, 의사 불소통의 우스운 연속을 익히 잘 알면서도, 인정할 수 없을 정도로 열정에 대한 믿음을 지니고 살아왔다. 식품점 통로에서 이걸 살까 저걸 살까 망설일 때, 통근 열차에서 신문 부고란을 훑어보는 순간, 청구서 봉투에 붙이려고 달착지근하면서도 쌉싸래한 우표에 침을 바를 때와 같은 뜻하지 않은 순간에 자신의 **반쪽**을 만나리라는 생각을 유치하지만 고집스럽게 잃지 않았다.

냉소도 지겹고 본인과 타인의 결점만 찾아내는 것도 지겨워진 그녀는, 다른 사람을 향한 감정에 휩싸이고 싶었다. 선택의 여지 따위가 없는, 한숨지으며 "하지만 그이와 내가 정말 어울릴까?" 하고 물을 새도 없는 상황에 맞닥뜨리기를 바랐다. 분석이나 해석 따위가 불필요하고, 물을 필요도 없이, 상대가 자연스레 존재하는 상황을.

상대의 짙은 눈빛이나 세련된 정신세계 때문이 아니라 저녁 내내 혼자 일기수첩이나 들여다보고 싶지 않아서 연애를 하려고 하는 것은 낭만적인 사랑 개념에 전혀 어울리지 않는 일이다. 자기 문제를 홀로 직시하지 않으려고 다른 사람의 문제를 끌어들이는 것보다 더 혐오스런 일이 있을까? 하지만 보람도 없이 지치도록 탐색한 끝에, 상상력을 길러주는 존재와 주택 대출금 부담을 함께 짊어지기로 한다면 그것은 용서〔적어도 이해〕 받을 만한 일이다. 그 사람은 우리에 대한 지속적인 관심을 버리지 않을 만큼 좋은 사람이어야 한다. 그의 굽은 등과 특이한 정치적 견해, 새된 웃음소리는 무시할 수 있어야 하며, 우리는 더 나은 상대가 나타나리라는 희망을 간직할 수 있다.

앨리스는 사랑을 이런 실용적인 의미로 생각하기 싫었다. 수영장에서 우연히 만난 인물과 사귀는 것은 마뜩지 않았다. 그건 생리적, 심리적 필요라는 미명하에 사교계의 불량품들과 비겁하게 타협하는 거니까. 일상생활에 미묘한 농담濃淡이 필요하긴 해도, 어른의 세계에는 초월이란 개념이 끼어들기 어려워도, 그녀는 시인들과 영화인들이 미학의 마법 공간에서 아름답게 그려낸 영혼의 결합 같은 관계가 아니면 타협하지 않을 작정이었다.

다른 갈망도 있었다. 인생이 마침내 시작되는 순간에 대한 갈망, 의기소침함과 무기력한 반사 작용은 막을 내리기를 바라는 마음, 스스로 어두운 기분이나 자기혐오에 처박히지 않는 정서에 대한 갈망. 물리적인 욕구도 있었다. 거울이 더 침침해지기를 바라며 숨을 짧게 들이쉬고 노려보지 않아도 되는 얼굴, 패션 잡지에 나오는, 햇살 가득한 생활. 번듯한 집과 맞춤 의상, 고상한 의상실에 걸린 실크 블라우스, 남국 해변에서 보내는 휴가가 어우러진.

D. H. 로렌스의 정의에 따르면 그녀는 다른 사람, 다른 나라, 다른 연인 같은, "다른 것에 향수를 느끼는" 사람이라는 점에서 낭만주의자였다 ─그것은 랭보가 청춘 시절 "la vie est ailleurs(인생은 다른 곳에 있다)"라고 했던 말의 메아리와 같다. 하지만 다른 것에 대한 갈망을 병이라 한다면, 이런 병은 어디서 생겼을까? 앨리스는 바보가 아니었고, 훌륭한 책과 이론에 매료된 적도 있었다. 또 신은 죽었으며 삶의 해답을 체현하는 건 인간(또 다른 시대착오)(여기서 '인간'으로 번역한 낱말은 본래 원서에는 Man이라 되어 있다. Man은 '인간'이면서 '남자'란 뜻이기 때문에, 지은이는 '인간'과 '남자'를 동의어로 취급하는 이 낱말이 시대착오적이라는 뜻에서 이렇게 쓴 것 같다─편집자)임을 알았다. 만족한 여주인공의 행복한 결말로 끝나는 허섭스

레기 판타지는 문학이 아니라는 것도 알고 있었다. 그러나 연속 극과

　　그대를 품에 안으리, 오예, 사랑해 베이비,
　　내가 말했지, 사랑한다고 베이비

같은 후렴구가 달린 노래를 좋아하는 그녀는 아직도 (전화로든 다른 방법으로든) 구세주가 나타나기를 기다렸다.

　앨리스의 주장대로 물질만이 전부는 아닌 이 세상에서 그녀가 하는 일은, 소호 스퀘어에 있는 큰 광고 대행사에서 광고주를 관리하는 일이었다. 몇 해 전 지방 대학을 졸업한 후, 소비의 향락과 그런 소비를 유도하는 덜 만족스러운 일을 혼동한 바람에 이 회사에 취직했다.
　그녀는 넓은 사무실의 한 모퉁이를 회계 부서의 동료와 함께 쓰면서, 형광등 불빛과 찬 에어컨 바람 속에서 일했다. 업무가 끝나면 지하철을 타고, 얼스 코트에 있는 아파트로 돌아갔다. 함께 사는 친구 수지하고는 이제껏 다툼 없이 가사를 분담했지만, 최근 앨리스는 얼마간 불안한 마음으로 집에 돌아왔다. 수지는 쾌활하고 현실적인 간호사로, 오랜만에 마침내 사랑에 빠졌다. 상대는 상당히 감각 있는 젊은 의사로, 지성적이고 짓궂고 재미있었다. 소름 끼치는 해부 이야기를 술술 풀어내는 사람이었다.

말로 표현할 수 없는, 어쩌면 무의식적인 차원에서, 앨리스는 자신이 수지보다 예쁘다고 생각했다. 대단한 차이는 아니지만, 그래도 타고난 장점이 있었다. 예전에는 그녀가 수지를 위로했다. 부족하나마 괜찮은 남자가 나타날 것이고, 발목이 굵은 건 문제가 아니며 중요한 것은 성격이라고. 매력적인 덕분에 전화 응답기에 걸려 오는 전화가 많은 사람으로서 수지에게 그런 위로를 해주었다.

그런데 발목이 어떻든, 앨리스는 매트와 수지가 서로를 '바바' '미미'라고 부르면서 이유 없이 키득댈 때마다 애써 웃음 지어야 하는 처지가 되고 말았다.

"내가 누군가 만나더라도 우린 계속 친하게 지낼 거라고 늘 말했잖아."

어느 날 밤 수지는 앨리스의 손을 다정하게 잡으면서 말했다.

"이 넓은 세상에서 넌 내 가장 친한 친구고, 난 그 점을 잊지 않을 거야."

수지는 식사나 영화 관람, 강변 산책 등 자신의 낭만적인 만남에 동거인 친구를 데려갔다. 하지만 마음 씀씀이가 감동적이긴 해도, 앨리스는 점점 수지의 배려를 받아들이기 힘들었다. 속으로는 박탈감에 시달리면서도 친구를 위해 행복한 표정을 짓고 있을 수가 없었다. 집에서 혼자 거실 소파에 앉아 전자레인지에 데운 인스턴트 생선이나 인스턴트 닭고기 음식 접시를 무릎에 놓고, 전쟁으로 유린된 지역의 운명에 관심 있는 척 뉴스를 보며 저녁 시간을 보내는 편이 더 좋았다.

그녀는 이제 사람을 만나고 싶지 않았다. 아니, 애인이 없으니 오히려 사람이 필요치 않은 듯이 느껴졌다. 친구의 범주에 드는 남자는 많았다. 그녀는 곧잘 남들의 안부를 묻고 생활에 관심을 가져주고, 그들의 이야기를 기억하고 알은체해주는 성격이어서, 수첩에 친구들의 전화번호가 넘쳐났다. 남자를 사귀고 싶은 마음이 없다면, 이런 친구들이 곁에 있기 때문일 터였다. 이들이 혼자라는 느낌까지 없애주지는 못하겠지만. 활기찬 얼굴들로 둘러싸인 자리에 앉아 있어도 고독은 멈추지 않았다. 다른 사람의 관심이 보통을 넘어선 정도여야 고독은 끝날 수 있었다. 앨리스는, 우정은 비겁의 한 형태일 뿐이며, 사랑이라는 더 큰 책임과 도전을 회피하는 것이라는 프루스트의 〔대단히 비아리스토텔레스적인〕 결론에 찬성하고 싶었다.

객관적인 눈으로 자신을 들여다보면 자기가 측은해지고, 자기연민이 고개를 드는 법이다. 그럴 때에는 이런 생각이 든다.

'모르는 사람이라도 이런 경우라면 안쓰럽게 느끼겠구나.'

자신의 불행은 자기연민을 더욱 부추기고, 슬픔이 슬픔을 부른다. 그 말에 각인된 경멸적인 관념은, 고민을 과장하고 진실한 동기 없이 동정을 남발하기 쉬운 역사적인 성향으로 연결된다. 자기연민에 빠지면 평범한 실연을 당해도 스스로를 비극의 주인공으로 생각하게 된다. 그럴 때 사람들은 목이 아프다며 스카프를 친친 두르고, 사방에 약을 벌여놓고, 폐렴에라도 걸린 듯 콧물을 흘린다.

기질상 앨리스는 이럴 여유가 없었다. 그럼에도 최근 몇 주간 울음을 터뜨리고 싶은 강한 욕구와 맞서 싸워야 했다. 동료들과 점심을 먹을 때나 금요일 오후의 영업 회의 때처럼 아주 엉뚱한 때 불쑥 감정이 복받쳤다. 눈이 붓는 느낌에 눈물을 참으려고 눈을 감았지만, 눈을 감은 압력에 밀려 짠물이 뺨을 타고 흘러내렸다.

"괜찮으세요?"

점심시간에 들른 앨리스에게 처방전에 따라 지은 약과 잔돈을 돌려주면서 친절해 보이는 약사가 물었다.

"네, 그럼요. 괜찮아요."

그녀는 지갑을 닫으면서 대답했다. 낙담한 표정을 역력히 드러내 보였다는 생각에 난감했다.

"조심하세요, 네?"

여자 약사는 따스하게 웃어 보이고 카운터에서 몸을 돌렸다.

앨리스는 자신이 왜 이렇게 절망하는지 납득하지 못했다. 행복이란 즐거운 상태가 아니라 고통이 없는 상태라고 정의하던 자신이 아닌가. 괜찮은 직장이 있고, 건강하고, 살 집이 있는 마당에 왜 주기적으로 아이처럼 울고 짜고 난리람?

불만이 있다면 자신이 타인에게 아무것도 아닌 존재라는 것뿐이었다. 지구상에서, 그리고 거기 사는 사람들 사이에서 그녀 자신은 불필요한 존재 같았다.

아마 눈물 뒤에는, 그녀가 어느 날 지구 밖으로 미끄러져 떨어져도 그 빈자리를 1분 이상 생각해주는 이가 없으리라는 서글픈 의심이 웅크리고 있을 것이었다.

현실

3월 초의 주말, 앨리스는 초대를 받고 언니 제인의 집에 갔다. 제인은 도심의 빈곤층 거주 지역에서 남편과 함께 살았다. 제인은 변호사로 수련을 쌓은 뒤 지금은 매 맞는 여성을 위한 쉼터를 운영했는데, 그녀가 늘 티를 내듯이 그 일은 샴푸나 세제를 선전하는 것보다 훨씬 가치 있는 일이었다.

둘 관계의 도덕적인 구도에 따라 앨리스는 경박하고 자기만 생각하는 여동생 역할을, 제인은 약자들을 돕고자 안락한 생활을 누릴 기회를 영웅적으로 밀쳐낸, 고귀하고 용감한 언니 역할을 맡았다.

토요일 오후, 자매는 가까운 공원을 산책했다. 부슬비가 내리기 시작하자 안 그래도 황량한 풍경에 썰렁함까지 감돌았다.

"좋아 보인다."

문을 열면서 제인이 말했다.

"그래? 그럼 다행이네. 정말 그런지 모르겠지만."

앨리스가 대답했다.

"왜, 무슨 일 있어?"

"어, 글쎄 모르겠어. 실은 아무것도 아냐."

그녀는 혼란스런 감정에 언니가 어떤 반응을 보일지 신경 쓰며 대답했다.

"아니야, 말해. 듣고 있으니까."

"휴, 정말이지 별거 아냐. 그냥 기분이 별로 안 좋을 뿐이야."

"병원에 가봤니?"

"아니, 그런 문제가 아니야."

"그럼 뭔데?"

"늘 그렇듯 머릿속이 복잡해."

"말해봐."

"이 안쪽이 피곤해. 육체적으로가 아니라 감정적으로. 다른 사람들을 만나고 이야기하고, 겉보기에는 흥미로운 일들을 하는데도 마음에 와 닿지가 않아."

"무슨 말이야?"

"나랑 세상 사이에 목도리 같은 게 끼어 있는 기분이야. 자연스럽게 느껴지는 걸 막는 담요 같은 게 있어. 예를 들면 어느 날 가게에서 꽃을 봤어. 수선화였는데 평소 나는 꽃을 좋아하잖아. 그런데 그때는 외계에서 온 물건을 보듯 꽃을 멍하니 봤어. 이런, 내가 무슨 말을 하는지도 모르겠어. 진짜 안 좋은 예를 들었나봐. 하지만 뭐든 **현실적으로** 느껴지지가 않아. 내 말뜻을 알아들을지 모르겠지만."

잠시 침묵이 흐른 후 제인이 말했다.

"나는 주위에서 사물이 덜 현실적으로 느껴지길 바라는데. 구의회에서 다시 기금 문제를 들고 나왔거든. 그냥 놔두면 그 개자식들은 우리 쉼터 건물을 폐쇄해버릴 거야. 우리가 하는 일이 얼마나 많은데, 그건 말도 안 되는 짓이야. 요새 남편이 톱으로 손가락네 개를 잘라버린 여자의 일을 보고 있어. 어제만 해도 복지과에서 방글라데시 여자를 데려왔는데, 영어도 못 하고 남편은 어린애셋을 남긴 채 세상을 떠났지. 또 수전이라는 열세 살짜리 여자애가 있는데, 그애 아버지는 딸을 성추행하다가 감방에 들어갔지."

"끔찍해라."

"난 가끔 네가 부러워. 이번 주에 내가 감당한 현실은 너무 심했거든."

제인이 한숨을 쉬며 말했다.

*

사상의 역사를 보면 세계를 둘로, 곧 실재하는 현실 세계와 덜 현실적인 세계로 나누어 보도록 이끄는 유혹이 매우 강하게 존재해왔음을 알 수 있다.

논리적으로 말하자면, 그런 주제를 놓고 논쟁하는 건 부조리하다. 존재하는 모든 것은 실재하므로. 그렇지만 인식론적인 투쟁보다는 윤리적인 영역에서 논쟁은 흥미를 돋운다. 실재한다고 여겨지는 것은 가치 있다고 판단되는 것이기도 하다.

세상의 현상(아기가 태어나고, 낙엽이 떨어지고, 개구리가 알을 낳고, 화산이 분출하고, 정치가들이 거짓말하고)이 만드는 이질적인 거품과 직면해서, 철학자들은 실재하는 물질이냐 정신이냐 선택하도록 끝없이, 물론 매번 독특하게, 권유했다. 탈레스의 경우, 실재는 만물의 근원이며 물질의 기본 원소인 물에 있다고 했다. 하지만 헤라클레이토스는 실재의 본질이 불에 있다고 했다. 플라톤은 이성에, 아우구스티누스는 하느님에, 홉스는 운동에, 헤겔은 정신의 진보에, 쇼펜하우어는 의지에, 보바리 부인은 사랑에, 마르크스는 해방을 향한 계급투쟁에…….

이 사상가들은 당연히 세상에 다른 것들도 있다는 걸 알았지만, 자신들의 개념이 인간사의 복잡한 작용에 결정적인 영향을 미치는 원동력이라고 생각했다.

하지만 보바리 부인은 여기서 예외가 아닐까? 그녀를 철학자로 보는 문제는 별개로 치고, 세상을 둘로 나누는 그녀의 기법은 개중 낯익다. 성 아우구스티누스처럼 그녀는 사랑을 기준으로 매사를 나누기로 했다. 신이 아니라 인간에 대한 사랑으로.

한편의 세계에는 화려한 무도회장, 크림색 편지지와 의미심장한 눈길이 있고, 다른 편에는 무덤덤한 마을 사람들의 평범하고 일상적인 존재가 있다. 지루한 가정생활과 옆에서 드르렁드르렁 코를 고는 남편.

앨리스는 실재에 대한 보바리 부인의 판단에 암묵적으로 동의

철학자	연대	실재의 본질
탈레스	서기전 636-546	물
헤라클레이토스	서기전 535-475	불
플라톤	서기전 427-347	이성
성 아우구스티누스	서기 354-430	하느님의 사랑
홉스	1588-1679	운동
헤겔	1770-1831	정신의 진보
쇼펜하우어	1788-1860	의지
보바리 부인	1840-1850년대	남자의 사랑
마르크스	1818-1883	프롤레타리아의 투쟁

표 : 실재

했다. 그녀 역시 인간의 가능성은 두 사람의 친밀함에서 절정을 이룬다고 믿었다. 그녀는 문명의 승리(계란 삶는 기계, 마천루, 자가 임신 진단 시약)를 초월해서, 오직 사랑할 때에만 자신이 진정으로 살아 있다고 선언할 수도 있었다. 그것은 의학적인 정의와는 동떨어진 주장이었다. 여기서 살아 있다는 것은 산소 공급이나 뇌의 활동에 달린 일이 아니고, 같이 목욕하고 사랑을 나눈 후 그녀를 껴안고 천진난만하고 사랑스런 언어로 대화할 사람이 있느냐 하는 데 달렸다.

언제 그런 선입견을 갖게 됐는지 꼬집어 말하기는 어려웠다. 사춘기 시절, 그녀는 친구나 가족이 채워주지 못하는 갈망이 있음을 깨달았다. 영화나 노랫말에 심취했을 때는 일시적인 위안을 얻을 뿐이었다.

그 후 잠자리를 허락했던 평범한 남자들은 그녀의 가치관에 영향을 미치지 못했다. 여성들이 정신 나간 남편에게 손가락을 잘리는 세상에 대해 언니가 역설할 때도, 앨리스는 그것이 현실임을 받아들일 수가 없었다. 손가락을 잃는다는 것은 틀림없이 심각한 문제이고, 그리스 비극을 모르더라도 이것은 비극이었다. 그러나 손가락이 절대 필요한 것이긴 해도, 실재의 본질이라 볼 수는 없다고 앨리스는 끝까지 주장할 터였다.

제인은 이런 생각을 경멸했다. 문제는 자신과 꽃병 사이에 불행한 목도리가 있느냐, 지금 사랑하는 사람이 있느냐 하는 것이 아니었다. 그녀에게는 사느냐 죽느냐, 머리를 가려줄 지붕이 있느냐 길바닥에서 자느냐가 중요했다. 런던의 웨스트엔드보다는 이스트엔드의 삶이 더 현실적이고, 안경 쓴 남자들이 회사 차의 크롬 운전대를 반질반질 윤내고 있는 곳보다는 정비소 앞마당에서 말라깽이 여드름투성이 십대들이 얼쩡대는 거리가 더 현실적이었다.

그날 자매는 제인의 남편과 저녁을 함께 먹을 예정이었기 때문에 집에 가는 길에 슈퍼마켓에 들렀다. 제인은 쇼핑 수레를 빼서, 토요일의 쇼핑객들 사이로 힘껏 밀고 나갔다.

그녀가 말했다.

"핫팟(고기를 냄비에 찐 요리 - 옮긴이)이랑 으깬 감자를 만들까 해.

괜찮겠니?"

"뭐라고?"

앨리스가 물었다.

"됐어. 자, 너는 여기서 기다려. 잠깐 델리 카운터(샐러드, 햄 등 조리된 음식을 파는 매대 - 옮긴이)에 갔다 올게."

앨리스는 대형 판유리창 밖에 있는 정류장에서 버스를 기다리는 두 사람을 보느라 정신없었다. 키 큰 남자는 두꺼운 모직 코트를 벌려서 애인의 몸을 감싸고 있었다. 두 사람의 입에서 하얀 김이 나왔고, 둘은 아늑하게 하나가 되어 거리에 휘몰아치는 매운 바람에 맞섰다. 남자가 목을 굽혀 여자의 목덜미에 키스하자, 여자는 다정하게 남자의 짧은 검은색 머리를 쓰다듬었다. 앨리스는 조용히 한숨을 쉬었다. 추운 버스 정류장에서 누군가 자신을 코트 자락으로 감싸고 목덜미에 키스해주기를 얼마나 오랫동안 갈망해왔는지.

그날 저녁 핫팟과 으깬 감자에 붉은 포도주를 무척 많이 먹고 마신 후, 실재에 대한 이분법적인 논쟁이 벌어졌다.

"널 이해할 수가 없어. 정말 모르겠어."

제인이 말했다.

"너는 뭘 기다리니? 구세주? 언제나 문제는 있는 법이야, 안 그래? 남자는 너무 똑똑하거나 너무 멍청하거나, 너무 잘생겼거나 너무 못났거나, 너무 열정적이거나 너무 맹탕이거나 그래. 사람들을 있는 그대로 받아들이고, 인생에서 중요한 것에 맞추는 법을 왜 못 배우는 거야?"

"뭐가 중요한지 안다는 건 좋은 일이지, 여보."

제인의 남편 존이 의자에 등을 기대고 담배에 불을 붙이며 말했다.

"그러지 말아요, 존. 내가 무슨 말을 하는지 알면서. 내 말은, 우리가 서로 좋아하고, 서로 사랑하지만, 앨리스를 사로잡는 건 그런 사랑이 아니라구요. 사랑 사랑, 바이올린 선율이 흐르고 초콜릿이 있는 그런 사랑."

"우린 2분만 지나면 늘 같은 얘기로 돌아가지. 내가 어쩌자고 틈만 보이면 칼을 꽂아야 직성이 풀리는 사람이랑 같이 사는지 모르겠어."

"맞아요, 우리 집의 오셀로. 가엾고 순진한……."

"독선적으로 굴지 마셔."

"냉정하게 봐요, 여보."

"난 충분히 냉정해요. 그저 내가 하는 일마다 당신이 비평을 하니까 지겨울 뿐이에요."

"**지금** 흥분하고 있잖아요."

"아마 그렇겠지."

"그럴 필요 없어요."

제인이 말했다.

"난 특별히 거슬리는 얘기를 하는 게 아니니까. 그냥 뻔한 걸 지적하는 거라구요. 관계를 맺는다는 건 상상하고는 다르리란 말

22

을 하는 거라구. 그건 힘든 일이야. 기저귀를 갈아 채우고, 가계부를 맞추고, 두 사람 다 고단하고 짜증날 때도 감수해야 하고. 거기에 매혹 따위는 없어. 남녀가 관계 맺는 게 할리우드 영화에 나오는 키스 같은 거라고 생각한다면, 꿈이나 꿔."

예술이냐 생활이냐

집으로 가는 전철에서 앨리스는 키스에 대해 더 생각했다. 정확히 말하자면, 언니 내외에게 키스가 어떤 의미일지 잠깐 새겨보았다.

그녀가 아는 한, 언니와 형부는 자주 키스하지 않았다. 그들 부부는 몸으로 애정 표현을 주고받는 일이 별로 없었다. 아기를 낳기 전에도, 아니 결혼 전에도 마찬가지였다. 몇 년 전, 앨리스와 언니가 한 달간 미국에서 휴가를 보내려고 떠날 때, 히스로 공항의 출국 통로 앞에서 존은 제인의 입술에 입을 맞추었다. 하지만 그것은 사랑하는 이와 오래 떨어져야 하는 것을 슬퍼하는 연인의 키스가 아니었다. 여동생과 함께 한 달간 미국으로 휴가 여행을 가는 애인에게, 젊은 남자라면 으레 해야 할 것 같은 입맞춤이었다고 볼 수 있다. 제인이 할리우드식 키스에 대해 비난조로 말하는 것은 당연했고, 예술적으로 표현되는 키스는 환상일 뿐이라고 치부하는 것도 당연했다. 그녀가 실생활에서 경험하는 키스는 감정의 깊은 흐름과는 무관한 듯하니까.

앨리스는 근사한 키스야말로, 솜씨 좋은 애인이 손(이나 입술) 으로 빚는 사랑 행위 전부와 거의 대등하다고 생각했다. 그것을 넘어서지는 못하겠지만. 남자가 시간과 공을 들여서 키스하는 것, 남자가 에로틱하고 대단히 섬세하게 입의 가능성을 탐구하는 것을 앨리스는 높이 평가했다. 키스를 잘하려면 바이올린이나 피아노 연주자와 같은 기술이 필요했다. 입의 근육 하나하나를 조절하고 표현할 줄 알며, 건반과 리듬과 템포를 알아야 했고, 언제 강하게 누르고 언제 가볍게 장난치듯 스쳐야 할지, 언제 입을 벌리고 언제 떨어져야 하는지 알아야 했다. 키스를 잘하려면 침과 호흡을 조절하고, 관능적으로 머리의 위치를 바꿀 줄 알고, 얼굴 전체에 키스하는 법을 알아야 했다. 입술 근처에서 하는 일과 손가락으로 귀, 목덜미, 관자놀이, 눈썹 탐색하는 것을 조화롭게 엮어내야 했다.

그녀의 경험상 멋진 키스는 정말 드물었다. 어린 시절에 한 키스는 분명히 끔찍했다. 사춘기 시절의 초조감 때문에 너무 축축하거나, 너무 뻑뻑하거나 둘 중 하나였으니까. 하지만 그 뒤에도 키스에 적절하게 투자하는 남자는 별로 없었다. 남자들은 대부분 키스를, 옷을 벗기는 일의 전주곡쯤으로 여겼다. 원대하고 야심만만한 목적을 성취하려면 거쳐야 하는, 예의 바른 의례쯤으로. 그래서 일단 둘이 침대에 들어가면, 확연히 다른 일에 노력을 퍼부었다.

할리우드식 포옹에 대한 제인의 오만한 비평이 마음에 걸렸던

것도 그 때문이었다. 그것은 분명히 다른 두 가지 키스가 있다는
뜻이었다.

1. **실생활의 키스**. 언니와 형부 존이 히스로 공항의 출국장에서 보였던
   종류.
2. **예술적인, 가짜 키스**. 주로 할리우드 영화나 소설, 그림에 나타나는
   거창하고 관능적인 노력.

하지만 전철을 타고 집으로 가면서, 앨리스는 생각 끝에 이런
결론을 내렸다. 언니 부부가 즐기는 키스와 영화에서 본 키스 중
에서 선택하라면, 후자가 드물긴 하지만 더 진실하고, 더 생생해
보인다고.

미학에서는 이런 문제를 예술과 생활의 차이라는 익숙한 담론
의 일부로 해석했을 것이다. 어느 쪽에 서느냐에 따라서, 생활 키
스가 예술 키스보다 낫거나 그 반대였다. 또 제인처럼 그 문제에
서 플라톤 파에 속하는 사람이라면, 두말할 것 없이 생활이 우선
일 터이다.

플라톤은 예술이란 삶을 모방하고자 분투하지만, 결국 실패할
뿐이라고 믿었다. 그러므로 예술가들은 이상 사회에서는 잉여 인
간이었다. 로댕이나 클림트가 아무리 뛰어나다 해도, 그들은 이
미 존재하기에 재생산될 필요가 없는 것들을 모방할 뿐이니까.
실제로 침대가 옆에 있는데 침대를 스케치하는 게 무슨 소용이

있을까? 키스가 아주 흔한 마당에 무엇 하러 키스 장면을 영화로 찍는단 말인가?

오스카 와일드라면 정중하게 다른 의견을 주장했으리라. 지금은 진부해져버렸지만 전설적인 그의 말에 의하면, 예술이 생활을 모방하는 게 아니고 생활이 예술을 모방한다. 이런 당황스런 경구를 통해, 오스카 와일드는 무엇을 말하려 했을까? 그것은 예술이 생활보다 나은 점이 있다는, 3차원적인 애인에게 받는 키스는 영화에서 보는 키스보다 판에 박은 듯 형편없다는 것이다. 와일드의 '낭만적인 미학'은 토니 같은 남자들에게 그녀가 내리는 판결문과 같았다. 토니는 사무실 크리스마스 파티에서 앨리스에게 키스했는데, 토니의 입에서는 양파 수프 냄새가 폴폴 났고, 행동거지는 오랜만에 돌아온 주인을 맞아 촐랑대는 개와 비슷했다.

일요일 저녁 6시 조금 넘어서, 앨리스는 집으로 돌아왔다. 불은 다 꺼진 채였고, 수지의 방 문은 열려 있었다. 수지의 침대는 사용하지 않은 듯 정돈된 상태였다. 앨리스는 자신의 방에 들어가 의자에 가방을 놓고, 이불 아래 웅크리고 누워서 젖힌 커튼 너머 맞은편 집 안을 건너다보았다. 부엌에서 여자가 주황색 고무장갑을 끼고 설거지를 하고 있었다. 그 윗집에서는 남자가 TV를 켜고 앉아 몸을 숙여 신문을 보고 있었고, 그 위에는 지붕과 사용하지 않는 굴뚝과 안테나가 줄지어 늘어서 있었다. 빠르게 흘러가는 구름장 아래로 초승달이 이따금 빛을 발했다.

앨리스는 몽상에 잠겼다가, 현관에서 울리는 전화벨 소리에 화들짝 놀랐다. 하지만 수화기를 드니 전화는 끊겼다. 그녀는 좁은 복도 벽에 기댄 채 한 발로 중심을 잡고 서서, 문간에 달린 알전구를 응시했다. 배가 고픈지, 고단한지, 사람들을 만나고 싶은지 혼자 있고 싶은지, 책을 읽고 싶은지, TV를 보고 싶은지 분간이 되지 않았다. 검지 손톱에 붙은 각질을 뜯는 데 집중하면서 천천히 계단을 올라갔다. 부엌에 수지가 쓴 메모가 있었다. 월요일이나 되어야 돌아올 것이며, 냉장고에 라자냐와 샐러드가 있다는 내용이었다. 또 주말을 잘 보냈느냐고.

라자냐는 신선하지 않아 보였고, 샐러드는 이미 하루 이틀 전에 시들시들해진 상태였다. 수프를 먹는 편이 나을 것 같았다. 개수대 서랍에서 깡통따개를 꺼내고, 냉장고 뒤편의 찬장에서 통조림 수프를 꺼냈다. 수프가 끓을 때까지 데워서 투박한 사기그릇에 담았다. 초록색 꽃무늬 그릇과 빨간 수프는 어울리지 않았다. 식탁 끝에 주말판 신문이 쌓여 있어서, 수프를 먹으면서 신문을 대충 훑었다.

부엌에 혼자 앉아 통조림 토마토 수프나 먹다니 얼마나 쓸쓸한지. 지켜봐 주는 사람이라곤 없이, 자질구레하고 성가신 일상다반사를 보살펴주는 사람 없이, 그 과정에 중요성이나 의미를 부여해주는 사람도 없이. 혼자 미지근한 수프로 저녁 때우기. 최근 열린 전시회에서 왜 그렇게 팝 아티스트들의 작품이 마음에 들었는지 알 수 있는 실마리가 여기 있는 것 같았다. 앨리스는 특히 앤디 워홀의 작품에 마음이 끌렸다. 생활을 끌어올리는 예술의 힘을 잘 보여주는 작품이었다.

워홀은 소박한 수프 통조림을 가지고 기적 같은 솜씨를 보였다. 예술은 플라톤적으로 사물을 모방했을 뿐 아니라 와일드식으로 그것을 고양했다. 오래전부터 캠벨 통조림에는 우울한 요소가 있었지만, 누군가 깡통을 가치 있는 물건으로 격상한다고 생각하면 얼마나 우울이 덜어질까. 그 깡통들은 미술관 벽에 걸리고 작품으로서 소장되었다.

수십 년간 표현의 제재가 되지 못하고 '평범한 물건'이라는 이유로 무시당했던, 깡통, 햄버거, 헤어드라이어, 립스틱, 샤워기 꼭지, 전기 스위치를 이제 미술 평론가들은 찬찬히 살펴야 하게 되었다. 예술가들이 그것들을 다루기 때문이다. 평론가들은 자신들의 수프 그릇 너머로 하찮게 취급되던 물체들을 꼼꼼히 살피게 되었다. 그것들이 성모나 베누스, 수태 고지를 다룬 작품들과 함께 미학적인 영역에 포함되었기 때문이다.

평범한 물건을 액자에 넣으니 그 형태와 색, 울림을 관성적으로 무시하지 않게 되었다. 액자는 이런 의미였다.

> 여기서 특별한 일이 벌어지고 있습니다.

시릴 코널리가 저널리즘은 한 번만 고민하는 것이요 문학은 다시 보는 것으로 정의한 데 따르면, 통조림은 **저널리즘적**〔액체를

문학적인 수프

담은, 한번 쓰고 버릴 용기)이었다가, 워홀이 액자에 넣음으로써 **문학**의 반열(벽에 진열하고 반복해서 관람하는 것)로 격상된 셈이었다.

워홀이 물감으로 한 일과, 오랫동안 있는 줄도 몰랐던, 코나 손의 점들을 애인이 칭찬해주는 일은 비슷하지 않을까? 애인이 "당신처럼 사랑스런 손목/사마귀/속눈썹/발톱을 가진 사람을 본 적이 없다는 거 알아?"라고 속삭이는 것과 예술가가 수프 통조림이나 세제 상자의 미적인 성질을 드러내는 것은 구조적으로 같은 과정이 아닐까?

그렇게 사소한 것에 감탄하는 것은 수프 통조림이 벽에 전시되는 일만큼이나 우스꽝스럽지만, 그런 사소함이 더 크고 중요한 전체, 이를테면 온전한 한 사람을 향한 사랑의 일부이기에 찬탄받을 만한 것이다. 어떤 것을 큰 그림의 **일부**로 보면, 그것은 그저 사소한 것이 아니라 그 자체를 넘어선 어떤 것이 되었다.

앨리스는 혼자 저녁을 먹으면서, 언젠가 누군가의 사랑을 받는 날이 오기를 갈망했다. 누군가 그녀의 작은 부분들을 제대로 봐주는 느낌을 경험할 수 있는 날이 오기를. 달에 가거나 대통령이 되지 않더라도 그녀의 삶이 특별한 이유를 알 수 있을 텐데. 누군가 "당신이 ……하면 정말 좋아" 하고 말해주면 외로움이 사라지고 그녀도 같은 반응을 보이련만. 누군가(미술가 워홀이 아니라 다른 사람이라도) 같이 있다면, 수프를 앞에 놓고 신문을 보며 일요일 저녁 시간을 보내도 서글프지 않을 텐데.

머릿속에 이런 생각이 차오르자 앨리스는 중얼거렸다.

"정신 나갔군. 집어치우고 정신 차려야지."

그녀는 신문을 옆으로 치우고, 빈 수프 그릇을 개수대로 가져가서 찬물로 얼른 씻었다.

"자아도취에 빠졌나봐. 완전히 돌았거나."

앨리스는 아파트 때문에 폐소공포증이 생겼다고 결론짓고, 나가서 영화나 보기로 했다. 무슨 영화를 하나 보려고 신문 뒷면을 넘겨보니 르누아르 극장에서 장 뤼크 고다르의 〈네 멋대로 해라 Breathless〉를 상영한다는 광고가 있었다. 서둘러 아래층 침실로 가서 스웨터를 꺼내 입고 거리로 나가, 택시를 타고 브룬스위크 스퀘어로 갔다.

극장은 멋지게 차려입은 남녀로 북적댔고, 그녀는 표를 사면서 혼자 극장에 올 때 본능적으로 움츠러드는 마음을 의식했다.

'다른 사람이 어떻게 생각하든 무슨 상관이람?'

그녀는 강박증 저변에 깔린 자기중심적인 면모에 낙담하며 혼 잣말을 했다.

당근 케이크를 사 들고 가운데 줄의 통로 쪽 좌석에 앉았다. 극장 안이 어두워지자, 그녀는 차츰 자신을 잊고, 타인의 시선을 겁내는 어색한 몸에서 빠져나와 자유롭게 떠다녔다. 그녀는 〈헤럴드 트리뷴〉지를 들고 샹젤리제 거리에 선 진 세버그였고, 아메리칸 익스프레스 사무실에 있는 벨몽도가 되었다. 밤에 차를 몰고 생제르맹 거리를 달렸고, 죽을 것을 알자 모차르트의 클라리넷 협주곡을 들었다.

크레디트(영화의 마지막에 나오는, 출연자 등 제작에 참여한 사람들을 소개하는 자막 –옮긴이)가 올라가자, 그녀는 스스로 만들었던 세계와 헤어졌다. 등장인물들과 묘하게 생생했던 감정들이 차츰 멀어졌다. 영화를 보면서 그녀는 울고 웃고, 진 세버그에 찬탄하고 벨몽도에 대해 환상을 품었다.

검은 옷을 입고 안경을 쓴 남녀가 그녀 앞에서 일어났다. 그들은 소란스럽게 레인코트를 걸쳤다.

"이탈리아 신사실주의를 잘 모방했는데."

남자가 중얼거렸다.

"그렇게 생각했어? 나는 오히려 존 포드와 사르트르가 만난 것 같던데."

여자가 말했다.

앨리스는 배급자의 이름이 올라가고 필름에 아무것도 찍히지 않아 시커먼 화면이 나올 때까지 자리를 지켰다. 영화에서 현실로 귀환해야 하는 아픔을 미루고자 함이었다.

택시비가 모자랐기 때문에 채링크로스 거리 끝에 있는 버스 정류장까지 걸어가기로 했다. 어두운 거리는 축축했고, 주황색 가로등 불빛과 기름진 음식 냄새에 젖어 있었다. 문득 파리가 몹시 그리워졌다.

앨리스는 대학에 다니기 전에 파리에서 1년을 살았다. 그때 처음으로 집을 떠나서 살아보면서 파리에 대해 낭만적인 관념을 지니게 되었다. 꼭 거기 살지 않아도 되는 이들은 그러게 마련이다. 그녀는 파리에서 자유로웠고 자신감을 느꼈고, 친구를 많이 사귀었다. 또 꽃다발을 보내고 시적인 고백을 하며 쫓아다니던 사람도 많았다.

그녀는 몽파르나스에 있는 여행사에서 보조 일을 했는데, 일주일에 이틀은 오후에 일을 쉬었기 때문에 프랑스 현대 영화에 대한 지식을 쌓을 수 있었다. 그래서 파리 하면 영화가 연상되었다. 파리의 거리에서 촬영한 영화도 많고, 그녀가 거기서 본 영화도 많았으니까.

토튼햄 코트 거리를 걸어가다가, 문득 런던은 너무 비영화적인 도시라서 싫다는 생각을 했다. 런던보다 파리가 마음에 드는 이유는, 그녀가 매일의 경험을 통해서가 아니라(그렇게 보면 결국 두 도시 시민 모두 똑같이 비참할 것이다), 전에 거기 있었던 영화 제작자와 화가의 눈을 통해서 영국의 수도를 보았기 때문이다. 파리의 거리를 볼 때, 그녀는 그냥 벽돌과 모르타르가 아니라, 마네와 드가, 툴루즈 로트렉과 피사로, 트뤼포와 고다르가 본 벽돌과 모르타르를 보았다.

미美를 예술 생산의 원재료에 부여되는 독특한 분위기라고 정의하면, 파리의 거리는 미적이지만 런던은 그렇지 않았다. 앨리스가 런던에서 찾은 미학이라고는, BBC 방송에서 디킨스의 소설을 각색해 만든 음울한 드라마의 여운과 초기 제임스 본드 영화에 나오는 엽서 같은 파노라마뿐이었다(휘슬러와 모네는 별로 마음에 들지 않았다).

런던은 봐주는 눈이 별로 없었기에, 예술가들이 붓과 펜, 카메라를 휘둘러 보여주는 다른 도시들처럼 빛날 수가 없었다. 런던에는 로마나 뉴욕, 프라하의 묘한 분위기가 부족했다. 앞서 간 누군가가 발견하고, 그의 감각을 통해 걸러진 감각을 느끼게 하는 아름다움이 없었다. 앨리스는 현대적인 대도시의 고독을 깨고, 무섭도록 형체도 없고 이름도 없는 군중들의 흩어진 인식을 공통의 상像으로 결합해낸, 위대한 영화감독들을 생각했다.

그녀는 때맞춰 포일스 맞은편 정류장에 도착해서, 바로 버스에 올라 차장 옆자리의 긴 좌석에 앉았다.

"무진장 추운 밤이죠?"

차장이 말을 걸었다.

"네, 그렇네요."

앨리스가 무뚝뚝하게 대답했다.

몇 분 전만 해도 영화감독들이 어떻게 도시의 고독을 깨뜨리는가에 대해 생각했지만, 버스 차장과 수다를 떠는 것은 질색할 일로 여겨졌다. 그녀는 사회생활에서는 그렇지 않았지만, 미학적인 면에서는 속된 허영심이 있었다. 영화에 등장하는 버스 차장들은 즐거이 받아들이겠지만, 집에 가는 길에 공상을 방해하는 멋대가리 없는 말에는 질겁했다.

이러한 반응은 미학적으로 부족한 자신에 대한 혼란스러운 분노의 표현이었다. 진 세버그는 파리에 사는 아주 평범한 미국인 아가씨 역할을 했지만 삶 전체가 시적인 반면, 앨리스의 생활은 매사가 진부했다. 그녀 자신이 진부했고, 친구들도 진부했고, 부모도, 직업도, 집도, 그녀가 사는 도시도, 버스와 버스 차장도 그러했다. 그건 무슨 의미일까? 그녀의 생활에 무언가 가치 있고, 원대한 목적이나 역사와 연관된 것은 아무것도 없다는 뜻이었다.

다른 시대에는 신이 그런 문제를 해결했다. 신의 눈은 천상에 있었을 테고, 신이 지켜보고 있으며 진부한 것도 위대한 선악의 역사와 연결되어 있다는 생각 덕분에 세상의 비천함은 누그러졌을 것이다. 믿는 자들은 지상의 도시에 있지만, 그들의 행동은 천상에 어울리는 일이었을 것이다. 신은 모든 것을 보았으며, 안개비가 내리는 밤, 런던에서 버스를 타고 지나는 일도 그 눈길을 받음으로써 견딜 만했을 것이다.

하지만 앨리스는 신을 믿지 않았고, 예술과 사랑이 신의 역할을 해주기를 바랐다. 영화가 '나만 이런 감정을 겪으며 이 거리를 보고 카페에 앉아 있는 게 아니야……' 하는 생각을 통해 고립감에서 벗어나게 해주었듯이, 사랑은 그녀가 '당신도 느끼나요? 정말 근사하죠. ……할 때 내가 바로 그런 생각을 했어요' 하고 속삭일 수 있는 사람을 희망하게 했다. 이것이 바로, 한 영혼이 다른 사람의 영혼과 미묘하게 닮았음을 발견한다는 것의 실체다.

이야기에 대한 선망

앨리스는 주말에 일찍 깨면 폭스바겐을 몰고 근처의 빵집에 가서 갓 구운 빵을 사는 습관이 있었다. 이번 토요일, 앨리스는 8시가 넘도록 누워 있기가 힘들어서, 아침 식사를 준비해 수지와 매트를 놀래주기로 했다.

하이 거리에 차를 세우고 따뜻한 크루아상 몇 개를 산 다음, 몇 미터 떨어진 세탁소에 드라이클리닝 할 옷가지를 맡겼다. 다시 차로 와 보니, 와이퍼 아래 봉투가 끼여 있었다. 주차 위반 딱지가 아님을 알고는 안도해서, 봉투를 쇼핑백에 넣고 차에 실었다.

집에 와 보니 연인들은 아직도 자고 있었다. 앨리스는 라디오 시사 프로그램을 들으며 자신이 마실 커피를 만들었다. 1분쯤 뒤 아까 본 봉투가 생각나서, 쇼핑백에서 꺼내 펼쳐 보았다.

모르는 분에게,

이런 말씀을 드리는 걸 용서하십시오. 하지만 몇 주 전부터 당신에게 편지를 쓰고 싶어 어쩔 바를 몰랐습니다. 빵을 사러 들어오는 당신을 보면 저는 말문이 막힙니다. 당신의 웃음에는 꼼짝할 수가 없습니다. 당신에게 말을 걸 용기가 있냐고 스스로 물어봅니다. 저는 당신에 대해 아무것도 모릅니다. 다만 멋지고 빨간 차와 아름다운 미소의 소유자라는 사실만 알 뿐이지요. 저를 한낱 빵집 보조로만 생각하지는 마십시오. 사실은, 저는 음악을 대단히 사랑하는 사람이고, 작곡가입니다. 괜찮으시면 어느 날 저녁 식사를 만들어드리겠습니다. (아마) 전자레인지에 데운 채식 (확실합니다) 정도겠지만요. 곧 다시 뵙기를 바랍니다 ― 그저 손님으로만 오셔도 말입니다. 당신이 찾아와 웃음 지으면, 아침이 가치 있게 느껴지거든요Your visits and your smile make the mornings seem worthwhile(솔직히, 운율은 어쩌다 보니 맞았네요).

세상에, 이럴 수가! 앨리스는 문제의 점원을 떠올리며 속으로 외쳤다. 슬금슬금 눈치를 보면서 안절부절못해서 눈에 띄던, 여드름투성이 청년이었다.

"아침에 편지를 받은 복 많은 아가씨는 누구야?"

"아, 수지. 잘 잤어?"

"웅, 아주 잘 잤어. 너는?"

수지가 앨리스의 뺨에 뽀뽀하며 물었다.

"방금 진짜 이상한 편지를 받았어."

"이상한 편지?"

매트가 잠이 덜 깬 눈으로 침실에서 불쑥 나와서 끼어들었다.

"설마 이 시간에 그런 편지에 손대지 않겠지요. 자기라면 그렇지, 수지?"

"자, 말해 봐. 누구한테 온 편지야?"

"와! 앨리스가 크루아상을 사 왔네. 앨리스 멋쟁이! 이것 봐. 한 사람에 하나씩이야. 와, 잼도 있잖아."

매트가 빵 봉지를 보자 얼굴이 환해지며 말했다.

"쉿, 매트. 난 편지 이야기를 듣고 싶다구."

"나도 뭐 흥미진진 말할 거리가 있으면 좋겠다. 이건 그냥 연애편지……."

앨리스가 대꾸했다.

"그냥 연애편지라니! 이런 일에 이렇게 무감각한 사람이 또 있을까 몰라."

매트가 말했다.

"…… 빵집 사람인걸."

"빵집 사람?"

수지가 놀라서 반문했다.

"그래, 빵을 파는 젊은 남자가 나한테 연애편지를 보냈어. 내가 웃는 게 좋고, 언제 집에서 채식을 만들어주고 싶대."

"아, 그것도 괜찮겠네."

수지가 말했다. 그녀는 매사를 긍정적으로 보았다.

"나는 채식주의자라고 할 수는 없는데."

매트가 말했다.

"한동안 너트 커틀릿에 푹 빠져 살았지만, 균형 잡힌 식사를 해야 하거든. 어쨌든, 앨리스의 웃음을 좋아하는 채식주의자 제빵사라……. 냄새가 나는걸."

"얼뜨기야. 이런 편지를 쓸 생각을 하다니, 그렇잖아."

앨리스가 이렇게 말하자, 수지는 펄쩍 뛰었다.

"아냐, 그렇게 말하지 마. 빵 굽는 일은 정말 재미있는 직업이야. 전에 알던 제빵사가 있어. 그 남자, 롤빵 굽는 솜씨가 기막혔는데."

매트가 물었다.

"롤빵 굽는 솜씨?"

"어쨌든 난 관심 없어. 그러니까 이제 그만 하고, 아침이나 먹자구."

앨리스가 말했다.

"이 편지는 쓰레기통에 버릴 거야."

낙관적이거나 상상력이 풍부한 사람이라면, 이런 편지를 보고 아주 다른 결과를 바랐을 것이다. 공항 가판대에서 파는 대중 소설에 나올 법한 이야기까지 떠올릴 수도 있었다. 젊은 제빵사가 자기보다 나이도 몇 살 많고 더 세련된 여자를 사랑한다. 행복에 이르는 길에는 갈등이 많다. 계급 차이와 나이 차를 뛰어넘어야 하고, 여자의 친구들과 주변 사람들은 이들 사이를 반대한다. 여자의 아버지는 제빵사 청년을 총으로 위협하고, 아들을 너무 사랑하는 제빵사의 어머니는 아들을 꾸짖다 못해 웨스트엔드에 있는 레스토랑에서 중요한 저녁 식사 약속이 있는 날인데도 아들의 셔츠를 다려주지 않는다. 그 남자는 채식주의자이고 여자는 스테이크를 좋아한다. 남자는 기묘한 인도 현악기 연주를 좋아하고 여자는 모차르트를 좋아한다. 하지만 열정의 힘[밀가루를 뒤집어쓰며 격렬한 사랑을 벌일 기회]은 모든 장애를 극복하고, 350쪽쯤에서 승리하여 즐거운 해결을 맞는다.

하지만 이 편지는 부엌의 쓰레기통에 던져졌고, 이야기의 가능성은 거기서 끝났다[수지는 줄곧 서로 아주 다른 사람들끼리 잘 어울리기도 한다면서 대학병원에서 매트를 처음 만났을 때는 별로였다고 말했지만, 매트는 처음 만났을 때 수지가 얼굴을 붉히고 정신을 못 차리더니 회전문에 부딪혔다고 말함으로써 그녀의 이론을 무색케 했다].

앨리스 자신의 이야기에는 불협화음밖에 없었다. 욕망이라는 평범한 주제는 늘 위태로웠고, 그저 누가 누구에게 무엇을 주고 싶은가 하는 갈등만 있었다.

1월에, 크리스마스 파티에서 키스를 한 장본인 토니가 저녁 식사를 하고 토키(Torquay, 영국 남서부의 작은 바닷가 도시 - 편집자)에 가서 주말을 보내자고 제안했다. 앨리스는 그 남자의 성의 표시가 고마웠고, 같이 지내는 것도 즐거웠다. 하지만 그녀는 정직하게 좋은 친구 사이로만 지내자고 말해, 관계가 더 진전되지 못하도록 막았다. 같은 시기에 그녀는 자신이 일하는 부서의 복사기와 프린터 수리를 맡은 담당자에게 반했다. 그녀는 복사기의 토너 카트리지에 문제가 있다는 핑계로 관리부에 수시로 전화를 걸었다. 하지만 몇 주일 후, 미남 기술자 사이먼은 그날 밤 친구 톰과 2주년 기념으로 외식을 할 거라고 자연스럽게 말했다. 그 후 관리부에서는 3층 복사기의 토너에 문제가 있다는 말을 들을 일이 없었다.

당연히 앨리스는 위대한 사랑 이야기에 감탄했다. 그 이야기에 담긴 필연성과 불가피성이 부러웠다. 단지 행복한 결말 때문에 끌리는 게 아니었다. 그보다는 이야기가 그럴싸하다는 점이 마음에 들었다. 모든 장면에 반드시 있어야 할 이유가 있었다. 지루한 장면마저 권태에 대한 무언가를 말하고자 하는 목적이 있었다. 아리스토텔레스는 공포물과 비극의 차이가 '구성plot'에 있다고 했다. 훌륭한 이야기는, 불쾌한 대목이 나오더라도, 보는 사람으로 하여금 이것이 온통 무의미한 대사와 감정뿐인 바보 같은 이야기가 아님을 믿게 해주었다.

연애 소설의 여주인공들에게는 질투심 많은 남편과 음험한 애인, 어려운 환경, 인생을 무력하게 만들 정도는 아니고 흥미롭게 만들 만큼인 장애가 있다. 1장에서 언급된 총은 어떤 경우에도 4장쯤에서 적당히 발사된다.

앨리스는 20대 중반의 한 달을 다시 흘려보낼 마음의 준비를 하면서, 시간을 두 가지로 구분할 수 있었다.

🕐 **의미 있는 시간** : 인물의 성격을 드러내고, '그래서' '그러한 목적으로' '그렇기 때문에' 같은 말로 연결되는, 이야기를 구성하는 시간.

🕐 **시계의 시간** : 숫자판을 도는 시곗바늘의 움직임. 이야기의 전통적인 치밀한 구조가 결여된 연대기적 전개. '욕구/욕망 → 갈등 → 해결'로 이루어지는 단단한 구조가 없다.

  앨리스의 욕구와 욕망은 기껏해야 형태도 두서도 없는 서사시에 불과했다. 거기서는 이유 없이 일이 벌어졌고, 욕망은 갈등에 이르지 못했고, 갈등은 욕망과 상관없이 생겼으며, 해결은 있었어도 불안한 상처에 일시적으로 반창고를 붙이는 것에 불과했다. 모든 일이 모험에 찬 휴지기도 없이 몇 년이나 그대로 이어졌다.

  그녀가 살아오면서 맺은 매듭이 표현의 자유를 얻은 적은 거의 없었다. 그녀는 아버지를 사랑했지만 부녀 관계가 좋은 편은 못 되었다. 아버지는 세계적인 백화점 체인을 운영하느라 바빠서 자녀들과 윤택한 관계를 맺지 못했다. 어머니는 사교 모임들에서는 세련되고 매력적인 사람으로 알려졌지만, 앨리스가 아는 어머니는 제멋대로이고 유치하고 (그렇게 악의적이지 않았다면) 좀 가여워할 수도 있는 인물이었다. 부모가 각자의 삶에 매달리자, 앨리스는 고민을 들키면 안 된다고 생각하게 되었다. 그녀는 소리를 질러대지 않았으며 대신 손톱을 물어뜯는 습관이 생겼고, 외향적이지 않고 내성적으로 살았다.

  앨리스가 아리아드네의 실 이야기에 매료된 것도 우연은 아닐

터였다. 고대 그리스 신화에서, 크레타에 온 테세우스는 붙잡혀서 사나운 괴물 미노타우로스의 미궁에서 종말을 맞게 되어 있었다. 하지만 테세우스가 끌려가기 직전, 피가 뜨거운 아리아드네 공주가 그를 본다. 크레타의 왕 미노스의 딸인 공주는 잘생긴 청년 테세우스를 사랑하게 되어, 그를 잔혹한 운명에서 구해주기로 결심한다. 공주는 위험을 감수하면서 테세우스에게 실꾸리를 던져주어, 그 남자가 실을 잡고 미궁에서 빠져나올 수 있도록 한다. 사랑은 감사와 단단히 묶여 있어서, 테세우스는 괴물을 죽이고 미궁에서 탈출하자 공주의 감정에 보답한다. 그 남자는 공주를 데리고 크레타에서 달아난다.

앨리스는 이 이야기에 담긴 상징에 감동했다. 길을 더듬어 찾을 수 있는 실에 대한 욕구, 이 실과 사랑의 연결. 연인의 선물이 길을 찾을 수 있게 해주었다.

다만 그녀가 잊어버린 대목 ― 그녀는 이 그리스 신화를 정확하게 기억하지 못했다 ― 이 있었다. 이야기의 끝은 훨씬 잔인하다. 불행한 결말에 대한 여러 가지 설이 있다. 크레타를 빠져나온 후 테세우스가 아리아드네 공주를 버렸다는 이야기도 있고, 사고로 두 연인이 헤어졌다는 이야기도 있고, 시샘 많은 디오니소스가 공주를 신들의 땅으로 끌고 갔다는 설도 있다.

냉소

그다음 주에 수지는 친구 조애나를 저녁 식사에 초대했다. 조애나는 키가 큰 미인으로, 보랏빛으로 칠한 긴 손톱과 위선에 맞선 솔직함을 자랑으로 삼았다. 덕분에 상대방을 화나게 함으로써 대화가 끝나기 일쑤였지만, 그럴 때면 그녀는 "내가 아니면 도대체 누가 그런 말을 해주겠어?" 하고 변명했다.

세 여자는 식탁에 둘러앉아 와인을 마시고 샐러드를 먹었다.

"그럼 말해봐. 애정 생활은 어때?"

조애나가 앨리스에게 고개를 돌리고 물었다.

"아, 좋아."

"난 앨리스가 이래서 좋더라. 항상 예의가 깍듯해서 말이지! '아, 좋아'라니. 내가 날씨라도 물은 것처럼."

"미안해, 그럼 내가 뭐라고 말해야 하지?"

"글쎄. 요새 누구한테 몸을 부비는지, 누가 그렇게 해주는지, 그런 걸 말해보라구. 아직도 그 사람 만나? 이름이 뭐더라, 그……."

"토니. 아니, 끝난 지 한참 됐어. 그렇지?"

대화의 분위기가 묘해지자 수지가 얼른 끼어들었다.

"이보세요! 이 아가씨도 입이 있다구. 자기가 말하게 둬."

조애나가 받아쳤다.

"그래, 끝났어. 수지 말이 맞아. 우린 어울리지 않았고, 그래서, 결정했지. 그게 가장……."

"사랑과 전쟁에서는 모든 게 정당하다고들 말하지."

조애나가 말하고는 심오한 명제라도 선포한 듯 입을 다물었다. 침묵이 흐르는 사이, 그녀는 담배에 불을 붙이고 한 모금 깊게 빨더니 말을 이었다.

"이럴까? 내가 한번 제대로 밀어주지. 특별한 남자를 소개해줄게. 오빠의 친구라서 아는 남자인데, 앨리스도 마음에 들 거야. 웨이트 트레이닝을 하는 사람이고 컴퓨터 엔지니어야. 아주 섹시하고 매력적이지. 그 남자가 앨리스의 고민을 날려줄 수 있을 거야."

"아주 재미있네."

앨리스가 대꾸했다.

"재미있어? 이거다 하면서 달려들 줄 알았더니만."

"아, 그래."

"아니 왜 그러는데?"

"난 혼자서도 잘 지내니까."

"자기 혼자 잘 지낼지 모르지만, 이 남자를 이불 속으로 끌어들이면 더 잘 지내게 될 거란 말이야."

"그건 네가 판단할 일이 아니지."

"그래, 미안해. 네 침실 부서에 빈자리가 난 줄 알았어."

"난 상관없어. 누구랑 같이 있으면 그것도 좋지. 하지만 없어도 괜찮아."

"그럼 누가 세상이 곧 끝나기라도 할 것처럼 돌아다니겠어?"

"모르겠네."

"잘 들어, 이 아가씨야. 내 말 들어. 네 생활이 괜찮을지 모르지만 누구나 가끔은 분위기를 바꿀 필요가 있어. 민둥산 쪽이 좋아, 털북숭이 쪽이 좋아?"

"무슨 말이야?"

"가슴에 털이 없는 게 좋아, 있는 게 좋아?"

"나도 몰라. 상관없어. 어떤 사람이냐에 따라 다르지."

"잘났어 정말! 그럼, 그 사람에게 네 전화번호를 알려줄게. 둘이 알아서 해. 떨림을 느껴보라구. 됐지?"

"안 됐어."

"왜 그러는데?"

"솔직하게 말해서, 조애나, 아무도 **필요** 없어."

"알았어, 흥분하지 마. 세상에, 왜 이렇게 민감하게 구는지 몰라!"

"너는 좀 막무가내로 굴면 좋겠지."

"난 그저 괜찮은 사람이 있는데, 너를 생각해서……."

"왜 그래, 앨리스? 무슨 일이 있니?"

앨리스의 눈가가 젖은 것을 수지가 알아차리고 물었다.

앨리스가 벌떡 일어서며 말했다.

"아니야, 미안해. 몸이 고단해서 그런 것 같아. 잠깐 누워야겠어."

그녀가 나가자, 긴장감이 돌며 침묵이 흘렀다. 수지는 음식이 남은 앨리스의 접시와 내던져진 냅킨을 노려보았다.

"얘, 내 탓이 아냐."

조애나가 먼저 입을 열었다.

"그냥 소개해주려던 것뿐이야. 앨리스가 시무룩한 얼굴로 다니기에, 남자를 만나야 한다고 생각했지. 내 분명히 말하는데 아주 괜찮은 남자란 말이야. 어쨌든, 내가 아니면 또 누가 앨리스에게 그런 이야길 해주겠어?"

솔직함(무례와는 습자지 한 장 차이)이라는 것의 장점이 뭐냐 하는 이야기는 관두고, 어쨌든 조애나는 정곡을 찔렀다. 앨리스는 사랑을 갈망하면서도, 시간이 흐르면서 그 사실을 인정하기를 꺼렸다. 자신과 타인 모두에게. 예전에는 혼자인 것이 농담과 가벼운 장난의 대상이었지만, 점점 말 못 할 무게감이 더해졌다.

연애 문제는 물밑으로 들어갔지만, 다른 데서 그 반향이 감지되었다. 앨리스는 과거에 낙천적인 성격이었지만, 그녀의 친구들은 이제 그녀가 모든 면에서 안 좋은 편에 서는 걸 알게 되었다. 세계 경제와 생산, 미래의 남녀 관계와 가족, 문명의 가치와 교육의 기준, 도시 위생과 구두 가격, 날씨와 자연 파괴에 이르기까지 모든 견해가 몹시 우중충한 색조를 띠었다. '어쨌거나 인생은 무의미하다. 남자와 여자는 결코 서로 이해하지 못한다. 처음부터 끝까지 모든 게 메스꺼운 농담일 뿐이다'란 말과 함께 심오한 판단을 내리곤 했다.

'난 불행해'라는 생각이 '지상에 존재하는 것은 무익한 활동'이라는 생각으로 확장되기란 어찌나 쉬운지. '아무도 날 사랑하지 않아'라는 경박한 불평이 '사랑은 환상'이라는 우아한 경구로 승화되다니 얼마나 놀라운 일인가. 흥미로운 점은 존재와 사랑이 무익하냐 아니냐가 아니라(일개 인간이 그런 걸 어떻게 알겠는가?), 어떻게 본래의 촉매제는 사라지고 아주 일반적이고 보편적인 좌우명만 남느냐 하는 것이다.

이런 현상을 잘 보여주는 예는 아주 많다. 철학자 아르투르 쇼펜하우어의 경우를 보자. 그 남자는 어머니를 미워했으며 매우 우울했던 햄릿형 인물로 유명하다. 열일곱 살 때 아버지가 세상을 떠나자, 어머니는 가족을 데리고 고향 함부르크를 떠나 바이마르로 갔다. 그녀는 행복한 미망인으로 변해서 대단히 사교적인 생활을 했다. 파티를 열고, 연애를 하고, 비싼 옷을 사며 돈을 벌지 않는 사람들이 쓰는 식으로 돈을 펑펑 썼다. 그녀는 온갖 문화 영역에서 잘난 체를 했고 명사 모임을 열기 시작했다. 괴테도 모임에 온 적이 있다고 한다. 소설들을 출판해서 성공을 거두었고, 아들을 능가하는 문학적 명성을 쌓았다(쇼펜하우어의 대표작

《의지와 표상으로서의 세계》는 출판사 세 군데에서 퇴짜를 맞았고 돈벌이도 되지 않았다). 누구라도 어머니와 사이가 나쁠 수 있겠지만, 정신세계가 특별한 사람은 이런 경험을 일반화해서 여자란 "일생 동안 유치하고 아둔하며 근시안적인, 한마디로 덩치 큰 아이"라는 인생철학으로 만들기 시작한다. 그리고 "성적 충동에 사로잡힌 남자 지성인만이, 발육이 덜 되고 어깨는 좁으며 궁둥이는 펑퍼짐하고 다리는 짧은 성적 존재를 아름다운 성적 존재라 말할 수 있다"고 하며, 또 "음악, 시, 조형 예술을 막론하고 여자에게는 진정한 예술적 감정이나 감수성이 없다"고도 한다.

쇼펜하우어가 글을 수천 쪽 쓰면서도, 자신이 한 묶음으로 경멸한 '여자들'과는 달리 정작 정말로 자신을 괴롭게 했던 단 한 여성에 대해서는 한마디도 쓰지 않은 것을 보면 흥미롭다. 그 이름은 바로 파티를 열고 돈을 벌지 않는 사람들이 그러하듯 돈을 뿌려대던 그의 어머니다.

또 불운했던 라로슈푸코 공작 ― 일이 안 좋아 보여도, 그 실상은 보기보다 훨씬 나쁘다는 비관적인 잠언을 쓴 이 ― 을 보자. 끝없이 재난을 겪은 이 사내의 일생을 보면 그 남자가 만든 잠언들은 어느 정도 보편적인 권위를 획득한다. 그 남자는 안 도트리슈 Anne d'Autriche의 여시종장을 사랑한 까닭에 경솔하게도 정치적으로 안의 편을 들었고, 그 탓에 2년간 리슐리외에게 추방을 당했다. 나중에 안은 왕좌에 올랐으나 마자랭과 안은 그 남자의 충절에 감사를 표시하지 않았다. 또 프롱드의 난 때에는 매번 싸움을 잘못 편들었다가 성이 파괴되는 꼴을 보았고, 폭발 사고로 한동안 앞을 보지 못했다. 정치적, 군사적으로 뛰어난 업적을 쌓고자 하는 소망을 이루지 못했고, 사랑도 대개 보답을 받지 못했다.

*

조애나가 다녀가고 나서 몇 주일 뒤, 크고 빳빳한 봉투가 문 앞에 떨어졌다.

"너한테 온 거야. 열어봐."

수지가 식사를 하는 앨리스에게 봉투를 밀면서 말했다.

"전에도 말했듯이 나한테 오는 건 청구서뿐이야. 이따 밤에 보지 뭐."

하지만 청구서가 아니었다. 졸업 후 내내 연락이 없었던 학창 시절 여자 친구가 보낸 초대장이었다.

"뭐야?"

수지가 물었다.

"아무것도 아니야. 난 못 가."

"어디 보자. 어머나, 멋진 행사 같은데. 만찬, 춤. 근사하다."

"그래?"

"그럼 당연하지. 뭘 입고 갈래?"

"철 좀 들어, 수지."

"중요한 문제라구."

"안 갈 거야. 당장 할 일이 얼마나 많은데. 더구나 가서 이야기 할 사람도 없고, 이야기할 것도 없고. 사람들이 사교 모임을 하는 이유를 모르겠다니까. 저녁 먹으러 나가서 하는 행동이란 게 다 우스꽝스럽고 의미 없는 형식이잖아. '그래 잘 지내시죠?' 하고 묻고는 한 10분쯤 주절대는 소리를 얌전히 앉아 예의 바르게 들어주다가, 상대가 '그럼 당신은 어떤가요?' 하고 물으면 또 한참 주절대고. 그게 다잖아."

"항상 그런 건 아니야. 때로는 좋은 대화를 나눌 수도 있어."

"그래, 침대로 데려갔다가 다시는 전화 안 하는 천사가 있기도 하지."

앨리스는 기대가 크면 실망도 크다는 것을 경험으로 알기에, 아무 기대도 하지 않으려고 애썼다. 비관적인 생각과 예상되는 실패를 피하고자 하는 희망의 관계는 악명이 높다. 최악의 경우를 예상하면, 그 일은 일어나지 않았다. 매사가 어긋날 거라는 생각에 계속 집착하면, 결국 일이 제대로 풀렸다.

그래서 파티가 열리는 날 밤, 앨리스는 수지의 방에 가서 옷 꼴이 마치 쓰레기봉투 같다는 둥 10시 뉴스에 맞춰서 집에 올 거라는 둥 투덜댔다. 하지만 이것은 실제 옷이나 귀가 시간 얘기가 아니었다. 그녀는 그저, 먼저 쓰레기봉투 운운하고 파티에서 일찍 나올 거라고 말하면, 현실은 그 반대가 되리라고 생각한 것이었다.

파티

파티는 로더히드의 템스 강변에 있는, 창고를 개조한 건물에서 열렸다. 현대의 산업적인 분위기와 바로크풍을 섞어서 꾸민 공간이었다. 과거의 멋진 무도회와 마찬가지로, 참석자의 재력이나 계급이 아니라 양식의 파괴가 독보적이었다. 천장에는 이탈리아 거장들의 그림을 복제해서 그려놓았고, 커다란 상들리에가 매달려 있었으며, 무도장 바닥에는 색감이 다채로운 시스티나 예배당 벽화의 한 부분이 그려져 있었다. 식당 벽에는 벨벳 커튼이 드리워졌고, 벽을 따라 늘어선 작은 담화실에서 어두운 조명 아래 손님들이 파란 유리잔을 들고 술을 마시며 서로 과장된 몸짓으로 인사를 나누었다.

앨리스는 로비에 코트를 맡기고 넓은 계단을 올라가며, 초대장을 차곡차곡 접었다. 정해진 자리를 찾아가니 다른 손님들(아는 사람이 없었다)은 아직 도착하지 않았다. 그녀는 탁자 중앙에 놓인 커다란 조화 다발에 감탄하며 의자 뒤에 서 있었다.

"지금 속으로 '에잇, 그냥 집에 있을걸. 아는 사람은 없고, 이 끔찍한 꼴로 어떻게 버티지?' 하고 있지요?"

탁자 저쪽 끝에 서 있는 남자가 물었다.

"사실은 왜 나이프와 포크가 세 벌씩이나 필요한지 궁금하던
참이에요."

앨리스가 무뚝뚝하게 대꾸했다.

"이런, 미안해요. 제가 오해했군요. 실은 제가 그렇게 생각하고
있었거든요. '에잇, 그냥 집에 있을걸. 아는 사람은 없고, 이 끔찍
한 꼴로 어떻게 버티지?'"

"정말 그렇게 생각하시나요?"

"솔직히 잘 모르겠어요. 1분 전만 해도 그랬는데, 앞일은 모르
는 법이잖아요. 제가 넥타이를 매고 와야 했을까요?"

그 남자가 물었다. 남자는 검은 정장 바지저고리에 목이 긴 진
회색 스웨터 차림이었다.

"모르겠는데요."

"그래요? 이런 모임에는 어떻게 입고 와야 하는지 모르겠어요.
그런 적 있어요? 뭘 입어야 할지 모르거나, 입고 싶은 게 있지만
남들이 어떻게 입고 올지 몰라서 다들 입을 것 같은 옷을 입었는
데, 결국 분위기에도 안 맞고 입고 싶은 옷도 못 입은 경우 말이
에요."

"몇 번 있는 것 같네요."

앨리스가 대답하는 사이, 자기도 모르게 살짝 웃음이 배어 나
왔다.

"아직 시간이 있으니 자리를 바꿔서 나란히 앉으면 어떨까요? 아무도 모를 텐데, 어떠세요?"

그 남자는 장난스럽지만 매력적인 표정으로 물었다.

"왜 그러고 싶으신데요?"

앨리스가 물었다.

"왜냐하면 한쪽에는 멜라니, 다른 쪽에는 제니퍼가 앉을 텐데, 벌써 두 사람 다 마음에 안 들 것 같거든요."

"마음이 닫힌 분이시군요. 둘 다 좋은 사람일지도 몰라요."

"모르겠어요. 두 이름 다 안 좋은 추억이 있거든요. 멜라니라는 고모할머니가 계시는데 관절염을 앓는데다 정신이 이상하고, 제니퍼는 제가 다니는 치과의 의사인데 제 인생을 괴롭히려고 작정을 한 사람이거든요."

"그럼 제가 로버트와 제프 사이에 앉아 즐거운 시간을 보낸다면 어쩌죠?"

"차라리 지옥에 가는 게 낫겠군요."

그 남자는 짓궂게 대답하더니 자리에 놓은 이름표를 바꾸기 시작했다. 그 결과 만찬장의 운명이 한순간에 바뀌어서, 앨리스는 에릭(바뀐 이름표에 적힌 이름)이라는 사람 옆에 앉게 되었다.

다른 손님들이 속속 도착해서 자리가 바뀐 줄도 모르고 식탁에 앉았고, 식사가 시작되었다. 에릭은 성급하고 기운이 넘치는 모양이어서, 앨리스는 방어적인 자세로, 묻기보다는 대답하고 먼저 행동하기보다는 반응을 하는 태도를 취했다. 그녀는 에릭이 속사포처럼 퍼붓는 질문 공세를 받았다. 무슨 일 하세요? 몇 살인가요? 어디 사세요? 사랑에 빠져본 적이 있나요?

"뭐라고요?"

"사랑에 빠져본 적이 있느냐고 물었어요."

"내가 왜 그런 걸 말해야 하죠?"

"아! 날씨 얘기로 돌아가고 싶은가보군요. 미안합니다. 언제 첫서리가 내릴지 궁금하군요. 스코틀랜드는 도로에 검은 얼음이 얼고 계곡에는 안개가 낀다는군요. 참, 고지대에는 가벼운 눈발이 내릴 가능성도 있다고 합니다."

"제가 지루하신가요?"

"그렇지 않습니다."

"그럼 왜 제가 사랑이란 걸 믿을 거라고 생각하시는데요?"

"제가 냉소주의자 옆에 앉는 영광을 누리는군요."

"현실주의자일 뿐이죠."

"저는 예전부터 모든 여자의 목표가 천생연분을 만나는 거라고 생각했거든요."

"남성우월주의자의 허튼소리네요. 그런 여자도 있지만 다 그렇지는 않아요. 제 목표도 그건 아니고요. 저는 독립생활에 관심이 있어요. 사람을 만나지 않고 그것에 영향 받지 않으면서 시간을 보내는 방법을 배우고 싶어요. 문제가 있어서 그런 건 아니에요. 나만의 시간이 좋거든요. 혼자서는 지내지 못하는 사람들을 알아요. 같이 사는 수지만 해도 그렇죠. 혼자 있느니 누구라도 함께 있

56

는 걸 좋아해서, 저녁 시간을 혼자 보내지 않으려고 처음 만난 남자랑 데이트를 하곤 하거든요. 수지는 좋은 친구이고 그 애인도 괜찮은 사람이에요. 다만 난 그 친구처럼 하고 싶진 않아요. 현실을 직시하지 않고 그저 안락한 분위기로 만족하는 건 싫어요."

"목걸이가 예쁘네요."

에릭이 말을 끊더니, 엄지와 검지로 목걸이를 가볍게 만졌다.

"할머니께 물려받은 거예요."

앨리스가 약간 떨리는 목소리로 대답했다.

"이렇게 우아한 목걸이는 찾아보기 어렵죠."

"고마워요."

앨리스는 에릭 같은 남자를 본능적으로 경계했다. 그 남자는 경계할 만한 퉁명스런 매력을 풍겼고, 이 저녁 시간 전체를 장난으로 여기는 것 같았다. 하지만 진실성이 의심스럽기는 해도, 매력만은 의심스럽지 않았다. 바삭바삭한 롤빵을 손가락으로 벌리거나, 포크로 빠르고 민첩하게 채소를 모으는, 군더더기 없이 간결한 동작이 관능적이었다.

에릭은 은행에서 금융 상품과 선물을 취급했지만, 전형적인 은행원과는 거리가 있었다. 의사 수련을 받고 케냐에서 아기를 받다가, 더 수입이 좋은 일을 찾아 의료계를 떠났다. 친구와 함께 음반 사업을 벌여 성공했고, 의류점 체인에 관여하다가 최근에 금융계로 들어왔다.

"금융 상품의 경우 엄청난 돈이 움직이지요. 액수가 워낙 커서 진짜 돈을 다루는 것 같지 않아요. 손으로 만질 수도 없는 돈이지요. 그래서 옷 가게가 좋아요. 은행에서는 몇 초에 백만 파운드를 벌 수도 잃을 수도 있지만, 옷 가게에서는 열 받은 손님이 빨래를 했더니 10파운드짜리 티셔츠가 줄어들었다며 30분이나 악을 쓰곤 하거든요. 상황 파악이 잘되는 구석이 있지요. 듣고 있어요?"

"네 네, 물론 듣고 있어요."

앨리스는 대답하면서, 그 남자를 보느라고 이야기를 귀담아듣지 않았음을 깨달았다.

"얼굴을 붉히는군요."

에릭이 말했다.

"아뇨, 아니에요."

"그래요."

"정말요? 실내가 더워서 그런가봐요."

후식이 나왔다. 접시 중앙에 초콜릿 케이크가 놓이고 그 둘레에 산딸기가 뿌려져 있었다.

"당신 접시엔 산딸기가 열 개나 있는데, 왜 나한테는 하나도 없지요?"

에릭이 앨리스의 케이크를 보며 말했다.

"하나 먹어도 돼요?"

그녀가 대답하기도 전에 그 남자가 포크로 산딸기를 찍었다.

그 남자의 매력에는 위기도 비켜 가는 듯 보였다. 전형적으로 유혹적인 이탈리아 남자처럼 굴었다. 그 남자는 욕망을 숨기지 않았고, 거절당할 가능성이 있어도 부끄러워하지 않았다 ― 서투르고 모호하게 사랑을 속삭이느라 평생을 허비하다가 뜻을 이루지 못하면 조용히 자살하고 마는, 창백한 북구 남자들(베르테르 **같은**)의 접근 방식과는 대조되는 현란함이었다.

하지만 에릭이 자신의 의도를 인정할 수 있다면, 틀림없이 그 효과도 알 것이었다.

"좋아요, 당신이 무슨 생각을 하는지 알아요."

그 남자가 선수를 쳤다.

"지금 이 시간을 즐기며 웃음을 터뜨리지만, 나를 믿어도 될지 몰라서 신경이 쓰이지요? 당신은 이렇게 생각해요. '이 남자가 진짜 괜찮은 거야, 아님 형편없는 자식이야? 몽땅 다 농담이야, 아님 진지한 구석이 있는 거야?' 어떻게 대응할지 모르겠죠. 다 농담이라면 상관할 바 없지만, 마음 한편에서는 장난이 아닐지도 모른다는 생각이 들죠. 유혹하는 남자를 믿느냐 마느냐는 여성들의 영원한 고민이지요. 남자를 믿지 못한 채 좋아할 수도 있지만, 또 상처받는 것은 피하고 싶을 테구요."

앨리스가 허영심이 강한 편이라고 생각해서는 안 된다. 그러나 그녀는 좀 빗나가더라도 자신의 기분을 잘 짚어주는 남자에게 마음이 끌리는 편이었다. 눈을 똑바로 보면서, 오래 안 사이는 아니지만 그녀가 독특한 감수성을 가진 여자임을 안다고 말하는 사람을 무시할 수 없었다. 앨리스는 그 정도로 냉소적이지 않았다.

"당신은 아마 나 같은 사람은 몹시 의심하겠지요."

에릭이 말했다.

"어째서죠?"

"지금껏 상처를 받았으니까."

"꼭 그렇지도 않아요."

"그랬을걸요. 당신이 고민을 가볍게 치부하는 것뿐이죠. 아무도 당신의 상처를 진지하게 받아주지 않아서 그랬을 거예요. 당신은 다른 사람이 느끼지 못하는 것을 많이 느끼고, 깊게 받아들이지요. 그래서 보호막을 만들어야 했을 테구요. 그러느라 힘이 많이 들지요. 잔뜩 긴장하고 있기 때문에 어깨를 그렇게 움츠리고 있는 거예요."

"내 어깨가 어떤데요?"

"아무렇지도 않아요. 그저 자세가 당신에 대해 많은 걸 말해준다는 이야기죠. 아무도 그런 말을 안 하던가요?"

"네."

"다들 관찰력이 별로 없나보네요, 그렇지요?"

점성술이나 그 밖에 개인의 운명을 예언하는 방법들이 오래전부터 인기 있었던 것을 보면, 이해받고픈 욕구가 사람을 과연 정확히 이해할 수 있는가 하는 의구심을 덮어버린다는 것을 알 수 있다. 에릭은 사람들에게 당신을 이해한다고 말하면 쉽게 신뢰를 얻을 수 있다는 걸 알고 있었다. 사람들은 누군가 자기를 알아준다고 믿고 싶어하고, 자신에 대한 권위적인 설명을 들으면 녹아버리는 경향이 있었다.

"여긴 너무 시끄럽군요. 춤은 추지 맙시다."

에릭이 말했다.

"나가서 어디 조용한 데서 한잔하면 어떨까요?"

"그런 곳은 지금쯤 문을 닫았을 텐데요."

"우리 집에 가서 이야기를 나눠도 될 텐데요."

"뭐라구요?"

"우리 집에 가도 된다고 했어요."

"잘 모르겠는데요."

앨리스가 대답했다. 그러고 싶은 마음이 간절했지만, 그런 제안을 넙죽 받아들이는 여자로 보이고 싶지 않았다.

"내 열쇠가 이상해서 말이지요. 자물쇠 구멍이 묘해서 제대로 열어야 열리거든요. 같이 사는 친구에게 먼저 집에 돌아오면 보조 자물쇠를 걸어놓으라고 했어요. 내가 먼저 들어가면 복도에 불을 켜놓을 테니까, 열쇠부터 돌리지 말고 초인종을 누르라고요. 어쨌든, 그래서 좀 어렵겠다는 말이에요."

유혹을 받아들이기란 매우 어렵다. 너무 빨리 넘어가면 헤퍼 보일 수 있고, 너무 미적대면 상대가 흥미를 잃을 수도 있다. 앨리스는 자존심을 구길 위험을 무릅쓰고, 집에 가서 이야기나 하자는 제안을 받아들여야 할까? 아니면 다시는 못 만날 위험을 감수하면서 예의 바르게 작별 인사를 해야 할까?

얌전 빼는 태도와 모호한 태도에는 공통적으로 초조함이 배어 있다. 머뭇거리면 상대의 관심을 잃을까봐 당장 잠자리로 가는 데 동의하는 사람도 있고, 그 다음에 버려질까봐 두려워서 잠자리로 가지 못하는 사람도 있다.

앨리스는 본능적으로 전자의 반응을 보이고 싶었다. 연애 인플레는 견딜 수 없었다. 유혹의 도박판에서는 공급이 부족한 상황에서 수요가 계속 늘어났다.

정부는 인플레를 싫어한다고 하고 연인들도 그럴지 모르지만, 적절하게 기능하는 연애 경제를 위해서는 인플레가 유용한 때도 있을 것이다. "아니, 저기요. 미안하지만 두통이 나서/남자친구가 있어서/여자친구가 있어서/속이 불편해서 오늘 밤은 여기서 헤어져야겠네요"라고 말하는 게 도움이 될지 모른다(의심의 여지가 없다). 그러면 상대는 진정한 사랑의 과정은 순탄하지 않다고 아쉬워할 것이다. 한쪽에서 '내가 부족해. 저이는 과분한 사람이야' 하고 생각하게 된다면 상황은 유리할 것이다. 그제야 유혹하는 쪽에서 초콜릿을 사고, 깊이 한숨지으며 "세상이 허락된다면, 시간이 허락된다면, 그대여, 이 아늑함은 죄가 아닐지니……" 하는 시를 쓰는 것이다.

"알았어요, 다 이해해요."

에릭이 대답했다.

"채근하고 싶지는 않아요. 그저 그랬으면 했을 뿐이에요. 조용한 곳에서 이야기하면 좋을 것 같았는데, 괜찮아요. 늦은 시간이고, 당신은 날 잘 모르니까요. 당신의 결정을 존중합니다. 언제 만

날 수 있으면 좋겠네요. 아까 이야기한 이탈리아 영화를 보러 가
도 좋고요."

"그래요, 그러면 좋겠네요."

새벽 1시가 막 넘었을 때 앨리스는 파티장에서 나왔다. 집이
같은 방향이어서 에릭이 택시로 데려다주기로 했다.

하지만 에릭의 집 가까이에 이르자, 문득 이런 생각이 앨리스
의 머리를 스쳤다. 자신이 선뜻 제안을 받아들이기 어렵다는 것
을 에릭이 진정 이해했다면, 이 남자가 정중하게 자신의 뜻을 존
중해주었다면, 이제 안심하고 마음을 바꿔도 되지 않을까. 저녁
내내 맴돌았던 그 은유적인 대화가 결국 어디까지 가는지 그에게
알려주지 못할 이유가 없지 않을까.

동정녀 잉태

알고 보니 에릭은 기교가 대단한 남자였다. 상냥하고 배려할 줄 알았고, 상상력이 넘쳐났다. 앨리스를 편안하게 해주는 동시에 예상치 못한 방식으로 욕망을 분출하도록 이끌었다. 섹스는 가벼운 장난에서 강렬한 몸짓으로 변해갔다. 첫 키스를 할 때까지 앨리스에게 남아 있던 의심은 한쪽으로 밀려났고, 그 자리에 앞뒤 재지 않는 쾌락이 들어섰다.

타인과 사랑을 나누는 일은 어찌 보면 과거에 같이 잔 사람들의 습관이나 기억과 충돌하는 것이다. 사랑을 나누는 방식에는 우리의 성생활 역사가 고스란히 담겨 있다. 키스는 과거에 했던 키스들의 종합형이고, 침실에서 하는 행위에는 과거 거쳤던 침실의 흔적이 넘쳐난다.

앨리스와 에릭이 사랑을 나누는 사이, 두 사람의 성생활 역사가 만났다. 에릭은 크리스티나가 했던 방식으로 지금 앨리스의 귀를 핥고 있었고, 앨리스는 입술 주위에서 혀를 섬세하게 놀리는 방법을 로버트에게 배웠으며, 레베카는 에릭에게 혀로 상대의 이를 애무하다가 입속 깊이 들어가 드러나지 않는 곳을 핥는 법을 가르쳐주었다. 한스는 코에 키스하는 데 귀재였지만, 앨리스가 시험 삼아 해보았더니 에릭의 취향에는 맞지 않는 듯했다. 그녀는 크리스가 목덜미를 빨아주었을 때 황홀했고, 자신이 좋았던 방식을 다른 사람에게 실행하는 것이 사람의 묘한 습성인지라, 에릭에게 부지런히 그대로 해주었다.

순전히 기술적인 관점에서는 성생활의 역사가 있는 편이 바람직하겠지만, 심리적으로 그것은 복잡 미묘한 영향을 미쳤다. 성생활 역사가 있다는 것은 여러 사람과 성행위를 했다는 의미일 뿐 아니라, 잠자리를 같이한 사람을 차거나 그 사람에게 채였다는 뜻이었다. 좀 어두운 면에서 보자면 섹스 기교의 역사는 실망의 역사라고 말할 수 있다.

그래서 성행위 과정에는 묘한 긴장이 흘렀다. 한편으로 두 사람은 열정을 통해 세상을 재창조하는 것 같았다. 다른 한편으로 그들의 몸짓에는 지나와야 했던 과거의 증거가 담겨 있었다.

앨리스에게 섹스 에너지는 그런 역사에 대한 저항을 상징했다. 그녀는 다른 사람과 나눈 키스와 그 키스로 시작된 밤들을 잊고 싶었다. 강렬하고 힘이 넘치다가, 성실을 약속할 수는 없다는 남자의 막판 선언으로 반전되었던 밤들. 조간신문을 펴든 남자의 멍한 표정에는 신물이 났다.

'내가 오기 전에는 아무도, 아무것도 없었기를' 바라는 갈망이 얼마나 큰지! 그것은 '내가 세상을 만들었을 거야. 세상은 나와 함께 태어났고 나는 창조자야'라는 (동정녀) 버클리적인 환상의 잔재였다. 연구 주제의 역사적인 차원을 무시하는 것이 철학자들의 가장 흔한 실수라고 불평한 니체의 이야기는 유명하다. 학계 밖에서도 세상을 기원년에서부터 다시 시작하려 한 혁명가의 예는 무수하다. 역사를 대하는 태도에는 심각한 양면성이 있는 것 같다 — 한편에는 모든 것을 보존하려는 욕구(백과사전주의), 다른 한편에는 모든 것을 새로 시작하려는 욕구(혁명)가 있다.

사랑에 대한 앨리스의 태도가 어느 극단에 속하는지 짐작하기는 어렵지 않다. 자주 실망하긴 하지만 그녀는 역사적인 접근의 반대인 이상주의를 견지했다. 낭만적인 혁명가인 그녀는 같이 자는 남자가 성생활 역사의 종장을 차지하리라고, 그녀 인생의 해답이라고 믿고 싶었다.

그들은 기진맥진해서 침대에 쓰러졌다. 에릭은 부엌에서 마실 것을 가져온 후 이불 아래로 들어와 그녀를 감싸 안더니, "고마워요"라던가 하는 말을 중얼대고는 곧장 꿈의 세계로 빠져들었다.

앨리스는 늘 이런 상황에서 의식의 닻을 끊기가 어려웠다. 낯선 방, 낯선 침대에서 낯선 사람이 곁에서 숨쉬고 있었다. 저녁에 있었던 일을 몇 번이고 되새기면서, 어쩌다 이렇게 되었는지 파악하려 애썼다. 그녀가 주도권을 쥔 것 같기도 하고 놓친 것 같기도 했다. 청교도적인 본능은 그녀가 뭔가 잘못을 저지르지 않았는지, 그렇다면 방금 누린 쾌락의 결과로 끔찍한 벌을 받을 거라고 따졌다. 신뢰의 문제가 머리에 떠올랐지만, 그녀의 무릎을 파고드는 손길에 슬그머니 사라졌다.

에릭은 자면서 팔로 그녀를 더듬었고, 잠든 몸과 분리된 팔을 보자 앨리스에게 예상치 못했던 애정이 차올랐다.

그녀는 에릭의 손을 잡고, 아이처럼 자는 그 남자의 얼굴을 보면서 생각했다. '내가 만난 이 남자는 누구지?' 그 남자의 얼굴에 새겨진 과거의 흔적들로 미래를 추론하려 해보았다. 이 남자는 자기를 사랑하는 여자를 어떻게 대할까? 이 남자가 우습게 여기는 게 뭘까? 뭘 싫어할까? 정치적 견해는? 우는 아이를 어떻게 대할까? 배신자에 대해서는? 열등감을 느끼면?

인상이란 불충분한 증거에 기인하기 쉽다. 우리는 파티장을 나선 뒤 친구에게서 다른 손님은 어땠느냐는 질문을 받는다. 솔직한 대답은 "어떻게 알겠어? 겨우 두 시간 이야기했을 뿐인데"이다. 누군가와 100년하고도 20년을 더 살았다 해도, 의견을 말하라고 하면 상대방의 복잡한 성격에 비추어 "그냥 조금 알 뿐이야"라고 대답해야 할 것이다. 하지만 어떤 사람에 대한 인상은 만난 지 2분 만에 형성된다. **이 사람 마음에 들어/안 들어.** 그러한 반응은 생물학적인 욕구의 원초적인 유산이다. 선사 시대에 동굴에서 살던 사람들은 다른 종족을 보는 순간 친구인지 적인지 판단해야 했다.

아마 앨리스가 오래 기다렸기에, 아니면 그 남자가 곁에서 잠든 모습이 정말 사랑스럽고 그의 처신이 상냥하고 친절했기에,

아니면 그저 밤을 같이 보내며 그런 생각을 하는 게 즐거워서였을 것이다. 침대를 같이 쓰고 있는 이 사람이 그동안 거의 잊고 살았던 강렬한 욕망을 체현해주리라, 그녀는 자신이 이런 생각을 한다는 걸 깨달았다.

사랑을 사랑하다

앨리스는 목과 어깨에 닿는 에릭의 입술을 느끼며 잠에서 깨어났다. 자신이 어디에 있는지, 누구와 일요일 아침을 시작하는지를 생각하자 불현듯 솟구친 행복감이 밀려들었다. 그녀는 환하게 웃으며, 행복을 주는 사람에게 고개를 돌렸다.

"안녕."

앨리스가 인사했다.

"안녕."

"잘 잤어요?"

"아기처럼 잘 잤어요."

에릭은 몸을 뻗어 그녀의 이마에 키스했다.

"당신은?"

"잘 잤어요."

"익숙해지려면 좀 있어야겠죠?"

"그렇다고 할 수 있겠죠."

침묵이 뒤따랐다. 연인들은 어색함을 밀어내려고 포옹했다.

"당신이랑 같이 있으니 정말 좋아요."

앨리스가 중얼거렸다.

"흐ㅇㅇㅇㅇ음."

에릭이 그녀의 체취를 맡고는 물었다.

"오늘은 뭘 하면 좋을까요?"

"전 다른 계획이 없는데요."

"내가 운이 좋군요. 뭐든 합시다."

"뭘요?"

"당신이 하고 싶은 건 뭐든. 마음껏 하루를 보내자구요. 어디든 갈 수 있고, 뭐든 할 수 있고, 어떤 사람이든 될 수 있어요."

"제정신이 아니군요."

"그렇지 않아요. 자, 뭘 하고 싶은지 말해봐요. 어디 가서 아침을 먹고, 배를 타고 강을 내려가서 그리니치에서 아이스크림을 먹을 수도 있어요. 아니면 세인트폴 대성당 지붕의 전망대에 올라가거나 큐 가든(영국 왕립 식물원 – 편집자)에 가도 좋구요. 그 다음에는 소호에 있는 중국 식당에서 점심을 먹거나 아니면 하이드 파크에서 소풍을 즐길 수도 있어요. 극장에 가서 영화를 내리 여섯 편 보면서 팝콘을 열두 통쯤 먹어도 좋겠고. 열기구를 임대해서 브라이턴까지 날아갈 수도 있어요. 콩코드 기(영국과 프랑스가 공동 개발한 초음속 여객기 – 옮긴이)를 타고 뉴욕에 가서 점심을 먹고, 저녁 식사 시간에 맞춰 런던에 돌아올 수도 있죠. 뭐든 하고 싶은 대로 해요."

"그럼 먼저 샤워를 하지요. 그것부터 시작해요."

앨리스가 덤덤하게 말했다.

앨리스의 아파트에 들러서 옷을 갈아입은 후, 두 사람은 해머스미스 근처의 프랑스식 선술집에서 아침 겸 점심을 먹었다. 그들은 달걀, 토스트, 커피, 오렌지 주스를 주문하고, 벨벳 의자에 나란히 앉아서 일요일 신문을 보았다. 가끔 서로 손을 잡거나 무릎을 쓰다듬기도 했다. 소설에 나오는 연인들에게 어울리는 온화하고 목가적인 봄날이었고, 앨리스와 에릭은 날씨나 그 밖의 기대감에 어울리는 기분을 내려고 최선을 다했다.

그런데 앨리스가 곁에 앉은 남자에 대해 아는 게 뭘까? 아는 바는 극도로 간소했다. 거기에는 이런 항목이 들어 있었다.

— 그 남자는 이튿날 사업상 회의에 참석하러 비행기를 타고 프랑크푸르트로 갈 예정이었다.

— 그 남자는 벨기에인 두 명과 낙하산에 대한 농담을 했다.

— 그 남자는 "난 무엇보다 정직성을 귀하게 여겨요"라고 말했다.

— 그 남자는 그녀의 손가락 마디를 애무하는 걸 좋아했다.

— 그 남자의 파란 눈에는 표정과 힘이 넘쳤다.

— 그 남자는 의사로 일했던 경험으로부터, 하루하루가 마지막인 것처럼 즐겨야 한다는 것을 배웠다고 말했다.

평범한 정보이지만, 그 사람에 대한 판단은 그런 평범한 정보들이 결합되는 방식에 따라 달랐다. 충분한 욕망과 관대한 해석이 따른다면, 이것들은 멋진 빙산의 일각으로 보일 수도 있었다. 에릭이 이런 사람이라는 증거가 되기도 하니까.

— 일에서 성공했고
— 재미있고
— 자신을 잘 알고 솔직하고
— 상냥하고 관능적이고
— 미남이고 현명한 사람.

앨리스가 그 남자를 사랑한다고 말하는 것은 너무 성급한 일일 것이다. 겨우 하루 저녁과 밤을 같이 지냈고, 둘이 맞은 첫 아침의 첫 식사에서 그 남자는 겨우 달걀을 두 개째 먹고 있을 뿐이었다. 그럼에도 그녀의 감정은 이미, 사랑에 대해 말하기에 앞서 다른 현상은 아닌지 의심해볼 수 있는 유용한 증거들을 뛰어넘을 준비가 되어 있었다. 앨리스는 늘 그런 경향이 있었고, 에릭과 보내는 처음 며칠의 특징도 바로 그러했다.

식사 후, 두 사람은 차를 몰고 화이트채플 갤러리에 가서 전시회를 본 다음, 브릭 레인의 일요 시장을 구경했다. 이어서 배를 타고 웨스트민스터로 가서, 배터시 공원까지 걸었다. 에릭은 강변의 중국 탑을 가리키면서 중국의 현자인 콘퓨셔스Confucius(공자) 이야기를 해서 앨리스를 감동케 했다. 그 남자는 공자를 콘포

스터스Confaustus라고 잘못 말했지만, 앨리스는 알아차리지 못했다. 그녀는 화창한 봄날에 지혜롭고 잘생긴 남자와 팔짱을 끼고 템스 강변을 걷는 기쁨을 만끽하는 데만 몰두했다.

앨리스가 지금 에릭을 〔신중하게 말해서〕 사랑하는 것일 리가 없다면, 그녀는 아마 사랑을 사랑한 것이다.

이 동어 반복적인 묘한 감정은 무엇인가? 이것은 거울에 비친 사랑이다. 감정을 자아내는 애정의 대상보다는 감정적인 열정에서 더 많은 쾌감을 도출하는 것을 뜻한다.

사랑을 사랑하는 연인은 단순히 X가 멋지다고 여기지 않고, 'X처럼 멋진 사람을 찾아냈다니 대단하지 않아?' 하는 생각을 먼저 한다. 에릭이 배터시 다리 중간에서 걸음을 멈추고 구두끈을 맬 때, 앨리스는 '구두끈을 매는 모습이 귀엽잖아?'라는 생각과 함께 '이렇게 귀엽게 구두끈을 매는 사람을 찾아내다니 이게 꿈이 아닌가?' 하는 생각도 했다.

그림으로 그려보면, 이 단계에서 욕망의 대상〔C라 지칭〕은 욕망〔B〕 자체에 딸린 부수 요소다.

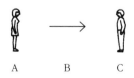

A   B   C

대상 C는 구두끈을 다 매고, 저녁때가 다 되었으니 앨리스를 집에 태워다주겠다고 했다.

"근사한 하루였어요."

그녀가 에릭의 암녹색 차 문을 열면서 말했다.

"다행이군요. 콩코드를 못 타서 아쉬워요."

"그건 다음 주말에 하죠."

"한 주 동안 비행기 삯을 모아야겠군요."

앨리스는 집에 돌아오자, 가방을 냅다 침대에 던져버리고 잇따라 손뼉을 두 번 쳤다. 무슨 일이 있어도〔열두 살이 넘으면〕다른 사람에게 들켜서는 안 되는 흥분이 드러났다.

그녀가 지난 몇 달을 건조하게 보내며 점점 자학적으로 성욕 감퇴를 의심했던 것을 안다면, 그녀의 기쁨을 이해할 수 있다. 그녀는 남자들 탓을 그만두고, 대신 '남자들을 이상하게 생각하는 **내가** 이상한 거지?' 하고 묻기 시작했다. 잡지 기사에는 섬뜩한 설명이 나왔다―그녀는 '풀려나는 것'을 두려워하며, 어릴 때 성추행 당했을지도 모르고, 무의식적으로 여자들에게 더 끌릴지도 모른다는 것이었다. 토니 같은 남자가 크리스마스 파티에서 접근하자 그녀는 어울리지 않는다고 여기면서도, '사람을 적당치 않다고 보는 것은 옳지 않아'라는 판단이 틀릴 수 있다는 생각은 눌러버렸다. 그녀는 키스하기 싫어하는 게 잘못된 일일까봐 토니와 키스했다.

에릭이 이런 본능에 어긋나는 행동을 불필요하게 만들어주었기에, 이제 앨리스는 손뼉을 칠 수 있었다. 마침내〔아직 말은 안

했지만) '당신 같은 사람이랑은 진짜 잘 풀릴 것 같아요' 하고 생각할 수 있으니 안도감이 밀려들었다.

그러니 그날 저녁 수지가 돌아왔을 때, 앨리스의 말에 과장이 심하리라는 것은 충분히 예견할 수 있는 일이었다.

"근사한 사람이야, 너도 마음에 들 거야. 잘생기고 똑똑하고, 굉장히 상냥해. 같이 있는 게 편했어. 대화는 별로 안 했지만 그런 건 중요하지 않았어. 본능적으로 서로를 이해하는 것 같았어. 그 사람 옆에서 잠을 깨는 것은 감동적이었어. 천사 같은 얼굴이 나를 보고 웃고 있는 거야. 아, 정말 근사했어!"

앨리스는 자신의 말에 빠져들었다. "천사 같은 얼굴" 운운하는 말이 마구 튀어나왔다. 그녀는 오랫동안 잊고 살았던, 개정판 실용 연애용어 사전의 풍요로움을 즐거이 맛보았다.

불확정성

그날 밤 앨리스가 수지에게 그려 보인 에릭의 초상 중 환상적인 부분은, 대화의 부족을 인정하면서도 두 연인이 "본능적으로 서로를 이해하는 것 같았"다고 주장한 데 있었다.

의심이 많은 사람이나 대화를 중요시하는 사람에게 본능적인 이해 운운은 헛소리까지는 아니어도 의심스러운 말일 것이다. 대화의 부족을 벌충하고, 그들의 상태를 말보다 우월한 지위로 끌어올리려고 고안한 것이라는 의혹을 살 만하다. 침묵에 특권을 주는 것은 단순한 협잡이요, 제대로 말하지 못하거나 그보다 못한 것에 대한 변명으로 평가될 수도 있다.

그러나 앨리스에게 대화 부족은 걸림돌이 되지 않았고, 그녀는 도리어 에릭과 자신 사이에 공통점이 얼마나 많은가 하며 고무되기까지 했다. 그런 공감은 말로써 얻어지는 게 아니었다.

에릭이 목과 어깨에 키스했을 때, 앨리스는 '불현듯 솟구친 행복감'에 휩쓸려버렸다고 했다. 그녀의 의식을 스친 것을 표현하기엔 서투른 묘사이지만, 그것은 본인으로서도 어찌지 못한다.

사랑을 느꼈을 때 말로 표현하기 어려운 것은 피할 수 없는 결과였다. 사랑은 언어 너머에 있었으며, 윤곽을 그려보려고 할 수는 있지만, 지형의 특징을 보여주는 지도처럼 느낌의 대략만을 나타낼 수 있을 뿐이었다.

그럼에도 에릭과 함께 맞은 첫 아침, 그녀는 이렇게 말했다. "당신이랑 같이 있으니 정말 좋아요."

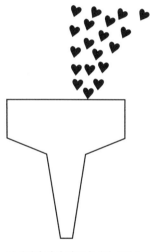

당신이랑 같이 있으니 정말 좋아요

그녀가 말을 싫어할 만도 했다. 그 못난 입에서 튀어나온 느낌 표현이란 게 기껏 "당신이랑 같이 있으니 정말 좋아요"라니. 하느님 맙소사! 무엇이 잘못됐을까? 말은 커다란 체 같아서, 앨리스가 아침에 느낀 짙은 행복감을 쏟으면 가여운 에릭에게 남는 것은 그녀의 기분이 아주 좋다는 사실뿐이었다.

그러나 불확정성은 언어에만 국한되지 않았다.

낭만적인 기대의 무게에 짓눌려, 앨리스와 에릭은 상대에 대한 성실성에 여지를 남겨두기로 합의했다. 그들은 편할 때, 자연스럽게, 의무적인 압박감 없이 만나기로 했다.

첫 주말을 보낸 후 화요일에 통화할 때 그 이야기가 나오자, 당장은 거리를 두자는 말이 오갔다.

"너무 급하게 심각한 관계가 되지 않는 게 중요하다고 생각해요. 내 말뜻을 알겠어요?"

에릭이 말했다.

"심각한 관계요? 그럼요, 이해해요. 당신 말이 맞아요. 그건 최악이지요. 조금씩 서서히 어떻게 되어가는지 지켜봐야지요."

"각자의 독립적인 공간을 지키는 건 진짜 중요한 일이지요."

"물론이에요. 당신도 우리 관계 바깥의 삶이 있을 테구요."

"맞아요."

"참, 그런데 오늘 밤에 영화 보러 갈래요? 국립극장에서 빔 벤더스 감독 주간이거든요."

앨리스가 제의했다.

"어, 글쎄, 못 갈 것 같네요. 당장은 너무 바빠서."

"그래요, 괜찮아요. 그냥 물어봤어요. 그럼 주중에 뭔가 할 수 있을까요?"

"주말에 내가 전화하는 게 좋겠어요. 일이 워낙 많아서."

"네, 그래요."

"어쨌든 전화할게요."

"그래요, 곧 통화하죠."

"그래요, 안녕."

앨리스는 스스로와 친구들에게 '성숙한 관계'에 접어들었다고 말했다. 그게 무슨 의미인지 딱히 설명할 수 없었지만, 극장 초대를 거절하고 자기 공간을 지키려는 남자는, 애인이 눈앞에 없으면 못 견디는 남자보다 성숙한 것 같으니까.

정기적인 만남은 없었지만, 연애의 시나리오에서 필요한 장치는 모두 갖추어졌다. 편지가 오가고, 밤늦도록 전화 통화가 이어졌고, 앨리스가 집에 와 보면 문간에 꽃다발이 놓여 있기도 했다. 꽃다발 안에는 **"당신은 나의 꽃, 사랑하는 에릭"**이라고 적힌 카드가 들어 있었다.

'사랑'이란 말을 들은 사람이 그 말의 의미를 골치 아프게 따져보기에는 아직 이른 시기였다. 둘이 저녁에 외식을 할 때면 대화는 신문에 나온 이야기를 맴돌았다. 과거사를 끄집어낼 필요가 없을 듯했다. 앨리스가 실망했던 일들을 늘어놓거나, 에릭에게 질투할 만한 내력을 물어볼 이유가 없었다. 질문을 통해 서로의 공통점을 찾아 애인으로서 조화를 이루고자 하는 소망은 적절하지 않은 것으로 남아 있었다.

어떤 면에서 그들은 이제 서로의 말을 귀담아듣지 않았다. 에릭이 앨리스에게 (전에 했던 말인 줄 깨닫지 못하고) "당신처럼 지적이고 섬세한 사람이 나같이 둔하고 형편없는 은행가를 만나는 이유를 모르겠어요"라고 말하면, 그녀는 이 말을 이 남자가 둔하고 형편없는 게 아니라 정반대라는 의미로 받아들였다.

앨리스는 에릭의 사진을 책상에 올려놓고, 근무 중에 계속 흘끔대면서 애인의 얼굴에서 자기 감정의 증거를 끌어냈다. 그 남자의 피부와 밤에 알아낸 독특한 점들 — 입가에 난 주근깨, 왼쪽 귀 부근의 흉터 — 을 떠올렸다. 개구쟁이 같은 표정과 소년 같은 웃음을 사랑스럽게 보노라면 욕망으로 배가 죄어왔다.

사랑의 첫 단계에서만 나타나는 현상은 아니지만, 욕망은 사소한 실마리에서도 피어났고, 공백을 메우고자 상상력이 발휘되었다.

영화사들은 돈을 들여 용감하게 〈안나 카레니나〉, 〈엠마〉나 〈폭풍의 언덕〉을 새로 제작할 때면, 그들이 선택한 주연 여배우가 독자의 상상을 만족시킨 적이 없음을 감수해야 한다. 문학 작품 속 주인공의 매력은 연상과 불확정성 간의 복잡한 작용에 달렸다. 비평가들은 톨스토이가 《안나 카레니나》의 어느 대목에서도 여주인공의 생김새를 설명하지 않았다고 지적한다. 하지만 거장이 깜박 잊고 그러지는 않았을 것이다. 고정된 상像과 현실적 제약의 독재에서 벗어나, 독자의 상상에 맡길 수 있다는 것이 책의 특권이다. 안나가 어떻게 생겼는지 톨스토이가 정확히 밝힐 필요 있었을까? 작가가 여주인공을 아름답게 생각하고 독자에게도 똑같이 느끼게 하고 싶다면, 그저 그녀는 아름답다고 쓰고 나

머지는 독자에게 맡기는 것이 최선이다 ─ 독자들은 스스로 여주
인공에게 반하는 지점을 잘 알았다.

시적 연상의 형식은 적절한 세부 사항들을 잘 모아낸다. 유명
한 "Heureux, comme avec une femme(한 여자와 함께인 듯 행복하
게)"라는 랭보의 시구를 보면, 아주 단순한 표현으로 사랑의 한 상
태를 콕 집어냈다. 이 구절은 자칫 진부하게 여겨질 수 있으나, 보
편성을 띤다. "한 여자(또는 한 남자)와 함께인 듯 행복"해본 사람이라
면 누구나 이 구절을 읽고 갈색으로 바랜 추억의 창고에 가 닿을
수 있다 ─ 누군가는 침대에서 먹은 아침 식사의 추억을 떠올리
고, 또 누군가는 일요일 오후 마레 지구를 거닐던 일, 손을 잡고 반
호프 거리를 걷거나 니혼바시에서 애무하던 일을 회상할 것이다.

하지만 랭보가 '입생로랑 옷을 입은 여자와 함께 생제르맹 대로에
있는 카페 플로르(유명 예술인들이 다녔다는 파리의 유명한 카페 – 옮긴이)에
서 카푸치노를 마시며 〈피가로〉지를 읽는 듯이 행복하게'라고 썼다면,
세상 사람 대부분은 이 구절에 이질감을 느꼈을 것이다. 파리에
머무른 적이 있고, 명품 의상을 입는 여자들을 좋아하고, 사르트
르가 즐겨 가던 카페에 자주 가봤고, 프랑스의 유력 우익 신문을
읽으면서 커피를 맛본 사람들만 향수를 느끼며 한숨을 짓고 "그
시절이 생생하네……"라 말하리라.

에릭을 만날 무렵, 앨리스가 일하는 광고 회사에서는 리조트
체인 '브레이크어웨이'의 광고를 제작하고 있었다. 길디긴 회의에
서, 광고주는 고급스러움, 젊음, 낭만의 이미지를 만들고 싶다고

주문했다. 제작진은 이 문제를 놓고 고민하느라 300대쯤 담배를 피웠고, 결국 두 사람이 호텔방에서 키스하는 장면을 담은 흑백 사진을 만들어냈다. 하단에는 **이곳이 바로 낙원**이라는 문구를 넣었다.

룸서비스 차림표와 텔레비전, 미니바, 욕실 가운을 갖춘 호텔방이 낙원과 무슨 관계가 있는지는 일부러 언급하지 않았다. 사람들은 다 호텔방에 대해 어떤 고정관념을 가지고 있고, 그 고정관념에는 사진에서와 같은 키스가 포함될지 모르지만, 또 때로는 손님들이 이곳에서 열정적으로 포용하고 기분 좋게 투숙하겠지만(그러면서 농담조로 "천국이 따로 없다"고 말할 수도 있겠다), 잉글랜드 북서부의 도로변에 있는 체인 호텔에 낙원을 끌어다 붙이는 것은 좀 지나쳤다.

하지만 자세한 설명을 생략한 덕에, 호텔과 매혹적인 연인은 풍부한 상상력의 방아쇠 구실을 할 수 있었다. 이 광고를 보는 사람들이 침구의 색상이나 샤워기의 수압을 알 수 없듯이, 앨리스도 아직 상대방 성격의 지형도를 그릴 만큼 다양한 분위기나 시간대에 걸쳐 고루 에릭을 경험하지 않았다. 그녀가 받은 인상은 실망한 기억들을 다시 끄집어내지 않고 욕망을 간직할 정도는 되는, 막연한 것이었다.

촉매

5월 첫 주, 첼시 지구의 템스 강변에 문을 연 레스토랑 한 곳이 선풍을 일으켰다. 식당 '멜템'은 시중의 화제가, 아니 도시의 소수 특권층에게 화제가 되었다. 이 집단은 자신들이 이 도시의 시민 전체를 대변한다고 믿는 또 다른 소수 특권층을 형성했다. 유행의 수레바퀴가 그 문 앞에 멈춰 서서, 새로운 요리교教가 출현해 추종자들이 변절하고 예루살렘이 신성함을 잃게 될 때까지는 이곳이 뜻 깊은 만찬의 중심지가 되리라고 힘주어 훈령을 발표했다.

앨리스는 거기서 음식을 먹을 일이 없어 거기 드나드는 이들을 아니꼽게 보는 사람으로서, 이 레스토랑에 대해 몇 차례 못마땅하게 말한 바 있었다. 그녀는 에릭이 어느 금요일 아침 자동 응답기에, 그 식당에 8시 반 예약을 해놨다는 말을 남길 줄은 꿈에도 몰랐다. 녹음을 듣고 어찌나 놀랐던지, 멜템에 대한 편견이 싹 바뀌어버렸다.

고객에게 모든 걸 열어 보인다는 것이 멜템의 철학이었다. 대형 판유리를 통해 주방에서 일하는 요리사들의 움직임이 그대로 보였다. 이것은 주방이 거의 없는 듯해야 바람직하다고 보는 전통적인 관념을 완전히 뒤집은 발상이었다. 실내 장식도 이런 '들여다보기' 식 접근을 추구해서, 환풍구와 전선, 배관이 벽과 천장에 노출되었다. 할로겐 등이 거대한 히드라(구두사. 그리스 신화에서 헤라클레스가 죽인 괴물 – 옮긴이)처럼 길게 꼬인 전선에 매달려 드리워져 있었다.

건축가가 천장과 벽면이 만나는 모서리를 장식하지 않고 석고로 쇠시리(벽면이나 기둥의 모서리 윤곽선을 마무리하는 요소 – 편집자) 마감도 하지 않은 채 그대로 두었듯이 음식도 기본에 충실했다. 음식에 어울리지 않는 천장 같은 것은 없어서, 이를테면 재료가 뒤죽박죽 섞여 맛을 망쳐버리는 소스 따위는 없었다. 소스는 조화로웠고 재료들은 각각 고유한 맛을 잃지 않았다. 음식은 그 구성 요소가 고스란히 드러나, 원색 물감을 짜놓은 팔레트처럼 대담했다.

전채로 수박색 상추에 파르메산 치즈를 뿌리고, 황금빛을 띤 짙은 올리브유로 버무린 샐러드가 큼직한 질그릇에 담겨 나왔다. 살짝 조리한 참치에는 숯불로 구운 채소를 곁들였는데, 채소는 검고 오묘한 가지와 붉은 피망이었다. 레스토랑에서는 전통적인 음식을 고수했지만, 솜씨가 워낙 뛰어나서 거의 새로 만들어낸 요리 같았다. 예를 들어 노릇노릇하고 큼직한 감자튀김은 마침내 그 순수하고 완벽한 형태를 찾은 듯 보였다. 후식 역시 수줍은 구석이라곤 없어서, 풍성한 망고와 파파야 조각에 초콜릿을 듬뿍 얹어 절정을 장식했다.

레스토랑에서는, 덜 중요한 욕구를 자극하는 다른 사업체는 흉내도 내지 못할 방식으로 상상력을 포착한다. 레스토랑에서는 에로틱한 경험까지도 암시한다. 멜템은 히스테리에 가까운 반응을 불러일으켰다. 예약은 늘 꽉 차 있었고, 유명 인사들은 자리를 얻으려고 싸우고 뇌물을 먹였다. 언제나 팝스타, 사업가, 정치가, 예술가들이 자리를 메웠고, 유명 인기 잡지와 신문마다 최근 10년 사이에 최고로 화제를 일으킨 식당이라며 기사를 실었다.

앨리스는 요즈음엔 줄곧 혼자서 통조림 수프를 먹으며 지내느라 유명 레스토랑 출입이 익숙지 않았기에, 금요일 밤 에릭과 함께 선망받는 멜템의 자리를 차지하고 앉으니 그 즐거움이 강렬했다.

"환상적이지 않아요?"

그녀가 감탄을 터뜨렸다.

"그래요, 재미있네요."

에릭이 대답했다. 여자와 함께 최근 10년 사이에 최고로 화제를 일으킨 식당에 온 게 처음이 아닌 듯한 말투였다.

"뭘 먹을 거예요?"

앨리스가 물었다.

"음, 게를 먹어야겠네요. 그다음에는 오리고기."

"난 결정할 수가 없네요. 음식이 너무 많아요. 모두 먹어보고 싶어요."

앨리스는 결국 다이어트에 적당한 음식을 선택해, 연어 카르파초와 농어 요리를 골랐다. 음식 비평가들이 현대 요리의 고전이라 표현했던 요리들이었다.

에릭과 앨리스가 여러 차례 함께했던 저녁 식사 중에서 이번 외식이 주목할 만한 것은, 앨리스가 얻은 쾌감이 유별나기 때문이며 이로써 그녀가 가진 욕망의 본질과 근원이 드러나기 때문일 것이다.

첫 코스가 도착하자 앨리스는 에릭에게 맛있어 보인다고 말하고는, 몸을 숙여 그 남자의 뺨에 키스했다.

"내가 뭘 잘했을까?"

에릭이 반어적으로 말했다.

"그냥 뭐든지 다요."

앨리스는 포크를 들고 한 입 먹었다.

"으음, 정말 맛있네요."

그녀는 먹자마자 말했다.

앨리스가 에릭에게 연어 카르파초가 맛있다, 레스토랑이 근사하다고 감탄했기 때문에, 그녀의 쾌감은 음식과 분위기에서 나온 것처럼 보인다. 하지만 첫 코스를 먹는 그녀를 지켜보면, 명백히 그녀는 그 주에만 영화·패션·음악계의 유명 인사들 수십 명이 다녀갔으며 장안이 떠들썩하게 인구에 회자되는 레스토랑에서 좋은 평가를 받은 음식을 먹고 있다는 생각(그 사실보다는)에 열광한 것이었다.

여기서 욕망의 두 가지 형식을 끄집어낼 수 있다. 하나는 '음식이 내 입맛에 꼭 맞으니 레스토랑이 마음에 드네'라는 **자율 판단**.

다른 하나는 '**다들 그렇다니까 여긴 훌륭한 레스토랑일 거야**'라는 **모방 심리**.

전자인 경우 욕망이 그 대상과 직결된다.

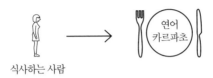

후자인 경우 먼저 중간 경로, 곧 신문의 평이나 유명인의 입을 거쳐 욕망이 걸러진다.

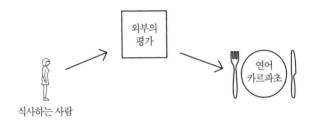

손님들은 우선 멜템 레스토랑의 매력과 우아함에 집처럼 편안할 것이다. 실내 장식은 메이페어의 크로크 무슈를 책임 시공한 바 있는 안달루시아 출신의 건축가 호세 드 라 푸엔타가 맡았다. 맛 좋은 해산물과 강변의 멋진 전망, 20가지 이상의 다양한 생선과 바닷가재 요리를 시식할 기회를 만끽할 수 있다. 주방장은 프랑스인이며, 낭만적인 분위기에서 세련된 식사가 준비된다. 가격도 합리적이어서 와인을 제외하면 1인분에 25파운드 안팎이다. 와인은 다양하게 준비되어 관심을 끈다. 카르파초(6.95파운드)는 이미 고전의 반열에 올랐으며, 멜템의 단골인 패션·음악계의 멋쟁이 스타들 사이에서 인기 메뉴가 되었다. 폴렌타 죽(보리, 옥수수, 밤가루 등으로 만듦 – 옮긴이)과 후추를 친 도미 요리, 살짝 구운 참치도 추천할 만하다. 가볼 만한 곳. 명소다.

앨리스는 두 가지 형식 중 언제나 후자 쪽을 따르는 편이었다. 자율적인 욕망보다는 모방을 선호했다. 갖고 싶은 옷, 구두, 레스토랑, 애인에 대한 취향이 다른 사람들의 말과 인상에 맞춰지곤 했다.

그녀는 지난주 국립극장에서 사뮈엘 베케트가 희곡을 쓴 연극 〈고도를 기다리며〉를 보았다. 평론은 황홀했고 연극을 본 사람들은 엄숙하지만 화려한 미사여구를 구사했기에, 앨리스는 에릭에게 표를 살 테니 가자고 권했다. 그러나 극장에 들어서기 무섭게 하품을 참기 힘들었다. 부자연스럽고 질질 끄는 대사에, 중간중간 뜸을 너무 들여서 연속성이 깨졌다. 두 부랑자의 세계에서 그녀가 공감할 수 있는 면은 하나도 없었다. 가난과 슬픔과 모순은 그녀가 피하고 싶은 것들이었다.

1막 중간에 에릭이 팸플릿을 떨어뜨리자, 그녀는 허리를 굽혀 주우면서 그 남자를 향해 웃어 보였다. '끔찍하지 않아요?'라는 의미로 보일 수도 있지만, 반대로 해석할 수도 있는 표정이었다. 중간 휴식 시간에 앨리스는 신중하게도 먼저 말을 꺼내지 않았다. 에릭이나 그가 초대한 은행의 세 동료와 다른 견해를 말하면 곤란하니까.

"20세기가 낳은 연극 중 최고작으로 꼽힐 거예요."

붐비는 바 한구석에서 에릭은 진에 토닉을 따르며 조용히 말했다. 〈더 타임스〉의 예술란에 실린 비평처럼 권위 있는 말투였다.

"지난 15년간 런던에서 제작된 연극 중에서는 최고가 틀림없고요."

에릭의 견해는 대담했지만, 은행 동료들도 같은 생각인 듯했다. 모두 고개를 끄덕이면서 위대한 작품이라고 주장했으므로, 앨리스는 내내 하품했던 걸 떠올리면서도 별말을 못 하다가, 마침내 견해를 묻는 질문을 받자 그들의 의견에 동의하고 말았다.

더구나 2막이 시작되자, 그녀는 지루하지 않았고 실제로 공연을 즐기기 시작했다. 극장을 나설 때 그녀는 베케트가 정말 인상적이고 감동적인 작가이며, 앞으로 그의 작품을 더 봐야겠다고 거리낌 없이 말했다.

앨리스의 반응이 충격적이라면 그것은 지난 400년간 철학, 정치학, 예술이 자율성을 찬미했기 때문이다 — 자유인들은 욕망을 직접 표현하고, 스스로의 마음에 따르고, 대중의 견해나 군중의 두려움에 휩쓸리지 않으며, 유행에 따라 이랬다저랬다 하지도 않는다. 세상은 연극 무대이며 '모든 남녀는 배우일 뿐'이라는 비난도 뒤따른다. 세상의 '배우들'이 품고 있는 욕망(전형적으로 명성이나 돈, 권력에 대한 욕망)은 그 근거가 사회에 있으며 따라서 어느 정도는 허위다. 배우가 속삭이는 멋진 대사는, 무대 밖 인물에게서 나온 감성의 메아리일 뿐이다 — 앨리스가 레스토랑에 앉아서, 다른 사람의 입맛과 펜에서 나온 말로 열심히 연어 카르파초를 칭찬하듯이.

멜템에서 첫 코스가 끝날 즈음, 앨리스는 지금 행복한 이유가 다른 게 아니라 바로 '**가봐야 할 그곳**'에서 식사하고 있기 때문이라는 것을 인정했다.

'가봐야 할 **그곳**'에 있고 싶다는 게 무슨 뜻일까?

다른 사람들이 바로 **거기**라고 정한 곳에 가고 싶다는 것.

그것은 중심의 일부가 되고 싶다는 갈망이었다. 모든 사람의 시선을 받고, 그래서 의심할 나위 없이 중요한 가치의 중심에 있고 싶다는 갈망. 오래전 사람들은 가봐야 할 곳으로 로마나 메카, 예루살렘 같은, 어느 나라나 왕국에 눈을 돌렸다. 이런 곳들은 보편적 가치의 중심지였고, 다양한 범주의 사람들이 가치를 부여하고 소중히 꾸미고 간수하던 곳들이었다. 그러나 위대한 사상이 몰락하면서 중심에 대해 혼란이 생겼다 — 이제 어느 도시에도 독보적인 만찬의 명소는 없었다. 수백 군데 레스토랑과 개인 집들이 서로 중심이 되려고 다툴 뿐이었다.

이 레스토랑은 망망한 우주를 헤매는 사람들의 마음을 단기간에 잡는 데 성공했지만, 사람들이 다투어 이 신성한 장소에 자리를 차지하려고 애쓰는 순간에도 어떤 역설이 있었다.

북적북적한 식당에서 손님들은 서로 흘끔대면서, 사회적으로 가치가 인정된 인물을 부지런히 찾았다. 14번 테이블에 앉은 사람들은 15번 테이블의 손님들이 자신들과는 달리 재치가 있고 자신들이 읽지 못한 책들을 읽었으며, 자신들보다 더 흥미로운 친구들과 어울릴 거라고 상상했다. 하지만 15번 손님들은 똑같은 염원을 담은 눈길을 어깨 너머 16번 테이블에 보냈으며, 16번 손님들은 17번 손님들을, 17번 손님들은 18번을 마찬가지로 건너다보았다.

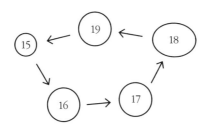

물론 레스토랑에 '중심' 따위는 없었다. 홀 중앙에 있는 거대한 바닷가재 수조도, 〔불운하게도 에릭이 확보하지 못한〕 매혹적으로 배열된 창가 자리도, 그 어느 곳도 '중심점'이라고 못 박을 수 없었다. 멜템은 공허하지만 매혹적인 관념을 체현함으로써, 중심지라는 인식을 솜씨 좋게 퍼뜨려 성공을 거두었다.

"다들 대단히 잘 차려입었네요. 그렇지 않아요?"
두 번째 코스를 먹을 때 앨리스는 주위를 돌아보며 물었다.
"그런 것 같네요."
에릭은 오리고기에 더 관심을 기울이며 대꾸했다.
"저기 앉은 두 사람을 봐요. 남자 얼굴이 낯익은데요. TV에 나오는 사람인가?"
"모르겠는데."

"맞을 거예요. 사람들을 단체로 인터뷰하는 프로그램에 나와요. 같이 온 금발 여자는 끝내주네요. 저렇게 예쁜 여자라면 누구라도 두 손 들겠어요. 모델 같지 않아요? 저런 몸매는 처음 봤어요. 저 샐러드를 먹으려고 일주일 내내 아무것도 안 먹었을 거야. 그런데 짝지한테 싫증난 표정을 짓고 있네요."

앨리스는 레스토랑에 온 사람들을 구경하고, 얼굴을 찬찬히 쳐다보며 그 뒤에 숨은 인생을 상상했다(혹은 간파했다). 교제 중인 사이라 이 놀이에는 한 가지 차원이 추가되었다. 그녀는 애인에게 이런 저런 여자가 매력적이냐고 묻기도 하고, 어떤 남자가 자신의 눈길을 사로잡았다고 말하기도 했다. 여기에는 사랑에 빠진 사람이라도 어쩔 수 없이 다른 사람에게 매력을 느끼거나 최소한 신경이 쓰이기는 한다는 은밀한 암시가 있었다.

그렇지만 앨리스는 에릭과 이런 놀이를 할 수 없다는 것을 본능적으로 깨달았다. 놀이에는 중요한 세부 조건이 전제되어야 했다 — 다른 사람에게 느끼는 매력이란 것이 심각하지 않아야 이야깃거리가 될 수 있다. **다른 사람이 매력적이라 해도 난 위협을 느끼지 않으니까 당신이 그런 말을 해도 상관없어.**

하지만 에릭의 두드러진 매력과 유동적인 접근 태도 때문에 앨리스는 성실성에 대한 농담을 할 여유가 없었다. 그렇지만 우리가 그녀를 가여워할 필요는 없다. 그녀가 에릭에게 끌린 데에는, 그 남자가 다른 여자들이 보기에도 매력적이라는 점도 작용했기 때문이다. 그에 대한 그녀의 감정은 이 레스토랑을 좋아하는 감정과 구조적으로 비슷했다. 다른 사람이 가치를 알아주고 탐낸다는 점이 그녀의 욕망에 결정적인 요소가 되었다.

그날 저녁 레스토랑에 오기 전, 에릭은 앨리스에게 옷장을 보고 넥타이 고르는 것을 도와달라고 했다.

"타이가 워낙 많아서."

그 남자가 말했다.

"다 선물 받은 거예요."

"아, 정말 유감스런 일이네요."

앨리스가 대답했다.

"수백 명이나 되는 여자가 힘들게 번 돈으로 당신한테 넥타이를 사주었는데! 당신은 불평만 하니."

수백 명이나 되는 여자라고 지나치듯 말한 것은 우연이 아니었다. 앨리스는 진짜로 에릭이 많은 여자를 알아왔다고 믿었고 ─ 질투가 나긴 해도 그것이 묘하게 즐거웠다.

그녀에게 사랑은 언제나 감탄과 연결되어 있었다. 그녀는 "감탄스럽지 않은 남자는 사랑할 수 없다"고 말하곤 했다. 감탄스럽다는 말에는 그녀뿐 아니라 타인의 감탄도 받을 만하다는 뜻이 들어 있었다. 앨리스 자신은 가난해서 이탈리아제 구두와 수제품 정장을 입는 남자에게 외면당할 수도 있지만 ─ 남자는 많은 찬미자 중에서도 그녀를 선택한 것이었다. 다른 사람들이 갈망하는 남자가 바로 그녀를 원했다는 사실이 그녀의 허약한 자존감을 붙들어주었다.

애인에게 선물 받은 타이가 100개쯤 되는 남자는 타이가 하나뿐인 남자보다 가치 있었다. 에릭은 그녀의 오해를 풀어주고 싶은 유혹을 억눌렀다 ― 사실 옷장에 걸린 넥타이 중에는 사랑의 선물도 있었지만 사업상 참석한 회의에서 받아 온 판촉물도 꽤 많았다.

그날 밤 집에 돌아와서, 앨리스는 수지에게 에릭이 얼마나 멋있었는지 이야기했다. 이야기는 남자들과 남자의 외모에 대한 폭넓은 고찰로 이어졌다.

수지는 오래전부터 콰지모도(빅토르 위고의 소설 《노트르담의 꼽추》에 나오는 주인공. 추한 인물이 특징 ― 옮긴이) 콤플렉스가 있다고 주장했다.

"나한테 등이 곱거나 손이 하나 없거나 장애가 있는 사람을 데려와보라니까. 난 그 사람을 섹시하다고 느낄걸."

"어쩜! 어떻게 그럴 수 있지? 그런 사람들이 안되긴 했지만, 애인으로 사귀지는 못할 것 같은데."

"어째서? 매력적으로 보이지 않는 사람들이랑 사귀는 게 훨씬 흥미진진한걸."

"그래? 왜?"

"글쎄, 그들이 섹시하고 멋진 데가 있다는 걸 아는 사람은 나 혼자뿐이니까. 아무튼 사랑한다면 남들이 어떻게 생각하든 무슨 상관이야?"

수지가 물었다. 그녀가 지금 만나는 매트는 손이나 척추에 문제가 없었지만, 키가 작고 뚱뚱했다.

"난 널 이해 못 하겠어. 남들에게 내세울 만하지 않은 사람이랑은 사귀지 못할 것 같아. 크리스라고, 한동안 날 쫓아다닌 남자 기억나지? 매우 상냥했지만 서투르고 거북한 사람이었어. 그런 사람이랑 같이 있는 걸 못 견디겠더라구. 자꾸 의식이 되고, 그 남자를 위해 변명거리를 궁리해야 했어."

타인의 도움 없이도 좋고 싫은 것을 분별할 줄 아는 수지에게는 부러움을 살 만한 자신감이 있었다. 그녀는 음식 비평가들이 알아주지 않아도 작은 폴란드 식당을 런던 최고로 꼽았고, 세상이 칭찬하거나 관심을 쏟지 않는 남자라도 사랑했다.

기꺼이 여론을 따르는 앨리스는, 남들이 부러워할 남자를 만나려면 세련된 레스토랑의 한구석에 지루한 얼굴로 앉은 금발 미인들에 대해 심술궂지만 정확하게 비평하는 일을 삼갈 수밖에 없다고 생각했다.

섹스, 쇼핑, 소설

그녀의 또 다른 죄는 쇼핑을 좋아하는 것이었다.

"전에 내가 말한, 캠던에 있는 가게 있잖아요?"

이튿날 아침 앨리스는 에릭에게 물었다.

"내가 어떻게 잊겠어요?"

에릭은 주말판 신문의 경제면을 들여다보며 대꾸했다.

"이번 달 내내 거기서 할인 행사를 한다고 잡지에 났네요."

"하느님이 도우시는군."

"오래전부터 카디건을 찾고 있었는데, 거기 딱 좋은 게 있는 것 같아요."

"어떤 건데요?"

"이 여자가 입은 거요."

앨리스는 그 남자에게 잡지에 난 모델 사진을 보여주었다.

"어떨 것 같아요?"

"흠."

"'흠' 정도가 아니에요. 엄청 비쌀 거예요."

"미안. 어떻게 말하면 될까요? 이 카디건은 완벽한 양모 제품을 생산하고자 시도해온 서구 문명의 승리로군요. 디자인의 최고봉이고 패션 산업의 꽃이며, 카디건의 모나리자이고……."

"됐어요. 오늘 거기까지 태워다줄래요?"

에릭은 그러겠다고 했지만, 그들의 쇼핑은 캠던에서 끝나지 않았다. 문제의 가게에는 크기가 적당한 카디건이 없었지만, 북쪽으로 이렇게 멀리까지 와서 놓치고 돌아간다면 매우 섭섭할 만한 아주 특별한 샌들이 있었다. 그러고 나서 돌아오는 길목에 노팅힐이 있었으므로, 그들은 탐나는 인도 단추들이 화려하게 진열된 가게에 들렀다. 노팅힐에 발을 들여놓은 이상 하이스트리트 켄싱턴 쪽으로 내려가지 않는 것은 어리석은 일이었다. 그러다 보니 당연히 사우스켄싱턴에 접어들었고, 몇 걸음 더 가니 킹스 로드가 나왔다. 거기서 얼마 안 가면 웨스트엔드와 본드 거리, 코벤트가든이 있었다.

이렇게 한 바퀴 돈 결과 앨리스는 애초의 '오랫동안 갖고 싶던' 카디건뿐 아니라 신발, 귀고리, 타이츠 세 벌, 화장 용품과 향수 한 병을 거두어들였다. 기쁘게도 에릭은 쇼핑할 때 조바심 내는 남자들과는 달리 훌륭한 동반자였으며, 앨리스의 은행 계좌에 큰 멍이 들게 할 뻔한 카디건을 사주겠다고 고집을 부렸다. 가게마다 신용카드 결제는 순조로웠고, 점원들은 싹싹했으며, 택시들은 그들을 싣고 씽씽 달렸다. 두 사람은 하노버 광장 부근의 작은 카페에서 점심을 먹고, 온슬로 가든스에 있는 에릭의 아파트로

섹스, 쇼핑, 소설　　97

가서, 런던에서 가장 세련된 상점 대여섯 곳의 쇼핑백들 틈에 끼어 소파에서 격렬한 사랑을 나누었다.

1856년, 귀스타브 플로베르는 〈르뷔 드 파리Revue de Paris〉에 《보바리 부인》을 연재하면서 세계 최초로 '섹스와 쇼핑 소설' 작가라는 이름을 얻었다. 적어도 《보바리 부인》이 섹스와 쇼핑이라는 두 가지 활동을 명확하고 심리학적으로 결합해서 그린 첫 번째 소설임은 분명하다. 당시의 대중은 엠마의 간통에 충격을 받았지만, 그녀의 몰락은 유행하는 의상을 구입하는 데 중독되어 큰 빚을 진 것과 관계가 깊다. 보바리 부인에게 돈을 쓰는 일은 덧문 달린 마차를 탈 때와 같은 위험이 깔린 선정적인 행위였고, 똑같은 쾌감을 주는 일이었다.

플로베르는 섹스와 쇼핑을 인정했을까? **"보바리는 바로 나"**라고 한 그의 말은 낭만적인 기질에 대한 공감뿐 아니라 소비의 유혹에 대한 깊은 이해를 나타낸다고 볼 수 있을까?

산업 자본주의가 진행되던 바로 그 시기에, 보바리 부인이 상업적이고 성적인 오르가슴 때문에 파멸했다는 것은 시사하는 바가 크다. 당시는 오늘날의 역사학자들이 칭하는 소비 혁명이 등장하던 때였고, 19세기의 청교도주의가 여성의 자유를 향한 진보적 발전을 방해하던 때였다. 이 소설에 대한 판금 조치는 단순히 성뿐 아니라 쇼핑을 근본적으로 억압하려는 도덕주의적인 시도로 이해될 수 있다. 이윽고 출산으로 이어지지 않는 성교를 반대하는 주장은 종교적인 위력을 잃기 시작했고, 필요 없는 소비에 반대하는 주장은 한층 열기를 띠었다(《보바리 부인》이 발표된 지 겨우 11년 후인 1867년에 마르크스의 《자본론》이 나왔다). 필요 없는 쇼핑에 대한 도덕적인 공격과 출산 없는 성교에 대한 도덕적인 공격 사이에는 뚜렷한 연관이 있다 ― 두 가지 다 쾌락을 검열당해왔으며, 특히 모자를 쓰고 수염을 덥수룩하게 기른 남자들이 여성의 쾌감을 검열했다.

앨리스의 욕망을 끌어내는 견인차는 매달 보는 수많은 잡지인 듯했다. 잡지는 보통 책하고는 비교가 안 될 만큼 화려하고, 빳빳하고 깔끔한 책장은 반들반들 윤나는 사과 껍질처럼 코팅이 되어 있었다. 그녀는 "잡지 속으로 사라지고 싶다"는 농담을 자주 하여, '자신의 세계가 잡지화'하기를 바라는, 가치 전도된 소망을 표명했다.

이들 잡지에는 공통적으로 일상생활에 없는, 명료한 감각이 있었다. 완벽한 존재들이 이끼 낀 돌담에 기대서서 가을 의상을 뽐내거나, 면으로 된 봄 의상을 입고 밀라노의 카페에 앉아 있었다. 미남들은 미녀들을 안고 시무룩하면서도 도발적인 자세를 취했고, 가벼운 옷을 입은 모델들은 갈망하는 눈길로 바다를 바라보았으며, 멋진 스포츠카와 열대 과일 옆에 대형 립스틱과 빨간 드레스들이 놓여 있었다.

잡지는 갈망의 도구였지만, 인간 조건의 해결책을 제시하는 면에서 도덕적으로 보이기도 했다. 잡지는 독자를 만족시키고 싶다고 하면서도, 오로지 상업적인 — 문학과 반대된다 — 임무를 이행할 뿐이었다. 잡지를 보면 사람들은 사야 할 수백 가지 물건들을 갖추지 못했기 때문에 비참해졌다.

잡지는 앨리스를 불행하게 **만들어야 했다**. 잡지는 지금 입은 옷을 한 해 더 입어도 된다든지, 외모는 중요하지 않다든지, 유명한 사람을 안다거나 침실 색깔이 무엇인지는 문제가 되지 않는다고 말할 수 없었다. 그녀는 패션난을 보면 자신의 옷장에는 없는 옷 때문에 서글펐고, 레저난을 보면 자신이 가보지 못한 세계 곳곳의 햇살 눈부신 장소들이 떠올랐다. '라이프스타일'이라는 난을 보면, 자신에게는 아마 제대로 된 삶도 없고 스타일은 틀림없이 없다는 느낌이 확고해져서 자존심이 상했다.

보바리 부인은 연애 소설을 읽었고 현대의 몽상가인 앨리스는 잡지를 읽지만, 둘 사이에는 중요한 연결 고리가 있었다. 양쪽 경우에 다 소설과 잡지가 더 매혹적인, 다른 세상으로 난 〔상점의〕 창 구실을 했고, 특별히 발달된 현혹적 '사실주의' 형식을 구현함으로써 욕망을 자극했다.

19세기 연애 소설은 분명히 환상에 기초를 두었지만 그럴듯한 배경과 세밀한 세부 묘사에 심혈을 기울여, 전통적인 현실 도피성 장르들과는 차별을 두었다. 집과 풍경, 사회적 관습, 얼굴 모양에 대한 소설 속 묘사는 흠잡을 데 없게 되었다. 소설에 표현된 갈망은 더욱 그럴듯해지면서 더욱 강렬해졌다. 줄거리 수법이 별스럽기 일쑤였지만(달빛에 기절하거나 갑자기 막대한 유산을 상속받거나), 서술 기법이 세세해서 대도시나 독자가 가본 적 없는 외진 마을에서 실제로 그런 일이 일어났던 것 같을 정도였다. 말 색깔이나 손에 난 주근깨의 수, 녹슨 총에 쏟아지는 햇살까지 묘사되었기 때문에, 그 말이 여주인공을 외진 스코틀랜드의 성으로 데려가든, 정직하고 손에 주근깨가 난 처녀가 부유하고 희한하게 인품 좋은 지주에게 청혼을 받든, 녹슨 총이 발사되어 진정한 사랑을 시샘하는 연적을 쏘든, 독자는 너그럽게 받아들일 수 있었다.

잡지는 너절한 사실주의를 모방함으로써 이런 유희를 최대한 추종했다. 잡지에는 모리셔스(인도양의 섬나라 - 편집자)에서 스쿠버 다이빙할 때 바르면 좋은 매니큐어나 런던 남부 동네의 뒷마당에 지베르니(파리 근교. 모네가 꾸민 정원이 있어 유명하다 - 옮긴이)를 연출하는 법, 누구든 구미가 당기지만 복잡해서 실용적이지 못하다고 판단되는 요리를 만드는 법 등이 실렸다.

앨리스가 이런 글을 좋아하는 것은 그녀의 심리 구조에 우연히 나타난 일면이 아니었다. 그것은 정체성에 대한 깊은 의문이 반영된 일이었다. 그녀는 자기가 누구인지, 어떤 사람이 되고 싶은지 확신하지 못했고, 자연히 외부에서 실마리를 찾으려 했다. 카디건을 사려고 한 것은 혼란스러운 자신을 기왕에 존재하는 스타일에 맞추려 한 시도였다. 그녀는 다른 사람이 제공하는 상像

에 자기 자신을 맞추려 했다. 그것은 고상하고 돈이 많이 드는 흉내 내기였고, 잠재적으로 무한한 특성을 몇 가지 핵심 사조로 축소하는 일이었다. 그러면 사회적으로 인정받는 형태에 안주할 수 있었으니까.

진열된 의상들은 '유행'과 '퇴출'의 이원론상에서 떠다니며 참과 거짓을 판별하는 정신분열증적 질서 속에 존재했다. 패션은 집과 같아서 들어갈 수도 있고 쫓겨날 수도 있다는 비유는 중요하다. 어느 달에는 약간 나풀거리는 소매와 깊이 팬 목둘레선과 부드러운 옷감만을 선택해야 했다. 복잡한 인도풍 단추와 긴 머리를 틀어서 큼직한 핀을 꽂은 머리 모양은 적당한 곳에서 신중한 칭찬을 받았다. 보석류는 퇴출당하고 여자들 사이에 남성용 시계가 유행했으며, 긴 드레스는 퇴출당하고 데님이 유행했으며, 캐시미어는 퇴출당하고 실크가 유행했다. 볼연지는 퇴출되고 수렴 화장수가 유행했으며, 자주색이 다시 인기를 얻고 주황색은 사갈시되었다. 디자이너들은 겹겹이 입는 스타일의 중요성을 주장하려고 안간힘을 썼고, 헐렁한 셔츠나 저고리 아래로 레깅스를 입는 스타일이 살아남았다.

그런 문제의 결론은 정면으로 오지 않고, 취향이라는 거대한 유기체의 1000개나 되는 모세관으로 졸졸 새어들었다. 취향은 유동적이며 예측 불가능한 괴물로, 그 인체 모형은 젊은이들, 유명인들, 부자들, 예술가들, 미인들의 끝없이 동요하는 혼합체로서 이루어졌다. 동요하는 이유는, 어떤 물건의 특성이 아니라, 폭넓은 상품의 사슬에서 그 물건이 점하는 위치에 따라 결론이 달라지기 때문이다. 물건 자체에는 변화가 없지만, 지금은 우아한 카디건도 시장에서 그 반동성이나 허위를 폭로하는 디자인이 나타나면 그 자리를 빼앗길 수 있었다. 과연 그 특정한 카디건은 20세기의 매력을 표현한 걸까, 아니면 [가장 큰 죄악이지만] 이미 과도하게 노출된 20세기의 매력이란 개념을 재현하려 한 현대 디자이너의 의도를 드러낸 걸까?

세탁 주기

마음 상태에 따라 앨리스의 인생관(거창하게 말하자면)은 **계단형**과 **빨래건조기형** 사이를 왔다 갔다 했다.

계단형 상태일 때는 자신에게 일어나는 모든 일이, 인생은 느릿느릿 흐르지만 결국 계단 끝에 있는 행복과 안정을 향해 올라가고 있음을 증명하는 것으로 여겨졌다. 물론 수평으로 뻗을 때도 있으리란 걸 알지만, 분노나 자기혐오나 권태에 빠지는 시기가 있더라도 기본 방향은 수직으로 상승하고 있었다. 어린 시절이나 시무룩한 청소년기, 대학 시절과 비교해보면, 그녀는 과거에 부딪혔던 장애를 성공적으로 치워낸 기분이 들었다. 자신감과 타인에 대한 이해심이 커진 것 같았다.

에릭을 만난 일은 당연히 대단한 상승으로 여겨졌다.

마침내 그녀를 행복하게 해주고, 같이 있으면 편안한 사람을 만났다. 이제 파티에서 우울하게 어슬렁거리고, TV 앞에서 저녁을 보낼 일이 없어졌다. 둘의 관계에는 과거의 연애에 뒤따랐던 불안감 따위는 없고, 그녀가 찬미하던 상식적인 안정감이 있었다. 에릭은 자신이 원하고 느끼는 바를 잘 아는 듯했고, 그녀보다 나이가 많았다(그 남자는 30대 초반, 앨리스는 20대). 그 남자는 정치와 경제에 대해 뚜렷한 견해를 피력했고, 세상과 그 안에 있는 자기 위치를 잘 파악하는 것 같았다.

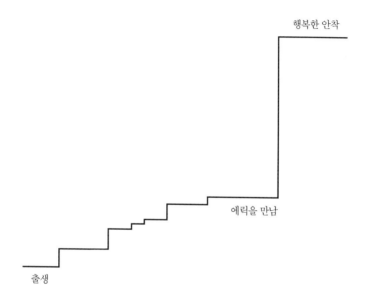

그러나 앨리스의 계단형 인생관에는 방어적인 요소가 있었다. 앨리스는 부자가 되려고 오래 애쓰다가 마침내 천만 파운드를 벌어서 늘 그 점을 강조하고 다니는 사람처럼 굴었다.

새로운 국면. 서글펐던 시절, 그녀는 위로가 되는 친구 여럿을 얻었다. 남자 때문에 아픈 마음을 털어놓았던 여자 친구들이었다. 벨린다와 마거릿은 **암흑기**의 동지들이었다. 셋은 자주 저녁에

클래펌에 있는 벨린다네 집 부엌에 모여, 커피와 비스킷을 먹으며 수다를 떨고 웃음을 터뜨렸다.

하지만 이제 앨리스는 그들의 집에 얼씬하지 않았고 못 만나는 구실을 둘러댔으며, 그들과 직접 통화하지 않고 자동 응답기가 전화를 받게 했다. 그들은 잊고 싶은 과거를 되새기게 했고, 그들과 맺은 관계는 창피스런 불행 위에 세워져 있었다. 앨리스는 계단을 뒤돌아보고, 벗어나고자 지나치게 노력했다. 사춘기 청소년이 과거에 감정적, 경제적으로 부모에게 매달린 데 따른 부담감을 지우고자 부모와 다른 점을 과장하는 것처럼.

한편 **빨래건조기**에 비유할 수 있는 철학적인 관점이 있었다. 건조기의 특징은 내부의 드럼이 일정한 시간 동안 회전하는 데 있다. 옷을 일정량 넣으면 드럼이 회전하는 데 따라 그 안에 든 옷이 빙빙 돌았다. 어느 순간 강화 유리창으로 청바지가 보이고, 또 양말이 보이고, 셔츠가 나타나고 행주가 보인다. 안에 든 옷이 항상 다 보이지는 않지만, 드럼이 회전하면서 규칙적인 간격으로 그 모습을 보였다. 청바지가 행복을 나타낸다면 양말은 의기양양한 기분, 셔츠는 권태로움, 행주는 울부짖는 비참함을 나타낸다. 건조 과정은 삶의 과정과 견줄 수 있어서, 한 번 왔던 것이 도리 없이 다시 오면서 인생살이는 반복이고 존재는 돌고 돈다는 것을 암시했다.

이제 앨리스와 에릭이 만난 지 한 달 조금 넘었고, 때는 바야흐로 봄이었다. 런던이 가장 아름다운 시기여서, 동네의 나무마다 흐드러지게 핀 꽃과 고풍스럽게 굴곡진 집들이 뿌연 하늘을 배경으로 아름답게 어우러졌다. 앨리스는 마침내 인생이 시작된 기분이었다. 오랫동안 갈망하던 지상의 행복이 손에 들어온 것 같았다. 감정 밖의 생활도 그러하여, 직장에서는 기회가 더욱 많아졌고, 지난번 섬유린스 광고 때 뛰어난 능력을 보인 덕분에 승진할 거란 소문이 돌았다.

지난 주말은 특히나 즐거웠다. 그녀와 에릭은 금요일에 멜템에서 저녁을 먹었고, 토요일에는 카디건을 비롯해 여러 가지를 샀다. 저녁에는 뉴욕에서 온 에릭의 옛 친구를 만나 술을 마시고 피카딜리 부근의 클럽에서 춤을 추었다. 일요일 아침 앨리스는 타워 다리 근처의 박물관에 가자고 했고, 가까운 주점의 테라스에서 점심을 먹었다. 날씨가 온화해서 두 사람은 의회 광장까지 다시 걸어가면서 강이 보일 때마다 강변길로 걸었다.

에릭의 아파트에 들어선 직후, 귀청이 떨어질 듯한 천둥소리가 났다. 서쪽에서 빠르게 먹구름이 몰려와 도시를 뒤덮었다. 영국 날씨는 한 닷새 비가 안 오면 억울한 듯 이렇게 복수를 했다.

"믿기지가 않네!"

앨리스가 거실 창으로 마치 고압 샤워기를 틀어놓은 듯한 온슬로 광장을 내다보면서 소리쳤다.

"몹쓴 기후 같아요."

"한 주 내내 비가 올 거라고 예보했어요."

에릭이 대답했다.

"그래요? 난 일기 예보는 안 믿어요. 그거 알아요? 난 날씨가 좋으면 꼭 계속 좋을 것 같더라구요."

기후는 변한다. 경사각이 23.5도라 함은 6월 22일 태양이 북
회귀선(N 23.5°) 바로 위에 있다는 뜻이어서, 런던의 여름은 일
광욕을 할 정도로 따뜻해 에릭은 저녁에 테니스를 치고, 뒷베란
다에서 아침을 먹을 수 있었다. 그러나 12월 22일에는 태양이 남
회귀선(S 23.5°) 위에 있어 런던의 겨울엔 나무가 헐벗고 밤이
어둡고, 가랑비 내리는 출퇴근 시간에는 택시를 잡기 힘들었다.

"항상 더운 곳에 살면 좋지 않을까요?"

앨리스는 생각에 잠겨서 말했다.

"있잖아요, 옷이 한 벌만 있어도 되고, 난방비를 들일 필요도
없고, 언제나 상쾌하고……."

"당신, 언제나 상쾌할 거라구요?"

"그럼요."

"그래도 당신 같을까요?"

"네, 화창한 기분일 때의 나겠죠."

"사람은 날씨 때문에 변하지 않아요."

"난 변해요."

"당신이 생물학적으로 별종이라는 걸 깜빡했군."

"비꼬지 말아요. 과학자들이 증명했다구요."

앨리스는 어릴 때 1년간 멕시코에서 산 뒤로 적도 지방에 무
척 끌렸다. 기상학자들의 말에 따르면 위도 15도에서 30도 사이
에는 연중 온난한 바람이 불어서, 소나기가 쏟아지긴 하지만 일

정한 기후를 유지한다. 온도 차가 적어서 기온이 20도에서 30도 사이를 유지하므로, 계절의 차이가 거의 없었다.

하지만 앨리스와 에릭의 이야기가 펼쳐지는 장소인 북온대에서는 아열대성 기단과 아한대성 기단이 맹렬하게 충돌해서, 태풍과 저기압이 계속 동쪽으로 이동하면서 습한 바다 공기를 실어왔다. 그 결과 기상의 겨루기가 끊이지 않아, 온난 전선과 한랭 전선이 겨루다 폐색 전선으로 불안정하게 합쳐진다. 이 때문에 앨리스가 비가 내리는 것을 본 날의 기상도는 이랬다.

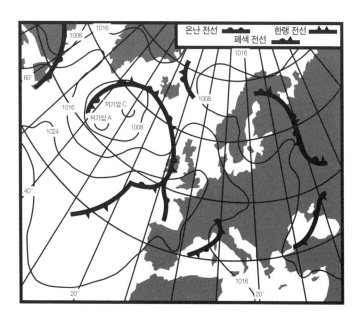

에릭은 비에 흥미를 잃고, 거실 저편 구석에 놓인 텔레비전을

틀었다. 경제 관련 프로그램에서 잉글랜드 북부에 있는 볼베어링 제조 회사의 활동에 관한 이야기를 방송하고 있었다. 잠시 후 앨리스가 소파 가장자리로 가서 곁에 앉아 그 남자에게 팔을 두르고, 화면을 응시하며 방송 내용에 집중하는 그를 애정 어린 눈길로 바라보았다.

"왜 그래요?"

에릭이 고개를 돌리지 않고 퉁명스럽게 물었다.

"아무것도 아니에요."

앨리스가 대답했다.

"그런데 왜 날 보고 있어요?"

"이유 없어요. TV에 몰입한 모습이 멋있어서요."

"그래요, 그럼 쉿. 저 회사 사람들이랑 거래해야 하니까 가만있어요."

"내가 방해 안 하고 조용히 키스하면 어떨까요?"

앨리스가 장난스럽게 묻고, 미끄러져 내려와 그 남자의 입술에 쪽 입을 맞추었다.

"앨리스, 제발 나 좀 내버려둘래요? 난 이 프로그램을 보고 싶은데, 당신이 성가시게 굴면 볼 수가 없다구요."

"미안해요."

"만날 자기 하고 싶은 대로만 하지 말고, 잠시라도 다른 사람 생각을 해봐요."

"미안하다고 했어요."

에릭이 대꾸하지 않자, 앨리스는 일어나서 부엌으로 물을 가지러 갔다. 그녀는 냉장고에서 물을 꺼내 잔에 따라서 천천히 마시다가 개수대에 쏟아버렸다. 벽시계를 힐끗 보고는 부엌의 등받이 없는 의자에 앉아서, 생각에 잠겨 얼굴을 위아래로 쓰다듬었다. 입가에, 그러니까 입술 끝에서 북동쪽으로 1.5센티미터쯤 떨어진 지점에 피부과적으로 급박한 위기가 감지되었다. 언제 어떻게 생겼는지 알 수 없었지만 낮에 (아니면 그보다 먼저 시작되었을까?) 피지선이 막혔고, 그 결과 쌓여가는 압력에 반발하여 지금 원한에 찬 뾰루지가 솟구치려 하고 있었다. 진원지 둘레는 다른 곳과 달리 뻣뻣하고 단단해, 아침이 오면 화산 폭발이 일어날 것 같았다. 아니 그보다 뾰루지가 밖으로 터지지 않고 안으로 터져서, 며칠 후에 사라졌다가 미래를 위협하면 그게 더 문제였다.

한편으로는 얼굴의 재난이 걱정되면서, 다른 한편으로 에릭에게 퇴짜를 맞은 일이 고민스러웠다. 그 남자는 처음으로 앨리스에게 예의를 차리지 않고 대했다. 뻣뻣하게 악수하는 예의 말고, 그녀에게 짜증을 부리지 않는 예의 말이다. "나 좀 내버려둬요"란 말은 나를 주장한다는 의미였다. 지금까지는 앨리스에게 코트를 입혀주거나 회전문에서 먼저 지나게 해주며 봉사해온 나였건만.

그녀는 이유를 분석할 수 없었지만, 에릭의 집 어두운 부엌에 앉아 있노라니 불현듯 극적으로 자신감이 사라져버렸다. 몇 분 전만 해도 어른의 세계에서 생존할 수 있는 힘을 갖추고 있다고 자신했는데, 발이 걸려 넘어지지 않고 필요한 역할을 할 수 있다고 자신했는데, 이제 모든 게 급속도로 해체되어 자책감과 혐오만 남았다. 그녀의 자신감은 늘 확인을 받아야만 자라는 불안전한 구조였다 — 원하는 걸 얻거나, 누군가 자신이 좋아하는 사람의 사랑을 받으면 자신과 타인에 대한 믿음을 쌓을 수 있었다. 하지만 이런 믿음은 바람이 빠지는 타이어 같아서 늘 다시 채워줘야 했고, 그게 불가능해지면 이전의 낙관이 오만한 허위로 보이는 상태로 급속히 빠져들었다. 이런 일, 비, 그녀의 진정한 처지, 그녀에게 임한 신의 손길. 그걸 함부로 굴리는 게 아니었는데.

"저녁으로 피자를 주문할까요?"

에릭이 옆방에서 소리쳤다.

"음식을 만들거나 외출하는 건 성가신데."

그 남자는 소파에 누워서, 한쪽 손을 바지 속에 넣고 긁적거렸다.

"꼭 그래야 해요?"

앨리스가 물었다.

"그러다니 뭘요?"

"그거요."

"가려운데 긁으면 안 되나요?"

"시원하시겠네요."

"아니면 중국 음식을 먹고 싶어요? 물론 카레도 먹을 수 있어요. 어떡할래요?"

정말 어울리지 않는 대답이겠지만, 그녀는 문득 에릭에게 "나 좀 안아줘요"라고 말하고 싶었다. 피자나 카레, 국수는 그만두고 (매우 이성적이지 않지만) "슬퍼서"라거나 하는 이유를 설명할 필요 없이 그냥 울고 싶었다. 허약해진 기분이 엄습해서, 세상의 요구에 적절한 반응을 할 수가 없었다. 그녀는 무너질 수 있는 공간을 바랐다. 다시 마음을 수습할 때까지 누군가의 품에 조용히 안기고 싶었다.

"어, 저기, 있죠, 못 먹겠어요. 아무것도 먹고 싶은 생각이 없어요."

"뭐요?"

앨리스는 감정을 말로 옮길 힘이 없었다. 아무 말 안 해도, 그 남자가 바라보면서 "그래요, 알아요"라고 속삭여준다면 얼마나 좋을까.

그러나 에릭은 이렇게 말했다.

"왜 먼지 맞은 밤비 엄마 같은 얼굴을 하고 있어요? 뭘 먹고 싶은지 물어봤을 뿐인데."

"미안해요."

"미안할 것 없어요. 사실, 그 얼굴 잘 어울리네요."

"저기요, 집에 가야겠어요. 내일 출근하려면 마무리할 일이 있어요. 괜찮죠?"

"나는 괜찮아요, 밤비."

한 시간 후 앨리스는 침대에 누워서, 왜 기분이 산산이 찢겨버렸는지 씁쓸하게 생각했다. 갈라진 기분은 수많은 TV 채널 같았다. 까다로운 악마가 영원토록 리모컨 위에서 요리조리 헤집고 다니는.

채널 1	그녀는 자신감 있고, 몸매도 좋으며, 창의력 넘치고, 호기심 많고, 재미있고, 다른 사람들과 잘 어울린다.
채널 2	그녀는 알 수 없는 공포에 짓눌려서 손톱을 물어뜯고, 힘이 없고, 타인에 대해 빗장을 걸었다.
채널 3	'거무죽죽하게 식은 죽 덩어리'처럼 몸뚱이가 묵직한 상태.
채널 4	이웃집 잔디가 더 푸르듯, 그녀의 삶은 그녀가 아는 누구보다도 열등하다.

앨리스에게 '자아 발견'이란 그중의 한 자아를 찾는다는 의미였다. 이 지긋지긋한 빨래건조기를 멈추고, 어느 정도 안정감과 평온을 줄 수 있는 채널을 찾는 것이었다.

가치 체계

그날 밤 앨리스의 이상형 애인이 그녀의 낭만적인 열망을 그 대로 투영하지는 않음을 알리는 첫 번째 신호가 나타났다. 그렇다고 환상을 품을 가치가 없는 대상은 아니었지만, 그녀가 투사하는 영상과는 달랐다.

그런데 앨리스와 에릭이 함께 보내는 시간에 불협화음에서 비롯되는 긴장이 감돌기 시작했다면, 이런 갈등의 핵심은 무엇인가?

평면적인 틀에 얽매이지 않고서 사람들 사이의 불균형을 읽으려면, 부수적인 세부 사항에서 명백히 드러나는 성격을 찬찬히 살펴봐야 할 터이다. 세세한 부분은 놀랍도록 일관된, 혹은 모순된 가치 체계를 적나라하게 드러낼 수 있으니까.

1. 실내 장식

앨리스를 만나기 한 달 전, 에릭은 건축가에게 의뢰해서 아파트를 일본풍 미니멀리즘 스타일로 개조했다. 10년 전쯤 동양풍

인테리어를 소개한 책을 펼친 순간부터 꿈꾸던 일이었는데, 최근 수입이 좋은 덕에 꿈을 실행에 옮길 수 있었다.

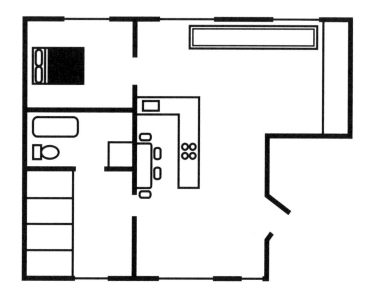

찬장과 조명은 벽 속으로 넣고, 바닥에는 표백한 일본산 참나무로 장마루(긴 널쪽을 죽죽 깐 마루 - 편집자)를 깔고, 쇠시리와 굽도리(벽의 밑 부분 - 편집자)는 편평하게 밀었으며, 커튼 대신 흰 베니션 블라인드(가로로 긴 널쪽으로 만든 발, 오늘날 사무 공간에서 흔히 볼 수 있는 블라인드 - 편집자)로만 창틀을 덮었다. 내부 시설에도 장식이 전혀 없었고, 문고리는 크롬으로 된 바우하우스 디자인으로 했으며, 부엌은 군대나 레스토랑에서처럼 튼튼한 스테인리스로 설비했다. 욕실에는 흰 타일을 깔고, 가운데에는 삼나무 욕조를 놓고, 요크서 사암 받침대 위에 카라라 대리석으로 깎은 세면대를 설치했다. 침실 바닥에는 다다미를 깔고, 밤이면 두꺼운 요를 깔았다가 낮에는 말아서 장에 넣어두었다. 벽은 흰색으로 칠하고, 검은 강철 육면체와 산화구리 코일로 만든 미국 현대 미술 작품으로 장식했다.

에릭은 은행 일로 일본에 1년간 살면서 통화 시장에 대해 배웠는데, 주말이면 문화 탐험에 시간을 쏟았다. 기껏해야 책을 이것저것 읽은 정도이니 이해가 깊다고 주장할 형편은 아니었다. 루스 베네딕트의 《국화와 칼》을 읽을 때는 연신 하품을 했고, 미시마 유키오의 소설을 조금 훑었으며, 크리슈나무르티와 앨런 워츠의 작품도 넘겨봤다. 에릭이 동양에 끌렸다면 학문적인 면에서가 아니라 육감적인 면으로였다.

5월 중순, 그 남자는 앨리스를 핀슐리 가에 있는 일식당에 데려가 초밥을 먹으며, 자신이 매혹된 것에 대해 설명하려 했다.

"이 접시에 연출된 질서와 여백을 봐요. 작은 연어 조각이 얼마나 깔끔하게 배열되어 있는지, 얼마나 신중하게 싸여 있는지. 난 일본 문화의 이런 정연함이 좋아요."

"근사하네요."

앨리스가 대답했다.

"여기 있는 하얀 것은 뭐죠?"

"고등어예요."

"그럼 가운데 있는 이 분홍 조각은요?"

"그건 생강이고요. 이걸 먹고 나면 대단한 사실을 알게 될 거예요. 한 접시를 다 먹고도 깔끔하고 가벼운 기분이 든다는 거지요. 서양식 요리를 먹으면 모든 게 덩어리째로 나와서 몸이 무겁게 느껴지잖아요."

에릭이 동양에 대해 말할 때 늘 입에 올리는 단어가 **가벼움, 질서, 정연함, 깔끔함,** 여백이었다. 그 남자는 먹는 초밥과 음식이 담긴 검은 찬합, 깔끔한 나무젓가락, 식당의 조용한 분위기에서 그런 특징을 발견했다. 교토의 절이나 선사禪師들의 서예 작품, 몇 편 읽은 하이쿠에도 그런 요소가 있었다.

기모노를 입은 여종업원이 차를 따라주자 그 남자가 말을 이었다.

"세상은 너무 번잡하고 복잡해요. 내가 동양의 미학을 좋아하는 것은 그 여백, 그리고 일종의 합리성 때문 같아요. 어지러운 사무실에서 집에 돌아오면 오아시스에 있는 기분을 느끼고 싶어서 아파트를 그렇게 꾸몄어요. 오픈 플랜(open plan: 칸막이를 최소한으로 줄인 건축 평면 – 옮긴이) 스타일에는 먼지나 때, 쓰레기가 쌓일 공간이 없어요. 그러니까 모든 걸 말끔하게 유지해야 하죠. 난 필요 없는 물건은 하나도 없는 집을 원했어요. 어릴 때 배를 타면서 배웠는데, 배에 있는 물건들은 다 거기 있어야 할 이유가 있어요. 배에는 쓰레기나 필요 없는 짐을 실을 공간이 없으니까요."

실내 장식에 대한 에릭의 관심은 아주 작은 소품까지 미쳤다. 그 남자는 완벽한 자명종, 타래송곳이나 계산기 따위를 사는 데 시간을 들였고, 욕실, 부엌, 침실에서 쓰는 일상적인 물건이며

118

난방 장치, 전기 스위치, 칼, 수건걸이를 고르느라 신경을 썼다.

부속품화를 추구하는 이 욕망(현대적인 용어로 표현해서)을 어떻게 해석할 수 있을까? 자신에게 주어진 환경을 온전히 장악하고 제어하고 싶은 것이리라. 에릭은 종이집게에서 와인 병마개까지, 전구에서 환풍기에 이르기까지 자신이 흠잡을 데 없는 공간에서 살고 있다는 것을 알 수 있었다. 다른 집들에는 대부분, 심미적인 구석은 전혀 없고 감상적感傷的인 가치 말고는 아무런 쓸모가 없는 온갖 잡동사니가 서랍 속에 가득했다. 하지만 에릭의 삶에서 이런 것은 전혀 계획에 없는 요소였고, 집에서는 아슬아슬하게 배제된 것들이었다.

가구를 배열한 방식은 집주인의 내면을 비추는 거울이라고 할 수 있다. 말이나 행동을 보고 듣지 않아도 그 성격을 알 수 있는 것이다. 정신분석학자들은 어린이를 치료하면서, 언어를 완전히 익히지 못한 아이들에게 '언어 치료'를 해야 하는 문제에 부딪혔다. 클라인, 안나 프로이트, 위니캇 같은 이론가들은 어린이들이 언어 외의 수단을 통해 내면세계를 표현할 수 있음을 곧 알아차렸다. 아이들은 주로 장난감이나 다른 사물을 이용해서 마음을 나타냈다. 고민을 말로 표현할 수 없었으므로 아이들은 나무 막대기나 털실 뭉치로 분석가들이 알아차릴 만한 갈등을 표출할 수 있었다. 마찬가지로 (에릭은 자신의 미학에 대한 이런 해석을 극렬히 반대하겠지만) 우리는 그 남자의 취향이 내면세계를 **표출**하는 한 방식이라고 단언할 수 있을 것이다.

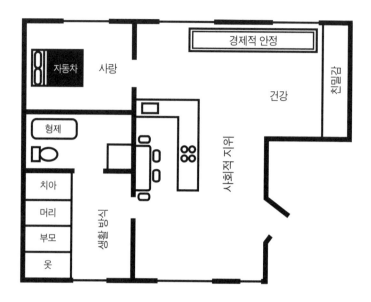

그 남자는 삶을 기능적으로 생각했기 때문에, 인생도 아파트처럼 잘 배열되기를 바랐다—사교 생활, 재정 문제, 연애와 섹스가 모두 조화롭고 합리적이기를 원했다.

그 남자는 겉으로 보기에는 잘 정돈된 상태인 것 같지만, 사실 남보다 더 무질서를 두려워하고 의식한다고 볼 수 있었다. 정신없는 사무실 분위기에 익숙한 사람치고는 거미집, 빨랫감이 든 바구니, 깨진 유리창이나 접시 따위에 지나치게 민감했다. 앨리스가 그 남자의 집 바닥에 신문을 버려두면, 그 남자는 발끈해서 사납게 핀잔을 놓았다.

"TV 가이드를 그렇게 두는 게 어때서요?"

어느 일요일 아침 앨리스가 말대꾸했다.

"사방에 신문이 어질러진 꼴을 내가 참을 수 없다구요."

"하지만 오늘 밤에 돌아와서 치울 작정이었어요."

"그럼 하루 종일 집 안을 엉망으로 둘 생각이었어요?"

"그래요, 그럴 셈이었지만, 당신이 날 뉘른베르크 재판(2차 대전 직후에 열린 전범 재판 법정 ─ 옮긴이)에라도 보낼 것처럼 말하니까, 그대로 두면 안 되겠네요."

마찬가지로 에릭은 전화선이 세 번 이상 꼬이거나 리모컨이 TV 위의 제자리에 놓여 있지 않은 꼴을 참지 못했다. 책꽂이에 책이 체계 없이 꽂혀 있어도 그러했다(그 남자가 선택한 배열 체계는 크기였다 ─《루브르의 보물들》 옆에는《윔블던의 위대한 순간들》이 꽂혀, 책이 차지한 면적이 시각적인 조화를 이루었다).

에릭은 부르주아의 체통 속에 씁쓸한 균열을 감춘 가정에서 성장했다. 아버지는 변호사였지만, 어린 에릭으로서는 알 수 없는 이유로 불명예스럽게 해고당했다. 아버지는 연달아 사업을 벌여 잇따라 망했고, 아일랜드에 땅을 사는 바람에 집안을 빚 구덩이에 빠뜨렸다. 어머니는 엄격하지만 자제심이 강하고 재주가 비상한 여성으로, 집안의 모양새를 유지하려 애썼고, 친정에서 물려받은 얼마 안 되는 유산으로 아들들을 사립 기숙학교에 보냈다. 에릭의 아버지는 술을 마시기 시작했고 폭력을 휘두르곤 했지만, 어머니는 노팅힐 거리의 점잖은 이웃들뿐 아니라 자기 자신과 아들들에게도 그 사실을 숨겼다.

에릭은 불확실한 장소, 사람, 직업을 최대한 자신의 뜻대로 제어하고 싶어하는 사람으로 성장했다. 안정과 특권이 따르는 직업이라는 데 끌려서 의사가 되었지만, 급료 체계에 안달이 났다. 오랜 재정 파탄 상태에서 벗어나고자 은행계에 들어갔고, 결국 큰 성공을 거두었다. 한편으로는 여전히 도박사요 위험을 무릅쓰는 기질이 있었지만, 그렇다 해도 인생의 중요한 요소들이 제자리에 가지런히 놓여 있는 상황에서만 덤벼들었다.

앨리스의 침실은 크기만 빼면 간소한 데가 전혀 없었다. 별별 물건이 빼곡히 들어찼고, 울긋불긋 촌스러운 색으로 꾸며져 있었다. 침대 옆에 있는 큰 책장에는 낡은 문고판들을 꽂아놓았는데, 그 옆에는 고전적이지 않게 알록달록한 색으로 장정한 고전들이 있었다. 그 옆에 둥근 안테나가 달린 소형 흑백 텔레비전이 있고, 그 위에 걸린 큰 코르크 메모판에는 밝은 사진이 여러 장 꽂혀 있었다. 앨리스의 어릴 적 사진, 바닷가에서 찍은 가족사진, 옛날 집에서 찍은 가족사진, 집에서 키우던 개 개츠비 사진, 친구들과 옛날 남자친구들, 숙모들과 할머니들 사진. 메모판 옆에 있는 서랍장 위에는 화장품이며 머리빗, 스프레이, 열쇠, 보르도에서 구입한 노란 원통형 토기, 화이트채플 시장에서 산 빅토리아 시대의 거울이 있었다. 그 옆에 책상이 있고, 책상 위에 낡은 타자기가 있었다. 이 타자기에서는 r과 y가 찍히지 않았지만, 그녀는 가끔 타자기를 두드려 편지를 썼다. 서랍에는 지난 몇 년간 받은 우편물과, 지난 5년간 생각을 쏟아 부은 일기장 열다섯 권이 들어 있었다. 맞은편 벽에 놓인 위풍당당한 옷장은 패션의 변천을 증명하는 옷들로 꽉 찼다. 침대 옆에는 잡지가 두 덩어리 있고, 그 위에 라디오와 카세트테이프가 어지러이 쌓여 있었다.

에릭은 여기서 처음 잔 날 쓰레기장이라는 별명을 붙이고는, 정말 어울리는 이름이라고 생각해서 자주 그렇게 불렀다. 그 남자는 특히 앨리스의 침대 위에 놓인 쿠션들과 털북숭이 동물 인형들을 싫어했다. 그중에서도 "로마 사랑"이라고 쓰인 분홍색 하트 모양 털북숭이 쿠션을 제일 질색했다. 그 남자는 이 방에서 잘 때마다 그 쿠션을 맞은편에 있는 쓰레기통에 던지거나, 앨리스의 손이 닿지 않는 책장 꼭대기에 올려놓았다.

"못됐어. 왜 내 쿠션을 가만두지 않는 거죠?"

이 특이한 장난이 되풀이되자, 앨리스가 한마디 했다.

"내가 지금까지 본 것 중에서 가장 마음에 안 들고 흉하고 역겹고 끔찍한 물건이니까. 저런 놈이랑 한 침대에 있고 싶지 않아요."

"그럼 당신이 선택해야겠네요. **나하고** 로마 쿠션을 선택할래요? 아님 혼자 있을래요?"

앨리스도 그 쿠션이 매력적이라든가 어떤 심미적인 가치가 있는 물건이라고 주장할 생각은 없었을 터이다. 그럼에도 앨리스는 그것을 소중히 여겨서 10년 동안 간직해왔다. 그녀는 실내 장식에 대해 **기능**보다는 **감정**을 중요시했기에, 물건의 가치도 얼마나 제 기능을 하느냐가 아니라 어떤 기억이 담겨 있느냐로 판단했다.

하트 모양 쿠션은 부모가 이혼하기 전 마지막으로 가족 여행을 갔을 때 아버지에게 받은 선물이었다. 그때의 이탈리아 여행을 앨리스는 정겨운 추억으로 간직하고 있었다. 더 좋은 소재로 비속하지 않게 만든, 훨씬 우아한 쿠션도 많이 있지만, 이 쿠션에는 특별한 내력과 애정이 담겨 있었다. 여러 해 전의 마지막 가족 여행 때 맛본 특별한 행복감이 고스란히 깃든 물건이었다.

2. 감상주의

최근 앨리스와 에릭은 앨리스의 집에서 가까운 작은 스페인 음식점에서 저녁 식사를 했는데, 에릭이 주요리로 토끼고기를 먹으려 하는 바람에 입씨름이 벌어졌다.

"어머나, 에릭, 그러지 말아요. 다른 걸로 주문하면 안 되겠어요?"

앨리스가 사정했다.

"정말 이상하게 구네요. 이 토끼 요리가 맛있어 보이는데. 화이트 와인으로 조려서 신선한 채소를 곁들여…… 쩝."

"토끼를 먹는다는 생각이 싫어서 그래요."

앨리스가 말했다. 그녀는 어릴 때 패치라는 다갈색 토끼를 아주 좋아했다. 물론 요리되지 않은.

"신비주의 채식가처럼 구는군요."

"주문하시겠습니까?"

웨이터가 물었다.

"그래요, 주문하지요."

에릭이 단호하게 대답했다.

15분 후, 김이 나는 큰 접시에 담긴 토끼고기가 나왔다. 배가 고픈 에릭은 나이프와 포크를 들고 맛있게 먹기 시작했다.

"아아아아, 가여운 아기 토끼가 크고 나쁜 늑대에게 먹히고 말았어요."

에릭이 놀려댔다.

"발톱을 세우고, 따끈따끈 신선한 토끼고기를 씹는 크고 나쁜 늑대를 보세요."

"그만 해요, 못된 사람. 차림표에 딴 음식이 백만 가지도 넘는데 왜 하필 토끼고기를 주문하는지 모르겠어요."

"이봐요, 앨리스, 토끼 피를 좀 보았다고 이렇게 흥분하는 이유를 모르겠어요. 당신도 다른 사람처럼 고기를 먹잖아요. 유독 토끼만 가지고 그러는 건 오로지 토끼가 소나 양보다 귀엽기 때문인 것 같은데요. 당신이 쇠고기나 양고기를 씹으면서 양심의 가책을 느끼는 건 본 적이 없어요. 윤리 의식이 대단하구먼! 다윈도 깨달았어야 하는데. 가장 예쁜 게 생존한다."

에릭은 내내 이 문제를 가지고 앨리스를 놀렸고, 이튿날에도 태연히 물었다.

"자, 채식가님, 오늘은 토끼집이나 지으러 나가실까요?"

앨리스가 위선적이라고는 해도〔왜 토끼 걱정은 하면서 못난이 늙은 양 걱정은 안 할까?〕, 그녀의 감상적인 태도에 에릭은 의심을 살 만큼 너무 끈덕지게 지분거렸다. 에릭이 감상적이지 않은 것은 논리적인 이유〔양은 되는데 왜 토끼는 안 돼?〕 때문만은 아니었다. 애잔한 상황이 그 남자의 내면을 흔들기 때문이기도 했다. 그 남자는 아픈 사람이나 무기력한 사람, 다리가 하나뿐인 장애인, 절룩이는 오리, 불행한 연인들, 우는 아이, 관절염을 앓는 할머니를 보고 눈물짓는 사람을 보면 거의 망설임 없이 빈정거렸다. 그 남자의 그런 태도가 암시하는 것은, 그러한 존재들이 대표하는, 소름 끼치는 허약함에 대해 그 남자가 어찌할 바를 모른다는 것이다.

그 남자가 〈러브 스토리〉〔앨리스는 이 영화를 열 번은 봤다〕를 볼 때마다 우는 그녀를 놀릴 때는, 그녀의 눈물이 상징하는 슬픔을 외면하고자 하는 것이었다. 그녀가 울적하거나 '코끼리처럼 뚱뚱한' 것 같은 기분이 들어 그에게 그 기분을 설명하려 하면, 에릭은 퉁명스럽게 반응하곤 했다. 물론 그 남자는 그녀가 보기 좋고 아름답다고 말하고, 그래서 그들은 가볍게 다른 화제로 넘어가지만, 그 말에는 '**물론 당신은 괜찮아. 괜찮다고 느끼라구 — 안 그러면 내가 받아들일 수가 없으니까……**' 하는 의미가 내포되어 있었다.

아이들은 허약함의 화신이기 때문에, 어린아이에 대한 앨리스와 에릭의 태도는 두드러지게 대조되었다. 앨리스는 아이들을 매우 좋아했고, 에릭은 "내게 자식이 있다면, 어른이 될 때까지 기다리지 못할 것 같아요. 아이들이 옹알옹알하는 시기가 정말 싫어요"라고 말하곤 했다. 제인의 아들 팀을 보러 갔을 때 에릭은 네 살배기에게 단순한 질문을 했는데, 팀은 자기를 못마땅히 여기는 걸 눈치 채고 자신감을 잃고 웅얼대더니 눈을 돌렸다 ─ 그 순간 엄마가 안아주지 않았다면 울음을 터뜨렸을 터였다.

에릭은 아이들이 머뭇머뭇 웅얼거리는 말을 알아듣지 못하는 반면, 앨리스는 아이의 실수를 기꺼이 받아주고 아이들이 제대로 끝내지 못한 말도 알아서 이해했다. 에릭은 여러 면에서 어른스러웠지만, 아이들이 부모에게 기대하는 것 ─ 곧 완전무결함 ─ 을 타인에게 기대한다는 점에서는 이상하게 어린아이 같았다. 그 남자는 자기 능력으로 타인의 약점을 보완해주지 못했고, 주위 사람들에게 자식의 잘못을 용서하는 부모와 같은 태도를 취할 줄 몰랐다.

어느 주말, 앨리스와 에릭은 옥스퍼드 근처의 마을에 사는 친구에게서 점심 초대를 받았다. 에릭이 앨리스보다 먼저 런던으로 돌아와야 할 사정이 있었기 때문에 둘은 각자 차를 몰고 가기로 했다. 앨리스는 길을 잘 몰라서, 에릭에게 뒤따라가도 되느냐고 물었다. 그 남자는 고속도로에서 BMW를 빨리 모는 데 익숙했기에, 앨리스의 딱정벌레 차가 잘 따라오는지 살피며 천천히 달리는 것이 짜증스러웠다. 교차로에서 그 남자는 앨리스가 조심스럽게 양 방향을 살핀 후 출발하는 것을 백미러로 봤다.

"할망구가 따로 없구만."

그 남자는 중얼댔다. 레딩 부근의 우회로에서 딱정벌레 차가 다른 차들에 막혀, 앨리스는 에릭을 놓치고는 어느 길로 빠져야할지 알 수 없게 되었다. 에릭은 그녀가 쫓아오지 않는다는 것을 알고는 다시 욕설을 내뱉었지만, 다시 우회로로 돌아가지 않았다. 앨리스가 주소와 약도, 지도를 갖고 있으니까 어쨌든 목적지까지 찾아오리란 것을 그 남자는 알고 있었다. 에릭은 운전을 잘못 하는 앨리스의 약점을 부모처럼 돌보지 않고, 대신 속력을 내서 달리는 편을 택했다.

에릭이 감상(곧 약자에게 연민을 느끼는 것)에 반대하면서, 굳은 의지와 품위를 가지고 당당하게 장애를 극복하는 이들을 존경한다면 그건 앞뒤가 맞았다. 하지만 감상적이지 않은 에릭은 약자를 경멸하고 강자를 존경하는 중간에 멎어 있었다.

3. 벌거벗는 것

두 사람이 함께 보낸 첫날밤, 그러니까 에릭이 앨리스에게 처음으로 말을 건 지 겨우 몇 시간 뒤, 그 남자는 그녀를 식탁 위에 올려놓고 속옷을 벗겼다. 앨리스의 경우, 유혹적인 눈길에서 정사까지 보통 일주일에서 몇 달까지 걸렸으므로, 자신의 강한 욕망과 빠른 진도에 스스로도 놀랐다. 한구석으로는 거부하고 싶은 마음도 컸지만, 착한 여자는 어떠어떠해야 한다고 배워온 인습적인 도덕관념의 잔재에 순종하고 싶지 않았다. 무슨 상관이람! 앨리스는 속으로 그렇게 외치면서, 그 순간에 자기를 맡겼다. 그녀는 에릭이 열정적으로 옷을 벗기고 브래지어를 풀도록 내버려두었다. 벌거벗은 그녀는 처음에는 소파로, 다음에는 침실로 옮겨졌고, 그사이에 에릭은 아파트 여기저기에 신나게 옷을 벗어던졌다.

사랑의 행위가 끝난 후, 에릭은 침대에서 내려가 부엌으로 가서 큰 물병과 컵 두 개를 들고 왔다. 서랍장 옆에 홀딱 벗고 서서 우아한 레스토랑의 웨이터처럼 조심스럽게 물을 따르는 모습이 어울리지 않았다.

"가운을 입는 게 어때요?"

앨리스가 물었다.

"아니, 그렇게 하면 섹스 후의 에로티시즘을 망쳐요."

에릭이 싱긋 웃었다.

"섹스 후에는 에로티시즘이 끝나는 줄 알았는데요."

"아, 흔히 그렇게들 생각하지만……."

에릭이 말꼬리를 흐렸다.

첫날밤부터, 그 남자가 자기 몸을 만족스러워한다는 사실이 분명해졌다. 그 남자는 별 생각 없이 즉각적으로 자기 몸매를 즐겼고 다른 사람들에게도 그러도록 하는 것을 좋아해서, 가운을 입거나 수건으로 가리는 것은 쓸데없는 일로 여겼다. 에릭은 진한 프렌치 키스를 하면서도 이웃에서 보지 못하도록 커튼을 쳐야겠다고 생각하지 않았고, 강에서든 자쿠지 욕조(물거품이 솟아나는 욕조. 자쿠지는 상표명 - 편집자)에서든 수영장에서든 허락만 된다면 나체로 헤엄칠 사람이었다.

앨리스는 그 남자가 몸에 대해 당당한 데 감탄했다. 그녀는 — 열정적인 순간은 제쳐두고 — 그런 당당함을 가질 수 없었다. 가운이나 티셔츠에 손을 뻗고 싶었고, 불빛을 어둡게 하고 전신 거울을 피하고 싶었다. 몸이란 벗은 채 일없이 아파트 안을 돌아다니며 과시할 만한 물건이 아니었다. 사랑 행위를 하는 중이라면 괜찮지만 그것도 남자가 몸매에 대해 비평할 정신이 없을 정도로 흥분한 경우에만 가능했다.

에릭은 앨리스의 그런 면을 놀렸다.

"1초도 안 지나서 내 옆에 벗고 누울 거면서 왜 눈을 감으라고 하는지 모르겠네."

그녀가 침대에 들어가기 전에 옷을 벗으면서 고개를 돌리라고 하자, 그 남자가 한 말이었다.

"당신 모습을 샅샅이 잘 아는데도 왜 벗은 몸으로 다니는 걸 못 보게 하는지도 모르겠고."

그녀가 느끼기에, 벗은 몸을 보이는 것은 창피를 당할 수도 있는 일이었다('그걸 가슴이라고 달고 다녀?' '그게 오리발이지 어디 사람 발이야?' 앨리스는 자신을 혐오하며 자문하곤 했다). 화장을 지우고 옷을 벗어던지면 무장 해제된 기분으로, 상처 입기 쉬운 상태에서, 애인이 자신을 비웃거나 신체적인 약점을 잡지 않기만을 바랄 수밖에 없었다. 그녀는 자기 몸을 불리하고, 취약하고, 사람들에게 관용을 구해야 할 대상으로 여겼다. 어처구니없는 생각이지만, 그녀는 벗으면 어쩔 수 없이 움츠러들었고, 옆에 있는 남자를 믿어도 된다고 스스로에게 자신감을 불어넣어야 했다 — 한편으로는 미적대다가 욕실로 뛰어들고 싶은 충동을 느끼면서.

"바보 같은 짓을. 빨리 돌려줘요."

에릭이 장난치느라 그녀의 옷을 붙박이장 깊숙이 감춘 날 아침, 그녀는 간청했다.

"1분 줄게요. 안 그러면 경찰을 부르겠어요."

"좋아요, 전화기 여기 있어요. 경찰도 나랑 같은 생각일걸요. 당신은 옷을 입은 것보다 벗은 편이 더 낫다고."

에릭이 대꾸했다.

"치사하게. 에릭, 말 안 들으면 **진짜로** 화낼 거예요."

앨리스는 거실 가운데 서서 쏘아붙였다. 무화과 잎으로 몸을 가리고 초조해진 이브였다.

"좀 느긋해져봐요."

"느긋해지라구요. 당신은 이러는 게 재미있군요, 그렇죠? 나는 진짜 짜증난다구요, 네? 그러니까 제발, 옷을 돌려줘요."

"알았어요. 자기야, 부엌 옆 벽장에 있어요 — 그러니까 야단 좀 그만 해요."

4. 감정적인 벌거벗음

에릭은 자기 몸에 대단히 자신 있었지만, 다른 형태로 벌거벗

는 데는 심할 정도로 수줍음을 탔다 ― 하지만 워낙 다른 영역이
어서, 앨리스는 한참 뒤에야 무화과 잎을 찾는 태도와 그것을 연
결 지을 수 있었다. 에릭은 강과 숲에서 벌거벗은 채 뛰노는 것을
좋아할지는 몰라도, 감정의 벌거숭이가 되는 상황에서는 매우 다
급하게 상징적인 '가운'을 찾아 헤맸다.

감정적인 벌거벗음이란 명확한 정의를 내리기 어려운 상태이
기 때문에 알아차리기 어렵다. 육체적으로 벌거벗는 것은 눈에
보이는 사실이다 ― 그래서 몸을 강조하는 쾌락 도덕주의자들은
얌전한 체하는 사람을 골리고 옷을 숨긴다. 하지만 자아는 육체
에 갇혀 있으므로, 감정의 수줍음을 알아보고 옷을 벗기는 데는
시간이 더 오래 걸린다. 감정을 잘 벗지 못하는 사람은 옷을 잘
벗지 못하는 사람만큼 많지만.

감정적인 벌거벗음은 남에게 자신의 약함과 모자란 부분을 드
러내는 데서 시작된다. 거기에 의존하면, 우리는 존재라는 엄연
한 사실 외의 다른 방법으로 어떤 인상을 심어줄 능력을 빼앗기
게 된다. 더는 거짓말하거나 허세 부리지 못하고, 뽐내거나 미사
여구 뒤로 숨지 못한다 ― 몽테뉴는 감정적으로 벌거벗게 되는,
죽음을 맞는 순간에는 단순한 프랑스어〔자신의 모국어〕로 말해
야 한다고 했다.

내 **필요**를 고백할 때는 감정적으로 벌거숭이가 된다 ― 당신이
없으면 헤매게 될 거라고, 독립적인 사람처럼 보이려 애썼지만
꼭 그렇지도 않으며, 인생의 방향이나 의미도 모르는 형편없이

유약한 인간이라고 고백하는 것이다. 내가 울면서 이야기할 때, 남들이 그 사실을 알면 끝장이지만, 나는 당신이 비밀을 지켜줄 거라고 믿는다. 파티에서 유혹적인 시선을 던지는 게임을 그만두고 내가 관심 있는 사람은 바로 당신뿐이라는 사실을 인정하고 나면, 나는 조심스레 빚어온, 단단한 허상을 벗어버린다. 나는 무방비 상태가 되어, 서커스 묘기에 나선 사람처럼 판에 묶인 채 상대방을 믿어버린다. 그는 내 피부에 스칠 듯 비수를 던진다. 내가 자의로 그에게 내준 비수를. 나는 당신 앞에서 초라하고 자신을 믿지 못하고 동요하며 자신감을 잃고 자신을 증오하는 모습을 보였으므로, 〔필요한 경우〕 그 반대 모습이 되리란 걸 당신에게 설득할 수가 없다. 새벽 3시에 겁에 질린 얼굴을 당신에게 보일 때면 난 약한 사람이 된다. 저녁 식사를 하면서 뽐내던 허세도, 낙관적인 철학도 없이 존재 앞에서 불안하다. 나는 엄청난 모험을 받아들여야 한다. 내가 평소 자신감 넘치는 미인이 아니더라도, 당신이 내 두려움과 공포를 줄줄 꿰고 난 뒤에도, 당신은 날 사랑할 것인가.

그러면 감정의 옷 입기란 무엇인가? 그것은 무른 속, 상징적인 생식기의 약함, '**당신이 필요하다**'는 엄청난 비밀을 남에게 들키지 않도록 만든 옷장 전체로 이루어진다. 옷을 입는다는 것은, 내가 조종할 수 없는 사람, 곧 전화를 받지 않거나 다른 사람과 시시덕거림으로써 우리를 미치게 하거나 상처 입힐 수 있는 사람의 손아귀에 잡히지 않으려고 하는 것이다.

에릭은 연애를 할 때마다 이중 안감을 넣은 양복으로 옷장을 채웠다. 사랑이 대들보가 아닌 삶, 행복의 토대를 자율이 아닌 다른 것에 양도할 필요가 없는 삶을 만드는 게 목표였다.

이 점에서 우리는 건축가들을 낭만파와 지성파로 나눌 수 있다. 지성파 건축가는 건물의 무게를 여러 기둥(많을수록 좋다)에 분산하는 것을 기본 방침으로 삼아, 사고가 나더라도 다른 기둥들이 무너진 기둥의 몫을 나누어 지도록 한다.

에릭은 무게를 폭넓게 분산했다. 여자친구를 몇 명씩 유지하는 것(거절을 당하더라도 곧바로 구조가 무너지지 않도록 위험을 줄이려고), 어느 집단이 등을 돌려도 생존할 수 있게 충분히 많은 집단과 교제하는 것, 어느 거래가 실패해도 견딜 수 있게 돈을 많이 버는 것 등이 그 남자가 세운 기둥들이었다.

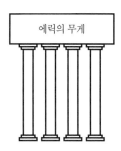

에릭의 무게

앨리스는 이와 딴판으로 매우 현명하지 못한 건축가였다. 그녀는 모든 욕구를 기둥 하나에 모으는 경향이 있었고, 그 기둥 하나가 온 무게를 견디길 바랐다.

앨리스의 무게

최근에 그런 기둥이 된 에릭은 그 역할을 맡는 게 못마땅했다. 그 남자에게는 개입하기를 꺼리는 구석이 있었다. '내가 느끼는 게 무엇인가?' '여기서 **우리가** 함께 무엇을 하고 있나?' '다음 주말에 **우리는** 무엇을 할까?'라고 자문하고 관계 속의 자기 위치를 받아들이는 것을 망설였다.

그 남자는 앨리스의 특성을 무시해서 그러는 것이 아니었다. 그것은 감정을 벗지 못하기 때문에 생기는 태도일 뿐이었다 ─ 에릭은 자신의 그런 면이 바로 문제라는 사실을 인정하려 들지 않았다.

애초에 앨리스는 이것을 규칙의 일부로 받아들였다 ─ 두 사람이 처음 만난 주에는 상대의 마음이 나와 같지 않을지도 모르므로, 서로의 존재가 서로에게 지금 어떤 의미인지 이야기하지 않는다. 한쪽에서 계속 사귈 뜻이 없을지도 모르기 때문에 장래의 이야기는 꺼내지 않는다.

연인들이 처음으로 같이 잔 다음에는, 며칠 후나 몇 주일 후에 다시 만나자는 말이 중요한 의미로 해석되기 마련이다. 한 사람이 2주 후인 "내 생일에 그 연극을 보러 가요"라고 하면, 그건 그냥 하는 말이 아니다. 그 제안에는 적어도 그때까지는 두 사람의 관계가 이어질 것이라는, 미묘하지만 분명한 뜻이 담겨 있다. 관계가 진전되면 한쪽이 시간의 틀을 확장하고 싶어지고, 어느 시점이 되면 자신 있게 "돈을 모아 내년 말에 스키를 타러 가는 게 어때?"라거나 "은퇴 후에는 유람선 여행을 할까?"라는 말까지 하게 된다.

하지만 에릭이 암시하는 시간의 틀은 극도로 짧아서, 일주일을 넘어가지 않았다. 앨리스는 미래가 더 분명히 보이기를 바랐지만, 그 남자는 연대기적으로 장래에 관계되는 위험스런 일은 쏙쏙 빠져나갔다.

심지어는 사랑 고백도 암호화했다. 최근 두 사람은 형편없는 미국 영화를 보았다. 텍사스의 남녀가 주위의 문제로 헤어졌지만 결국 장애를 극복하고 사랑이 승리를 거두는 이야기였다. 남자 주인공(영화 속 이름은 빌리)이 에릭과 놀랄 만큼 닮아서, 두 사람은 극장에서 나오면서 그 이야기를 했다. 그날 밤 에릭은 앨리스에게 친밀감을 느끼고, 차를 타러 가는 길에 그녀의 어깨를 감싸 안았다. 그 남자는 그녀가 얼마나 아름다운지, 자신이 그녀를 얼마나 아끼는지 말하고 싶었지만, 평소의 억양이 아닌 영화 속 남자 주인공의 목소리를 택했다.

"나의 귀염둥이, 우라질 인생을 살면서 당신처럼 사랑스런 여자는 처음 봤소."

에릭은 빌리의 텍사스 말투를 흉내 냈다.

"그렇게 말해주니 고마워요."

앨리스는 평소처럼 대답하며, 그 남자의 손을 잡고 가만히 쓰다듬었다.

"알지, 미시시피 강 이편에서는 당신이 최고야."

빌리 겸 에릭이 시적으로 말했다.

"내가요? 그럼 미시시피 강 저편의 내 경쟁자는 어떤 여자인가요?"

에릭은 육체의 욕구는 잘 받아들였지만, 감정의 욕구는 이런 식으로 에둘러 표현하는 편이 익숙했다. 그 남자는 앨리스의 관심을 끌고 싶을 때는 감기나 독감에 걸렸다거나 등이 아파 죽겠다고 말했다. 이런 행동 뒤에 있을지 모르는 진짜 아픔을 인정하기보다는 그쪽이 편했다.

병이 나면, 모자를 쓰고 외투로 몸을 감싸고 침대에 누워 곧 죽을 것 같다고 말했다.

"앨리스 간호사, 여기 환자가 있어요. 천사처럼 비타민 C를 먹여줄 거죠?"

그 남자는 죽음의 병상에 누워 이렇게 전화하곤 했다.

그 남자는 자신과 앨리스에게 환자와 간호사의 역할을 설정함으로써 연인/연애 시나리오에 따르는 위험 요소를 피할 수 있었다. 코 막힘 약이나 기침을 멈추는 시럽을 갖다달라고 말하는 것으로, 안기고 사랑받고 싶은 원초적인 욕망이 충족될 수 있었다.

6월에 에릭은 중요한 거래를 성사하기 위해 프랑크푸르트로 날아갔는데, 계약이 독일 회사에 넘어가자 몹시 의기소침해서 런던에 돌아왔다. 그날 밤, 앨리스가 준비한 식사를 하면서 그 남자는 말없이 시무룩하게 음식만 먹었다. 그 남자가 소파로 가서 앉자, 앨리스는 애인이 너무 낙담하고 비참한 기분인 것 같아서 옆에 앉아 그 남자의 머리를 감싸 안았다.

"자아, 당신은 여전히 내 영웅이에요. 독일 돈을 많이 가져왔든 말든."

그녀는 말하면서, 그 남자의 머리칼을 쓸어 넘기며 부드럽게 바라보았다.

"제발, 앨리스, 그렇게 달래지 말아요. 됐어요."

성공해야만 사랑받을 자격이 있다는, 고통스럽고 쓸쓸한 믿음 속에서 산 남자다운 반응이었다.

5. 너그러움

에릭은 늘 두드러지게 너그러운 사람이었다. 돈이 없던 시절에도 먼저 술을 샀고, 식당의 계산서를 집어 들었다. 친구의 생일이면 꽃과 선물을 보냈고, 여러 구호 단체를 후원했으며, 직장에서는 자신의 수입을 일부 떼어 비서의 급여를 보태주었다. 앨리스와 쇼핑을 나가면, 자신의 수입이 훨씬 많다는 걸 잊지 않고 셈을 치르는 경우가 잦았다.

주말에 앨리스는 친구들과 도싯(잉글랜드 남서부 지방 - 편집자)에 놀러 갔다가, 에릭에게 줄 선물로 그 지방의 치즈를 알루미늄박에 싸 가지고 왔다..

"젖소 두 마리를 키우는 작은 농가에서 만든 치즈예요. 이름도 모르지만 당신 마음에 들 것 같아서요."

앨리스가 말했다.

"고마워라. 치즈는 받아본 적이 없는데."

에릭은 신선한 물건 자체뿐 아니라, 치즈를 싸 가지고 런던까지 가져온 정성에 감동했다.

앨리스의 애정을 상징하는 치즈는 맛이 좋았지만, 물리적인 실제 무게보다 더 무거운 부담으로 작용했다 ─ 그녀의 선물이 의미하는 애정과 관심을 빚졌다는 부담이었다. 에릭의 냉장고에 든 치즈는 앨리스가 **그 남자**를 위해 기울인 모든 노력을 상징했다. 그녀는 농가에 찾아가서, 돈을 건네고, 치즈를 포장해서 가방에 넣었고, 그러는 동안 내내 그녀의 마음속에는 그 남자가 있었다. 얼마나 기뻐할까! 얼마나 무거울까!

그러니 에릭이 마음의 부담을 더느라 이튿날 앨리스에게 아름다운 반지를 선물해 놀라게 한 일도 실은 놀랄 일은 아니었다. 그 반지는 둘이 옥스퍼드 거리 인근의 가게에서 보고 마음에 들었던 것이었다.

"믿을 수가 없어."

앨리스는 상자를 열어보고는 감탄하면서 에릭에게 달려가 키스했다.

"정말 마음도 넓지."

그 남자는 돈에 관한 한 인심이 후했다 — 반지는 결코 싸지 않았다. 그러나 그 남자의 처신은 감정적으로는 너그럽지 않았다. 그것은 앨리스의 5파운드짜리 치즈에 대한 빚을 갚으려는 인색한 시도였다. 에릭이 더 큰 선물을 주려는 것은 선물하는 걸 좋아하기 때문이기도 했지만, 감사하는 위치에 서면 자율성을 잃고 간섭 받게 되는 것을 싫어해서이기도 했다.

경제의 세계에서는 빚이 나쁜 것이지만, 우정과 사랑의 세계는 괴팍하게도 잘 관리한 빚에 의지한다. 재무 정책으로는 우수한 것이 사랑의 정책으로서는 나쁠 수가 있다 — 사랑이란 일부분은 빚을 지는 것이고, 누군가에게 뭔가를 빚지는 데 따른 불확실성을 견디고, 상대를 믿고 언제 어떻게 빚을 갚도록 명할 수 있는 권한을 넘겨주는 일이다.

에릭은 빚을 제때 갚긴 했지만, 앨리스로서는 아쉬운 일이었다. 너무 급하게 빚을 갚고 그대로 잊어버리는 바람에, 그 남자는 그녀와 똑같은 감정의 성숙을 실현하지 못했다.

상대방을 안다는 것

에릭과 만난 지 5개월이 넘었을 때인 8월 첫 주, 앨리스는 친구 모니카에게서 전화를 받았다. 오래전 매사추세츠 주에서 열렸던 여름 캠프에서 처음 만났고, 지금은 네덜란드에 사는 친구였다.

"그럼 이야기 좀 해봐. 어떤 남자야?"

모니카가 물었다.

"이름은 에릭이고, 은행가야."

"만난 지 얼마나 됐는데?"

"이런 세상에, 벌써 몇 달이나 되었네. 6개월쯤 됐나봐."

"섹시해?"

"웅, 그런 것 같아."

"어떤 사람이야?"

"어떤 사람이냐고?"

"그래, 알잖아."

"사실은 모르겠어."

"모르다니 무슨 말이야? 너 그 남자랑 사귀잖아."

"글쎄, 그이는⋯⋯. 어떻게 설명해야 좋을지 모르겠어. 그 사람은⋯⋯ 그 사람은 좀 이상해."

앨리스는 그렇게 말하고는, 예상치 않게 **이상하다**는 말이 흘러나온 데에 웃음을 터뜨렸다.

"이상해? 넌 항상 아주 정상적인 남자랑 사귀었잖아. 어떻게 된 일이야?"

모니카가 물었다.

앨리스는 그날 퇴근길에 그 말에 대해 생각하다가, 엉뚱한 말실수 같지만 사실은 어떤 말보다 자신의 느낌을 잘 드러낸 말이라는 것을 깨달았다. 에릭은 내놓고 이상한 사람은 아니었다. 자신을 나폴레옹처럼 생각하지도 않았고, 샤워 캡을 쓰고 잠자리에 들지도 않았다. 하지만 행동에 왠지 묘한 구석이 있어서, 앨리스는 그 남자의 반응을 예상할 수가 없었다.

타인을 상대할 때, 대개 우리는 무의식적으로 상대의 반응을 예상하고 행동한다. 상대방의 특성을 머릿속으로 그리고, 이것을 이용해서 어떤 말을 할지, 어떤 행동을 할지 선택한다. '내가 x라고 말하거나 행동하면, 이 사람은 y라는 반응을 보이겠지'라는 전제하에 움직이는 행동의 틀이다. 이 틀이 웬만큼 복잡한 상황까지 아우를 수 있을 만큼 풍성해지면, 우리는 누군가를 **안다**고 다소 가설적인 주장을 할 수 있게 된다. 앨리스는 미국의 현대 미술가 제니 홀처가 작품으로 표현한 경구 하나를 기억했다. 내용은 간단했다.

누군가의 인품을 빨리

알고 싶다면

우유를 한 모금

입에 가득 머금었다가

그에게 뿜어보라.

누구에게 실제로 우유를 뿜어볼 것도 없이, 앨리스는 가끔 상상으로 사람들에게 우유 실험을 하며 놀았다. 전차에서 맞은편에 앉아 신문을 보는 남자는 어떻게 할까? 이 정부 관료는 어떻게 반응할까? 택시 기사나 꽃집 종업원은 뭐라고 대응할까? 어처구니없는 상상 속의 실험이었지만, 성격의 특징들, 짜증을 잘 낼지 재치가 있을지 상처를 잘 입을지 금방 드러내주었다. 이 우유 실험을 상상하면서 앨리스는, 사람 중에는 반응을 쉽게 예측할 수 있는 부류와 어떤 반응을 보일지 전혀 알 수 없는 부류가 있음을 알게 되었다.

예컨대 앨리스는 직장 동료인 산드라의 행동 방식과 성격을 **안다고**(예상할 수 있다고) 주장할 수 있었다. 산드라는 35세의 경리 직원으로 앨리스의 맞은편 책상에 앉아 일하며, 노란색과 부르고뉴산 포도주색으로 된 재킷을 입고, 그 행동의 지형도는 완벽한 희극 작품을 구성했다.

산드라는 원래 심리적으로 복잡한 사람일지 모르지만, 개인사의 실제 결과는 시계처럼 규칙적이었다. 남들보다 못한 삶을 살게 되어 있다는 게 그녀의 지론이었다. 그래서 자신의 비극적인 실망감을 〔커피를 끝없이 마셔대면서〕 남들에게 알려줄 의무가 있다나. 앨리스가 주말을 즐겁게 보냈다고 말하면, 산드라의 첫 반응은 "정말 잘했네"가 아니라 "왜 나는 멋진 주말을 보내지 못하는 걸까?"였다. 누군가 승진하면 산드라는 "날 물 먹이려고 그러는 거야"라고 말하곤 했다. 또 사무실에서 잘생긴 남자가 지나가면, 1분에서 3분 내에 〔앨리스는 시간을 재면서 재미있어했다〕 산드라는 자기 애인이 그보다 못하다고 불평을 늘어놓았다. 그녀의 남자친구는 과체중인 전기 기술자로 워낙 별 볼 일 없는 남자라서, 정신이 바로 박힌 사람이라면 산드라가 왜 그와 만나는지 궁금할 지경이었다. 식품점에서 샌드위치를 살 때조차 그녀는 "왜 나는 그렇게 맛 좋은 샌드위치를 못 고를까?"라고 푸념했다.

도저히 좋아할 수 없는 동료였지만, 아쉽게도 에릭하고 함께 할 때에는 없는 요소가 산드라에게는 있음을 앨리스는 인정해야 했다. 한마디로 그녀는 산드라를 **알았지만** 에릭은 **알지** 못했다. 에릭의 행동에는 산드라가 보이는 반응 같은 일정한 구석이 없었다. 앨리스에게 그 남자는 여전히 수수께끼였고, 불쑥 화를 냈다가는 뜻밖에 너그럽게 굴고, 감정적으로 사각지대가 있고, 이해력이 대단한 사람이었다. 앨리스가 아는 사람 중에는 그런 심리 구조를 가진 사람이 없었다.

에릭과 대화를 하다가 어색해지는 경우가 가끔 있었다.

"오늘 밤에는 우리가 서로 모르는 사람들 같네요."

앨리스가 말했다.

"그래요?"

"네, 어젯밤에는 진짜 편안했는데 오늘 밤에는 처음 만난 사람들 같아요."

"글쎄, 흔히들 그러지 않나요? 냉장고에 파스타 남은 게 있으려나?"

〔에릭은 자기의 단점을 남의 탓으로 돌리는 재주가 비상했다. 앨리스는 문제를 제기한 자신이 바보 같아졌고, 에릭은 남은 라자냐를 느긋하게 먹었다.〕

그녀는 에릭이 언제 분통을 터뜨릴지 짐작할 수가 없었다. 앨리스는 초조하면 점퍼 소맷부리를 잡고 거기에 얼굴을 파묻는 버릇이 있었다. 한번은 햄스테드(런던 북서부의 고지대—편집자)로 차를 타고 가는 길에 그렇게 했더니, 에릭이 급정차하면서 버럭 소리를 질렀다.

"제발 그 짓 좀 그만 해요!"

"무슨 짓이요?"

앨리스가 놀라서 물었다.

"당신 손, 그거, 점퍼 쥐는 거요!"

그 남자는 짜증을 참지 못하고 퉁명스럽게 말했다.

"미안해요, 알았어요. 쳇, 이게 뭐가 나쁘다는 거죠?"

"그냥 나는 미치겠어요."

하지만 그녀가 아무것도 아닌 일로 화를 내는, 성질 더러운 인간이라고 딱지를 붙일 새도 없이, 보통 사람이라면 펄쩍 뛸 만한 상황에서 에릭은 놀랍도록 침착하게 처신했다. 에릭은 피터버러에 가서 고객들을 만나달라며 앨리스에게 신용카드를 빌려주었는데, 그녀는 킹스크로스 역에서 통화하고 나서 카드를 놓고 왔거나 도난당하고 말았다. 앨리스는 혼잡한 기차역에서 비자카드를 잃어버렸다고 털어놓으면 에릭이 어떻게 나올지 아찔했고, 걱정이 공포스러운 지경에 이르렀다. 그녀는 침울하게 사실을 알리기로 했다.

"우리 그만 만나야 할까봐요."

"뭐라구요? 왜요?"

"내가 끔찍한 일을 저질렀고, 용서받지 못할 테니까요. 지금 모든 걸 끝내는 게 좋겠어요. 침실에 있는 내 짐을 싸서 택시를 부를게요. 한동안 서로 떨어져서 지낸 다음에……."

"지금 무슨 얘기를 하는 거예요? 무슨 말이에요? 무슨 일이 있어요?"

"오, 맙소사……."

앨리스는 입술을 깨물었다.

"뭔데요?"

"당신한테 말 못 해요."

"나한테 말해야 해요."

"못 하겠어요."

"바보같이 굴지 말아요. 무슨 일인데요?"

"당신 신용카드를 잃어버렸어요."

"그게 다예요? 맙소사, 덜컥했잖아요."

"신용카드를 잃어버렸는데 괜찮다는 거예요?"

"그래요, 아무 일도 아니에요. 카드 회사에 전화하면, 그쪽에서 사용 정지시키고 월요일에 새 카드를 보내줄 거예요. 이보다 더 쉬운 일도 없다구요. 앨리스, 그렇게 걱정스런 표정 짓지 말아요. 괜찮다니까요. 정말이에요. 진짜 괜찮아요. 그딴 신용카드 같은 건 신경 쓰지 말아요. 당신이 더 귀중한 걸 잃어버리지 않아서 다행이에요. 자, 그 일은 다 잊어버립시다. 더 얘기할 가치가 없으니까."

앨리스는 확신을 원했지만 에릭의 피해 가는 행동에 좌절했다. 그녀는 줄곧 그 남자의 특성을 지도로 그렸고, 그 남자의 성격에 지각 변동이 일어날 때마다 그려온 지도들을 재검토해야 했다. 그녀가 이런 혼란상을 최선의 경우로 해석하려고 애쓰는 의지 내지 힘이 바로 사랑의 증거였다. 그 남자가 짜증을 내면 과로 때문이라고 받아들였고, 말이 없으면 고단하거나 배가 고파서 그럴 뿐이라고 받아들였다. 어느 시점에서 앨리스는 에릭을 '자신의 친절함에 스스로도 놀라고, 그 다음에는 굴종으로 이어질까봐 위험을 느끼고, 그래서 못되게 구는 사람'이라고 정의 내렸다. 또 그 남자가 다시 비합리적으로 짜증을 내면 앨리스는 혼잣말로 중얼거렸다.

'나 때문이 아냐. 근본적으로 친절한 사람이지만, 분명치 않은

마음의 상처가 있어서 자신에게 화가 나면 남에게 터뜨릴 뿐이야.'

앨리스는 오랫동안 그 남자의 부족한 감정 교류를 '수줍음'이라는 정신 영역의 탓으로 돌렸다. 사랑을 나눈 후에 퉁명스럽게 굴거나, 전화를 뚝 끊어버릴 때 주로 그렇게 해석했다. 덧붙여서 이런 생각도 했다. '이 사람은 정말 영국인다워.' ― 영국인은 채소를 푹 익히며, 감정을 털어놓기를 꺼리는 사람들이라는 전통 관념에서 비롯된 생각들의 막연한 결정체였다. 게다가, 에릭의 부모와 식사를 한 후 앨리스는 다른 이론을 만들어냈다. 그들은 내내 말없이 엄숙한 분위기에서 먹기만 했고, 따라서 그녀는 이렇게 생각하게 되었다.

'에릭도 어쩔 수 없지. 집안 분위기가 그러니.'

앨리스는 그 남자가 대화를 잘 하지 않고 괴팍하게 구는 것을 세 가지 이유로 파악했다.

1. 수줍은 성격

2. 영국인다움

3. 부모의 영향

하지만 앨리스가 이런 특성에 익숙해질 무렵, 런던 외곽에 사는 친구 집에서 주말을 보내면서 에릭은 완전히 다른 면모를 보여주었다. 그 남자는 친구들과 말을 많이 하고, 상냥하고, 다른 사람을 잘 돕고, 명백히 매우 영국인답지 않았다. 그러니 대화 부족의 이유를 달리 설명해야 했다.

1. 과중한 업무
2. 도시 생활
3. (더 걱정스런 부분으로) 그 남자의 따뜻한 마음을 끌어내지 못하는 앨리스 자신의 무능

에릭은 듬뿍 사랑받거나 미움받는 데 저항하는 것 같았다. 그 남자는 앨리스가 관계에 의심을 품을 때를 감지하는 촉각을 갖고 있었지만, 그 전에는 그녀의 감정을 전혀 감지하지 못했다. 이것이 의식적인 현상이라면, 그 남자가 며칠간 앨리스를 무시하는 데는 극단적인 데가 있었다. 그러다 그녀가 화내기 직전에 물러서거나 사과하는 식이었다.

앨리스는 사랑하는 남자에 대해 아는 게 없다는 사실을 깨달아야 했다. 그 남자의 행동은 여전히 수수께끼였다. 에릭은 처음 만난 날과 똑같이 복잡해 보였다. 그 첫 만남에서 그녀는 그 남자를 '안' 줄 알았지만 이제는 그렇게 주장할 수 없었다. 그 남자는 멀리서는 잘 보이지만, 가까이 들여다보면 백만 개나 되는 파편으로 나뉘어 있었다. 앨리스는 이토록 서로 화해할 수 없는 요소들이 어떻게 공존할 수 있는지 신기했다. 그리고 예상할 수 없고, 끊임없이 질문과 해석이 뒤따르는 불안정 상태에 힘이 빠졌다.

예측 가능성

어떤 사람이 착한지 나쁜지 알기 전에, 우리는 어느 쪽이든 그 사람이 분명히 이쪽 아니면 저쪽이라고 확신하고 싶어한다. 물론 우리에게 말을 걸고 생일을 기억해주는 좋은 사람이라면 더 좋겠지만, 상대가 나쁘고 명확히 악마 같고 얼마간 괴팍하다 해도 우리는 그를 멀리하면 된다. 세상에는 별별 인간이 많이 있고, 그런 자와 어울리지 않아도 되니 다행이라고 하면서.

어떤 사람이 비서한테는 친절하지만 배우자에게는 야수처럼 굴 수 있고, 수학은 잘하지만 감정 처리에는 무능하며, 수플레는 잘 만들지만 양고기에는 젬병일 수 있다는 것을 알아차리기는 쉽지 않다. 우리는 야생동물 보호 모임에 가입하여 사회적인 책임감을 덜면서도, 히틀러가 어린이와 동물을 사랑했다는 말은 듣기 싫어한다. 〈백설 공주〉를 보면서 우는 자신을 감수성이 예민하다고 여기지만, 독재자 이디 아민이 그 영화를 제일 좋아했다는 말은 싫다. 독일 문학을 좋아하면서도, 연합군이 아우슈비츠 수용소를 해방하러 들어갔을 때 독일 친위대 장교들의 소지품에 괴테의 책들이 들어 있었다는 사실을 알면 편치 않다. 단지《시와 진실》에 나오는 구절에 감명 받았다는 이유로 자신은 대량 학살범이 될 잠재성을 벗어버렸다고 생각하는 편이 유쾌하지 않은가?

가여운 플로베르를 다룬 다른 전기를 넘겨보면, 전기 작가가 이 저명한 문인을 "모순으로 꽉 찬" "이상한 동물"로 묘사한 대목이 나온다.

> 자신을 질서와 안락, 계급 제도를 좋아하는 골수 부르주아로 느꼈기 때문에, 부르주아에 대한 그의 혐오는 더욱 강해졌다. 모든 정부를 비난했으나, 정부 전복을 꾀하는 지나친 폭력은 참지 못했고…… 사제들의 원수였으나, 종교적인 문제에 끌렸다. 여성의 매력에 끌렸지만, 어떤 여자에게 반하는 것도 거부했다. 예술 면에서는 개혁적이었지만, 일상 생활은 보수적이었다. 우정을 갈구하면서도 사람들과 떨어져서 살았고……*

작가 트로야가 이런 일을 **모순**이라고 표현한 것은, 술판에 들이닥친 수녀들이 기대했던 바와 다른 인간의 본성을 보고 순진한 척 충격 받은 모습을 보이는 것과 비슷하다. 이것은 모순적이지 **않은** 성격이 가능하리라는 생각에 집착하는 것이라고 볼 수 있다. 여성의 매력에 끌리면 자연히 끌리는 대상과 관계를 맺는 세계,

---

* 앙리 트로야Henri Troyat, 진 핀컴 옮김,《플로베르》, 바이킹, 1993년. ― 저자 주.

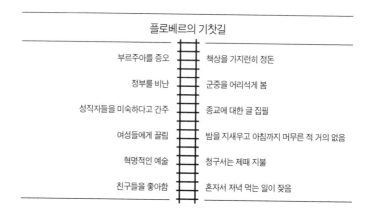

플로베르의 기찻길

부르주아를 증오	책상을 가지런히 정돈
정부를 비난	군중을 어리석게 봄
성직자들을 미숙하다고 간주	종교에 대한 글 집필
여성들에게 끌림	밤을 지새우고 아침까지 머무른 적 거의 없음
혁명적인 예술	청구서는 제때 지불
친구들을 좋아함	혼자서 저녁 먹는 일이 잦음

종교 문제에 관심 있는 사람은 자연스럽게 사제들과 차를 마시고 싶어하는 세계, 우정에 목마른 사람은 당장 브리지 클럽에 가입하는 세계에 애착을 느낀다는 뜻이다.

그러나 플로베르는 〔철학자 아멜리에 로르티가 말한 대로〕 '복식 부기 시스템' 같은 마음을 가지고 있었던 듯하다. 그의 마음에서는 병존할 수 없는 요소들이 기찻길처럼 평행을 달렸다.

전기 작가들은 기질적으로 '기찻길'을 못 참는다는 비난을 받기도 한다. 그들은 주인공의 모순을 소박하게 설명하려고 한다. 근사한 만찬을 좋아했던 혁명가는 계급투쟁이라는 이름으로 그랬다고 한다. "트로츠키가 사슴고기와 설익은 채끝살을 좋아했던 것은 채식주의자들을 자극해서 자본주의의 붕괴를 재촉하려는 시도였고……." 어린이를 숭상하는 글을 썼지만 자기 자식은 잘 보살피지 못한 이상주의 철학자는 일관된 동기에서 그랬다고 한다. "루소가 자식들에게 가혹했던 것은 험난한 세상에 대비케 하려는 심오한 의도 때문이었다……."

이들 모순이 전기 작품 자체의 무덤을 팔 것 같다 싶은 지경에 이르면 '천재'라는 말로 구제되기도 한다. 플로베르는 모순된 사람이었지만 덕분에 《감정교육》 같은 작품을 쓸 수 있었다. 피카소는 아내들에게 못되게 굴었지만 중요한 작품을 그렸다 — 복잡 미묘하지만, 20세기 최고의 화가라면 그 정도는 되지 않겠는가? 지성인들은 '천재'로 보는 것이 멍청이들에게는 '광증'이 되며, 이는 모든 게 가능해지고 정상적인 규칙이 기적적으로 적용되지 않는 극단의 상태를 뜻한다.

하지만 전기 밖의 세계에서는 모순이란 그리 이례적인 일이 아닌 것 같다. 플로베르가 상이한 두 가지를 다 같이 원했고 말과 행동이 달랐다고 해서 '이상한 동물'이기는커녕, 뒤죽박죽 혼란스런 그 남자의 욕망은, 도리어 그가 서구 문학에서 손꼽히는 걸작을 몇 편 남긴 것 외에는 정상적인 가시가 돋친, 매우 전형적인 동물이었음을 우리에게 낱낱이 보여준다.

에릭은 소설을 쓰지 않았고, 그의 복잡한 파편을 추적한 전기 작가도 없지만(오직 애인들뿐), 그에게는 플로베르에 대적할 만한 모순이 있었다.

에릭이 자기모순을 기꺼이 인정하기 때문에 그런 면을 공격할 수도 없었다. 그 남자는 쾌활하게 앨리스에게 말할 수 있었다.

"내가 미친놈이란 걸 알아요, 부인할 생각은 전혀 없다니까."

"모든 크레타인은 거짓말쟁이다"라고 크레타인이 말했다는 역설 이

에릭의 기찻길

선■ 철학의 고요함에 감탄	규칙적으로 화를 냄
체계가 잘 잡힌 것을 아주 좋아함	자주 늦게 전화함
정신지체인을 돕는 단체에 기부	바보들을 기꺼이 참아주지 않음
어느 날은 사랑이 넘치고	이튿날은 무관심
잘 공감해줌	그러다가 극도로 이기적이 됨
인간관계에 대해 통찰력이 있음	자기 경우는 보지 못함

후에, 누구를 크레타인이라고 칭하는 행동에는 난감할 만큼 솔직한 데가 있다. 그 말에서 크레타인 스스로가 밝힌 크레타인의 성격은 양의적이며, 상대방으로 하여금 무엇이 참이고 무엇이 거짓인지 가늠하지 못하게 만든다. 에릭이 어느 때 하는 말은 다른 때 한 말이나 행동과 모순되었다. "모든 크레타인은 거짓말쟁이다"라는 그의 경고는 본인도 크레타인이라는 새로운 정보로 무효가 되었다. 그 남자는 자기모순을 알았고, 무엇보다 잘 알고 있었다. 성질을 부릴 때면 그 남자는 본인이 화를 잘 낸다는 사실을 인정하는 크레타인이 되었다(화를 잘 내는 사람이 "내가 성질을 잘 부린다는 걸 알아"라고 말한다) — 그래서 그 남자의 잘못은 비난받을 여지가 적어진다. 그래서 앨리스는 이렇게 자문하게 되었다. '에릭이 진짜 성미 고약한 자식이라면, 자기 입으로 그렇다고 말하겠어?' 그녀는, 자기 결점을 아는 것은 그 결점이 없는 것과 같다고 믿는 오류를 범했다. '진짜 나쁜 사람이라면 자기가 나쁜 사

람인 줄 모를 거야. 에릭이 문제를 인식하고 있다면 정말 그런 사람일 리가 없잖아?'

단순히, 스스로 의식하지 못한 채 사악한 사람들이 있다. 개념적인(도덕적인 것과 반대되는) 관점에서 그들을 이해하는 데에는 아무런 문제가 없다. 그런데 남들이 싫어할 만한 점을 어느 정도 자각하기 때문에 쉽게 버릴 수 없는 사람들이 있다. 그들은 스스로를 비판함으로써 외부의 공격을 대부분 피할 줄 안다.

에릭은 며칠간 이해할 수 없는 행동을 하다가 갑자기 앨리스에게 이런 식으로 말할 줄도 알았다.

"내가 지금 말도 안 되는 인간이라는 걸 알아요. 믿어줘요, 당신이 지금 어떨지 이해해요. 내가 당신한테도 아무것에도 관심이 없다고 생각하지 말아요. 그냥 지금이 그럴 때여서 그런 것뿐이니까."

그 남자의 모순된 행동은 앨리스의 논리적인 이해력을 뒤흔들기에 이르렀다. 한 남자가 어떻게 그녀를 사랑하면서 **동시에** 그렇게 냉담할 수 있을까? 앨리스는 두 요소 중 한 가지를 빼는 것으로 모순을 해결하려고 했다 — 어쩌면 그 남자는 그녀를 사랑하지 않는다. 아니면 그 남자는 진짜 냉담한 게 아니라 단지 피곤하거나 수줍을 뿐이다.

하지만 에릭은 그녀가 내린 결론이 오래가지 못하게 했다. 앨리스가 결론에 적응하기 시작하기 무섭게, 그 남자는 고백을 하여 그녀가 문제 삼은 면을 뒤집었다. 그 남자는 스스로 양면성의 타당함을 부인했다. 양면성에 대해 더 잘, 그녀보다 앞서 아는 것처럼, 그녀에게는 불만 이외에 아무런 판단의 근거를 남겨놓지 않았다.

"내가 짜증난 건 당신 탓이 아니에요."

그 남자는 터놓고 말했다.

"내 말을 믿어요. 내게 선택권이 있다면 나 같은 놈이랑 살지 않을 거예요."

위대한 러시아 심리학자 파블로프는 덜 알려진 실험을 통해, 반응하도록 훈련하던 신호에 충분한 혼란을 주면 개가 몸을 떨고 대소변을 보면서 신경증 상태에 빠질 수 있음을 밝혔다. 종을 울리고 먹이를 주다가 갑자기 종을 울리고 빈 접시를 주면, 개는 몇 번 같은 경험을 한 끝에 빈 접시에 익숙해질 수 있었다. 하지만 종이 울리고 나서 때로는 먹이가 나오고 때로는 안 나오는 식으로 불규칙하게 진행되면, 개는 이제 어떻게 생각해야 좋을지 알 수 없게 되고, 음식과 빈 접시의 연관성을 파악할 수 없어 혼란에 빠진다. 종소리가 때로는 이것을 의미하다가 때로는 다른 것을 의미하면 (늘 예상했던 것과 반대로 되지만) 개는 천천히 광견 상태에 빠져들었다.

사랑의 영속성

정신분석학자 도널드 위니캇은, 아기가 어머니에게서 떨어지는 순간부터 어머니는 늘 곁에 있으며 곧 돌아오리란 믿음을 단념하는 순간까지는 일정한 시한이 있다는 유명한 주장을 했다.

어머니의 존재감은 x분 동안 지속된다. 어머니가 x분이 넘게 돌아오지 않으면 그 영상은 지워지고, 그와 함께 아기가 결속의 상징을 이용하는 능력도 사라진다. 아기는 고통을 받지만, 어머니가 x+y분 뒤에 돌아오면 고통은 치유된다. x+y분 뒤에 아기는 회복된다. 하지만 x+y+z분이 지나면 아기는 정신적인 외상을 입는다. x+y+z분 뒤에 어머니가 돌아와도 아기의 상처는 치유되지 않는다. 정신적인 외상은 아기가 삶의 연속성에 단절을 경험했음을 암시한다. ……*

---

* D. W. 위니캇, 《놀이와 현실Playing and Reality》, 루틀리지, 1991년. — 저자 주.

위니캇이 파악한 바로는, 아이가 어머니에 대해 품은 인상은 아주 불확실하며, 시간이 흐르면 복구 불가능한 손상을 입을 수도 있다 — 어머니가 10개월간 해외여행을 한다면, 멀리서 선물이 아무리 많이 올지라도 그것은 자녀에게 어머니의 죽음과 같다. 대조적으로, 성인들은 다른 사람들이 자기 시야 밖으로 벗어나더라도 살아 있을 것을 굳게 믿는다. 어떤 사람의 어머니가 1년간 오스트레일리아에 가 있으면서 약속한 엽서를 보내지 않더라도, 어머니의 모습과 기억은 시공간을 뛰어넘어 살아남는다. 어머니가 곁에 없다는 이유만으로 상상 속에서 죽지는 않는다 — 눈에서 멀어져도 마음에서 멀어지지 않는다는 뜻이다.

위니캇은 이 **영상의 지속성**을 강조했다. 보이지 않는 곳에서도 대상의 연속성을 확신하게 하는 요소는 주어지기보다는 발달하는 특성이다. 우리는 이것을 물려받는다기보다 나중에 배우며, 이것은 신뢰 — 지금까지 어머니가 매번 돌아왔기 때문에, 어머니와 그 대용물[애인이나 친구]도 마찬가지로 계속 존재하리라는 — 를 바탕으로 점차적으로 형성된다.

이 이론에 더해서 심리학자 장 피아제는 다음과 같은 사실을 발견했다. 일정 연령 미만인 어린아이는 자기 시야 밖으로 벗어난 물체가 다른 곳에 계속 존재한다는 것을 모른다. 생후 8개월에서 10개월 사이인 아기 앞에서 곰 인형을 흔들다가 쿠션 밑에 감추면, 아기는 인형이 영원히 사라졌다고 생각하여 인형을 찾으려 들지 않는다. 아기는 눈물을 뚝뚝 흘리면서 인형을 찾기보다는 곰의 상징적인 죽음을 슬퍼한다. 하지만 이 기간이 지나면 아이는 이른바 대상 영속성을 인지하고 곰을 찾아 나서며, 곰 인형이 여전히 존재한다고 믿고 쿠션 밑을 뒤진다고 피아제는 설명했다.

위니캇과 피아제의 이론을 앨리스와 에릭에게 적용하는 것은 지나친 일일지도 모르지만, 영속성이라는 문제는 공통된다. 여기서는 **대상 영속성**이 아닌 **사랑의 영속성** 문제다. 이 사랑의 영속성이란 무엇인가? 상대가 당장 관심의 징표나 신호를 보내지 않아도 사랑이 지속되리라는 믿음, 상대가 밀라노나 빈에서 주말을 보내더라도 다른 정인情人과 카푸치노를 마시거나 초콜릿 케이크를 먹지 않으리라는 믿음, 침묵은 단순한 침묵일 뿐 사랑의 종말을 암시하는 게 아니라는 믿음.

앨리스는 에릭의 사랑을 확인하기 위해, 자리를 비운 어머니에 대한 아기의 믿음과 비슷한 신뢰가 필요했다. 당장 보이지 않고 증거가 없어도 매달릴 수 있는 무엇인가. 저녁 식사 내내 그녀는 에릭이 실제로는 거기 없으며, 그 남자의 가장 중요한 부분은 사무실이나 그보다도 나쁜 곳, 곧 환율 붕괴 현장이나 눈웃음을 흘리는 다른 사람에게 가 있다는 인상을 받았다. 앨리스가 그 남자의 손을 잡고 "별일 없지요?"라고 물으면, 에릭은 금기 사항에 대한 질문이라도 받은 듯이 "물론이지요"라고 대답하곤 했다. 그 남자의 말에서는 점점 애정이 빠져나갔고, 그녀는 그 남자가 현재 있는 곳에 관심이 없다고 느꼈다. 에릭은 그녀에게 초점을 맞추지 않고 말했다. 그 남자는 "정말로 주말에 만나고 싶어요"라고 말했지만, 그 말에는 '집에 있는 편이 낫겠다'라는 의미가 내포되어 있었다 ― **정말로**라는 말을 발음할 때의 밋밋한 억양과 **만나고**라고 할 때 미묘하게 내려간 음조에서 감지된 차이였다.

그러다가 훨씬 상냥해졌다. 택시를 타고 집으로 가는 길에, 그 남자는 앨리스의 어깨를 안고 머리에 입을 맞추곤 했다. 상징적으로 그 남자가 '집에 돌아왔음'을 뜻했다. 하지만 그 남자가 입을 다물고 대화가 공허해지는 시간 x와 그 남자가 머리에 키스하는 시간 y 사이에는 초조한 시간이 흘렀다. 앨리스는 이런 시간을 감당하는 데 통달해서, 위니캇의 아기처럼 그를 잊지 않았다. 하지만 버려진 아기의 원초적인 고통이 밀려와서, 쓸쓸하게 자문하곤 했다. '내가 뭘 어쨌기에?'

평소에는 멀쩡한 사람도 사랑을 하면 편집증에 걸리고, 별별 최악의 생각을 다 한다 ― **그 남자/여자는 이제 나를 사랑하지 않아, 싫증 내고 있어, 적당한 때가 되면 이 사람은 모든 걸 없던 일로 돌릴 거야**……. 편집증은 사랑이라는 감정에 따르는, 극히 자연스런 현상일 것이다. 상대를 높이 평가하니 내가 버려질 가능성이 점점 커질 수밖에. 하지만 일단 재앙의 시나리오에 끌려들면 사랑은 상처를 악화시킬 뿐이다.

앨리스는 매사가 걱정이었다. 건물의 가스관이 샐까봐 걱정이었고, 시동을 끈 다음에 이상한 소음이 나면 엔진에 불이 붙었을까봐 걱정이었다. 등에 난 점이 암 덩어리가 아닐까 염려했고, 치매에 걸리고 친구들을 잃을까봐 노심초사했다.

이런 근심의 근원은 추적하기 어려웠다. 걱정하는 대상 자체와는 분명 아무 관계도 없었다. 프로이트에 따르면 걱정은 **증후**일 뿐이니까. 다시 위니캇의 이론으로 돌아가면, 그것은 유년기의 경험과 관계가 있었다. 그녀의 어머니는 $x+y+z$ 시간이 흐른 후에 돌아왔다. 사실 그녀의 어머니는 의지할 만한 사람이 아니었다. 어머니는 세 번째 남편과 마이애미에 살면서 전화를 걸어, 앨리스를 사랑하며 다음에 유럽에 올 때 꼭 만나고 싶다고 말하곤 했다. 그러고 나서 런던으로 날아와서는 호사스런 호텔에 묵었는데, 앨리스와 만나기로 하고는 약속보다 한 시간이나 늦게 나타나서, 발톱 손질을 했는데 손질해주는 아가씨가 예상보다 시간을 끌었다고 변명하곤 했다.

대학 시절, 앨리스는 수염을 기른 해양생물학자와 몇 달간 열애에 빠진 적이 있었다. 햇살 좋은 5월 아침, 그 남자는 "들어줘, 이제 당신에게는 남녀간 애인 관계의 감정이 들지 않는 것 같아"라고 말했다. 서늘하게 격식 차린 문장은 그렇다 치고, 말에 담긴 의미는 더할 수 없이 너무나 충격적이었다. 그 전날만 해도 둘은 강에서 배를 탔고, 그 남자는 두 사람이 서로 피부를 바꿀 수도 있겠다고 농담을 했으며, 그녀의 발을 만지작대고 무릎을 애무했다. 24시간도 안 지났는데, 어떻게 갑자기 이른바 남녀간 애인 관계의 감정이 없어져버릴 수 있을까? 그 남자에게 손을 내주었던 그녀의 감정과 그 손을 잡은 그 남자의 감정이 무서울 만치 달랐음이 분명했다.

이런 경험을 하자 스무 살 앨리스가 품은 환상은 얼마간 부서지고 말았다. 그녀는 행위가 진지하지 않을 수 있음을 깨닫게 되었다. 남자가 키스하고 손을 잡으면서, 머릿속으로는 완전히 다른 생각을 할 수 있다는 걸 알았다. 겉으로 드러나는 표정과 안에 감추어진 의도 사이에 부도덕한 간격이 있다는 사실도.

신뢰에 문제가 생겼고, 상대방의 진지함을 믿기가 더 어려워졌다. 배신을 당할 때마다, 인간은 기본적으로 배반하는 존재이므로 안전거리를 유지해야 한다는 이론이 굳건해졌다. 이제 그녀가 편집증 증후를 보인다면, 평소보다 자주 포옹을 받아야 한다면, 어느 정도는 과거 경험에서 얻은 상처를 치유하고자 하는 이유에서였다.

사랑의 영속성 시나리오는 현수교에 비유할 수도 있다. 다릿기둥은 사랑의 확인을 상징하고, 냉담한 기간은 기둥 사이에 몇 미터씩 늘어진 케이블이다. 머리에 하는 키스, 애정 어린 눈길은 다릿기둥이고, 말 없는 식사, 응답 없는 전화는 기둥 사이의 케이블이다.

사람마다 확인이 필요한 정도가 다르고, 따라서 애인 관계에 개입된 케이블의 길이도 각각 다르다는 건 이상한 일이다. 두 사람 다 따뜻하고 마음이 열려 있거나 그저 서로가 필요한 경우, 기둥이 촘촘히 박히게 되고, 애정의 신호가 지속되면서 기둥 사이의 케이블이 거의 늘어지지 않는다.

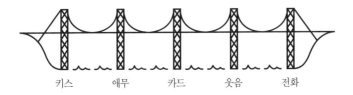

키스 　　애무 　　카드 　　웃음 　　전화

다른 경우에는 기둥 없이 간격이 멀다.

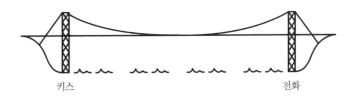

키스 　　　　　　　　　　　　　전화

케이블이 얼마나 길게 늘어질 수 있느냐는, 애인의 성격과 내력에 좌우될 터이다. 자기가 사랑스럽게 타고났다고 생각하면 확인이 필요하지 않을 테고, 상대의 기둥 없이도 케이블을 수백 미터 늘어뜨릴 수 있다. **나는 나를 사랑해가 부족함을 벌충하므로 당신을 사랑해란 말이 덜 필요하다. 당신이 왜 날 사랑하지 않겠어?**는 자기 자신을 사랑하는 사람이 사랑에 빠졌을 때의 기본 태도다. **내가 나한테 느끼는 감정을 당신이라고 못 느끼겠어?**

하지만 앨리스의 경우, 기둥이 훨씬 촘촘히 박혀야 했다. 그녀의 기본 감정은 항상 **당신이 어떻게 날 사랑할 수 있겠어?**였기 때문이다. 문제는 에릭을 신뢰하지 못하는 게 아니었다. 그녀가 자신을 누군가가 오랫동안 성실하게 애정을 바칠 만한 사람으로 보지 않는 게 관건이었다. 앨리스는 에릭이 자신의 곁에 머무를 수 있을까 의심하는 것 이상으로, 자신의 매력을 불신했다.

신뢰란 '부재'를 합리적으로 해석하는 방식이라고 정의할 수 있다. 하지만 앨리스의 경우 상대의 윙크나 묘한 웃음은 공포를 불러일으키곤 했다 — '저건 또 무슨 의미일까? 이 사람이 나를 비웃었나?' 물론 편집증에 걸린 사람이, 남이 **자신더러** 알아들으라고 은밀히 신호를 보낸다고〔우체국의 그 남자도 **나에게** 눈을 찡긋했어〕믿는 데는 이기적이거나 최소한 자기중심적인 면이 있다.

하지만 에릭은 관계를 정말 모호하게 만드는 일이 잦았다. 그 남자는 자유에 집착하느라, 공개석상에서는 앨리스를 우연히 알게 된 사람으로 소개하는 버릇이 있었다. 일행이 있을 때는 방금 전철에서 만난 사람처럼 행동했다.

"우리가 사귄다는 사실을 인정할 수 없을 만큼 내가 부담스러워요?"

그녀는 묻곤 했다. 그러면 에릭은 둘이 결혼한 것도 아니니, 얼마든지 헤어질 수 있다고 꼬박꼬박 대답했다.

최근 두 사람은 에릭의 직장 동료들과 웨스트엔드에 있는 레스토랑에서 식사를 했다. 앨리스는 맞은편 끝자리에 앉아 있었는데, 에릭이 검은 머리 여자와 브래지어에 대해 이야기하는 소리가 들렸다. 여자는 갑자기 자기 이야기를 많이 쏟아놓았다.

"그러니까 심이 받쳐주는 종류를 좋아하는군?"

에릭이 물었다.

"그래, 50년대 식인 모양인데 그래서 좋아. 하지만 있지, 일정한 크기를 넘어가는 사람은 그런 게 필요 없지. 가슴이 작은 사람이라면 그런 브라가 딱 좋다는 거야. 가슴골 쪽으로 모아주기 때문에 빵빵해 보이거든. 하지만 내 경우에는 그렇게 하면 좀 답답해."

"당신이 그렇다면 그런 거겠지."

에릭은 시시덕거렸다.

"짓궂게 그러지 마. 진짜야, 난 가슴이 크거든. 나도 그걸 인정해. 상관없어. 타고나길 그렇게 타고났으니까."

"가슴 큰 게 잘못은 아니지."

"당연하지. 그냥 자연스러운 거지."

이즈음 다른 사람들은 대화를 중단했거나 한쪽 귀로는 그들의 대화를 듣고 있었다 — 그리고 앨리스는 접시에 담긴 샐러드를 뒤적이다가 왜 내가 신경을 쓰나 속으로 중얼댔다.

에릭을 옹호하자면, 편집증을 키우고 더 깊어지게 부채질하는 것은 바로 두려움에 맞서기를 꺼리는 앨리스의 태도였다. 그녀는 두려움을 표현하는 것이 타당한지 의심했다.

9월에 에릭이 일하는 은행에서 중요한 회의가 열리고 이어서 대규모 만찬이 벌어질 예정이었다. 앨리스가 그 남자의 아파트에 혼자 있을 때, 우연히 그 남자의 비서가 전화를 해서 자동 응답기에 행사에 대한 세부 사항을 알리고, 만찬에 파트너를 데려와야 한다고 덧붙였다.

앨리스는 조심스러워서 에릭에게 만찬 이야기를 꺼내지 못했지만, 그 남자가 같이 가자고 청하기를 어느 정도는 바라고 기대했다 — 하지만 그런 일은 일어나지 않았다.

'무슨 상관이람? 내가 그이의 소지품도 아니고, 그날 밤에는 TV에서 〈야전 병원〉을 방송하는 날이니까 괜찮아.'

그녀는 스스로에게 말했다.

'편안한 저녁 시간을 보낼 수 있다구. 따분한 회의장 만찬에는 가고 싶지도 않아.'

하지만 문제의 저녁을 앞둔 주에, 그녀는 이런저런 생각을 하지 않을 수 없었다. 에릭은 동료와 상사 앞에서 내가 자기를 창피하게 만들 거라고 생각하나? 다른 사람을 데려가려고 하나?

그러나 다른 생각 때문에 두려움은 표현되지 못했다. 내가 무슨 권리로, 초대받지 않았다고 마음을 쓴담? 나는 왜 이렇게 이기적이지? 어째서 내가 이 만찬에 갈 자격이 있다고 생각해?

매우 큰 실망감과 불평할 근거가 없다는 매우 굳건한 생각 사이에서 갈등이 끓어올랐다.

만찬이 열리는 날 저녁, 에릭은 파티장으로 가기 전에 그녀에게 전화해서, 쾌활한 목소리로 나비넥타이를 매는 데 10분이나 걸렸다고 말했다. 앨리스는 어설프게 웃으면서 잘 다녀오라고 말해주었다.

수지가 외출하고 집에 없어서, 그녀는 부엌의 찬장에서 큰 비스킷 봉지를 꺼내다가 TV 앞에 앉았다. 마침 〈야전 병원〉이 시작했다. 첫 화면에서 자막이 올라가는 것을 보며 '저녁 시간을 혼자 보내도 괜찮아. 기분 전환 삼아 혼자 지내는 것도 좋아' 하고 생각했다.

10분이 지났을 때 앨리스는 거실을 둘러보다가 문득 혼자임을 깨달았다. 에릭이 그녀를 배반했으며, 자신이 지금 비명을 지르고 싶다는 것을.

'나쁜 자식.'

하지만 그녀는 중얼거리기만 했다.

'더럽게 나쁜 놈, 나비넥타이 좋아하네.'

그러나 그녀는 자신의 분노를 오랫동안 남의 탓으로 돌리는 사람이 아니었기 때문에, 결국 비난의 화살은 그녀 자신에게 돌려졌다. '자기연민에 빠진 어리광쟁이야. 그는 너같이 따분한 노처녀를 달고 가는 것보다 더 나은 일이 많은 사람이라구.'

그녀는 한동안 마음을 추스르고, 의자에 앉아서, 마음을 다잡으며 비스킷을 먹고 TV를 응시했다. 그러다가 견딜 수 없어져서, TV를 끄고 과자 봉지를 쓰레기통에 휙 던졌다. 그리고 침실로 달려가서 쿠션 더미에 몸을 던지고 다섯 살배기처럼 울다가 잠들었다.

편집 증세는 애처로운 5막짜리 희비극이었다.

1. 앨리스는 에릭을 사랑했다.

2. 그 남자는 그녀를 초대하지 않아, 그녀로 하여금 사랑에 대한 의구심을 품게 했다.

3. 하지만 실제로 합당하게 불평할 만한 증거가 충분하지 않았다. 그녀는 증오와 실망을 표현하지 못하고……

4. 그녀는 조용히 에릭을 증오하기 시작했다.

5. 그녀는 그 남자를 비난하는 자신을 참을 수 없어서, 자신을 미워하면서 침대로 갔다.

당신은 날 많이 사랑하지 않아라는 억압된 두려움과 내가 말도 안 되는 걱정으로 당신을 괴롭히면 안 되는데라는 타고난 심리적 규범이 폭발적으로 뒤섞여 상호 작용하는 것이 애인의 편집증을 낳는 마법이다.

— 그런데 아무리 이성을 찾고 성숙해지려 노력해도, 나는 조금씩 미쳐가…….

권력과 007

놀랍겠지만 앨리스는 늘 권력이 공평하게 배분된 관계를 누리고 싶다고 말했다. 주위의 연인들은 하나같이 한 사람이 상대를 갖고 놀거나 마음대로 했으므로, 그녀는 저울의 추가 균형을 이루는 관계를 만들려 했다.

수염을 기른 해양생물학자하고는 단연 불평등했다. 그 남자는 나이가 많고 자신이 더 현명하다고 생각해서 아버지처럼 굴었다. 꾸짖기도 하고 격려하기도 하면서, 그러나 언제나 우월한 위치를 차지했다. 앨리스는 에릭을 만나면서, 모든 일을 분담하기로 결심했다. 이제는 이기적인 애인의 비위를 맞추려고 쩔쩔매거나 자신의 욕구에 어긋나는 일은 하지 않을 생각이었다. 에릭이 그녀의 집에 셔츠를 두고 가서는, 다음에 만날 때 다림질해서 갖다달라고 농담한 적이 있었다. 앨리스는 5분에 걸쳐 '네안데르탈인의 편견'을 나열하며 열변을 토했다. 머쓱해진 에릭은 만회하려는 마음에 그녀를 저녁에 초대했다. 그 남자는 직접 요리했다. 신선한 송어를 튀기면서 식물성 식용유가 셔츠에 튀지 않도록 환한 해바라기 무늬 앞치마를 입고서.

하지만 송어 튀김이 아무리 맛있어도, 인간관계에서 권력이란 누가 앞치마를 입고 다림질을 하느냐 하는 것보다 훨씬 복잡한 쟁점이었다. 이런 것들은 뻔하면서도 구시대적인 권력 불균형의 상징이었다. 누구나 가사는 공평하게 분담해야 한다거나 상대방을 때리는 짓은 절대로 용납되지 않는다고 주장했다. 하지만 극단적인 권력 남용 사례에만 초점을 맞추는 것은, 의료의 범위를 참혹한 응급 환자에만 국한해, 정작 널리 퍼져 있지만 덜 극적인 다양한 질환을 연구하지 않는 것과 같다.

힘이란 단어는 사전적으로 행위 능력을 의미한다. 《옥스퍼드 영어사전》에서는 권력이란 "어떤 일을 하거나 어떤 영향을 미치거나, 사람이나 사물에게 작용을 가하는 능력"이라고 한다. 권력을 쥔 사람은 신기술 무기, 돈, 석유, 우월한 지성이나 튼튼한 근육을 소유하고 이를 바탕으로 물질적 사회적 환경에 영향을 미친다. 전쟁에서는 도시의 방어벽을 무너뜨리거나 비행장에 폭탄을 투하할 수 있는 쪽이 힘이 있다. 경제계에서는 주식을 사들여서 시장을 공략할 수 있는 편이 힘이 있다. 권투에서는 주먹을 날려 상대방을 뻗게 하는 편이 더 힘이 있다. 하지만 사랑에서는 권력이 훨씬 수동적이고 부정적인 정의에 의존하는 것 같다. 사랑에서는 권력이 무엇을 할 수 있는 능력이 아니라, 아무것도 안 해도 되는 능력으로 간주된다.

에릭이 회의 후 만찬에 다녀온 다음 맞은 주말, 앨리스는 소파에 그와 나란히 누워, 에릭의 손가락을 만지작거리며 말했다.

"당신이랑 이렇게 있으면 정말 편안해요."

그도 비슷한 말로 대답했으리라고 예상하기 쉽지만, 그 남자는 호응하지 않고 이렇게 물었다.

"오늘 저녁 몇 시에 본드 영화를 하죠?"

맞은 사람도 없고, 멍이나 비명도 없었지만, 권력의 균형이 에릭 쪽으로 확 쏠렸다. 저울에 올리면 앨리스는 힘이 약한 뜻을 전하는 가벼운 쪽이고, 에릭은 강력한 질문을 던지는 무거운 쪽이었다.

당신이랑 이렇게 있으면 정말 편안해요

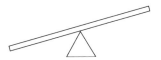

오늘 저녁 몇 시에 본드 영화를 하죠?

균형이 잡히려면 에릭이 "나도 당신이랑 있으면 편안해요"라고 대답해야 했지만, 무슨 이유에선지(어쩌면 본드가 나오는 007 영화를 방영하는 시간이 정말로 신경 쓰여서), 앨리스는 패를 다 잃고 말았다.

사랑의 권력은 아무것도 주지 않을 수 있는 능력에서 나온다. 상대가 당신과 같이 있으면 정말 편안하다고 말해도, 대꾸도 없이 TV 프로그램으로 화제를 바꿀 수 있는 쪽에 힘이 있다. 다른 영역에서와는 달리, 사랑에서는 상대에게 아무 의도도 없고, 바라는 것도 구하는 것도 없는 사람이 강자다. 사랑의 목표는 소통과 이해이기 때문에, 화제를 바꿔서 대화를 막거나 두 시간 후에나 전화를 걸어주는 사람이, 힘없고 더 의존적이고 바라는 게 많은 사람에게 힘들이지 않고 권력을 행사한다.

스탕달은, 애인 사이에서는 언제나 한쪽이 상대방을 더 사랑하며, 그래서 두 사람 관계의 권력이 인지되기 마련이라는 비관적인 견해를 밝혔다. 양쪽이 저울의 수평을 유지할 때에만, 한쪽이 "사랑해요"라고 말하면 상대도 자연스럽게 "나도 당신을 사랑해요"라고 말할 때에만, 권력의 존재를 잊을 수 있다. 그렇지 않으면 미세한 차이만 벌어져도 권력은 재등장 신호를 보낸다. "줄리엣, 내가 당신을 얼마나 사랑하는지 알지요"라고 달콤하게 속삭이면, 상대가 "물론 알아요, 로미오. 나의 복덩이. 나도 당신을 얼마나 좋아하는지 알죠……?"라고 대답하는 상황에 악의는 없지만, 그것이 내포하는 엄청난 불균형을 누가 무시할 수 있을까?

앨리스가 여섯 살이었을 때 옆집에 활발하고 장난기 많은 동갑내기 여자아이가 살았다. 어른들로서는 이해할 수 없는 일이지만, 둘은 어느 토요일 오후, 흥미진진한 계획을 감행하기로 했다. 말하자면 길 건너편의 부잣집 정원에 뛰어들어, 바지를 내리고 혀를 내밀고는 다시 뛰어오는 일이었다. 많은 생각과 준비 끝에 약속한 시간이 되었고, 두 아이는 낮은 나무 울타리를 뛰어넘어, 잘 가꾸어진 잔디밭으로 들어갔다.

앨리스는 바지를 내린 순간, 친구가 곁에 없다는 것을 깨달았다. 그 아이는 정원의 맞은편으로 달아나서, 바지를 멀쩡히 입은 채, 가여운 앨리스를 보며 키득대느라 정신이 없었다. 앨리스는 모르는 사람의 정원 한가운데서 혼자 바지를 내리고 서 있었다. 그 집 주인 부부는 현관에서 마티니를 마시다가 앨리스를 보고 당황했고.

이 이야기가 앨리스의 연애와 무슨 상관이 있는가? 그녀는 소파에서 에릭 옆에 누워 (그 남자는 유명한 스파이의 모험담을 보고 있었다) 다시 한 번 어린 여자아이가 된 기분을 느꼈다. 노출된 장소, 곧 이웃집 정원/욕망의 연약한 대지로, 냅다 뛰어가서 바지를 내렸는데/애인과 있는 게 편하다고 말했는데, 결국 여섯 살짜리 친구/애인은 같이 위험한 장난/투자에 끼어들지 않았음을 알게 되었다.

모르는 사람끼리 예절을 지키는 수준을 넘어선 관계라면, 누군가 이웃집 정원으로 들어가서 거기 있는 위험을 끌어안아야 한다. 용기를 내서 "커피 마시러 올래요?"라거나 "혹시 그 영화 봤어요?"라고 물어야 한다. 누군가 헛기침을 하고는 "당신과 함께 있는 게 좋아요", "우리 결혼할까요?"라고 말해야 한다. 자신의 말을 권력의 저울에 올려놓고, 두려워하면서 상대방이 똑같은 무게로 다가오기를 바라야 한다.

하지만 책임을 따지기는 어렵다. 차를 훔치거나 마약을 팔았다면 법을 어긴 그 사람의 죄는 분명하다. 하지만 그가 정중하게

"사양하겠습니다, 커피 마실 시간이 없군요"라거나 "그렇게 말해 주니 고맙지만, 전 결혼 생각이 없어요"라고 대답한다면, 관심이 없나보다 하고 양해해야 할 뿐 그를 비난할 수는 없다.

에릭이 앨리스에게 몸을 뻗어 키스하면서 자신 역시 편안하다고 말하지 않았다고 해서, 죄를 지은 것은 아니었다. 그 남자는 대단히 평균적이고, 이해할 만하고, 용서할 만하게, TV 화면을 가로지르는 007의 움직임에 더 관심을 가졌을 뿐이었다—그 남자는 여기서 레이저 유도탄이나 분사 추진 우주선 같은 것 없이도 007과 겨룰 만한 힘을 가지게 되었다.

신성한 관계

같이 있으면 편안하다는 애인에게 보인 에릭의 부정적인 반응이 괴팍스럽기는 해도, 어떤 (건강하지는 않지만) 목적은 달성한 셈이었다. 앨리스는 권력을 경험하는 게 싫다고 주장하면서도 존경할 수 있는 남자를 원했다. 또 그녀가 공언해온 모든 신념에 어긋나긴 해도, 그녀가 가장 존경할 수 있는 남자는 그녀에게 과한 존경심을 보이지 않는 사람이었다.

그 만찬 후의 토요일, 같이 아침을 먹으면서 에릭은 앨리스에게 어린 시절 가장 상처 입은 일이 무엇이었느냐고 물었다. 앨리스가 토스트를 삼키고 대답하기도 전에, 그 남자는 구겨진 채 문가에 내던져진 바지저고리를 보고는 놀라 소리쳤다.

"맙소사, 12시 전에 저걸 세탁소에 맡겨야 하는데. 안 그러면 월요일 회의 시간에 입고 갈 수가 없는데."

그렇게 어려운 질문을 해놓고 대답에 신경을 쓰지 않는 태도에 화를 낼 만도 한데, 앨리스는 자기 어린 시절의 정신적 외상이 (애인이라도 해도) 남의 관심을 반드시 끌리라는 확신이 없었다.

그래서 그녀는 이렇게 대답했다.

"괜찮아요, 걱정 말아요. 올드 브롬턴 거리에 있는 세탁소는 오늘 오후 5시까지 문을 열거든요."

에릭이 한눈을 팔아도, 앨리스는 왜 말을 듣지 않느냐고 화내며 묻지 않았다. 그저 더 관심을 가질 일이 생각났나보다고 믿었다. 더욱이 이 경우는 무례한 짓[사적인 질문을 해놓고 대답보다 빨랫감에 더 관심을 쏟다니, 좋지 않다]이 분명한데, 놀랍게도 그녀의 눈에는 나쁘게 보이지 않았다. 어쨌거나 그 남자는 관심을 기울이려 했고, 적절한 질문을 했다. 월요일 회의에 입을 옷을 세탁소에 맡겨야 하는 급한 일이 있는데도, 앉아서 그녀의 지리멸렬한 대답을 들어주리라 기대할 수 있을까?

한눈을 파는 에릭을 보면서, 앨리스는 머리에 더 수준 높은 일을 담고 있는 사람과 같이 있다는 특권을 되새겼다. 그 남자는 한눈을 팔았다. 그녀보다 더 중요하고 훌륭한, 다른 일에 정신을 쏟았다. 더 중요하고 훌륭한 일을 다루는 남자라면 틀림없이 사랑할 가치가 있는 사람이었다[그게 그녀의 이야기를 들어주지 않는다는 것을 의미한다 해도]. 이것은 사랑의 직각을 보여주는 전형적인 경우였다.

176

사랑의 직각은 다른 일이나 사람에게 관심을 두는 사람에게 헌신하는 태도를 설명해준다. A는 B를 사랑하지만 B는 C에 더 관심을 쏟는다. B가 C에게 관심을 갖는 것이 B에 대한 반발을 불러오지 않고 도리어 B의 값어치를 높인다는 것이 흥미롭다. 어느 선까지 A는 B가 이 C라는 대상에게 마음을 쏟기 **때문에** B를 사랑한다. B는 취향이 고매해서 A의 말을 들을 가치가 없다고 생각하기 때문에 사랑을 받는다. C는 자기애가 부족한 A에게 없는 자질을 가졌다고 여겨지므로, A는 B를 매개로 C와 연결되는 느낌을 받는다.

앨리스의 자리를 빼앗은 이 C는 누구인가, 아니면 무엇인가? 에릭은 애인을 압도할 만큼 중요한 일에 관련되어 있는가? 특별히 부정한 행위는 없었다. 에릭은 관심을 끄는 이런저런 일에 돌아가며 주의를 기울였다 — 만찬에서는 구석에 앉은 빨강 머리였을 테고, 레스토랑에서는 음식, 사랑을 나누는 동안에는 들어오는 팩스에 한눈을 팔았을 것이다.

이런 심리적인 딴청이 에릭에게 유리하게 작용했다는 게 특이하다. 남의 말을 잘 들어주고 에릭보다 포용력이 넓은 앨리스가 가까이하지 못할 것들에, 그 남자는 도달하는 것처럼 보였다.

이것은 좋지 않은 사랑의 직각 사례였다. 여기에는 **종교적인 관계**의 모든 상징이 들어 있었다.

대다수 언어와 종교에서, 신을 경배하는 행위와 인간에게 애착을 느끼는 행위를 가리키는 데 같은 낱말을 쓴다. 물론 이 사랑의 성질은 달라서, 종교적인 사랑과 낭만적인 사랑의 차이점은 잘 기록되어 있다. 그럼에도 거룩한 경배 중에 전형적으로 보이는 것과 매우 유사해서, '낭만적'이라고 간주하기보다는 신성한 관계라고 표현해도 용서될 만한 이야기들이 있다.

중세가 끝날 무렵 신을 향한 헌신이 약해지기 시작하면서 미술과 문학의 주제가 인간을 향한 사랑으로 바뀌었다고 역사가들은 말한다. 14세기와 15세기 유럽을 휩쓴 르네상스 인본주의는 개인적인 내면의 삶을 강조했고, 새로운 가치를 만들어냈다. 이 가치는 19세기의 낭만주의에서 간접적이지만 합리적으로 결론지어졌다. 인간이 애정을 쏟는 대상이 하느님에게서 세속적인 이상형으로 바뀌었고, 성애의 개념이 신을 향한 사랑에 부여되었던 숭고하고 자기초월적인 기대로 얼룩졌다. 18세기와 19세기에 〔적어도 교육받은 소수 교양인에게는〕 배필을 구하는 일이 평범한 고민을 넘어서는 문제가 되었다. 예전처럼 맛 좋은 생선 파이를 만들어 상을 차릴 수 있는 사람, 농사를 짓거나 생활비를 잘 벌 수 있는 사람을 구하는 데 그치는 문제가 아니었다. 이제 그것은 지상에서 완벽한 존재를 사랑하는 일이었다. 함께 오랫동안 묵언으로 기도할 수 있는 사람과 서정적인 시골길을 산책하며 천사처럼 사랑하려 하는 것이었다.

소설사에서 가장 큰 열망을 품은 여주인공이 〔각각 다른 단계에서〕세 가지 핵심 갈망을 품었던 것은 의미심장하다. 신, 쇼핑, 사랑을 갈망한 보바리 부인은 전형적인 근대 여성으로, 세 가지 모두를 통해 자기초월의 한 형태를 추구했다. 책의 서두에서 플로베르는 엠마가 수녀원 학교를 다녔으며, 신앙심이 워낙 열정적이어서〔교묘하게 표현되어 있다〕에로틱한 요소마저 있었다고 세심하게 설명했다. 당시에는 수녀에게 교육받은 여성이 많았지만, 플로베르가 이런 대목을 설정한 것은 우연이 아니다. 이것은 사랑에 대한 보바리 부인의 태도를 생생하게 보여준다. 신을 경배하는 데서 간접적으로 경험한 사람은 주로 세속적인 경험을 해온 사람하고는 키스와 부부 생활에 대한 관념이 다를 테니까.〔엠마의 어머니가 출산하다가 세상을 떠나, 그녀의 애정이 아버지에게 기울어졌다는 점도 주목할 만하다. 아버지와 하느님 아버지 사이의 연관성은 이미 잘 기록되어 있다.〕

엠마가 종교를 통해 얻은 사랑에는〔천상과는 구별되는〕세상의 남자를 참지 못할 요소가 내포되어 있었다. 남편 샤를은 내세보다는 현세에 부끄럼이 없는 사람이었다. 농부들의 잘린 팔다리를 붙여주며 거친 시골 의사로서 생계를 이을 뿐 아니라, 시간 맞춰 나타나서 엠마의 눈을 마주 봄으로써 종교적인 신비화를 피하는 면에서도 그러했다. 신성한 상대는 '내 편지를 받았을까?'부터 '내가 존재한다는 걸 알기나 할까?'에 이르는, 괴로운 의문을 불러일으키지만, 샤를 같은 남자와는 어떤 단계인지 분명히 알 수 있었다.

얼마나 근사한가. 아니 어쩌면 ─ 얼마나 진부한가, 얼마나 답답한가.

샤를은 필요한 것을 다 해주고, 이야기를 들어주고, 눈썹을 매만져주어서 엠마를 행복하게 해주고 싶었다. 하지만 그 남자의 목표가 아내의 행복이었다면 그렇게 멍청한 길을 선택하지 않는 편이 좋았다. 그녀가 사랑하는 데 필요한 조건은 곁에 있는 게 아니라 없는 것이었기 때문이다. 그녀의 신성한 사랑은, 사랑하는 사람과 사랑받는 사람 간의 거리에서 비롯되는 달콤 쌉싸래한 쾌감을 먹고 자랐다. 그녀에게는 차분하게 꾸준히 사랑해주는 남편이 있었지만, 남편은 그녀의 외도 상대인 믿지 못할 애인들이 주는 짜릿한 긴장감을 일으키지 못했다. 그녀에게 신성한 사랑은 《한여름 밤의 꿈》에서 라이샌더가 말하는 경구 "진정한 사랑의 과정은 결코 순탄하지 않았다"라는 말의 역이었다. 엠마의 경우, 사랑을 풍요롭게 하는 것〔이 점을 되풀이해서 놓친 것이 바로 샤를이 추락한 원인이었다〕은 바로 순탄하지 않은 과정이었다.

신성한 사랑의 특성은 숭배를 강조한다는 점이다. 하지만 어떻게 평범한 인간들이 숭배를 받을까? 신처럼 행동하는 것이 그 시발점이다. 그러면 신들은 어떻게 행동하나? 심술궂고 종잡을 수 없이. 신 그 자체는 아니었지만 예수의 행적을 예로 볼 수 있겠다. 예수는 수백 년이나 늦게 약속의 땅에 왔지만, 남루한 차림으로 나타나서 사람들의 기대를 무너뜨렸다. 갖가지 신기한 이적을 보이고 멜로드라마처럼 권력자들과 대결했을 뿐 선물도 별로 가져오지 않았다. 그 남자는 잠시 머물렀다가 곧 다시 온다는 약속을 남기고 떠났고, 수백만 추종자들은 그 남자가 돌아오기를 헛되이 기다렸다.

2000년에 한 번 보러 오는 예수를 능가할 사람은 없겠지만, 에릭도 앨리스에 대해서는 만만치 않게 시간관념이 없었다.

"저, 회의 끝나면 내가 전화할게요. 어디 가서 저녁이나 같이 해요."

어느 목요일 오후 5시 30분, 그녀의 전화를 받고 에릭은 이렇게 말했다.

"오늘 하루 잘 보냈어요?"

"네, 괜찮았어요. 당신은요?"

앨리스가 되물었다.

"무척 바빴어요. 독일 마르크화 때문에 정신없이 돌아갔지만, 잘 해낸 것 같아요. 어쨌든, 자아, 지금은 가봐야 하니까 나중에, 7시나 7시 15분쯤 전화할게요. 내가 당신을 데리러 가서 어디로 가도록 하죠. 차로 소호나 그런 데로 가자구요."

그런데 왜 앨리스는 9시가 되도록 전화기 옆에서 기다리고 있었을까? 연락이 늦어지자, 그녀의 머릿속에서 신학적 견해가 서로 다른 집단들이 휙휙 돌아가면서 서로 대립되는 주장을 내놓았다.

✝ **주류 기독교인**: '그는 전화할 거야. 하지만 한참 걸리겠지.'

✝ **불가지론자**: '내 눈으로 그를 봐야 믿을 수 있어.'

✝ **거듭난 기독교인**: '그는 먼저 연락하려다가 곧장 여기 오기로 했지만, 교통 체증에 걸린 거야. 문 구멍 위에 페인트칠이 흐려진 부분을 뚫어져라 보고 있으면, 곧 그가 문으로 들어올 거야. 어쩌면 늦은 걸 사과하려고 꽃을 사러 갔을지도 몰라.'

✝ **무신론자**: '계속 꿈이나 꾸셔, 아가씨.'

15분 전 10시가 되도록 연락이 없자, 앨리스가 전화를 걸었다. 복잡한 사정이 생겼다는 변명을 들을 줄 알았기에, 그녀는 에릭의 대답에 놀랐다.

"아, 당신. 잠깐만 기다릴래요? 막 초인종 소리가 났는데, 주문한 피자가 왔나봐요. [잠시 침묵이 흐르더니, 오토바이 헬멧 벗는 소리와 잔돈 주고받는 소리가 들렸다.] 오, 햄이 맛있겠는데……"

"어떻게 된 거예요? 전화하고 데리러 올 줄 알았는데?"

"아, 미안해요, 사무실에 붙들려 있었어요. 빌이랑 제프리가 내일 미국인들에게 사업 설명을 해야 하는데 도와달라고 해서요. 일이 끝나고 같이 한잔하고 곧장 집으로 왔어요."

"우리 저녁 먹으러 나가기로 했잖아요."

"그래요, 그러기로 했죠. 하지만 알잖아요, 그 친구들을 도와줄 수밖에 없었다구요. 내가 일이 있으면 그들도 도와줄 거라구요……. 어쨌든 미안해요. 용서해줄 거죠?"

비합리적이고 신경질적으로 보이는 신앙심에 맞닥뜨린 진지한 합리주의자들은, 곧잘 종교를 일러 인생의 불행을 해명하는 원시적인 방법이라 설명하려 했다. 종교는 더 큰 선善이라는 틀에 악을 끼워 맞춘다. 악은 시험이고, 뛰어넘어야 할 장애물일 뿐이다. 아이가 부엌에서 기다리는 군침 도는 초콜릿 케이크를 먹으려면 먼저 못생기고 질긴 브로콜리를 먹어야 하는 것과 같다. 이것은 만족이 미뤄지는 상태를 토대로 하여, 좋은 것은 항상 얻기 힘들며 은유적인 '초콜릿 케이크'는 피학적일 정도로 비싸다는 믿음으로 세운 심리 구조이다.

약속된 초콜릿 케이크가 오는 데 오래 걸리면, 앨리스는 불평을 터뜨리기보다는 늘 앉아서 브로콜리를 먹는 쪽이었다. 그녀는 예루살렘이 곧장 도래하리라고 확신하지 못했고, 자신은 삶이 던지는 형벌을 얼마간 받아 마땅하지 않나 하는 죄의식에 시달렸다. 가게에서 누군가 그녀 생각보다 거스름돈을 적게 주어도 그녀는 거의 잘못을 지적하지 않았다. 고장 난 물건을 사도 제조사에 전화해서 환불해달라고 요구하지 않았다—대신 아마 자신이 사용법을 잘 몰랐던 모양이라고 생각했다.

'나는 화를 잘 못 낸다는 문제가 있어.'

앨리스는 친구나 동료가 약속을 어기거나 잘못을 저질렀을 때, 이를 바로잡지 못하는 자신에 대해 그렇게 인정했다. 그녀는 거절을 잘 못 하는 탓에 곧잘 원치 않는 일을 받아들이고, 돈을 빌려주었다. 단지 성질을 부려 남의 마음을 상하게 하는 게 싫어서 예의를 지켰다.

앨리스의 어머니에게는 그런 문제가 없었다. "한 방 먹여주지!" 그녀는 운 나쁜 가게 주인, 남편이나 미용사에게 복수를 다짐하며 이 말을 입에 달고 살았다. 레스토랑에서 소스를 옆에 놔달라고 했는데 소스가 고기에 뿌려져 나오면, 그녀는 웨이터를 불러서 쏘아붙였다.

"지금 무엇이 불만인지 알겠어요?"

"다 괜찮으십니까, 마담?"

"다 괜찮으냐고요? 세상에. 바로 10분 전에 내가 한 말의 정반대로 해가지고 나왔는데 어떻게 괜찮을 수 있죠?"

이어서 야단이 났다. 웨이터들이 종종걸음을 치면서, 최대한 마담의 비위를 맞추었다 ― 그사이 앨리스는 얼굴을 붉히며, 화분이나 기둥 뒤에 몸을 숨기려고 안간힘을 썼고.

성서 속의 불운한 인물 욥은 틀림없이 앨리스보다 훨씬 성격이 좋았지만, 믿기 힘들 정도로 심한 고난을 당했다. 성서에서는 그 남자가 "완전하고 진실하며 하느님을 두려워하고 악한 일은 거들떠보지도 않았다"고 한다. 하지만 그 남자가 어떤 고초를 겪었는지 보라! 소와 양을 잃고, 하인, 낙타, 집, 자녀를 잃고는 만신창이가 되어 상상할 수 있는 온갖 아픔을 겪었다 ― 하지만 이야기의 핵심은 이 사람이 (몇 번은 절망한 순간이 있었으나) 신에 대한 사랑을 지켰다는 점이다. 그 남자는 화를 내고 주먹을 내리치며 "내가 그 잘난 소스를 고기 옆에 놓아달랬잖아요!" 하고 소리치거나, 앙칼지게 "내가 이런 대접이나 받으려고 성전 증축 기금을 다 낸 게 아니라구요" 하고 쏘아붙이지 않았다.

욥이 불평하지 않고 고난 중에서도 살아남을 수 있었던 것은, 신이 옳고 자신이 그르다는 굳은 믿음 때문이었다―도리어 신이 어떤 어려움을 내리시든 그분이 가장 잘 아시고, 그러므로 자기 같은 보잘것없는 노인은 손을 들고 신께 질문할 수 없다고 생각했다(현대 문학에서 욥과 비교할 수 있는 무신론자 요제프 K는 똑같이 고통을 겪었지만 어리석었다).

일상 생활에서 우리는 욥과 같은 인내심이 없다. 우리에게 잘못하는 사람을 욥처럼 존경할 수 없기 때문이다. 내가 찾은 주차 공간을 새치기하는 사람이나 뒤에서 동료의 험담을 하는 사람들은 용서받을 자격이 없으며, 우리는 그들에게 마땅히 분통을 터뜨릴 수 있다. 그들은 높은 도덕이나 지혜를 갖추지 못했기 때문이다.

그러나 앨리스는 맞서 싸우지 않았다. 욥이 하느님에게 그랬듯, 그녀는 자기보다는 남을 존중하고 믿었다. 나중에 에릭이 "내가 전화 안 했다고 당신이 화내지 않으면 좋겠어요. 나는 시간이 나면 저녁을 먹으러 갈 **수도 있겠다**고 한 거예요. 그런데 시간이 없었고 그래서 그렇게 못한 거예요"라고 말하자 앨리스는 불만을 잊어버렸다. 그녀는 괴로움을 신학적으로 해석해서, 비참하고 매우 모욕적인 다툼거리라기보다는 모호한 시험으로 여겼다.

신앙심이 있는 사람은 아니었지만, 그녀의 행동에는 성서와 오르간, 천사를 빼고서 날것으로 드러난 종교적인 충동의 구조가 드러났다. 곧 상대〔애인, 하느님〕가 하늘의 일을 경영하며 무슨 일을 해야 할지 그녀보다 잘 알기 때문에, 그녀의 질문을 받는 모욕을 겪어서는 안 된다는 생각이었다.

신들은 자주 자리를 비우거나 있어도 잡히지 않는 특징이 있기에, 인간들은 부엌에서 커피를 마시며 느긋하게 터놓고 수다를 떨기보다는 기도나 꿈을 통해서 의사소통한다.

에릭은 침묵을 통해 신성한 거리감을 얻었다. 그 남자는 수다스런 사람이 아니어서, 회의나 식사 시간 내내 입을 꾹 다물고 있는 경우도 많았다. 가까운 친구들은 이런 면을 놀리면서, 오늘 할 말의 분량을 다 해버렸느냐고 놀렸지만, 그 남자를 잘 모르거나 감수성이 예민한 사람들은 그의 이런 면에 위압감을 느낄 수도 있었다. 어떤 사람은 본인의 말주변이 부족하다고 자기 탓을 했고, 편집적인 증세를 보였다. '내가 그렇게 지루한 사람인가?' '그는 나를 어떻게 생각할까?' 말없는 사람은 상대의 불안을 반사한다 — 침묵과 마주하면, 죄책감을 느끼는 사람들은 죄가 발각되었다고 느끼고, 아둔한 사람은 멍청한 걸 들켰다고 생각한다. 신체적으로 위축된 사람은 못생겨서 그러리라고 여긴다.

식사 중의 대화에 조용한 사람이 끼어들면, 그 침묵이 〔기술적으로 제대로 표현된다면〕 천천히 부지불식간에 대화하던 사람들 모두를 초조하게 만든다. 조간신문에서 본 내용을 표절해서 미국의 외교 정책에 대해 이야기하던 여자는 문득 말없는 사람의 시무룩한 눈길을 받으면, 사정없이 평가당하고 발가벗겨지는 기분을 느낄 것이다. '이 침묵은 내가 아무것도 모르고서 떠벌린다는 걸 눈치 챘다는 뜻일까?' 또 지켜보던 다른 사람들은 그가 말을 거의 하지 않기 때문에 그들보다 우월하다고 생각한다. 지성적으로 보이는 지름길은 입을 다물고 있는 것이라는 불행한 격언이 들어맞는다는 증거다.

에릭이 침묵하자, 앨리스는 그 남자의 관심을 붙잡을 만한 화제를 끌어내려고 안간힘을 썼다.

저녁에 둘이 주점에 가면, 그녀는 하루에 겪은 일을 하나부터 열까지 이야기해야 했다.

"그래서 오늘 오후에 수지에게 전화를 걸었어요."

"으음."

"알다시피, 수지는 크리스마스 때 친구들이랑 노팅엄에 갈 거예요―시간을 낼 수 있으면요."

"으음."

"언제 존에게 전화해서, 브뤼셀에 있다는 그 일자리를 잡았는지 알아봐야겠어요."

"그래요."

"TV 광고의 견적을 내준 사람한테 전화가 올지 모르겠어요. 화요일까지는 대답을 들어야 한다고 말했는데, 아직도 전화를 안하네요. 내가 전화해야 할 것 같아요?"

"어쩌면."

"고단해요?"

"조금."

이 시나리오가 저녁 내내 이어질 수도 있었지만, 앨리스는 이 시무룩한 상대에게 와인을 쏟아버리거나, 배를 때리면서 혀를 찾으러 가보라고 말하지 않았다. 그 대신 자기처럼 지루한 사람은 없을 거라고 생각하며 집으로 걸어가곤 했다.

흔히 명확함과 의사소통을 좋은 것으로 생각하지만, 쉽게 이해되지 않는 사람이나 일에는 묘한 매력이 있음을 잊지 말아야 한다.

특정한 학문 영역에는, 명쾌한 설명에 편견을 갖고 난해한 글을 존중하는 오랜 경향이 있다. 칸트나 헤겔, 후설(독일 철학자로 현상학의 창시자 ─ 옮긴이), 하이데거의 빡빡한 글에 몰두하는 학자들은 그들의 뛰어난 발상에만 끌리는 게 아니다. 학자들은, 문외한은 알아들을 수 없는 배배 꼬인 언어를 헤치고서 그 사상을 찾아내는 작업의 순수한 어려움에 매혹을 느낀다.

헤겔은 《정신현상학》에 이런 구절을 썼다.

객체는 부분적으로 **즉자적인** 존재, 혹은 일반적으로 **사물**로서 즉자적인 의식에 대응한다. 부분적으로 그 자체와, 그 관계 혹은 **타자를 향한 존재성**, 그리고 그 자체의 존재성 다시 말해 결정성이 타자화한 존재로서, 직관에 대응한다. 그리고 부분적으로 **본질**, 혹은 보편의 한 형식으로서 오성에 대응한다. 그것은 총체로서 추상이며, 혹은 개별성에의 결정성을 통한 보편성의 작용이다. 또한 개별성으로부터 대체된 개별성 혹은 결정성을 거쳐 보편성에 이르는 반작용이다.*

치밀한 논리로 구성된 철학서에서 아무 대목이나 고르는 것은 불공평한 일이겠지만, 의지가 대단하고 열정적이며 융통성 있는 지성인에게도 헤겔의 논증이 알쏭달쏭하다는 점은 의심의 여지가 없다.

하지만 사람을 괴롭히는 글은 명료하게 술술 읽히는 글보다 왠지 그럴듯하고 더 심오하고 더 참되게 받아들여진다. 하이데거나 후설에게 빠진, 예민한 독자는 '이 글은 정말 심오하구나. 내가 이해를 못 하는 걸 보면 나보다 똑똑하구나. 이해하기 어렵다면, 틀림없이 이해할 만한 가치가 더 클 거야'라고 생각한다 — 책을 내던지며 말도 안 되는 헛소리라고 말하지 않고.

학구적인 자기학대는 은유적인 편견을 반영한다. 진실은 얻기

---

* G. W. F. 헤겔, A. V. 밀러 옮김, 《정신현상학》, 옥스퍼드대학교출판부, 1977년. — 저자 주.

어려운 보물이며, 쉽게 읽고 배울 수 있는 것은 경박하고 중요하지 않다는 편견이다. 진리는 올라야 할 산과 같아서, 위험하고 모호하며 품이 많이 든다. 도서관의 환한 불빛 아래에 학문의 좌우명은 이렇게 쓰여 있다. **읽기 힘든 책일수록 더 진리에 가깝다.**

인간관계에서도 이런 현상이 있다. 마음이 열려 있고, 명쾌하고, 예측 가능하고 시간을 잘 지키는 애인보다는 힘들게 하는 애인이 더 가치가 있는 것 같다. 심성이 종교적인 — 낭만적인 사람에게, 이런 사람은 비난을 받거나 기피해야 할 대상이건만, 그들은 명석한 열두 살짜리 어린이가 이해할 수 있다는 이유만으로 훌륭한 문체를 비웃는 학자들처럼 행동한다.

마찬가지로 앨리스는 에릭의 침묵을 그 남자가 지루한 사람이라는 표시로 보지 않고, 심오하고 흥미로운 존재라는 증거로 받아들였다. 그녀는 헤겔을 천재라고 믿으며 평생을 바쳐 헤겔의 책을 읽는 학자와 비슷했다 — 어느 매정한 비평가는 이 비중 있는 독일 철학자가 결국은 극히 평범한 사상가이며, 두세 가지 발상은 그럴듯하지만 표현력이 지독하게 떨어지는 사람이라고 말했건만.

에릭의 짐

무자비하게 침묵을 지키고, 저녁 식사 약속을 어기는 에릭을 〔노골적으로 아니면 어떻게든〕 힐난하기 전에, 잠시 그 남자의 처지에 공감해보는 것도 괜찮겠다. 그 남자는 자신을 깊이 사랑하는 여자를 이용했을지 모르지만, 상대방의 이상형 노릇을 해야하는 짐도 지고 있다. 상대는 그에게 존재의 의미를 부여해달라고 〔물론 상냥하게 에둘러서〕 요구한다. 가끔 그 남자가 할 말을 잊는 것도 이해가 되는 일이다.

"처음 봤을 때 나 어땠어요?"

어느 여름 밤, 둘이 나란히 누워 있을 때 앨리스가 물었다.

"근사하다고 생각했으니까 말을 걸었지요."

주인의 쓰다듬을 받는 토끼처럼 그녀는 웅 목을 울렸다.

"재밌어요."

앨리스가 말했다.

"난 당신이 마음에 들었어요. 하지만 당신은 내가 별로일 거라고 생각했죠. 당신이 다른 여자한테 말을 걸었던 걸 기억하죠? 나보다 그 여자가 더 맘에 든 줄 알았어요."

앨리스는 위엄 있는 자제심과 열두 살 소녀처럼 순진한 정직
성 사이를 순간순간 왔다 갔다 했다.

'당신이 다가왔을 때 얼마나 좋았다구요!'

이런 달착지근한 음식을 즐겁게 소화하려면 위장이 튼튼하고
예민하지 않아야 했다. '당신을 쫓아다니는 여자가 많다는 걸 알
아요. 당신 같은 미남은 당연히 그렇겠죠' 하는 식의 노골적인 칭
찬을 감당하려면 경험이 필요했다.

에릭도 앨리스처럼 허영심이 강했다. 보통은 이런 말을 들으
면 좋아서 흠흠 하겠지만 그 남자는 칭찬을 들으면 어색해서 우
물쭈물했다. 번화가에서 여자들의 시선을 받으면 기분 좋지만,
잠자리에서 더 직접적인 말을 들으면 마음이 불편해지는 모순이
있었다.

그 남자가 곧잘 무심해지거나 딴청을 부리거나 앨리스의 전화
에 응답하지 않는 것은 [예의 바르지 않은 것은 둘째 치고] 자신
이 그만한 애정을 받아 마땅하다고 느끼지 못하기 때문이었다. 그
남자는 감상에 뜨악해서 제대로 대응을 할 수가 없었고, 상대의
애정에 받아들이기 힘든 [그리고 못마땅한] 역겨움을 경험했다.

옷을 드라이클리닝 하는 일로 돌아가서, 그 남자가 앨리스의
대답을 듣기 꺼렸던 것은 딴청의 두 가지 형태 중 하나다.

― 따분할 때, 화제에 관심이 없을 때 생기는 딴청.

192

— 이미 아는 사실에 대해 생각하지 않으려고 피우는 딴청. 가슴을 짓누르는 상황의 위험 부담을 피해야 살 수 있을 것 같아서 딴청을 피운다. 심리적으로 봤을 때 문으로 달려가는 것과 똑같다고 사회적으로 인정하는 반응.

앨리스의 유년기 이야기를 들어야 할 위기에 처하자, 에릭은 두 번째 이유 때문에 눈을 돌렸다. 물어본 사람은 바로 그 자신이었지만, 가장 고통스런 유년의 경험 이야기는 그를 불쾌한 감상에 빠지게 만들 터였다. 마음을 진정하려면 손수건이나 그보다 더한 것이 필요할지도 몰랐다.

에릭은 앨리스가 매몰차게 대해주기를 바랐다. 그러면 그녀의 자책과 자기부인 때문에 그 남자가 지게 되는 책임감을 면하련만. 어느 주말 아침, 화이트채플로 가는 길에 에릭이 내내 입을 다물고 운전하자, 앨리스가 고개를 돌리며 물었다.

"이런 이야기를 꺼내서 미안한데요, 나한테 화났어요?"

에릭이 그녀에게 화낼 만한 이유는 없었다. 두 사람은 10분 전에 그 남자의 아파트에서 만났고, 차를 타고 가면서 겨우 몇 마디 주고받았을 뿐이었다. 사실 그 남자가 말이 없었던 것은 아침 식사를 하면서 신문에서 읽은 심란한 기사에 근원이 있었다. 그 주에 그 남자가 거액을 투자한 일이 안 좋게 될 것 같았다.

"아니, 당신한테 화나지 않았어요."

그 남자가 퉁명스럽게 대답했다.

"그럼 무슨 문제가 있어요?"

"그냥 피곤해서 그래요."

"내 잘못이 아니라면 됐어요."

"그래요, 당신 때문이 아니에요. 괜찮아질 거예요."

하지만 일면, 그것은 앨리스의 잘못이었다. 아니, 그녀의 행동은 불편한 상황이 심해지도록 거들었다. 그 남자는 "나한테 화났어요?"라는 질문 ― 잘못한 게 없는, 착하고 상냥한 여자가 묻는 ― 에 내포된 너그러움에〔어떤 사람은 유순함이라고도 한다〕익숙하지 않았다. 그 남자는 몹시 불퉁했고, 그걸 자책할 만큼 성숙하지는 않았지만 그게 상대에게 책망을 받을 일이라는 것은 인식했다.

에릭은 정서적인 너그러움을 앨리스보다 잘 억제하는 여자들에게 익숙했다. 그 남자는 여자와 따뜻하지만 늘 일정한 거리를 둔 관계를 유지해왔다. 그 경우에 화이트채플에 가면서 신문 기사 때문에 언짢았다면, 그 남자는 이유를 설명하거나 쾌활하게 행동함으로써 뾰족한 말이 오가는 사태를 막으려 했을 것이다. 그 남자가 찾아낸 애인은 늘 냉소적이었다. 그들은 책임을 지기 싫어했고, 적극적으로 자기 잘못을 찾아내지 않았다 ― 반면 앨리스는 그 남자가 변덕을 부려도 비위를 맞추려는 자기패배적인 성향 때문에 스스로 고통을 받았다.

그 남자는 무방비적으로 사랑하는 그녀의 방식이 두려웠다. 그 남자는 애정을 받는 것이 거북해서, 사무실에 가서야 앨리스에 대한 감정을 끄집어내 생각했다. 그녀와 같이 있을 때는 감정 표현은 고사하고 이해조차 되지 않았다. 그녀의 상냥함에 화답할 시간이 필요했다. 수화기를 잡고 있을 때면 혀가 굳어서, 대답할 말을 미리 적어놔야 하는 사람처럼.

처음 만났을 때 앨리스는 창조적인 일을 하고 싶다며, 그림을 다시 그리고 싶다고 했다. 학창 시절에는 그림을 곧잘 그렸지만, 계속하지 못했다고 했다. 에릭은 들떠서 비위를 맞추느라, 그녀 방의 상자에 보관되어 있던 목탄화 몇 장을 참고 봐주었다. 또 그녀가 창틀에 놓인, 말린 꽃이 담긴 꽃병을 그리는 모습도 지켜봤다. 그 남자는 앨리스에게 타고난 재능이 있다며, 몇 해 전 파리의 전람회에서 본 드가의 스케치가 떠오른다고 말했다.

"설마, 농담 말아요. 진짜 어떻게 생각하는지 말해줄래요?"

앨리스가 말했다.

"정말이에요. 내가 보기엔 아주 좋아요. 재주가 대단해요. 그렇게 생각하지 않으면 이런 말 안 해요."

"정말이요?"

그녀는 말하며 아랫입술을 깨물었다.

"당연하죠. 마음을 쏟으면 크게 발전하겠어요. 타고난 재능이 있어요."

흐릿하고 평범한 스케치와 종이 위에서 섬세하게 연필을 움직이는 매력적인 모습을 혼동한 덕분에 에릭은 호된 대가를 치렀다 ― 그녀의 눈에 그 남자는 미술 평론가쯤 되어 보였던 것이다.

그녀는 그동안 그린 그림을 몽땅 보여주면서, 실력이 늘었는지 어떤 방향으로 가야 할지 말해달라고 했다. 에릭은 전통적으로 아버지에게 부여된 역할을 해야 한다는 부담을 느꼈다. 그 남자는 아버지의 권위 따위는 원치 않았고, 자신에게 그런 권위가 있다고 믿지도 않았다.

그녀는 주말에 친구의 욕실에 벽화를 그린 후, 그 남자를 데려가서 보여주었다. 그녀는 물감이 얼룩진 작업복 바지 차림으로 문가에 서서, 기대감에 찬 웃음을 지으며 물었다.

"어때요? 어떤 것 같아요? 나 괜찮은가요?"

어휘 선택이 인상적이었다. "그림이 맘에 들어요?"나 "그림이 괜찮은가요?"가 아니라 "나 괜찮은가요?"라니. 인정받기를 바라며 아이처럼 "나 잘했어요?"라고 묻는 것 같았다.

이런 욕구는 에릭을 강한 책임감이 필요한 위치에 밀어 넣었다. 그 남자는 그녀의 예민한 기질에 상처를 입히고 싶었다. 우스꽝스런 벽화 따위에는 관심 없다고 말하고 싶었다. 그러면 그녀는 그 남자의 모든 말과 행동에 감탄하는 짓을 그만둘까.

점심시간이면 에릭은 동료들과 은행 근처 델리카테슨(미리 조리된 음식을 파는 식당 – 편집자)에서 식사를 했는데, 이성에 대한 이야기가 자주 나왔다. 어느 월요일 훈제 쇠고기 샌드위치를 먹을 때에는 여자의 가슴이 화제로 떠올랐다.

"큰 것도 좋지. 하지만 알다시피 작은 가슴보다는 민감하지 않거든."

로저가 골똘히 생각하며 말했다.

"말도 안 돼. 큼직한 가슴도 무진장 예민할 수 있다구. 카르멘 기억하지? 내가 사귄 스페인 여자 말이야. 글쎄, 내 말하는데, 그녀는 그 이론이 완전히 틀렸음을 증명해주었어."

빌이 대꾸했다.

"모르겠어. 조디는 가슴이 크지만 별다른 반응이 없는데. 자네 생각은 어때, 에릭?"

로저가 물었다.

"글쎄, 내 생각은 분명해. 앨리스의 가슴은 작지만, 난 그녀랑 사귀고 있어. 그러니 괜찮다고 생각해야겠지. 그 여자 가슴이 마음에 안 드는데 만날 필요가 있나?"

도시풍 정장 아래 유치하고 진부한 사고방식을 감춘 에릭과 동료들은, 서로에게 의지하는 부담을 덜고자 감성적인 욕구를 성적인 욕구로 치환하는 케케묵은 의식을 치르고 있었다.

왜 사랑받는가?

에릭은 자주 여자의 신체적인 면을 지적하곤 했다. 이 여자는 코가 예쁘고, 저 여자는 각선미가 끝내주고, 그 옆의 여자는 발목이 가늘고. 또 추한 모습도 그런 식으로 찾아냈다. 이 여자는 가슴이 늘어졌고, 이 여자는 허벅지가 나무둥치 같고, 저 여자는 안짱다리로 걷고.

그 남자는 앨리스와 슈퍼마켓에 갔다가, 지나가는 여자에 대해 말했다.

"와, 놀랍지 않아요? 얼굴은 저렇게 예쁜데 몸매는 그렇게 역겹다니. 얼마나 뚱뚱한지 봤지요? 믿기지가 않는다니까. 얼굴만 보면 전혀 뚱보 같지 않은데, 얼굴을 뺀 나머지 부분은 완전 뚱보니."

에릭은 앨리스에게는 칭찬만 늘어놓았다. 하지만 그녀는 이런 말을 들으면 기분이 좋지 않았다.

"왜 항상 그런 식으로 말해야 하는데요?"

그녀가 물었다.

"뭐가요?"

"모르겠어요―모든 사람을 뚱뚱하다, 날씬하다, 이렇다 저렇다……."

"그냥 사실을 말하는 거예요. 못 봤어요, 아까 그 여자……?"

"봤어요, 그런데, 당신이 안 그러면 좋겠어요. 사람들의 몸을 그런 식으로 생각하는 건 무서운 일이라구요."

"내가 당신의 몸을 생각하는 건 좋지 않아?"

에릭은 과장된 캘리포니아 억양으로 대꾸했다.

"자아, 나한테 심하게 굴지 말아요."

그 남자는 말하면서 그녀의 몸에 팔을 둘렀다.

"심하게 굴고 싶은 게 아니라요. 그냥…… 모르겠어요, 우리 잊어버려요. 주류 코너에 가서 와인 좀 살까요?"

그녀는 그렇게 말하고 헛기침을 했다.

하지만 앨리스는 집에 갈 때까지도 그 생각을 했다. 그 남자는 항상 앨리스의 몸매에는 관대했다. 침실에서 벗고 있을 때, 그 남자는 가끔 조각상이나 그림 속의 자세를 취해달라고 장난스럽게 부탁했고, 그녀를 "나의 베누스"니 "아프로디테", "이브", "트로이의 헬렌"이라고 불렀다. 와인을 몇 잔 마신 후에는 연극배우 같은 목소리로 그녀의 가슴이 지상에서 가장 아름답고, 눈은 동양의 보석 같고, 삼각지대는 인류에게 영감을 준다고 추어올렸다.

"그만 하시죠, 어설픈 시인 양반."

앨리스는 이불로 몸을 감싸며 대답하곤 했다.

"아, 오늘 밤은 베누스가 수줍구나. 큐피드와 섹스할 기분이 아니로구나."

"늠름한 큐피드가 화살을 서툴게 쏘지 않았다면, 아마 그녀는……."

앨리스의 불편한 느낌은 에릭의 감정에 자신의 육체가 어떤 구실을 할까 하는 물음에서 나온다. 그녀는 그 남자에게 매력적으로 보이고 싶었지만, 역설적으로 그 남자가 자신의 곁에 있는 궁극적인 이유가 육체적인 매력이 아니기를 바랐다.

그녀는 사랑받는 요건에 좋은 게 있고 나쁜 게 있다고 느꼈다. 어떤 경우에도 그녀는 사랑받을지 모르지만, 특정한 기준이 제시되었을 때에만 그녀는 사랑을 고백해 오는 사람이 진짜 **자신을** 사랑한다고 인정할 수 있었다.

1. 육체 때문에 사랑받는 것

'나'의 육체에 대한 타인의 지각은 내가 도저히 제어할 수 없는 영역이다. 다른 사람들은 나의 자아의식을 감안할 기회를 얻기도 전에, 즉각적으로 당연하게 몸을 '나'의 일부로 받아들인다. 몸이란 게 DNA 구조의 변덕에 따라 배열된 세포 덩어리일 뿐이지만, 우리를 만나는 사람들은 그 몸에서 의미와 성격을 읽지 않을 수 없다. 서투른 오류에 희생된 그들은 우리의 특징을 아름다운 것, 냉소적인 것, 솔직한 것, 매력적인 것이라고 말한다. 시인들이 감성적인 여건에 따라 생명 없는 풍경에 "이 산은 대담하다"

거나 "저 강은 명랑하다" 하고 딱지를 붙이듯이.

하지만 내면적으로는 육체가 우리를 대표하지 않는다는 것을 알면서도, 타인을 파악하는 데 이런 생각을 적용하기란 어렵다. 우리 자신도 부득이하게 육체적인 외모에 연연하여 사람들을 본다. 그들의 정체성 위기에 공감하지 못한다. 왜냐하면 우리에게는 그들의 내면보다는 외양이 바로 그들의 정체성으로 보이기 때문이다. 물질적인, 그래서 눈으로 증명되는 모습에 근거해서.

오직 자기성찰에 근거할 때에만, 우리가 외형에 대해 주장할 까닭이 없어진다. 머나먼 은하계의 행성이 어떻게 생겼든지 말할 필요가 없는 것과 같다. 데카르트가 육체와 정신을 탐구하고서 《방법서설》에서 "나라는 존재는, 정신을 의미하며…… 육체와는 완전히 분리된 존재다"라고 주장할 만도 하다(그가 실크 손수건과 플랑드르산 반바지를 좋아했다는 전기 작가들의 기록은 그의 저작에 담긴 핵심 내용과 배치되기는 하지만).

물론 육체가 자신을 드러낸다고 서슴없이 인정하는 사람들도 있다. 그들의 경우 자아 관념과 여권 사진이 행복하게 일치한다. 그런 이들은 거울 앞을 지날 때면 한쪽 눈을 찡긋하고 '와, 나 좀 봐라' 하고 즐겁게 생각할 것이다. 에릭이 육체를 편안하게 받아들이는 것도 자만심보다는 이런 운 좋은 일치감에서 나왔다. 그 남자는 자기 얼굴이 자신을 정확히 보여준다고 느꼈고, 사람들이 그의 외모와 그 자신을 연결해서 생각하며 예리한 눈매와 짧게 깎은 머리, 굳센 턱과 소년 같은 웃음 때문에 자신을 좋아하는 것도 맘에 들어했다.

하지만 '내 눈은 맘에 안 들어'부터 시작해서 '도대체 내가 여기서 뭘 하는 거야?'에 이르기까지 다양한 범위에 걸쳐 불만을 품는 사람들도 있다. 아니, 그게 아니다. '내 눈은 맘에 안 들어'는 그다지 좋은 예가 아니다. 육체와 자아 관념의 불일치는 단순히 눈이 **마음에 안 드는** 정도를 넘어서니까. 그것은 좀 더 심리적이고 존재론적인 문제다. '이 눈은 **내가 아니야**'라는. 예컨대 앨리스는 엄지손가락이 마음에 들지 않았지만, 이 엄지손가락에 자신이 잘 반영되어 있음을 인정했다. 이 엄지손가락의 성격은 그녀의 자기 인식과 같은 선상에 있었다. 손톱 부위의 이상주의와 관절 부위의 어색함, 옆모습의 모순이 뒤섞인 결과 자주 손가락을 접고 초조하게 물어뜯게 되었다. 하지만 그녀는 얼굴에 관한 한 자신과 일치한다고 볼 수가 없었다. 표정이 늘 빗나가서 슬퍼 보여야 할 때는 쾌활해 보였고, 생각에 잠긴 모습이어야 할 때는 즐거운 표정이었고, 강해 보여야 할 때는 약해 보였다. 그녀는 전철에 비친 자기 얼굴이 열두 살 소녀의 표정임을 발견하고 경악하곤 했다. 그러다가 사무실 창에 비친 얼굴은 60세 노인한테나 어울리는 표정이어서 놀랐다.

사춘기 때 거울의 분석적인 진실 앞에서 내면과 외모의 관계에 대한, 유서 깊은 철학적인 고민이 아프게 시작되었다. 앨리스는 거울에서 달아나 책으로 빠져들었고, 지금은 에릭에게 그 시기를 "믿기 힘들 만큼 억압적인 시기"였다고 농담할 수 있었다.

"난 섹스와 모든 것에 대해 꼬여 있었어요. 나 자신이 싫었고 남자애들은 더 끔찍했지요. 남자가 어찌나 무섭던지, 누가 말을 걸러 다가오기라도 하면 난 머리부터 발끝까지 빨개졌고, 초조해서 안면 근육에 경련이 일었어요. 커튼을 치고 거울을 가리고 들어앉아서 종일 침대 위에서 시시껄렁한 소설을 읽다가, 누가 방에 들어오는 기척이라도 나면 비명을 질렀지요."

앨리스의 어머니는, 여자가 일정한 나이에 이르면 결혼을 염두에 두고 남자의 관심을 끄는 데 매달려야 한다는 고루한 편견에 사로잡혀 있었다. 앨리스가 낡은 청바지와 스웨터만 고집하는데 기함한 어머니는 성질대로 딸을 데리고 구두점이니 고급 옷가게를 휩쓸고 다녔다. 그녀는 멜로드라마에서처럼 낙심한 분위기를 풍기며 점원에게 "이 아가씨한테 어울릴 만한 게 **행여** 있나요?"라고 묻곤 했다.

이런 상점들은 유행에 반세기쯤 뒤지는 경향이 있어서, 앨리스는 리본과 프릴이 잔뜩 달린 옷을 입고 웨딩케이크로부터 더 멀어진 모습으로 나타나곤 했다. 남자의 마음을 끌어, 되다 만 롤리타의 어머니를 안심시키기는커녕 흥분한 남자를 쫓아버릴 듯한 모습이었다.

육체와 자신의 불일치에 관해 가장 싫은 일은, 자신은 전혀 일치하지 않는다고 생각하는데 남들은 그녀와 잘 어울린다고 보는 것이었다. 앨리스는 육체를 우연한 현상으로 보는 데 반해, 남자들은 그녀 자아의 확장된 형태로 받아들였다. 에릭이 장난스럽게 가슴을 칭찬할 때면, 그녀는 그것을 칭찬으로 받아들이지 못하고 시상식에 초대받지 못한 사람을 위한 보상으로 여겼다.

"당신 코는 정말 **당신다워요.**"

침실에서 에릭이 콧날을 어루만지며 말했다.

"무슨 뜻이에요?"

"작고, 끝이 약간 올라가고, 점점 가늘어지고……."

"코 골상학 강의라도 들었어요?"

"물론이죠. 그런데 그게 뭐예요?"

노력 여하를 불문하고 사람들은 "사실 난 겉보기하고는 다른 사람이에요"라는 앨리스의 말을 알아듣지 못했다. 그들은 당황하면서, 물론 그녀를 겉으로만 보지 않으며 외모가 뭐가 중요하냐고 호들갑을 떨었다. 하지만 그녀와 외모에 대한 그녀의 불만을 연결 짓는 것 말고 그들이 뭘 어쩔 수 있을까?

최근 앨리스는 잡지에 실린 어느 모델의 인터뷰 기사를 읽었다. 그런 얼굴만 얻을 수 있다면 자기 할머니를 팔겠다는 사람도 있을 법한 미인이었지만, 그 모델은 남녀 관계에서 육체는 방해가 될 뿐이라고 주장했다. 그녀의 남편은 추남이었고, 그녀는 육체 외의 다른 것을 사랑했을 수도 있었다. 정신을 보고 남자를 선택했고, 남자들도 자신에게 그렇게 해주기를 바랐을 것이다.

앨리스는 아름다운가, 못생겼는가 하는 문제가 아니라고 결론 내렸다 ― 본인의 느낌과 남에게 보이는 모습 사이에 골이 깊기 때문에 어쨌거나 육신은 저주였다. 엘리펀트 맨과 그 인기 모델은 패션계의 양극단에 있지만, 구조적으로 똑같은 심리학적 운명을 지녔으니까.

하지만 앨리스의 태도는 어느 정도 내숭이었다. 그녀가 연간 속옷이나 화장비누에 투자하는 비용을 보면 특히 그랬다.

여기서 내숭이란 모순으로 정의될 수 있다. 뭔가 강력하고, 탐나고, 장악할 수 없기 때문에 두렵고 싫지만, 동시에 그것에서 혜택을 얻으면 행복한 것이다. 성공한 예술가는 자본주의 제도를 비난하면서도, 작품을 팔아 돈을 벌면 좋아하는 내숭을 보인다. 수백만 달러급 모델은 "예뻐야 행복해지는 것은 아니에요"라고 내숭을 피운다. 이 말을 하기 직전에 그녀는 최근 행복했던 일들(케냐에서 사냥한 일, 자기 이름을 딴 향수)을 말했고, 그것들은 전적으로 외모와 관계가 있었다. 그리고 앨리스는 유혹적인 속옷에 돈을 쓰면서도 "사람을 외모로 판단하고 싶지 않고, 다른 사람들도 나한테 그렇게 해주면 좋겠어요"라고 말하는 내숭을 보였다.

그녀는 게임의 불운한 규칙을 알았지만 — 옷가게와 미용실에서 지침이 되는 지식 — 남자가 관심을 보일 때면 그 남자의 욕망의 방정식에서 그 대목은 빼고 싶었다. 그녀의 육체가 관심을 끌었더라도, 상대방의 눈길이 거기서 멈추지 않기를 바랐다. 전혀 얌전하지 않은 환상 속에서도, 데카르트의 관점에 따라 육체는 핵심에서 제외되었다 — 섹스는 멋진 것이니까 무시할 순 없어도, 핵심은 아니었다. 앨리스가 사랑받는 것은 신비스러운 나머지 부분들 때문일 터였다. 육체를 뺀 나머지 부분, 그녀가 '나'라고 부르며 살아온 이력과 인상, 습관, 성품이 뒤죽박죽된 그것 때문이었다.

2. 돈 때문에 사랑받는 것

앨리스의 아버지는 투자를 잘못해서 전 재산을 잃기 전, 돈 때문에 여자를 좋아하는 남자들에 대해 자주 딸에게 경고했다.

"돈 때문에 널 이용하려는 별별 사람을 다 만나게 될 게다. 내 말을 믿으렴. 그건 섹스에 이용당하는 것보다도 나쁘단다."

그는 수입의 변화에 따라 사랑에 변덕을 부린 아내 덕분에 풍부하게 쌓은 경험에 근거해 그런 말을 했다.

그는 애초에 사랑과 돈의 관계를 인식했기 때문에 부자가 되려고 했지만, 역설적으로 그런 외적인 자산 때문에 끌리는 여자들을 신뢰할 수가 없었다. 외모에 끌리는 경우에 그렇듯이. 그는 인간관계에 대한 냉소적인 시각을 딸에게 투사하여, 앨리스가 때때로 남자친구와 영화나 음악회를 보러 가서 돈을 내면, 아버지는 열일곱 살인 남자친구를 여자 돈이나 바라는 놈으로 매도했다. 이제 그건 큰 문제가 아니었다. 아버지는 파산하면서 돈과 아내를 잃었고, 앨리스는 남의 부러움을 살 정도는 아니어도 사는데 별 지장은 없을 만한 돈을 매달 벌었다.

에릭은 더 풍족한 생활을 즐기는 터라, 앨리스는 가끔 이런 말을 했다.

"당신이랑 만나면서, 전에는 몰랐던 런던의 다른 모습을 보게 되어서 좋아요 ─ 레스토랑, 극장 등등."

그런 말을 들으면 에릭은 순진하게 웃곤 했다. 만일 그 남자의 성격이 좀 달랐다면, 이런 의문을 품었을 것이다. 그 남자가 갑자기 파산해서 고소득자만 경험할 수 있는 런던의 여러 면모를 즐길 수 없게 된다면, 그녀는 언제까지 그와 만나는 걸 좋아할까?

그러나 사랑의 원천에 관한 결벽증적 불안이 없는 그 남자는 과감하게 주장했다.

"누군가가 나를 사랑한다면야, 내가 그 이유를 물을 까닭이 있나?"

3. 이뤄놓은 일 때문에 사랑받는 것

에릭과 만나서 사귀기 시작한 후, 앨리스는 중요한 계약을 처리할 수 있는 자리로 승진해서, 50만 파운드어치나 되는 일을 맡아보았다. 더블린과 파리로 출장을 가고, 보스턴과 마드리드에 있는 광고주와 통화를 했으며, 개인 사무실과 비서를 할당받았다.

그녀는 다른 사람들의 시샘을 눈치 채고는, 이런 성과를 별것 아닌 일로 말하는 경향이 생겼다. 친구가 "나도 너 같은 일을 하고 싶어" 하고 말하면, 앨리스는 "아니야, 그렇지 않아. 네 자리가 훨씬 좋아" 하고 대답하곤 했다.

에릭은 앨리스를 질투하기보다는 자랑스러워했다(다소 가부장적으로. 언외의 뜻은 '진짜 사업의 세계에 온 것을 환영합니다, 나야 언제나 이쪽에 있었지만!'이었다). 앨리스가 새 광고를 수주한 날, 그 남자는 저녁 식사에 초대해서 칭찬과 키스를 퍼부었다. 그 남자는 장차 영국에서 선도적인 여성 사업가가 될 사람과 사귄다고 친구들에게 뽐내고 싶었다. 앨리스는 에릭이 얼마나 좋아하는지, 다른 친구를 통해 들었다.

앨리스는 이런 관심이 기쁘면서도 석연찮은 기분을 느꼈다. 에릭은 그녀가 약하고 자신감을 잃을 때보다는 강하고 일을 잘할 때 훨씬 친절했다. 사실 그녀가 형편이 좋을 때는 그 남자에게 저녁을 대접받을 필요가 없었다. 그녀 스스로 예쁘다고 믿을 때는 아름답다는 말을 들을 필요가 없었다.

그녀의 부모도 성취에 대해 에릭과 같은 태도를 보였다. 다시 말해 딸이 성취를 이루었을 때 눈에 보이게 애정을 듬뿍 쏟았다. 앨리스는 열세 살까지는 학교에서 그리 잘하지 못했고, 공부 쪽으로는 뛰어날 것 같지 않았다. 그녀의 행적에 따라 그녀는 집에서 인기가 없었다. 여동생의 성적이 워낙 뛰어나서 앨리스는 검은 양 취급을 받았다. 하지만 사춘기에 접어들어, 그녀는 모두의 예상을 뒤엎어주자고 결심하고, 놀라운 성과를 거두어 모든 시험을 최고 성적으로 통과했다. 하룻밤 새에 그녀는 집안의 새 영웅이 되었고, 선물과 관심이 쏟아졌다.

"정말 휴가를 또 가고 싶지 않니? 옷 사줄까? 더 좋은 자전거를 사줄까?"

그녀의 부모는 그렇게 묻곤 했다. 하지만 샐쭉한 사춘기 소녀는 모든 걸 거절하고, 추레한 옷을 걸치고서 부모의 호의를 모욕으로 취급했다. 사실 그것은 모욕이었다. 단지 성적표만 보고 검은 양 취급을 하던 태도의 뒷면(좋은 쪽이긴 해도 같은 동전의 뒷면이었다)이었으니까.

그녀의 부모는 가끔 부모 노릇을 잘 못했다는 말을 했다.

"우린 어린애들을 잘 다루지 못해. 지금 너랑 대화하듯이 지성적인 대화를 할 수 있는 자식을 원했거든. 어찌 보면 네가 어른이 되기를 조바심치며 기다렸단다."

이제 앨리스가 다양한 주제에 대해 유창하게 이야기할 수 있게 되자, 부모는 예쁘고 똑똑한 딸을 친구들 앞에 내놓고 싶어 안달했고, 앨리스가 그런 초대에 응하지 않자 놀랐다. 그녀는 자신이 이룩한 성취에 대해, 유명해지기 전에 만난 친구들하고만 사귀는 할리우드 스타들 같은 태도를 취했다 — '무명이었을 때 날 좋아한 사람이라면 언제나 날 사랑해줄 것'이라는 게 그들의 암묵적인 태도였다. '내가 주목받을 만하니까 사랑한다면, 당신이 사랑하는 게 유명세가 아니라 바로 **나**라는 걸 어떻게 알죠?'

4. 나약함 때문에 사랑받는 것

어떤 사람이 성공을 거두고, 사무실과 집, 요트를 가지고, 말을 잘하고, 미인이거나 지성을 갖추었다면 곧 누군가의 사랑을 받게 된다. 하지만 사랑에는 자식에 대한 부모의 조건 없는 사랑이라는 이상적인 모범이 있다. 우리가 기억하는 첫 번째 사랑은, 무력하고 약한 상태에서 보살핌을 받는 것이다. 어떤 아기는 유독 귀엽고 사랑스럽지만, 어쨌든 부수적인 특성들을 갖추지 못하여 아직 세상과 거래할 수 없는 존재로 정의된다. 그래도 그들은 사랑받고 보살핌 받는다, 있는 모습 그대로 — 그것은 꽤 힘든 일인 경향이 있지만. 그들은 침을 흘리고, 똥오줌을 누고, 토하고, 울어대고, 이기적인 존재로서 (혹은 그럼에도 불구하고) 사랑받는 것이다.

다만 아기가 자라면 여러 가지 조건 — 식탁에서 고맙다고 인사하는 일, 엄마에게 안경을 가져다주는 일, 설거지, 그 후에는 TV를 사고, 카리브 해의 무스티크 섬에 집을 짓고 스위스의 장크트모리츠에 별장을 사는 일 — 이 따르는 사랑으로 변한다. 그런 조건을 갖추면 분명히 남들의 관심을 얻는다. 하지만 진정 원하는 것은 인기인들과 토크쇼 사회자의 아첨이 아니라, 아기 때 부모와 맺었던 계약을 다시 맺는 것이다. 무슨 일이 있든 부모가 성실하게 신의를 지키던 계약을.

앨리스는 에릭과 자신의 관계에서 긴장감을 감지했다. 그녀는 한편으로 침 흘리는 아기 노릇을 하고, 복잡하고 비이성적으로 굴고, 보채고 싶었다 — 또 한편으로는 자신이 매력적이고, 재치 있으며, 떼를 쓰지 않는, 책임감 있고 성숙한 여자 노릇을 해야 에릭의 사랑을 유지할 수 있다는 사실을 알았다.

가끔 정치에 관해 논쟁을 벌이면, 앨리스는 좌파로 에릭은 우파로 이야기가 끝났다. 한때는 잘나가던 거대 자동차 회사가 무너지자, 둘은 열띤 토론을 벌이게 됐다.

"들어봐요, 사업체의 존재 이유는 오직 그것이 잘 굴러가느냐 하는 데 있어요."

에릭이 주장했다.

"사람들이 원하는 자동차를 만들 수 있었을 때는 이 회사도 유지될 가치가 있었지요. 하지만 이제 이 회사는 그런 차를 만들 수 없어요. 존재 이유가 없는 거죠. 그 회사의 모델은 구식이고, 직원은 너무 많고, 비효율적이고, 낭비가 심하고, 경영도 엉망이에요. 게다가 기술과 새로운 장비에 충분히 투자하지도 않았으니…… 당연히 벽에 부딪히게 되죠. 그럴 수밖에 없어요."

"어떻게 그렇게 말할 수 있지요? 2만 명이 직장을 잃고, 도시 전체가 황폐해지게 생겼는데요……. 그게 옳다고 생각해요?"

"경제적인 관점에서는 당연히 그렇죠. 아시아 국가들이 더 값싸고 좋은 차를 만들 수 있다면, 적절한 평가를 받지 못할 이유가 없어요. 여기 한군데서 쓰는 비용이면 한국이나 말레이시아 전체가 번영할 거예요……. 그게 게임이 돌아가는 원리예요. 한국 회사들은 기계 설비에 엄청난 돈을 쓰고 있어요. 우리 나라의 어느 회사보다 훨씬 앞선 설비를 갖추고 있죠. 정부는 무너지는 회사를 일으키려고 국민의 세금을 쏟아 부어선 안 돼요. 잘하는 회사가 살아남아야죠. 진짜 수요에 따라서 경제가 운용돼야 해요. 시장에서 죽어야 하는 업체를 지원하면, 상황을 인위적으로 조작하는 거죠."

"하지만 그건 너무해요. 비인간적이고, 잔인해요. 회사를 잘 추슬러 다시 이익을 낼 때까지 고비를 넘을 수 있게 몇 년간 정부가 대출해준다 해도, 납세자에게 해가 되지 않을 거예요."

자동차 회사의 운명을 놓고 벌인 논쟁 저변에는, 공적 자금 대출이나 한국 회사의 설비 투자와는 무관한 갈등이 깔려 있었다. 앨리스가 자동차 회사를 옹호한 것은, 단점이 있어도 사랑받을 권리를 변호하고자 함이었다. 에릭은 자본주의의 적자생존을 강조했고, 그녀는 그 남자가 사업뿐 아니라 사랑에서도 같은 논리를 지지할까봐 두려웠다.

그녀는 그 남자의 경제 논리에 보이는 잔인성이 두려웠다. 어느 날 허벅지가 두꺼워지거나 가슴이 처지면 그녀 역시 '비효율적'이고 '낭비적'이며 '존재 이유가 없다'고 평가받겠지. 자동차 회사의 진짜 장점이 뭐든 간에, 그녀가 보인 것은 조건 없이 (그녀가 망가지더라도) 사랑받고자 하는 어린 시절 욕구의 흔적이었다. 여기서 국가는 갈구의 대상이자 무엇이든 받아주는 부모였다. 자동차 회사가 방만하게 경영을 했지만, 이 나라의 회사가 아닌가. 노동자들은 국민이 아닌가. 그리고 경제가 건강을 되찾도록 돌보는 게 정부의 의무가 아닐까.

최근 직장 동료가 계약을 놓친 책임을 앨리스에게 돌리려 한 일이 있었다. 에릭은 주변 사람들에게 피해가 가지 않게 상관에게 이 사건을 보고할 수 있도록 조언을 해주었다. 그녀에게 고충이 있다 싶으면, 그 남자는 나서서 옹호하는 목소리를 높이고 도전 의지를 북돋웠다. 하지만 그 남자는 직장의 불화나 친지의 병과는 관계없는, 감정의 혼란 따위 문제는 이해하지 못했다. 그 남자는 속절없는 슬픔은 받아들이지 못했다. 기분이 울적해져서 원초적으로, 비합리적인 수준으로 위로받고 싶을 뿐 다른 이유가 없는 슬픔은 받아들이지 못했다. 앨리스 역시 이런 약한 면모로 그 남자에게 짐이 되기 싫었다. 그 남자는 그녀가 강할 때 스스로를 매우 자랑스럽게 여겼다 — 하지만 그녀의 진정한 소망은 여전히 표현할 수 없는 것을 표현할 여지를 찾는 것이었다. **내가 겁을 먹어도, 고민이 있어도, 신경이 날카로워도 날 사랑해줘요. 내가 잘하지 못해도 있는 모습 그대로 나를 사랑해줘요……**.

5. 세세한 면 때문에 사랑받는 것

몇 년 전 피렌체에서 휴가를 보낼 때, 메디치 궁에서 한 남자가 앨리스에게 말을 걸었다. 그녀가 고촐리의 그림을 찬찬히 보는데, 그 남자가 "살결이 천사 같다"고 속삭였다. 그 남자의 살결 역시 천사와 다르지 않고, 뿔테 안경을 쓴 모습이 여자를 유혹하려고 갤러리에 온 것은 아닌 듯해서, 그녀는 커피를 마시자는 제안을 받아들였다. 둘은 점심 식사를 같이 했고, 우피치 미술관을 거닐다가 결국 같이 밤을 보냈다.

아침에 조반니는 커피와 리넨 목욕 가운을 가져다주었고, 둘은 피렌체 교외에 있는 그 남자의 집 베란다에 앉았다. 그 남자는 운치 있는 엉터리 영어로 사랑에 대해 웅변을 했다. 미국식으로 말끝마다 상대의 이름을 부르면서 조반니는 마음에서 우러난 듯 보이는 고백을 쏟아냈다. 영국 여자와 밤을 보낸 탓에 〔아니면 단지 커피 때문이었든지〕 문학적인 기억에 혼동이 왔는지, 그녀를 루이스 캐럴의 앨리스(《이상한 나라의 앨리스》 - 옮긴이)가 아닌 단테의 베아트리체라고 불러대긴 했지만.

아무튼 바라지도 않던 고백인데다, 하룻밤으로 끝날 것이 명백한 사이의 불문법적인 관습 때문에 앨리스도 굳이 이름을 고쳐주지 않았다. 또 둘이 나눈 것의 몰개성적인 성격이 의미하는 바 때문에 억울하게 마음이 상하지도 않았다. 그렇지만 영국으로 돌아오는 기차에서, 그렇게 열정적이던 사랑 고백과 피렌체의 위대한 여주인공 이름으로 그녀를 잘못 부른 게 대조되어 킬킬 웃음이 나왔다.

앨리스에게 사랑은, 상대에 대해 아는 게 많을수록 더 진실하게 느껴졌고, 그만큼 사랑이란 세세하게 많이 아는 것과 긴밀하게 얽혀 있다는 증거도 늘어나는 것처럼 보였다. 상대의 존재 요소〔나이, 직업, 국적 등등〕가 아니라, 다른 사람과 구별되는 소소한 부분이 중요했다 — 어떤 잼을 좋아하는지, 어린 시절의 일화에 대한 기억, 좋아하는 꽃이나 사용하는 치약 이름 따위.

그녀에 대해 알려고 노력하는 사람, 그래서 결국 그녀의 본모습을 알게 해주는 사람에게 신뢰가 생겼다. 그런 이와 함께하는 대화는 "내가 이 이야기를 당신에게 했던가, 룸메이트에게 했던가?" 하고 머뭇거리는 말보다는 "지난주에 당신이 했던 …… 이야기가 기억나는군요"와 같은 말로 채워질 터였다. 그런 사람들은 그녀의 세세한 부분을 기억했고("어릴 때 어머니와 스트라스부르에 갔다고 했죠, 그때……", 더 사소하게는 "차에 설탕을 두 숟가락 넣지요, 그렇지요?"), 따라서 그녀는 그들의 의식 속 갈피갈피를 미루어 짐작할 수 있었다.

그녀가 특정한 단어를 발음하는 습관이나 포크를 쓰는 독특한 습관, 좋아하는 책이나 레스토랑에 대한 취향을 어떤 남자가 기억한다고 하자. 그것은 값비싼 장미나 강렬한 고백보다 더 그 뜻을 잘 전달했고, 그녀는 이 사람이 자신을 아낀다는 걸 신뢰할 수 있었다. "당신은 내가 아는 사람 중에 가장 아름다워요"라고 말하는 사람보다 "그 귀고리는 정말 잘 어울려요. 지난 화요일에도 그걸 달았죠?"라고 말하는 사람을 그녀가 더 좋아하는 것은 단순히 겸손 때문이 아니었다.

"당신이 오렌지를 까는 모습이 보기 좋아요"라고 에릭이 말하자, 그녀는 묘하게 마음이 따뜻해져서 웃음 지었다. '내가' 관련된 일들이 층층이 쌓여 있는 중에서 '그녀가 오렌지를 까는 모습'을 집어내다니 한층 가까운 느낌이 들었고, 그럴듯하긴 해도 구체적인 것이 없는 미사여구보다 훨씬 더 마음을 울렸다.

6. 불안감 때문에 사랑받는 것

모르는 두 사람이 파티에서 만나서, 파티에서 낯선 사람에게 말을 거는 게 이상하다고 서로 털어놓으면, 사교적인 어려움을 공유했다는 사실 때문에 대화를 풀어가는 데 묘하게 장애가 없어진다 — 도리어 과장된 언사로 순간을 모면하려 하면 난관이 현실로 나타난다.

불안감은 사회적인 압력과 기대에 직면해서 개인이 겪는 두려움이다. 내가 이 사람의 기대만큼 흥미로운 사람일까? 이 사람이 듣고 싶은 말을 내가 할 수 있을까? 내가 사랑하는 이들의 기대를 충족할까?

개인과 사회 사이의 민감한 막에 이런 불안감이 모이기 때문에, 털어놓지 못하면 외로움이 느껴진다. 다른 사람들 때문에 생기는 두려움을 이해해줄 수 있는 사람이 없는 경우에는 쓸쓸하다. 누군가에게 "불안감이 엄습해 오네요"라고 말했는데, 상대방이 어리둥절한 표정으로 활발하게 "무슨 말이에요? 불안할 게 뭐 있다고 그래요?"라고 대답하면 외롭다. 우리를 불안하게 하는 일을 비웃어버리면 공감대가 형성되지 못하고, 그러면 우리는 해학적인 기지와 함께 서로의 사고방식과 인류학적 관심을 나눌 기회를 앗겨버린다.

앨리스는 에릭과 사춘기, 나이트클럽, 축구팀 이야기를 나누면서, 그 남자에게 끌리는 마음이 굳건해졌던 것을 기억했다.

"세상에, 내 기억으론, 나는 춤추는 걸 끔찍하게 여기던 아이였어요."

앨리스가 말했다.

"머릿속에서는 춤이 좋았는데, 너무 부끄럼을 타서 정작 무도장에 나갈 생각을 하면 겁이 났어요. 여름 캠프에 참가했을 때 한번은 남자애가 춤을 추자고 청하지 뭐예요……. 하지만 난 너무 긴장해서 싫다고 말했지요. 내가 뭘 놓쳤는지 누가 알겠어요. 혹시 그 애가 평생의……."

"당신이 그를 놓쳐서 다행이에요."

에릭이 대답했다.

"하지만 춤에 대해서 한 말은 이해할 수 있어요. 제대로 할 줄 모르면 자기가 바보같이 느껴지죠. 그 나이에 꼭 해야 하는 일들이 있는데, 그 일이 하기 싫으면 외계인이 된 기분이 들죠. 나는 축구 클럽이 그랬어요. 학교에 다닐 때 모두 응원하는 축구 클럽이 있었는데, 난 축구 따위에는 관심이 없었어요. 그래서 응원하는 팀이 없었지요……. 그래서 한동안 별종 취급을 받았어요. 응원하는 축구 클럽이 없어도 괜찮으냐고 어머니한테 여쭤본 기억까지 있어요. 그래도 내가 정상이냐고."

나이트클럽과 축구단에 관련해서는 배타적인, 집단의 압박이 있으므로 이 대화는 중요한 의미를 띠었다. 무관심한 일이나 불안감을 털어놓을 수 있다는 것은 관습을 깨는 일이고, 사회가 당연시하는 것들에 대해 불편하다고 인정하는 일이었다. 그렇게 하면서 공통된 정체성을 기반으로 동지애를 굳힐 수 있었다.

7. 두뇌 때문에 사랑받는 것

현대의 기사도적인 관점에서는 두뇌를 사랑하는 것이 가장 숭고한 사랑이라고 한다. 어떤 여자가 미학적으로 문제가 있는 구혼자를 소개하면서 "알다시피 맥시밀리언은 **명석한** 사람이야. 이 사람의 지성은 아찔할 지경이야"라고 말하면, 여자 친구들은 아무 말도 못 하고 감탄한다. 잘 다듬어진 몸매, 고급으로 꾸민 집, 배려 깊고 성격 좋은 상대에게 끌리던 이들은 이 고결한 사랑의 본보기 — 두뇌에 대한 사랑 — 앞에서 자신들의 부족함을 느낄 것이다.

앨리스가 육체 때문에 사랑받는 것은 싫다고 한다면, 그녀는 두뇌로 사랑받고 싶어하나보다고 짐작할 수 있다. 어떤 면으로는 그렇지만, 꼭 그렇다고 할 수는 없었다. 그녀는 학교에서 성적이 좋았고 대학에 다녔으며 직장에서 중책을 지고 있으므로 똑똑하다고, 사람들은 말했다. 앨리스 자신도 머리가 꽤 괜찮다고 생각했다. 그녀는 수학을 잘했고, 주간 영업 회의 때 쓸 표와 도표를 그리고 수익률을 계산할 줄 알았다. 또 기억력이 좋고, 언어 능력도 뛰어났다. 하지만 그녀는 그런 점 때문에 사랑받는 것 역시 원치 않았다. 두통이 나거나 기분이 나쁘면 머리로 하는 일은 곧바로 엉망이 될 수 있었다. 앨리스는 두뇌의 능력이라는 것이 실은 본모습과는 무관한 정신의 곡예일 뿐이라는 사실을 알았다.

그러니 두뇌는 더 나누어서 봐야 할 것이었다. 지성과 그 밖에 다른 것, 가장 나중에 남아 더 파악하기 어렵고 말랑말랑한 것으로.

8. 존재 때문에 사랑받는 것

궁극적으로, 오로지 앨리스는 잃어버리면 자신이 존재할 수 없는 것들 때문에 사랑받고 싶었다. 그녀에게서 빼버릴 수 없는 요소 때문에 사랑받고 싶었다.

시간이 흐르고 운이 나쁘면 그녀는 아래의 것들을 잃어버릴 수 있었다.

a) 외모

b) 직장

c) 돈

d) 능력

그래도 자신은 남게 될 터였다.

그래서 사랑의 동기에서 그런 기준은 배제하고 싶었다. 그녀의 존재에 부차적인 것들이니까. 그것들은 그녀의 통제 밖에 위태롭게 존재했다. 지금은 매력적일지라도 어느 날엔가 사라질 것들이었다 — 더불어 그녀를 사랑하던 이도 사라지겠지.

사랑받는 이유들을 이렇게 초조하게 찾는 것과 진실을 찾으려는 데카르트의 힘겨운 여정을 연결 지어볼 수 있다. "나는 생각한다, 고로 나는 존재한다"라는 그의 전설적인 해답은, 몽테뉴와 갈릴레오, 가상디의 철학에 내포된 회의를 넘어서는 도구였다. 이들은 '진정으로 존재하는 것을, 사물이 우리의 감각 기관을 통해 보이는 것과 진실로 같다는 것을 우리가 어떻게 아는가?'라고 물었다(우울한 새벽 3시에 '이 사랑이 진짜라는 걸 어떻게 알아? 이게 **내게** 진정 의미 있는지 어떻게 알아?' 하고 묻는 것과 비슷하다).

데카르트는 회의를 최대한 밀어내고 결론을 내렸다. 주변의 많은 것을 의심할 수 있지만, 단 한 가지, 자신이 현재 생각하고 있다는 사실은 의심할 수 없었다. 생각하는 존재는 나무 색깔부터 지구의 모양까지 모든 것을 의심할 수 있지만, 그럼에도 자신이 생각하고 있다는 것을 인지함으로써 자기 존재를 확신할 수 있다. 데카르트가 《방법서설》에서 표현했듯이 "내가 꿈을 꾸고 있고, 내가 보거나 상상하는 것들이 거짓일지라도, 생각이 내 머릿속에 있다는 것만은 부인할 수 없다."

"나는 생각한다, 고로 나는 존재한다"란 말을 합리론을 표방하는 이후의 해석(소위 '데카르트' 정신)과 혼동해서는 안 된다. 고급 철학 강좌에 등록하고 치밀하게 생각할 줄 알아야만 자기 존재를 주장할 수 있다고 데카르트는 말하지 않았다. "나는 생각한다, 고로 나는 존재한다"는 말에는 '나는 느낀다, 고로 나는 존재한다', '나는 스쿼시를 한다, 고로 나는 존재한다'와 같은 말에 내포된, 가치 판단이 없다. 그것은 다른 모든 것이 의심스러울 때 진실이라고 확신할 수 있는 최소한의 것을 포착했을 뿐이다. 불확실한 것을 한 겹씩 벗겨내다가, 부인할 수 없는 한 가지 진실만 남기는 방식이었다. 그 한 가지 전제에서 다른 진실들이 소생할 수도 있었다.

사랑의 진정한 기준을 찾는 일도 비슷한 궤도를 따랐다. 회의적인 태도란, 피상적이고 거짓된 것을 일반적으로 받아들여지는 사랑의 동기로 규정한다는 의미일 터이다. 누군가 아름답고 부유하고, 지성적이거나 강인해서 사랑한다는 것이다. 이런 것들은 우리가 상대의 욕망 속에서 찾는 핵심 요소가 아니었다. 세월이 흐르거나 운이 나쁘면 쓸려버릴 수 있는 것들이었다.

문제는, 데카르트 역시 맞닥뜨렸지만 고민하지 않았는데, 확실성이든 사랑의 진정한 기준이든 불확실한 것들을 모두 벗겨내고 남는 답이 워낙 특이해서 아주 모호하다는 것이다. 데카르트는 모든 걸 의심했지만, 자신이 생각하고 있다는 사실은 의심할 수가 없음을 깨달았다 — 이 확실한 사실은 정말 멋진 것이지만, 그것이 진리의 본질에 관해 그에게 무엇을 말해주었을까? 그는 이것으로 무엇을 할 수 있었을까? 이것을 어떻게 적용할 수 있었을까? 의심할 여지 없이 옳은 말이지만, 지식을 추구하는 데는 소용이 없었다.

사랑의 동기 중 덧없는 요소를 다 뺐을 때, 앨리스에게는 무엇이 남았을까? 육체와 지성과 가진 것들을 제하니, 어떤 사랑할 이유가 남았을까?

데카르트처럼 별로 남는 게 없었다.

그녀에게는 순수한 의식, 순수한 자신, 존재한다는 단순한 사실 때문에 사랑받고 싶은 욕망이 남았다.

앨리스가 계속 화장품을 사들인 것도 놀랄 일은 아니었다.

여행

10월 말이 다가오자, 앨리스와 에릭은 크리스마스 무렵에 몇 주 휴가를 내기로 했다. 가을비가 지독하게 내리고 낮은 점점 짧아지고 매서운 바람이 불자, 온화한 곳으로 여행을 가고 싶어졌다. 그래서 극동, 타이와 인도의 바닷가, 폴리네시아 제도, 모리셔스, 세이셸 제도에 관한 여행안내 소책자들을 뒤적이다가 결국 카리브 해로 결정, 바베이도스 섬에 있는 호텔에 묵기로 했다. "아늑한" 스타일이지만 "현대적인 시설"을 자랑한다는 설명이 있었고, 숙박료가 그것을 증명해주었다.

휴가 계획은 신화적인 차원의 일이었다. 미래의 어느 순간에, 현재의 문제 ― 권태감이 들든지, 짜증스럽거나 조바심이 나지만 진정한 문제에 몰두할 시간이 없다 ― 를 참을 수 없을 때, 휴가가 치유책이 될 수 있을 터였다. 앨리스는 최근에 독서를 못 했다는 생각을 할 때마다 책을 사서 '휴가 때 읽을 책들' 위에 올려놓았고, 결국 1년쯤 휴가를 보내야 다 읽을 만큼 책이 쌓였다. 에릭은 운동을 못 했다는 생각이 들 때마다, 소책자에 "한가한 쪽빛 바다"로 묘사된 바다에서 다이빙할 생각을 하며 부담감을 덜어냈다. 두 사람의 근무 형태가 달라서 긴 시간을 같이 보내지 못했기에, 이번 여행이 소책자에 나온 대로 "서로를 재발견할" 기회라고 기대했다(그 점을 확인하듯 홍보용 책자에는 노년의 부부가 호텔 베란다에서 샴페인 잔을 든 사진이 있었다).

그들은 꼼꼼히 여행 계획을 세웠다. 선탠로션과 티셔츠, 선글라스와 샌들, 비치백, 소설책을 구입했다. 그들은 몇 달짜리 여행이라도 가는 듯이 행동했고, 짐의 크기는 영원한 구원을 바라는 희망의 상징이었다.

시간―즐거움에 따라 흐르는 속도가 다르다―은 고통스럽게 느릿느릿 흘렀지만, 결국 기다리고 기다리던 12월 출발일이 다가왔다. 그들은 휴가 기분에 들떠 잠에서 깼고, 농담을 던지며 아무 이유 없이 오로지 웃어야 했기 때문에 웃어댔다. 공항에서는 비행기에 탑승하기 전에 필요도 없는 물건을 샀다. 관계에 대한 의심과 의문은 싹 사라지고, 아주 가까워진 기분이었다. 다시 한 번 서로에게서 즐거움을 발견하고자 하는 의지가 생겼고, 의견 충돌을 최소화하려고 노력하고 싶었다. 에릭은 그녀의 가방을 들어주겠다고 했고, 앨리스는 그 남자에게 소설이나 잡지를 보겠느냐고 물었다. 비행기가 활주로를 굴러가기 시작하자 둘은 서로 손가락을 깍지 꼈고, 신세계에 발을 디딘 콜럼버스처럼 환희에 차서 서로의 살갗을 어루만졌다.

"몇 시간 후면 지구 반대편에 있게 된다고 생각하니 놀랍지 않아요?"

에릭이 물었다.

"난 상상조차 안 되는걸요. 현실이 아닌 것 같아요."

"비행기도 환상적이지 않아요?"

"으음."

"생각해봐요. 이 비행기가 집 열 채만 한데, 그것이 시속 800킬로미터로 하늘 위를 날아가는 거예요……."

기장의 목소리가 스피커를 울려 나와 항로를 설명했다. 그들은 브리스틀 쪽으로 M4 산업 지대 위를 날아가다가, 대서양을 건너 9시간 동안 수천 마일을 비행한 끝에 바베이도스에 도착할 예정이었다. 앨리스는 창가에 앉아서, 따분한 런던 교외 지역을 내려다봤다.

"세상에. 이 모든 걸 두고 떠나다니 정말 행복해요. 저 끔찍한 거리들하며 구름, 비……."

"당신은 정말 아름다워요. 당신을 먹고 싶어."

에릭이 말했다.

"점심시간까지 못 기다리겠어요?"

"그래요. 당신은 근사해요, 정말이에요. 이 말을 자주 하지는 않았지만, 정말 근사해요. 당신은 굉장히 맛있고, 민감하고, 경이로운 수박이에요."

"제정신이 아니군요. 당신, 미쳤어요……."

앨리스가 웃음을 터뜨렸다. 에릭은 그녀를 바싹 당겨서 키스했다. 키스가 얼마나 열렬했는지, 무덤덤하던 승무원의 흥미를 일깨울 정도였다.

그들은 비행 내내 잤고, 눈을 뜨니 비행기가 비스듬히 기울어서 섬 위를 낮게 날고 있었다. 밝은 파랑 물에 대비되는 짙푸름이 시야에 들어왔다. 제트기 시대인지라 갑작스럽고 벅찬 도착이었다. 비행기 문이 열리자, 더운 기운과 습한 공기와 바다 냄새가 쑥 밀려들었다. 마법으로 우주선을 타고 다른 세계에 온 기분이었다. 거대한 747기에 비하면 공항 건물들은 난쟁이처럼 보였고, 터빈의 날개는 느릿느릿 돌아 전혀 먼 여정을 날아온 것 같지 않았다. 미풍이 불어 야자수가 가만히 한쪽으로 밀려가고, 파란 하늘에는 구름이 떠다녔다.

"이럴 수가. 너무 더워요"

앨리스가 못 믿겠다는 듯이 소리쳤다. 그녀는 활주로를 걸어 나오면서 재빨리 옷을 벗을 수 있는 데까지 벗었다.

공항은 두 문화가 극적으로 부대끼는 곳이었다. 한편에서는 거대한 관에 몸을 구겨 넣고 하늘로 날아갈 생각이나 하는, 정신 나간 서구인들이 조바심을 쳤고, 다른 한편에서는 연대기적인 질주가 덜한 서인도제도 사람들이 느긋하고 편안하게 팔다리를 움직였다. 한 시간에 800킬로미터를 날아온 승객들은 서둘러 짐을 챙겨서, 돈을 많이 들이며 오래 기다려온 휴가를 얼른 즐기고 싶었다―공항 직원들의 시간 개념은 달라서, 그날 일이 안 되면 이튿날 하면 된다는 식이었다.

"도대체 이 컨베이어 벨트는 언제나 작동될 건가?"

에릭이 한숨을 쉬었다.

"느긋하게 마음 먹어요."

앨리스는 이 지방의 말투를 흉내 내며, 비행기에서 받은 잡지로 부채질을 했다.

공항으로 미니버스가 마중 나와, 자신을 데이비드라고 소개한 운전수가 섬의 북서쪽에 있는 호텔로 그들을 데려다주었다. 라디오에서는 음반지기가 랩으로 부른 크리스마스 캐럴을 소개하면서 청취자들에게 크리스마스 인사를 했다. 차는 수도인 브리지타운을 달렸다. 브리지타운의 건축물에는 영국 식민 통치의 흔적이 남아 있었다.

"아홉 시간 전만 해도 우리가 런던에 있었다고 생각하면 대단하지 않아요?"

앨리스가 거리와 광장을 내다보며 자신이 경험한 공간 이동에 경탄하며 말했다. 눈에 익은 도로 표지판이 없고, 게시판에는 처음 보는 물건들의 광고가 있었다. 무성한 식물들은 짙은 초록색이고, 고물 차들이 움푹 팬 도로 위를 터덜터덜 달렸다. 원색의 향연이 이어졌다. 정원들에는 주황, 분홍, 자주색 부겐빌레아, 히비스커스, 포인세티아가 우거졌다.

미니버스가 호텔 앞에 멈추고, 그들은 로비로 들어갔다.

"크루소 호텔에 오신 것을 환영합니다."

안내 직원이 인사했고, 숙박 절차가 이어진 뒤, 그들은 본관 뒤

226

편에 있는 방갈로로 안내받았다. 바다가 내려다보이고, 너른 모래톱에 파도가 밀려오는 소리가 들렸다.

건물 모양에서부터 기후를 느낄 수 있었다. 연중 온화한 날씨여서 방갈로에는 유리창이 없고, 벽에 뚫린 큼직한 창틀 두 개를 통해 신선한 공기가 들어왔다. 북방에서와는 달리 내부와 외부 사이에 분명한 경계가 없어 덧문이며 빗장, 이중 유리창 같은 것은 필요가 없었다. 의심하는 건축이 아닌 신뢰하는 건축이었고, 북방 건축의 무덤 같은 특성을 싫어하는 앨리스의 취향에 잘 맞았다.

뚜렷한 구분을 좋아하는 에릭은 에어컨을 찾기 시작했다. 그 남자는 호텔 안내처에 전화를 걸었으나 그런 설비는 이 지역에서 금지되어 있다는 설명만 들어야 했다.

앨리스는 옷을 벗고, 목욕탕에 걸린 가운을 두르고 베란다로 나갔다. 살갗에 닿는 공기를 느끼면서, 영국의 매서운 겨울 날씨로부터 몸을 보호하려고 얼마나 오랫동안 겹겹이 감싸 입었는지 다시 한 번 상기했다.

"수영하러 갈래요?"

그녀가 물었다.

"아니, 난 정리할 일이 몇 가지 있어요."

에릭이 침실 안쪽에서 대답했다.

"좋아요. 그럼 난 잠시 수영하러 갔다 올 게요."

그녀는 짐을 제대로 풀지도 않고 수영복과 수건을 낚아채어, 모랫길을 따라 몇 미터 떨어진 해변으로 갔다. 그녀는 물에 뛰어들어서 모래 바닥 위를 걷다가, 수심이 꽤 깊어지자 물속으로 헤엄쳐 들어갔다. 그녀는 정확히 팔다리를 놀려 힘차게 헤엄을 쳤다. 만의 이쪽 끝에서 저쪽 끝까지 헤엄쳐 다녀온 뒤, 수건을 놓아둔 곳으로 가서 모래밭에 몸을 쭉 뻗고 누워 그날의 마지막 햇살을 받았다. 그녀는 몸이 나른해서(런던 시간으로는 잠자리에 들 시각이 지나고 있었다), 깜빡 졸다가 일어나 방갈로로 향했다.

방갈로에 가보니 에릭은 흥분한 상태였다.

"무슨 일이에요?"

그 남자가 심란한 기색이 역력하자 앨리스가 물었다.

"이 빌어먹을 호텔에 내 컴퓨터에 연결할 모뎀이 없대요."

"무슨 모뎀이요? 모뎀이 왜 필요한데요?"

"모뎀을 쓰려고 컴퓨터를 가져왔다구요."

"컴퓨터는 편지를 쓰려고 가져온 줄 알았는데요."

"그것도 그렇지만, 기본적으로는 인터넷에 연결해서 전화 요금을 아끼려고 가져온 거라구요……. 그런데 이제 와서 안 된다니."

"아 저런, 걱정하지 말아요. 그리 큰 문제가 아닐 거예요. 어떻게든 해결될 거예요."

"과연 그럴까요. 이런 난리가 있나. 게다가 샤워기도 제대로 작동하지 않아요."

앨리스는 한숨을 쉬고 침대에 걸터앉았다. 에릭은 여행과 그에 수반되는 변화를 감당하지 못했다. 런던의 여행사 담당자는 전화 소켓이 컴퓨터 모뎀과 호환된다고 장담했다. 그게 중요한 관건이었는데, 이렇게 되고 보니 보통 심란한 일이 아니었다.

에릭은 비즈니스호텔에 익숙했다. 그런 호텔에는 구석에 큰 텔레비전이 있고, 누르는 단추가 달린 전화가 구비되어 있고, 세탁 시스템이 효율적으로 운용되었다. 또 안내처에서는 잘 도와주었고, 욕실에 머리카락도 없고 녹물이 나오지도 않았다. 그 남자가 선호하는 호텔은 트랜스콘티넨털 그룹으로, 대도시마다 지점이 있었다. 뉴욕에서든 홍콩에서든 뭄바이에서든 케이프타운에서든 그들 호텔의 로비에 데려다놓으면, (사용되는 언어만 빼면) 어느 나라에 와 있는지 모를 정도였다. 모든 면에서 서로 다른 점이 최소한도로 조정되어 있어, 호텔 밖에 인력거와 불교 사원이 있어도 투숙객은 9번을 누르면 통화할 수 있고 아침 식사로 데이니시 페이스트리와 에스프레소를 먹을 수 있었다. 그런 철학이 **어디서나 집처럼 편안하게, 트랜스콘티넨털**이라는 광고 문구에 고스란히 담겨 있었다.

외국에 가는 사람들은 두 부류로 나눌 수 있다.

➜ 놀라는 것을 싫어하는 관광객 ─ 멋진 피라미드나 상쾌한 해변을 체험하는 따위의 새로운 경험은 좋아할지 모르지만, 그것들이 다 예상 그대로여야 한다. 그들은 의심나고 불확실한 것, 애매한 것을 싫어하고, 그날그날 분명하고 납득할 수 있는 식단을 바라서, 이국적인 카레 요리나 이국적인 감정, 이국적인 과일이 불러오는 불확실성은 소화하지 못한다. 대신 공항에 도착하기 전에 집에 앉아서 미리 예상한 것들에 집착한다. 현대 문학에서는 프루스트 작품 속의 화자가 가장 유명한 관광객일 것이다. 프루스트는《잃어버린 시간을 찾아서》에서, 베네치아에 가는 일을 꿈꾸는 대목에 여러 쪽을 바쳤다. 여기서 베네치아는 순전히, 미술과 문학의 영향을 받아 그의 머릿속에 세워진 도시였다. 그는 이 꿈의 도시에 익숙했기에, 꿈과 현실이 다를까봐 두려워서 실제로 그곳에 가는 것을 거듭 미루었다.《포도스》(세계적으로 유명한 여행안내 책자─옮긴이)와《미슐랭》(미슐랭 사에서 발간하는 소책자로, 프랑스를 비롯한 서유럽 국가들의 호텔과 레스토랑을 심사해 등급을 발표하여 그 권위를 인정받고 있다─옮긴이)에 나오는 곳만 찾아가는 관광객처럼.

➜ 한편 **여행자**는 미리 예상하지 않고 여행하며, 짐작했던 바와 다른 상황에 부딪혀도 그리 당황하지 않는다. 미지의 것에 대한 태도가 다르다. 에릭은 전화 소켓 사용의 어려움으로 대표되는 놀람이 싫었던 반면, 앨리스는 실제 호텔이 안내 책자에 나온 것과 다르다 해도 신경 쓰지 않았다─쳇바퀴 같은 일상을 버린 것이 행복했고, 그 지방의 문화가 그렇다면 콘플레이크 대신 어포를 먹어도 상관없었다.

하지만 이것을 사랑에 연결 지어 분석해보면, 그날 앨리스는 에릭이 호텔에 대해 느끼는 불만을 똑같이 경험했다 — 그녀는 사랑의 영역에서 관광객임을 깨달았다. 그녀 역시 울타리 밖으로 나가 애인이라는 나라에서 일어나는 일을 탐험하며 꿈을 시험해보는 호기심이 부족했다. 그녀가 믿기에 모든 것을 가진 남자가 의사소통할 수 있는 모뎀 같은 기본 요소도 갖추지 못했다는 사실을, 그녀는 생각조차 하지 못했다.

독서의 문제

앨리스는 해변에 앉아서 생각했다. '어깨에 6호를 발랐나, 4호를 발랐나?' 낙원에서 (에덴동산은 잃어버렸지만) 일광욕을 한 첫날이었다. 그녀는 시차를 겪었고 약간 우울한 한숨이 나왔다. 이것도 쉽지 않았다. 서로 다른 자외선 차단 크림을 적절히 고르는 일, 해의 방향에 맞춰서 의자를 돌리는 일, 배와 등을 번갈아 태우는 일, 어쩔 수 없는 희망 ─ '머리칼이 진짜 노랗게 될까?' ─ 때문에 긴장감이 생겼고, 해가 구름에 가리면 충동적으로 머리칼을 살펴봐야 했다. 바다에서 가벼운 바람이 불었고, 호텔 문가에서 키 큰 흑인이 산울타리를 손질하고 있었다. 하지만 할 일이 있었다. 앨리스는 워크맨을 집어서 카세트에 테이프를 넣었다. 목소리가 흘러나왔다.

당신을 사랑하는 것이 언제나 옳은 일은 아니지
하지만 내 사랑, 사랑이 유일한 빛이라네

그녀와 에릭은 유럽의 시간 감각에 맞춰서 일찍 깼다. 밖에서 지저귀는 새들의 소리가 또렷이 들려오는 방에서 자는 데 익숙하지 않았다. 밤새 열대의 소나기가 야자수를 덮은 지붕 위를 소란스럽게 두드렸다.

에릭의 기분이 나아져서, 두 사람은 호텔 테라스에서 유쾌하게 아침을 먹었다. 해가 하늘 높이 뜰 무렵, 그들은 벌써 헤엄쳐서 만을 몇 바퀴 돌고 의자로 돌아와 몸을 말리는 참이었다.

"내 책 좀 줄래요?"

에릭이 다리에 선탠로션을 바르면서 물었다.

"그래요, 어디 있어요?"

"내 가방에. 데니스 오도노휴 작품인데, 수건 밑에 있어요."

에릭은 데니스 오도노휴 같은 작가의 책을 많이 읽었다. 영웅이 용병들의 전쟁에서 싸우고, 핵잠수함을 조종하고, 외국 호텔에서 사랑을 벌이고, 화강암 계곡으로 헬기가 내려오는 이야기가 수백 쪽씩 펼쳐지는 두꺼운 책들이었다.

앨리스는 가끔 그 남자의 독서 습관을 놀렸다.

"왜 슈퍼맨을 지성인으로 보이게 하는 책들을 읽는 데 시간을 써요?"

에릭은 재치로 받아넘기지 못하는 사람이라서 고지식하게 대답했다.

"내용이 재미있고 가벼우니까 읽어요. 모든 사람이 자기관찰을 빙자한 제멋대로 개똥철학을 읽는 데 시간을 써야 하나요?"

그 개똥철학이란 앨리스가 최근 읽기 시작한 장르를 뜻했다. 앨리스는 이 책들을 갖고 오느라 바베이도스까지 오는 비행기의 소화물 한도를 몇 그램 초과했다. 이들 책의 화려한 표지에는《친밀감 배우기》,《당신이 행복할 때 나도 행복하다》,《잘 사랑하고 잘 살기》같은 제목이 인쇄되어 있었다. 앨리스가 사랑의 영역에서 말을 싫어했던 것을 기억하는 독자라면 그녀가 이런 책들을 읽는 걸 뜬금없이 생각하겠지만, 최근 본능적인 이해를 믿지 못하게 된 그녀는 확인하고 싶었다 — 육감을 타고난 요리사가 요리책을 힐끗 보고 밀가루와 설탕 분량을 확인하는 것처럼.

나란히 접의자에 앉아서, 그녀는《자신과 상대를 이해하는 법》을 읽었고, 에릭은《코만도 작전》에 빠져들었다. 둘의 책에 대한 취향은 확연히 달랐다.

📖 자신에게서 도피하는 독서

비밀 정보부의 발칸 지부에서 수십 년간 일했거나, 흐루시초프 시절 첩보원으로서 모스크바에 다녀왔거나, 핵 처리 시설의 내부에 대해 잘 알거나, 플라스틱 폭약의 신관을 제거하는 방법을 알거나, 아프리카의 무기 거래 상황에 매혹된 사람이 아니라면,《코만도 작전》을 읽으며 인생의 의미를 되새기는 위험한 짓은 거의 하지 않는다. 이런 책은 그런 활동에 대해서는 상세하게 조사하여 묘사하지만, 독자들이 겪었음 직한 인간사에 대해서는 아주 피상적인 묘사에 그쳤다. 이스라엘제 우지 기관 단총을 작동하는 법과 F-16기의 착륙 장치를 내리는 법은 나오지만, 다른 장치를 내리는 대목에서 작가는 감정적이고 신체적으로 복잡한 면은 무시해버렸다. 독자들에게 주인공("구축함 선상에서 맥에게 보고를 들은 후로 면도를 하지 않아서 수염이 거뭇거뭇한"이라고만 되어 있다)이 "버니스의 떨리는 입술을 누르고, 비단결 같은 엉덩이를 거칠게 쥐었다"고 무뚝뚝하게 알려줄 뿐이었다.

《코만도 작전》의 세계에서는 아무도 죽음을 걱정하지 않고, 지루하거나 흐릿한 기분, 하찮은 일로 낙심하지 않았다. 콜롬비아 마약 거래상을 상대로 작전을 수행하거나, 비행기 납치를 막아야 하는데다 국회 의사당 아래 설치된 뇌관이 20분 뒤에 터질 예정인 마당에, 손톱을 깨물며 전화벨이 울릴까 노심초사할 시간이 없었다. 흥미롭게도, 통근 열차를 돌아보면 스멀스멀 기어 나오는 불만스런 감정(T. S. 엘리엇이 말한 "조용한 절망의 삶")에 사로잡히는 사람은 없는 듯했다. '왜 나한테는 재미있는 일이 안 일어날까?'라거나 '죽는 날까지 계속 이럴까?' 아니면 단순히 '대체 이게 다 뭐야?' 하고 묻는 사람이 아무도 없었다.

그런데 독자들은 잠재적으로 이런 걱정을 안고 살아가고 — 인간은 그렇게 마련이다(인간은 죽게 마련이고, 몽테뉴가 지적했듯이 죽음이 모든 이를 철학자로 만든다) — , 이런 책을 읽는 독자들은 자기반성의 진통뿐 아니라 그에 따르는 환희도 놓쳐버린다.

에릭은 책을 많이 읽긴 하지만, 그 동기가 호기심과는 전혀 무관하다고 할 수 있다. 그 남자는 세상사를 알고자 함이 아니라, 세상사와 부대끼는 것을 피하고자 책을 읽었으니까. 그 남자는 겁이 나면 자신이 두려워하는 것과 관계된 책은 외면하는 식으로, 현실과 맥이 닿는 것을 피했다. 그 남자는 차라리 해병대의 추적을 받는 아프리카 무기 거래상의 공포감에서 안도감을 얻었다 — 두려움이긴 해도 **자신의** 두려움이 아니니까.

《코만도 작전》 같은 책에는 긴장감이 있지만, 그것은 심리적이고 개인적인, 중요한 요소가 모두 **빠진** '안전한 긴장감'이었다. 에릭은 동남아에서 벌어지는 게릴라전을 쫓아가며 자신의 초조감을 풀고, 똑같이 미묘하지만 가까이 있는 갈등을 피해 갔다. 그 남자는 예전부터 자신에게 질문을 던지고 자기를 관찰하는 과정은 아무 도움이 안 된다고 믿었다. 그런 것들은 지라나 맹장에 필적할 만큼 무익한 진화상의 돌연변이들에게만 간신히 유전적 특질로 남아 있었다.

앨리스가 에릭의 독서 습관을 따르리라고 짐작하는 사람도 있을 것이다. 하지만 그녀는 몽상가이긴 해도 탐구하는 사람이었다. 고민 때문에 호기심을 죽이지는 않았다.

그녀는 생각할 고민거리가 많아 뒤죽박죽이긴 했지만, 전혀 생각하지 못할 정도로 엉망은 아니었다.

📖 자기를 발견하는 독서

책은 피와 살이 있는 사람처럼 직접 말을 걸지는 않지만, 그럼에도 우리는 '말을 걸어주는' 듯한 책에 익숙하다. 그런 책은 블랙홀을 지나는 로켓 여행에 우리를 보내주지 않고, 마음의 상태와 더 인간적이고 개인적인 영역의 상황을 그려내고자 은하계 여행의 즐거움은 보류한다. 첫 키스, 배고픔, 서늘한 가을날의 햇빛, 사회적인 고립감, 질투, 권태감 ― 능수능란하고 정직한 저자의 손으로, 이런 것들은 우리에게 자아발견의 충격이라 할 수 있는 것을 가져다준다. 저자는 우리가 혼자만의 느낌이라고 보는 상황을 말로 설명한다. 서로 통하는 점을 발견하고 기쁨에 떠는 연인들처럼, 독자는 책을 보고 등골이 오싹해서 외친다. '세상에, 나랑 똑같이 느끼는 사람이 있네! 나 혼자만 ……을 느끼는 줄 알았는데.'

어두워지는 교외를 덜컹덜컹 달리는 통근 열차나 밤하늘을 나는 비행기 안에서, 독자는 짧은 순간 고독감을 덜 것이다. 자기보다 큰 존재, 인간애와 연결됨을 실감하고, 전에는 타인으로 치부했던 동료 승객과 다른 모든 이들을 향한 이해와 공감이 갑자기 밀려들 것이다 ― 자신과 타인들 간의 공통점이 차이점을 능가한다는 생각을 하면서 고양될 것이다.

앨리스는 카리브 해의 접의자에 앉아서 위대한 문학 작품을 읽어치우고 있지는 않았다. 《자신과 상대를 이해하는 법》은 우리가 배우기에 고전이라 할 만한 기준을 충족한 책은 아니었다. 문장은 무뚝뚝하고 직설적인 표현으로 멋없이 구성되었다. 저자다운 객관성 따위는 던져버리고, 독자에게 익숙한 것에만 신경 쓰며 붙임성 있게 질문을 던졌다. "어머니 무릎에 앉아서 이러이러한 생각을 했던 기억이 나는가?", "당신이 무관심한 사람들은 당신에게 무관심하다는 생각을 해본 적이 있는가?" 하지만 더 거슬리는 점은 《자신과 상대를 이해하는 법》이 도덕적인 사명을 띠고 인생을 바꿀 뭔가를 말하는데, 그것도 고전 철학의 위대한 저작들이 지니게 마련인 존경스러운 난해함 없이 그렇게 한다는 것이다. 저자는 자동차 사용 설명서처럼 직설적이고 천박하기 짝이 없는 표현을 동원해서 독자에게 충고한다. "기억하라, 다음에 이러이러할 때는 상대에게 무슨 생각을 하는지 물어보라."

독자에게 지나치게 직설적으로 '말'하는 책에는 그럴듯한 편견이 따른다. 스탕달은 어떤 생각을 소설에 도입하는 것을 음악회장에서 총을 쏘는 것에 비유했다. 고상한 음악회장으로 비유된 소설 세계의 밖에서도, 충고는 다른 것으로 덮어씌우는 게 최선이라 여겨진다—추상화해서 사르트르 철학, 상징주의 시나 북구 영화가 되게 하는 것이다.

스탕달 식으로 말하면, 앨리스가 읽는 책의 저자는 (그 책이 소설은 아니지만) 음악회장에서 기관 단총을 발사한 셈이었다. 그녀는 지금 '당신의 잠재성을 깨닫기'라는 장을 읽고 있었다. "우리 대부분은 자기를 완전히 표현하지 못하게 하는 삶을 영위한다. 우리 안에는 말하고 행동하고 싶은 것들이 가득하지만, 왠지 그렇게 하지 못한다……."

앨리스는 사는 데 도움을 주는 책만 가치 있다고 평가했다. 그래서 학식 있는 평론가들이 보기에 독자들이 저지르는 가장 큰 우를 그녀는 범했다 — 책에서 뭔가 얻고 싶어한다는 것. 결국 독자는 아무것도 원하면 안 된다. 책은 목적이 있는 게 아니니까 — 진공청소기와 오일펌프에는 **목적**이 있지만, 예술은 예술 자체를 위한 게 아니던가? 나보코프가 뭔가를 배우려고 소설을 읽는 사람들을 조롱했던 일을 기억하는 사람도 있을 터 — 뭔가를 배우려고! 철갑상어 알을 좋아하는 취향을 없애려는 것처럼 우스운 일이 아닌가?

하지만 앨리스는 매주 몇 시간씩 겨우 책 읽을 짬을 낼 수 있었고, 그래서 자신의 관심사와 관계있는 책을 읽고 싶었다. 자기의 물질적, 사회적 환경과 꼭 맞아서 상황과 설명을 그대로 삶에 적용할 수 있는 책을 원했다. 그녀는 '딱 들어맞는' 책을 찾았다. 다른 사람의 글을 통해, 그녀가 여태 느끼면서도 정리할 수 없었던 것들을 콕 집어내기를 바랐다. 다른 사람의 경험에서 자신의 경험을 잘 파악할 수 있는 설명을 찾았다. 반드시 물리적으로 일치할 필요는 없지만(책의 배경이 스페인의 바르셀로나이고 그녀는 런던에 산다고 해도, 혹은 남자에 대한 얘기인데 그녀가 여자라고 해서 책을 덮지는 않았다), 심리적인 공감대는 있어야 했다. 남의 이야기가 그녀의 마음을 사로잡는 경우도 있었지만, 그 글에서 조명한 것은 (얼핏이라도) 그녀 자신의 이야기였다.

이런 면에서 보면 앨리스가 에릭보다 훨씬 자기중심적이었다.

분명 그 남자는 자아('너 자신을 알라'는 명령)에 지속적인 관심을 두지 않았기에, 상실감이나 해체감을 느끼지 않고 케냐의 숲을 지나는 험난한 사파리나 배를 타고 아마존 강을 내려가는 일, 기구를 타고 만년설이 덮인 극지방을 날아가는 일에 탐닉했다. 그러나 앨리스는 자신이 모르는 상황에는 자신을 투영하지 못했다. 타인의 유년기와 장차 선덜랜드에 다가올 시대를 '대담'하고 '힘차게' 설명한 내용에는 관심이 없었다. 10대에 걸친 부유한 남부 집안의 '웅장하고' '품위 있는' 초상이나 억압된 청년이 뉴욕의 바에서 동성애자임을 자각하는 '적나라한' 설명 따위에도 아무런 흥미가 없었다.

그녀는 '나를 찾고' 싶었다. 자기 이야기여야 했고, 복잡하고 설령 문법에 어긋난 문장이라 하더라도 그런 야심이 담겨 있어야 했다. 그녀는 자신이 왜 어떤 것을 느끼는지, 왜 사랑하는지, 왜 미워하는지, 왜 좌절하는지, 왜 행복한지 더 잘 알고 싶었다. 여자란 무엇이며 남자란 무엇인지, 두 사람이 어떻게 소통할 수 있는지, 왜 그러지 못하는 경우가 많은지 알고 싶었다. 책에 등장하는 인물들이 그녀의 경험을 조명하는 이야기, 분주한 일상 생활 가운데에서 사랑과 의미를 추구하는 이야기, 그리고 어쨌거나 그들의 운명이 꽤 행복하게 끝나는 이야기를 읽고 싶었다.

"당신이 자아를 발견하고 어쩌면 나까지 완전히 파악하기 전에 피냐 콜라다나 한 잔 마시는 게 어때요?"

에릭이 의자에 몸을 쭉 뻗고 선글라스를 들어 눈썹을 치켜 보이며 물었다.

"오, 아주 좋지요. 한 잔 마시면 좋겠어요."

앨리스가 《자신과 상대를 이해하는 법》을 내려놓으며 대답했다.

"좋아요, 그럼 내가 본관 바에 가서 가져올게요. 1분이면 될 거예요."

그녀는 해변을 지나 호텔로 향하는 에릭을 바라보았다. 일광욕을 한 흔적이 막 나타나기 시작한, 탄탄한 몸매였다.

정말 멋진 사람이야 하고 앨리스는 속으로 중얼거렸다. 자기 계발 책을 읽으면서, 자신과 에릭의 관계가 얼마나 이상적이지 않은지 생각한 지 겨우 1분밖에 안 됐건만.

유쾌증

에릭은 먹는 배처럼 생긴 잔을 두 개 들고 왔다. 크림처럼 하얀 액체 위에 밝은 주황색 우산이 꽂혀 있었다.

"바텐더가 정말 친절하던데요. 그를 RJ라고들 부르던데 대단한 사람이에요. 낚시도 많이 하는지, 어제 꼬치고기 잡은 이야기를 했어요."

"정말요."

"그리고 호텔에서는 대규모 해변 크리스마스 파티를 준비 중인가봐요. 춤도 추고, 사람들은 쪽 빼입고 참석하는 파티요."

"오."

"근사하지 않아요?"

"네, 근사하네요."

"으으음, 이 칵테일은 환상적인데요. 지금까지 마셔본 피냐 콜라다 중에 최고예요. 당신 것도 괜찮아요?"

"네, 좋아요. 그런데 좀 달착지근하네요."

"그래요? 정말? 아닐 텐데."

"나한테는 그런데요."

"전혀 달지 않은데. 딱 맞는데."

"어쨌거나……."

앨리스의 이마에 생각의 주름이 새겨지자, 에릭이 관심을 보였다.

"무슨 일이에요?"

"아무것도 아니에요. 그냥 생각 중이에요."

"모든 게 다 훌륭하지 않아요? 해변이랑 모든 게."

"그래요."

"여기서 행복을 못 느끼는 사람은 미친 사람일 거야. 그렇게 생각하지 않아요?"

"그건 나름대로……."

"이번 휴가는 처음부터 끝까지 정말 좋을 것 같아요."

"아직 끝나지 않았는데요."

"알아요. 하지만 멋지게 끝날 거라는 감이 잡혀요."

첫날 저녁 모뎀 위기를 겪고 난 뒤 에릭은 조증躁症의 극에 달했다. 모든 게 "멋지고" "끝내주고" "환상적이고" "대단"했다. 앨리스는 아름답고, 날씨는 더 좋을 수가 없으며, 음식은 입에 착착 달라붙고, 호텔은 초특급이고, 이곳은 낙원이었다.

앨리스는 생일, 축제일, 동창 모임이나 결혼식에서와 같이 당연히 행복해야 하는 때는 늘 초조했다. 행복해야 한다는 압박감에 그 일을 즐기기가 힘들었다. 경이롭다는 생각을 하기도 전에 감탄을 늘어놔야 하는 경우에 그랬다. 행복해야 한다고 계속 되새기는 것보다 서글픈 일이 있을까.

하지만 에릭은 행복한 휴가를 보내는 행복한 사람이었고, 영원한 만족감 외에 다른 감정을 느낄 이유가 없었다. 처음에는 불만스러웠지만 사소한 일에 얽매이지 않을 작정이었다. 불만이 그의 만족스런 자아상에 영향을 미치지만 않는다면.

앨리스는 고민에 초점을 맞추지 못했다. 사실 문제의 핵심은, 그녀가 에릭을 아무리 좋아해도 일이 잘 풀리지 않을 가능성을 배제할 수 없음을 그 남자에게 말하지 못한다는 것이었다. 이 섬을 낙원처럼 경험할 가능성은, 그렇지 않다는 것을 알게 될 기회가 있느냐는 데 달려 있었다.

그렇지만 그 문제에서는 선택의 여지가 없었다.

"뭐가 잘못됐어요?"

그날 오후 수족관에 갔다가, 장어가 가득 찬 수조 앞에서도 앨리스가 열의를 보이지 않는 걸 알고 에릭이 물었다.

"아무것도 아니에요. 그냥 좀 고단해서 그래요."

"하지만 우린 열두 시간이나 잤는데."

"당신 말이 맞아요. 이제 곧 괜찮아질 거예요."

앨리스는 친구인 수지와 그 애인 매트가 서로의 다른 점을 감당하는 방식에 자주 감탄했다. 둘의 관계는 폭풍우 같아서, 격렬한 이별과 열정적인 화해가 빈번했다. 조금만 감정이 상해도 두 사람은 서로에게 엄청난 비난을 쏟아 부었다. 수지가 "개자식, 저녁 내내 여자랑 시시덕거리는 걸 봤다구"라고 말하면, 매트는 "자기가 더했으면서. 당신 양다리 걸쳤지? 양의 탈을 쓴 여우야" 하고 대꾸하고 문을 쾅 닫으며 나가버렸다.

이런 장면을 처음 봤을 때 앨리스는 당연히 걱정했다. 이런 식으로 서로에게 악을 쓰다니 두 사람의 관계는 끝나고 말았다고 생각했다. 하지만 잠시 후 둘은 화해했고, 수지는 그녀에게 이렇게 말했다. "있지, 그이는 세상에서 가장 착한 천사야" ― 이것이 바로 10분 전 그 남자를 세상에서 가장 나쁜 악당으로 취급했던 여자의 입에서 나온 말이었다. 두 사람은 거리낌 없이 화를 내고, 잠시 후에는 다시 사랑했으며, 분노와 사랑 두 가지를 다 있을 수 있는 일로 문제없이 받아들였다.

"로미오와 줄리엣도 우릴 보면 움찔할걸."

수지는 말했다.

"만날 서로 악악대다가 금세 다시 붙어 다니니까. 하지만 우린 어울리는 한 쌍이야, 정말 그래."

이 뜨거운 이별과 화해의 시나리오는 사랑을 잃을까봐 걱정하는 마음을 감당하는 방식이었다. 진짜 드라마가 벌어질 수 있는 위험을 억제하려고 일부러 꾸미는 짓인 셈이었다. 금기어를 일부러 말해서 그 마법적인 힘을 누그러뜨리는 것과 비슷했다. 결별 선언이 잦아지자 수지는 그 경험에 익숙해질 수 있었고, 그래서 두려움을 덜었다. 사랑의 종말이 관계 속으로 통합되었다 ― 심장 마비를 일으킨 사람의 일그러진 표정을 장난 삼아 흉내 냄으로써 죽음에 대한 공포를 떨쳐버리는 것과 비슷했다.

앨리스는 에릭과 그런 경험을 못 해서 아쉬웠다. 두 사람은 호텔에 도착한 첫날 밤 입씨름을 벌였지만, 그 사건을 그보다 쾌활한 시간과 맛있기만 한 피냐 콜라다의 맥락 속에서 편안히 표현하기란 어려웠다. 에릭이 그 자신과 자신이 맺은 관계를 보는 관점은 과거 회귀적이었고, 그런 탓에 불가피한 어려움을 정직하게 인정하기가 힘들었다.

그 남자는 **유쾌증**jollyism이라고 부를 수 있는 심리 현상을 일으켰다. 휴가지에서 그런 사람은 에릭만이 아니었다.

호텔 식당을 관리하는, 북아메리카 출신 식음료 담당 직원들이 좋은 예였다.

"안녕하세요? 오늘은 기분이 어떠신가요?"

그날 밤 앨리스와 에릭이 베란다에 저녁 식사를 하려고 앉자, 웨이트리스가 인사했다.

"저는 재키입니다. 오늘 저녁에 필요하신 것을 다 가져다드리겠습니다."

"고마워요."

앨리스가 대답했다. 자신도 자기소개를 해야 하는지 가늠이 되지 않았다.

"네. 오늘의 특별 요리로는 오징어, 농어, 큼직한 바닷가재가 있습니다."

웨이트리스가 말했다.

재키의 얼굴에는 얼어붙은 듯 웃음이 고정되어 있었다. 그것은 요리 하나하나가 금자탑임을 필사적으로 주장하는 듯한 표정이며, 안면 근육을 지탱하는 마법이 풀리면 드러날지 모르는 아찔한 고통을 들키지 않으려는 웃음이었다.

물론 행복한 감상주의야 바람직하지만, 유쾌증을 태평하게 행복감과 같은 것으로 취급할 수 없다. 행복한 영혼이 웃는 것은 그가 스스로 **선택**했기 때문이다. 일몰이 아름답거나 애인이 방금 전화를 걸었거나 하는 이유가 있기 때문이다. 반면 유쾌증에 사로잡힌 이들이 행복한 것은, 단지 **그들이 불행할 리가 없기 때문이다.** 좋은 것과 나쁜 것을 유연하게 통합할 능력이 없기 때문이다.

그러한 융통성 없는 각오로 재키는 시종 에어로빅 강사처럼 웃었고, 에릭은 저녁 식사를 하면서 감탄사를 연발했다 ― "환상적인 바닷가재로군!" "이번 휴가가 최고 아니에요?" ― 주의를 기울여 보면 그 남자의 애인은 좀 다르게 생각한다는 것을 알 수 있었을 텐데.

바베이도스에 머무는 동안 앨리스와 에릭은 마이애미에서 온 미국인 부부와 친해졌다. 에릭은 팩스룸에 갔다가 부부 중 남편인 밥을 만났다. 두 사람 모두 사무실에서 보낸 자료를 받으러 온 길이었다. 에릭은 밥과 데이지 부부와 친구가 되었다. 부부는 변호사로, 결혼 3주년을 맞아 이 섬에 왔다고 했다〔어떤 부류에게는 결혼 3주년이란 대단한 일이다〕. 그들은 지난해에 영국에 다녀온 후 친영파가 되었다고 말했다. 그래서 앨리스와 에릭이 무슨 말을 하든 황홀해했다.

밥은 주체할 수 없이 혈기가 왕성한 사람이었다. 해변에서는 농구 경기를 주선하고, 저녁이면 탁구와 체스 대회를 벌였다. 가까운 섬들을 순회하고, 스쿠버 다이빙으로 산호초 탐험에 나섰다. 그들 부부는 하루도 쉬지 않았고, 에릭은 그들이 호텔에서 가장 잘 노는 사람들이라며, 앞으로 미국에 가서 꼭 만나야겠다고 말했다.

밥의 웃음은 웨이트리스 재키처럼 딱 붙어 있다는 앨리스의 농담에, 에릭은 벌컥 화를 냈다.

"왜 항상 그렇게 냉소적으로 사람들을 보지요? 그냥 사람들을 좋아하고, 그들이 당신에게 잘해주는 것처럼 그들에게 잘해주면 안 되나요?"

"난 그들을 나쁘게 말하지 않았어요. 그냥 그렇다는 거예요. 알다시피 늘 너무 쾌활해 보이니까요. 데이지에게 오늘 기분이 어떠냐고 물으면 그녀는 이렇게 말해요. '정말, **너무** 좋아요. 보시다시피……'"

"당신을 이해할 수가 없어요. 왜 그렇게 신랄하게 구는지."

남의 이야기를 하는 것은 신뢰를 바탕으로 한다. 누군가를 같이 싫어한다는 공감대를 바탕으로 거리낌 없이 말하는 것이다. 이것은 공모 행위다. 두 사람이 모임에서 빠져나와 이야기보따리를 풀기 시작한다. "그 여자, 이상하지 않아?" "그 남자, 진짜 차갑지 않니?" "그 여자, 가짜 속눈썹 붙인 거 봤어?" "그거 부분 가발이지?"

248

"여자가 친정에서 유산을 받았다지?" 그러므로 에릭이 앨리스의 말에 맞장구치지 않은 것은 에릭의 충심이 변했다는 신호였다. '난 당신보다는 새로 사귄 데이지와 밥을 신뢰하거든요. 나는 다른 사람들을 신뢰하니 당신이랑 뒷말하지 않겠어요'라는 의미였다.

성탄 전야에 해변에서 대규모 바비큐 파티가 열렸다. 레게 밴드가 와서 호텔 투숙객들을 즐겁게 해주었다. 호텔 측이 가장 무도회를 열기로 해, 손님들은 화려한 의상을 입고 모닥불 둘레에 모였다. 밥과 데이지는 둘 다 시크교도의 터번(인도와 이슬람권에서 남자가 머리에 쓴다 - 편집자)을 쓰고 티키(오세아니아 원주민의 세공 장식품 - 편집자)를 달고 사리(인도 여성의 옷. 긴 천 하나를 가지고 두르고 포개어 입는다 - 편집자)를 둘러, 인도풍이긴 한데 종교와 성별을 구별할 수 없는 차림이었고, 에릭은 풀로 엮은 치마에 하와이풍 셔츠를 입었다. 앨리스는 그들이 모닥불 둘레에서 서로 팔짱을 끼고 캉캉 춤을 추듯 다리를 앞뒤로 휘두르며 춤추는 모습을 지켜봤다.

그녀가 해변의 모닥불 가에서 노래하는 무리에 낄 수 없었던 것은, 이럴 때마다 일종의 뉘른베르크 콤플렉스에 시달리기 때문이었다. 다 같이 즐겁게 합창하는 이들을 보면, '징글벨'을 노래하던 무리가 얼마나 쉽게 '독일이여 영원하라' 합창으로 넘어갈 수 있는지 느껴지곤 했다.

밥이 앨리스에게 손짓을 했다.

"이리 와요, 예쁜 아가씨. 같이 춤춰요."

그 남자는 럼 펀치를 마시고 취한 상태였다.

"친절하셔라, 밥. 하지만 안 돼요."

"그러지 말아요. 왜 안 된다는 거요?"

"어, 런던발레단과 맺은 계약을 위반하게 되거든요. 저는 발레단의 허락 없이는 공공장소에서 춤출 수 없어요."

"런던발레단의 무용수예요?"

"네, 그럼요. 몰랐어요?"

"전혀."

"그렇답니다."

"아! 날 놀리는군요."

"당신 말이 맞는 것 같네요, 밥."

"하, 영국 사람들은 참! 정말 웃겨요."

유쾌증 환자들을 둔한 사람들로 여겨서는 안 된다. 그들은 열렬하고 활기차게, 크리스마스 파티와 그 밖에 다른 파티를 수없이 계획하고, 사교 생활도 많이 한다. 하지만 그들의 농담에는 독특한 점이 있다. 집단정신에 헌신하는 성실함이다. 여기에는 보이스카우트 활동이나 학교 하키 팀에서 찾을 수 있는 천진한 즐거움이 엿보인다.

런던발레단에 대한 앨리스의 농담은 매우 가벼운 것이었지만, 밥이 그것을 알아차리는 데 예상보다 오래 걸렸다는 사실은 의미심장한 일이었다. 유쾌증 환자들은 수많은 일에서 재미를 찾지만, 단 한 가지 재미를 느끼지 못하는 대상은 바로 자기 자신이다.

자신들이 관여하는 활동의 성공과 진지함에 매몰되어서, 모순을 인식하는 폭이 좁다. 그들은 바나나 껍질을 밟고 넘어지는 사람을 보고 웃지만 자기비하는 꺼리며, 본인의 성격이나 인간 본연의 깊은 결함과 때로 우스꽝스러운 습관을 드러내는 걸 피한다.

그날 오후 컴퓨터에 대해 대화하면서, 에릭과 밥이 유쾌증 환자이긴 해도 해학적인 기지는 그다지 뛰어나지 못하다는 생각이 불현듯 앨리스의 머리에 떠올랐다. 점심을 먹은 후 에릭은 밥에게 노트북 컴퓨터를 가져왔다고 말했다. 밥 역시 노트북을 가져왔다고 했다. 두 사람은 번갈아 서로의 방갈로에 가서 각자의 장비를 자랑했다. 밥의 것이 더 작았지만, 에릭의 컴퓨터는 지금까지 만들어진 것 중 컬러 모니터가 가장 얇은 제품이고 도난 경보기도 달려 있었다.

"요놈이 내 생활을 혁신적으로 바꾸어놨지요."

밥은 작은 회색 컴퓨터를 가리키며 말했다.

"알다시피, 10년 전에 처음 컴퓨터를 샀을 때는 이만한 용량을 처리하려면 큰 데스크톱이 필요했어요. 요즘 나오는 칩은 그 힘이 놀랍지요. 조금 있으면 이런 소형 노트북도 공룡처럼 보이게 될걸요. 우리는 완전한 컴퓨터 혁명을 맞고 있어요."

"옳은 말씀입니다."

에릭이 맞장구쳤다.

"지금은 시작에 불과하지요. 생활의 모든 면이 기술로 인해 바뀔 겁니다. 몇 년 후에는 누구나 광섬유 케이블로 정보를 보내는 컴퓨터를 통해 대화하게 될 텐데요. 모든 게 전자적으로 처리되어서, 종이나 잉크는 사라지고, 생산성도 어마어마해질 겁니다."

기술의 미래에 대한 이런 예언이 오가면 입을 다물고 조용히 있어야 했다. 레이저와 칩, 광섬유 케이블의 영향하에 현재의 불완전한 생활 방식은 사라질 터였다. 세상은, 인간의 가능성을 어설프게 모방하던 데서 벗어나 그것들을 모두 실현하는 시기에 접어들 터였다. 빵 부스러기만 한 컴퓨터가 나온다 해도 자신의 인생은 딱히 변하지 않으리라 생각하는 사람들도, 눈부신 과학기술 예루살렘에 대한 전망 앞에서 침묵에 빠질 수밖에 없었다.

하지만 앨리스의 의심은 쉽게 굴복하지 않았다. 아마 그래서 그녀는 밥과 에릭에게, 컴퓨터 혁명 이후에도 사람들이 연애편지를 쓸까 하고 물어보았을 것이다.

"바보 같은 소리 좀 그만 해요."

에릭은 그녀가 제기한 [인정하듯이 평범한] 역설을 받아주지 않고 타박했다.

"당연히 쓰겠지요, 앨리스."

밥은 완전히 핵심을 벗어난 대답을 했다.

"컴퓨터로 쓸 겁니다. 당신이 에릭에게 편지를 쓰고 싶으면, 그냥 그의 번호를 누르기만 하면 돼요. 그럼 아마 글을 쓰지 않고 생각하는 것만으로도 편지가 전송될걸요. 신경을 외부 데이터 프로세서에 연결하는 거지요."

바베이도스에 오는 길에 에릭은 타고 온 보잉 747의 기술력에 대단히 감동했다. 그 남자는 운항 속도와 제동 장치, 보조 날개, 레이더, 롤스로이스 엔진, 역추진력에 대한 이야기를 늘어놓은 다음, 비행기 날개를 가리키며 논평했다.

"이건 정밀 공학의 역작이에요."

앨리스도 거대한 기계를 타고 런던에서 바베이도스까지 한나절 만에 날아갈 수 있는 것은 대단한 일이라고 인정했지만, 밑도 끝도 없이 열광하지는 않았다. 정밀 공학이 근본적인 것을 바꾸지는 못했다. 워싱턴 주 시애틀 시에서 보잉기의 날개를 만드는 것은 결국 사람들의 집단이며, 그들은 배우자를 속이고, 까탈을 부리고, 질투하고, 경쟁을 벌이고, 불안정하고, 매일 화장실을 가고, 결국 죽는, 고도로 진화한 유인원 집단일 뿐이라는 것을, 그녀는 잊지 않았다.

역설은, 과학기술과 여타 해학과 기지가 없는 〔따라서 잔인하기도 한〕 영역에서 자만심에 빠질 위험에 맞서는 그녀의 본능적인 반응이었다. 그것은 풍선처럼 부풀기 쉬운 진지함을 언제든지 터뜨리고자 가져온 압정이었다.

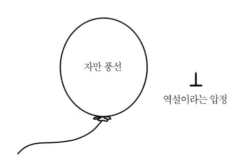

자만 풍선

역설이라는 압정

전날 호텔에서는 복식 탁구 대회가 열렸고, 에릭과 앨리스도 조를 이루어 참가했다. 그녀는 우연히 솜씨 좋게 공을 날리긴 했지만 취약한 실력을 숨길 수는 없었고, 출발은 좋았지만 그들 조가 준결승, 결승까지 올라가지 못할 게 뻔했다. 에릭은 사람들에게 깊은 인상을 심어주고 준결승까지 올라가고 싶었기에(준결승 진출자는 바에서 무료로 한 잔 마실 수 있었다), 그녀의 실수가 거듭되자 점점 짜증을 냈다 — 어느 시점에서 앨리스는 이렇게 말해야 했다.

"염려 말아요. 윔블던 대회 우승자들도 여기서는 거의 다 떨어졌대요. 아직 당신 앞날이 끝난 건 아니라구요."

"집중해요. 당신은 스핀 먹인 공은 몽땅 놓치고 있잖아요."

"이건 그냥 놀이인걸요."

"패배자나 그렇게 말하죠."

에릭이 퉁명스레 말했다. 그 남자는 자만 풍선을 터뜨릴 의향이 전혀 없었다.

앨리스는 성탄 전야에 밥과 에릭, 데이지, 다른 투숙객들이 모닥불 가에서 춤추는 광경을 보면서, 자신을 지나치게 중요시하는 사람들은 단지 해학적인 기지가 모자라기 때문에 웃음을 터뜨린다는 것을 깨달았다. 사실 그들은 남보다 더 크고 요란하게 웃어대지만, 그건 진정 풍요로운 해학의 원천에서 벗어난 — 자신의 어리석음을 자인하는 — 웃음에 불과했다.

유감스럽지만 앨리스에게도 기지로 받아넘기지 못하는 게 한 가지 있었으니, 그것은 바로 자신에 관련된 역설이기 때문이었다. 그것은 바로 사랑이었다.

다이빙, 루소, 그리고 너무 생각이 많은 것

그날 밤 방갈로에 돌아와 사랑을 나눈 후, 앨리스는 에릭의 어깨에 부드럽게 머리를 기대고 물었다.

"무슨 생각 해요?"

"음?"

"무슨 생각 하냐구요."

"아무 생각도 안 해요."

"아무 생각도?"

"그래요, 아무 생각도 안 해요."

나뭇잎 사이로 바람이 스치는 소리가 들렸고, 비가 몰려오기 전이라 공기가 습했다. 그녀의 시선이 베란다를 지나, 만을 비추는 달을 향했다.

"우리 관계가 어떻게 될 것 같아요?"

"앨리스, 지금은 밤 1시 30분이에요."

"그래서요?"

"이런 토론을 시작할 때가 아니라는 거죠. 왜 매사를 복잡하게 만들어야 직성이 풀리는지 모르겠어요. 뭘 알고 싶은데요? 내가 왜 청혼하지 않는지?"

에릭은 반대편으로 돌아눕고 베개에 머리를 고쳐 뉘었다.

"사랑을 나누면서 당신은 날 똑바로 보지 않아요."

"앨리스, 부탁이에요. 이런 얘기는 내일 하면 안 되겠어요? 지금 피곤해요."

*

이튿날 아침, 앨리스는 에릭에게 아침 식사를 하고 싶지 않으니 혼자 가라고 말했다. 그 남자가 호텔 식당에서 돌아와 보니, 그녀는 아직도 침대에 누워《자신과 상대를 이해하는 법》의 마지막 부분을 열심히 읽고 있었다.

"앨리스, 지금 준비하지 않으면 약속 시간에 늦겠어요. 10분 후면 밥과 데이지가 나루터에서 우리를 기다릴 거라구요."

"오늘은 스쿠버 다이빙을 하러 갈 기분이 아닌걸요."

"어제는 다이빙하러 가고 싶다고 했잖아요."

"거짓말, 싫다고는 안 했으니까 내가 가고 싶어한다고 당신이 짐작했을 뿐이에요."

"나더러 어쩌라는 거예요? 당신 생각을 읽으라고?"

"아뇨. 하지만 내 생각을 물어보면 어떨까요?"

"오늘 아침에는 왜 이리 공격적이죠? 좀 느긋해지지 그래요."

〔에릭은 그녀에게 느긋해지라는 말을 자주 했다. 그녀가 느긋해지지 못하는 원인이 그 자신일 때는 특히 더 그랬다. 우연히 나온 말이 아니었다. 에릭은 "진정하지 그래요……"라고 말할 수도 있었지만, **진정하라**calm down라는 개념에는 **느긋해지라**relax는 제안에는 없는 책임감이라는 요소가 뒤따랐다. 진정하는 사람에게는 사실 마땅히 흥분할 만한 이유가 있다. 느긋해지라는 말을 듣는 사람은 객관적으로 나쁘지 않은 상황에 과민 반응하는 것일 뿐이다―특히 그 말의 두 번째 음절을 길게 강조해서 발음할 때는 더욱 그렇다.

'너 자신을 알라'는 고대 그리스의 정언 명령과 '느긋해지라'는 명령에는 일맥상통하는 점이 있다. 고대 그리스인이 합리적이고 자의식이 강한 사람을 부러워하고 모범으로 삼은 것과 같이, 현대 서구인의 심리적인 이상형은 '느긋함'이다. 차이점이 있다면 그리스적인 이성을 득달하려면 노력, 곧 이성적인 삶의 이름으로 어떤 것〔열정 같은 것들〕을 극복하고자 애쓰는 과정이 따르는데, 느긋해지라는 명령은 TV 앞에서 더 편한 밤 시간을 보내려면 근육을 이완하라고만 한다. 사람은 자면서 느긋해질 수 있으며, 이것은 휴식이 아닌 수동적인 상태다.〕

"아뇨, 난 느긋해지지 않겠어요."

"아니, 어째서요? 도대체 원하는 게 뭐예요, 앨리스?"

"당신에게서 그런 질문을 이끌어내려면 내가 중대한 국면을 연출해야 하는 이유를 알고 싶어요."

"그런 질문이라니?"

"내가 원하는 게 뭔지. 이게 다 뭔지. 우리가 어디로 가고 있는지."

에릭은 창밖으로 파도를 내다봤다. 맑고 화창한 날이었다. 바람이 거의 불지 않았지만 서늘하고 쾌적했다. 전날 밤에 내린 비를 맞고서 나무는 반짝거렸고, 새들은 이름 모를 키다리 풀의 꽃송이에 뾰족한 부리를 박았다.

그 남자는 앨리스의 심리적인 공격에 격분했다. 그 남자는 질문을 받는 게 싫었고, 그녀가 자꾸 밀어붙이는 게 부담스러웠다. 수영하러 가고 싶은 마음이 간절했다.

"왜 자꾸 대화를 피하죠?"

앨리스가 물었다.

"너무 많이 말하는 것은 좋지 않으니까."

"어째서요?"

"좋지 않으니까 그렇지요. 아무튼 당장 준비하지 않으면 너무 늦을 거예요."

"아녜요. 어서 말해봐요. 왜 그렇죠?"

"스쿠버 다이빙하러 갈 거예요, 안 갈 거예요?"

"모르겠어요."

"당장 결정해야 해요."

"그렇다면 안 갈래요. 당신 혼자 가요."

"쳇, 이렇게 성가시게 굴다니."

에릭은 그렇게 쏘아붙이고, 수건과 자외선 차단 크림을 가지러 욕실로 갔다.

"당신의 문제가 뭔지 알아요, 앨리스? 매사를 복잡하게 꼬는 거예요. 당신은 생각이 너무 많아요. 그래요, 그러라구요. 종일 방에 있어요. 당신은 즐거운 시간을 보낼 테지요. 당신이 카리브 해에서 가장 아름다운 바다를 볼 기회를 놓친다 해도 내 문제는 아니니까."

에릭은 마지막으로 바다를 끌어들여 마음을 떠보고는 사납게 방갈로를 나갔다. 그 남자는 나무로 만든 베란다를 성큼성큼 지나서, 나루터까지 쭉 이어진 나무 사이 모랫길을 내려가다가, 정원사에게 손을 흔들었다.

"안녕하시우?"

정원사가 말했다.

"바닷가에 나가기에 좋은 날이우."

"그럼요."

에릭은 중부 대서양 연안의 억양으로 대답했다. 적극적이고 쾌활한 말투였다.

에릭이 앨리스에게 짜증난 것은 이해할 만한 일이었다. 그 남자는 스쿠버 다이빙과 수영이 하고 싶었고, 아무 근심 없이 휴가를 보내고 싶었다. 근심 없는 휴가를 고집했지만, 〔불쌍한 샤를 보바리처럼〕 옆에 있는 여자는 시무룩할 뿐이었다. 그녀에게 생각이 너무 많다고 말한 것도 놀라운 일이 아니었다.

흔히 아픔과 고민이 생각을 하게 만든다고 한다. 예컨대 우리는 탁자 다리에 발가락을 찧으면 비로소 발가락이 있다는 사실을 깨닫는다. 발가락이든 더 큰일이든 문제가 생기거나 아플 때에만 따로 생각하게 된다. 심리 과정을 그려보면 이렇다.

$$\text{문제/아픔} \xrightarrow{\text{결과}} \text{생각}$$

논란의 여지가 없어 보이긴 하지만, 반대 주장도 있다. 생각이 아픔이나 문제에 대한 **반응**이 아니라, 그것들을 일으키는 **원인**이라는 것이다. 이때에는 역방향의 공식이 성립된다.

$$\text{생각} \xrightarrow{\text{결과}} \text{문제/아픔}$$

쉽게 말하면 앞의 것은 **지성인**의 주장이고, 뒤의 것은 **자연주의자**의 주장이라고 할 수 있겠다.

햄릿은 문제가 생겼기에 그렇게 생각이 많았는가? 아니면 생각이 너무 많아서 문제가 생겼는가?

지성인들은 햄릿의 생각이 문제를 일으킨 게 아니라 문제에서 생각이 비롯되었다고 대답할 터이다. 문제를 생각하는 것은 그 문제를 해결하는 최선책이라는 맹신 —"**생각이 모든 것을 위로한다**"는 샹포르의 금언에 대한 믿음 — 을 드러내는 주장이다.

한편 자연주의자라면, 생각은 문제를 해결할 방책인 체하지만 실은 그것이 바로 문제를 일으키는 질병이라고 볼 터이다. 생각은 심리적인 우울증의 한 형태였다 ― 햄릿은 고통스럽다고 생각했을 때 비로소 고통을 느꼈다. 자연주의자라면 그에게 정신 활동을 극소화해야만, 이성이 망가뜨린 자연스런 단순함과 편안함을 되찾을 수 있다고 충고할 터였다.

자연주의는 인간과 이성의 개입 없이 일어난 일들이 문명의 참견을 받아 오염된 것들보다 훨씬 우월하다고 주장하며 찬란하고 유구한 세월을 보냈다. 스위스 알프스의 거친 폭포는 고전주의 양식으로 조성한 뤽상부르 공원보다 뛰어나다. 혈색 좋은 농부의 상식은 위대한 철학서보다 우리에게 많은 것을 가르쳐주며, 비료를 쓰지 않고 자연 상태에서 키운 당근은 상업적으로 재배한 당근보다 맛이 좋다. 생각에 속박당하지 않고 넘쳐나는 감정은 분석적인 사고보다 깊고 풍요롭다.

루소는 아마 이런 자연주의적 관점의 선구자이며 가장 존경받는 대변인일 것이다. 그는 사치품, 예술, 과학, 근대적인 정부, 사상 같은 문명의 산물을 공격했다. 그의 저작을 십여 권 소장한 사람에게는 역설적인 일이지만, 그는 책이란 인간이 미처 알지 못했던 고통을 가져다준다고 보았다. 그는 "본능만으로도 인간은 자연 상태에서 사는 데 필요한 모든 것을 충분히 가졌다. 발달된 오성은 사회생활을 지탱할 뿐이다", "우리의 첫 번째 충동은 언제나 선하다"라며, 사회생활과 지성이 우리에게서 타고난 미덕을 빼앗았다고 주장했다. 그는 "내면의 논쟁을 조금만 덜 했더라도 불운한 희생자가 되는 것을 막을 수 있었던" 철학자의 창가에서 벌어진 살인 사건을 사례로 들었다. 이 건강치 못한 학자와는 달리 "정직한 사람은 벌거벗고 레슬링을 즐기는 운동선수와 같다"라고 루소는 주장했다.

벌거벗고 레슬링을 하지는 않았지만(가끔 탁구 경기에 빠졌을 뿐이다) 에릭은 두 유형 가운데에서 자연주의 쪽으로 강하게 끌렸다. 그렇다고 자연을 사랑한 것은 아니었다―그 남자는 시골에 가는 일이 거의 없었고, 간다 해도 눈에 보이는 풍경에 깊이 감동하지 않았다. 소박한 생활을 찬미하기는커녕, 발달된 통신 수단과 기술적으로 설비된 배관을 원했다. 또 그 남자는 무농약 채소나 자연 방식 그대로 가꾸는 정원 따위에 마음이 누그러지는 사람이 아니었다. 그보다는 감정은 흐르는 대로 내버려두는 게 좋다는 정서적 자연주의를 신봉했다. 하지만 다시, 자기계발 철학에 무작정 몰두한 앨리스와 달리, 그 남자를 영적 교섭에 빠진 신비주의자로 봐서는 안 된다. 그 남자는 연주회에서 쇼팽이나 슈베르트의 곡을 조용히 듣는 청중처럼 가만히 내면의 박동에 귀 기울이는 사람이 아니었다. 그의 정서적 자연주의는, 손톱으로 칠판 긁는 소리를 들을 때처럼 불쾌한 감정이 일 때 그것을 설명하는〔처리한다기보다는〕방편으로 국한되었다.

그 남자는 앨리스가 칠판 긁는 감정의 손톱 소리를 듣고 있다고 생각하고는〔스쿠버 다이빙을 가기로 한 날 아침에〕, 도움이 아니라 진단하는 쪽으로 기울었고, 그 진단은 과도한 두뇌 활동에 대한 자연주의자의 비난으로 이어졌다. 그 남자는 앨리스의 고민을 그녀의 **본래 면목**이 아니라, 생각을 많이 해서 생긴 일시적이고 비본질적인 결과로 여겼다. 그녀의 문제(따라서 그의 문제)는 마약에 취해 행동하는 사람의 괴이한 짓거리 정도로 치부할 수 있었다 ─ 인류가 저지르는 악은 인간 본연의 성질에서 나오는 게 아니라, 문명과 돈, 상업과 역사의 산물일 뿐이라는 루소의 그럴듯한 설명과 비슷한 얘기였다.

에릭의 정서적 자연주의는 **상식주의**의 일종으로 낮춰 볼 수도 있다. 그것은 단순함을 지혜의 핵심으로, 진리는 '당연하기에' 분석할 수 없는 것으로 축소하는 경향이다. '삽을 삽이라고 한다'는 기치하에 상식주의자들은 정원용 연장 전체를 삽이라고 불렀다. 그것들을 다 구별하려면 품이 너무 많이 들기 때문이다 ─ '간단 명료화'라는 이름을 단 축소화였다.

왜 전쟁이 일어나고, 왜 사람들이 사랑에 빠지거나 빠져나오는지, 왜 그렇게 복잡한 일들이 매일 되풀이되는지 물으면, 상식주의자들은 단순히 그게 자연스러운 일이기 때문이라고 답할 것이다. 상식주의에서는 **복잡성**이 아니라 과도한 **단순함**과 순전한 **명백함**을 바탕으로, '사유 너머'의 영역을 표시한다. 에릭은 앨리스와 대화하고 싶지 않으면, 둘 사이의 문제가 너무 복잡해서가 아니라 너무 뻔한 일이라서 숨 돌릴 가치도 없다고 자신에게 둘러댔다.

눈에 보이게 굶주리고, 집이 없거나 한쪽 다리를 잃은 게 아니라면, 다른 고민은 본인이 지어낸 것이며 따라서 따지고 들 가치가 없다는 게 인간 심리에 대한 그 남자의 관점이었다. 바베이도스에 도착한 다음 날, 앨리스가 읽는 책을 가리켜 그 남자가 "자기관찰을 빙자한 제멋대로 개똥철학"이라고 했던 것도 그 때문이었다. 그들이 휴가 중이라는 점을 고려할 때 묘한 것은, 에릭이 그녀의 독서 취향을 비난한 까닭은 잘난 척하는 문체와 단순하기 짝이 없는 내용 때문이 아니라, 그러한 책이 지나친 쾌락, 용납할 수 없는 쾌락의 일종으로서 다양한 자아도취를 유도하기 때문이라는 점이다.

하지만 스쿠버 다이빙이나 피냐 콜라다를 마시는 일은 제멋대로인 자기관찰과 관계가 없을까? 그것은 자아도취적으로 자신을 즐기는 일이고, 자위행위(늘 떳떳하지 못한 성교의 사촌뻘)의 한 형태이고, 자신에 대한 종교적인 경멸을 고대로부터 내포하고 있었다(아우구스티누스는 세상을 구분하면서, 두 가지 사랑이 두 도시를 만들었다고 주장했다. "자기에 대한 사랑으로 신을 경멸하는 것은 지상의 도시, 신에 대한 사랑으로 자신을 경멸하는 것은 천상의 도시."― 자아도취가 결여된 **"나는 가증스럽다"**라는 문구를 쓰면서 파스칼이 차용한 주제).

에릭은 스스로에 대해 생각하는 것을 아이스크림을 먹는 것보다 훨씬 나쁘게 보았다. 스스로에 대해 생각한다는 것은, 거울 앞에서 허영에 들뜬 시간을 보내는 것과 비슷하니까. 물론 중요한 가정 ─ 틀림없이 거울 앞에서 거기 비친 모습에 스스로 감탄하리라는─ 을 전제로 한 비난이었다. 자신을 멋지게 생각할 때에만 자기관찰이 황홀경으로 빠지고, 한숨을 쉬며 '봐, 나는 얼마나 지성적인지! 친절하고 점잖기도 하잖아? 또 재치는 어떻고? 세상에, 난 정말 훌륭해!'라고 되뇌는 방종한 유희가 될 터이다. 에릭은 앨리스의 경우, 자기 내면을 들여다보는 일이 즐거운 놀이와는 전혀 거리가 먼 일이라는 것을 생각하지 못했다.

앨리스도 자연주의적인 계획에 열성을 기울였다. 그녀는 시골을 매우 좋아했고, 즐겨 다이빙하러 갔다. 항상 조미료를 넣지 않은 음식 재료를 사려고 신경을 썼고, 포경을 반대하는 운동 단체에 후원금을 보냈고, 경치가 아름다운 곳에 또다시 콘크리트를 쏟아 부어 개발한다는 기사를 보면 분개했다. 우리는 또한 그녀가 본능적인 이해에 집착하며, 언어의 부족한 표현력에 짜증냈던 것("당신이랑 같이 있으니 정말 좋아요……")을 기억한다. 앨리스는 일을 복잡하게 만드는 걸 좋아하는 사람도 아니었다 ─ 하지만 단순화란 뜻을 명료하게 할 수도 있지만 축소화를 뜻할 수도 있었다.

그녀와 에릭은 전날 점심을 먹으면서, 최근 에릭이 말다툼을 벌인 친구 조시에 대해 이야기했다. 에릭은 이렇게 설명했다.

"나도 그에게 짜증이 안 나는 건 아니에요. 그 친구가 일부러 날 괴롭히려 한 게 아니니까 화내고 싶지 않았죠. 그렇지만 그의 행동은 날 짜증나게 했어요. 내 기분을 그의 탓으로 돌릴 수 있는

지는 분명치 않고, 또 조시는 일부러 날 기분 나쁘게 하려고 그런 것도 아니지만 말이죠. 그 친구는 내가 화난 줄도 모르니까."

"그런데 화가 나긴 한다 이거죠."

앨리스가 말했다.

"맞아요."

에릭이 대답했다. 그 남자는 자신의 기분을 상대방이 더 잘 안다는 사실에 놀랐다.

다른 종류의 단순화도 있었다. 앨리스가 왜 생각을 많이 하는 게 좋지 않으냐고 묻자, 에릭은 단순히 "……하니까"라고 대답했다.

에릭과 함께하는 생활에 아무 문제가 없었다면, 그녀는 그들이 어떤 관계로 나아가는지 묻지 않았을 터였다. 또 그 남자에게 대화를 꺼린다고 비난하거나, 정말 스쿠버 다이빙을 할 드문 기회를 놓치지도 않았으리라. 하지만 이런 의문들이 생겼을 때 그녀가 할 수 있었던 일은 에릭의 성질을 돋우고, 아침 다이빙을 취소하는 것뿐이었다. 결국 그녀는 머릿속에서 철벅이는, 알록달록하고 낯설고 무서운 물고기를 쫓아다니는 수밖에 없었다.

사춘기

데이지와 밥은 나루터에서 에릭을 기다리고 있었다. 나루터에 매여 있는 작은 고무보트는 바텐더인 RJ의 것이었다. RJ가 인근 암초로 데려다주면, 그들은 거기서 다이빙해 산호초와 물고기를 구경할 예정이었다. 그들은 수건, 사진기, 점심 바구니와 맥주 상자, 음료수도 준비했다.

"어서 와요, 에릭. 앨리스는 안 오나요?"

밥이 쾌활하게 인사했다.

"어, 네. 알죠, 여자들은……."

에릭이 대답했다.

"알다 뿐인가요."

밥이 눈을 찡긋했다. 여자들은 까탈을 부리도록 타고났다는 오랜 통념에 근거하여, 여자가 까탈을 부리는 원인을 제공하는 남자들은 면죄부를 얻었다.

배가 속도를 내서 서쪽을 향해 달리는 사이, 세 사람은 고물의 작은 나무 걸상에 앉아서 엔진의 꽁무니에 솟구치는 물이랑을 지켜봤다.

"좋은 아가씨예요."

커다란 밀짚모자가 질투심 많은 바람에 날리지 않도록 붙잡으면서 데이지가 말했다.

"그래요, 정말 굉장하지."

밥이 맞장구쳤다.

침묵이 흘렀다. 뒷이야기가 시작되기를 기다리는 머뭇거림이었다. 호텔에 머무는 것으로써 거부 의사를 보였으니, 앨리스로서는 어떤 식으로든 혼쭐이 날 각오를 해야 했다.

"두 분은 사귄 지 얼마나 됐다고 했죠?"

데이지가 물었다.

"아, 지금 1년쯤 됐어요."

"대단하네요."

밥이 뜻 모를 소리를 했다.

"인간관계란 다 어렵다고 생각해요."

데이지는 예리한 추상화를 통해 철학을 논하는 단계로 나아갔다.

"시간과 노력이 필요하지요."

"또 성숙해야 하고요."

"앨리스가 몇 살이라고 했지요?"

"스물네 살입니다."

"그럼 당신은요?"

"저는 서른한 살이에요. 실은 서른두 살이 다 됐지요. 2월이면 서른두 살이 됩니다."

"네. 밥이랑 나도 더 어리지는 않아요."

데이지가 말했다.

"우리 둘의 나이를 더하면 일흔이 조금 넘을 거예요. 안 그래요, 밥?"

"그렇지."

"어쨌거나 그녀는 귀여운 아가씨예요."

데이지가 결론을 내렸다. '어쨌거나'란 말을 붙임으로써 덜 예의를 차리고 싶은 조금 더 강한 속마음을 무의식적으로 드러내면서.

앨리스가 여덟 살이나 적다는 사실 때문에 에릭이 불편한 적은 없었다. 사실 그 남자는 늘 어린 여자를 좋아했기 때문에, 남자 친구들 사이에서 도둑놈 소리를 들었다. 이른바 '나긋나긋한 몸매'도 좋았지만, 어린 여자들은 그 남자의 어떤 면을 세월이 자연스럽게 가져다주는 게 아닌 그 남자만의 장점으로 받아들인다는 점이 마음에 들었다. 단지 지상에 한 10년 더 살았기 때문에 얻어진 서른한 살의 성숙함은, 어린 남자들의 서투름만 봐온 스물네 살에게 깊은 인상을 주었다.

에릭은 주위 사람들에게 인기가 좋았다. 널리 여행을 다니고 다른 사람들과 꾸준히 만난 덕분에 회의실과 식당, 호텔, 사무실에서 편안하면서도 권위 있는 몸가짐을 보일 수 있었다. 이런 면모가 성숙하다는 인상을 주었다. 연대순으로 사건이 쌓이고 쌓여 생겨난 결과일 뿐인데도.

나이나 인종의 차이가 우월한 지위를 만들어줄 수 있다. 독일의 육체노동자가 타이로 가면, 역사적으로 독일 경제가 앞서 발전한 점과 환율 덕분에 백만장자인 양 느끼고 행동하게 된다. 평범한 영국인이 북아메리카의 작은 고장에 가면, 이국적인 발음만으로도 매력적이고 세련된 본토인으로 환영받을 수 있다.

"앨리스에게는 사춘기 소녀 같은 면이 있지요."

대화가 한참 없던 끝에 에릭이 말문을 열었다.

"아시겠지만, 시무룩해지고 내성적이 되기도 하고요. 그러면 내가 할 수 있는 일이 없어요."

"다 나이 때문이에요."

데이지가 단정을 내렸다.

"그녀는 인생에서 힘든 시기를 살고 있어요. 막 경력을 쌓기 시작했고, 여러 선택의 기로에 서서 모든 가능성을 따져봐야 하는 시기지요. 누구에게나 힘들 수 있는 때예요. 그 나이 때의 내가 기억나네요. 아유, 악몽이었죠! 늘 변덕을 부리고, 내가 뭘 원하는지도 몰랐어요. 남자친구들을 들볶고요. 여보, 그때 나를 만나지 않은 게 다행이라구요. 그 시절에 만났다면 여기 있는 가여운 에릭이랑 같은 꼴을 당했을 거예요."

앨리스의 문제가 연대기상의 특정한 단계 탓으로 돌려지는 데도 에릭은 부인하지 않았다. 그 남자는 문제 그 자체보다 나이에

중점이 맞춰지는 게 기분 좋았다. 이리하여 입씨름과 심통은 그 남자가 잘못을 저지른 결과가 아니라 당연한 과정이 되었다. 그 남자가 뭘 잘못했을 리가 없었다. 그 남자가 어떻게 행동하든, 그녀의 나이 때에는 뭐든 힘들게 몰아가게 마련이니까. 그녀의 불만은 발전 단계의 부산물에 불과했다. "우린 서로를 제대로 이해하지 못해요" 하고 앨리스는 말할 터였다. 하지만 그 표현은 부적절했다. 앨리스가 진짜로 하고 싶은 말은 "나는 인생에서, 애인에게 서로를 제대로 이해하는지 마는지 묻고 싶은 단계에 있다구요……"였다.

사춘기 탓으로 돌려버리면 어떤 이득이 있는지 몰라도, 인간의 복잡한 고뇌가 다 단순해져버렸다. 위대한 문학 작품까지 그 폭을 넓힌다면 세상의 평론가들은 다 일을 그만두어야 하리라. 햄릿, 라스콜리니코프, 베르테르를 몰아붙인 것은 무엇이었나? 당연히 사춘기적 분노였다. 그럼 돈키호테나 험버트 험버트(소설 《롤리타》의 주인공 – 편집자)는? 중년의 위기. 그럼 나이 든 안나 카레니나는 어떻게 설명할 수 있을까? 간단히 말해 갱년기 장애와 호르몬 이상.

여성 혐오

누군가 에릭에게 여성을 혐오한다고 탓한다면, 그 남자는 부당하다는 생각에 심한 충격을 받을 것이다. 그런 태도는 사회적으로 받아들여지지 않는데다가, 그 남자는 여성들의 능력을 인정해왔다. 회사에서 그 남자는 열렬히 평등권을 옹호했으며, 몇몇 여직원이 이사가 되도록 밀어주었다. 또 여성이 더 효율적으로 일한다고 칭찬했고, 자기 비서에게는 남직원 다섯 몫을 해낸다고 즐겨 농담했다. 많은 여자 친구들 사이에서 마스코트 노릇을 하며 그들과 가까운 친구로 지냈다. 하지만 아무리 여자를 칭찬해도, 기본적으로 에릭은 자신이 우월한 위치에 있다는 것을 알았다. 여성이 열등하다는 근본적인 믿음과 자신감을 바탕으로, 그 남자는 여성들에게 관대할 수 있었다(모순이긴 하지만, 그 남자가 직장에서 여직원들이 승진하도록 애쓰는 것보다 더 남녀가 평등하지 않다는 그의 기본 신념을 잘 보여주는 일은 없었다).

앨리스가 나약할 때보다 강인할 때 에릭이 더 좋아하는 것을 떠올리면, 이렇게 남성의 우월성에 집착하는 것은 모순된 일로 보인다. 그 남자는 앨리스가 자립하여 성공을 거둘 때 가장 행복을 느끼면서, 동시에 왜 우월감을 느껴야 했을까? 강인함과 나약함에 대해 명확한 정의를 내릴 필요가 있다. 앨리스는 두 가지 방식으로 강인할 수 있는데, 에릭이 편안한 것은 그중 한 경우뿐이니까.

먼저 **자율적인 강함**이라 할 수 있는 게 있었다. 앨리스가 기분이 좋고 삶을 주도적으로 영위할 때 보이는, 자신감과 이해심 넘치는 태도. 그녀는 토라져서 집에서 책이나 보지 않고, 스쿠버 다이빙[은유적으로나 실제적으로나]을 하러 가서, 만나는 사람들 모두의 마음을 살 터였다. 이것은 에릭이 앨리스를 영국에서 선도적인 여성 사업가가 되리라고 자랑하는 면모였다. 앨리스가 이런 면모를 보이면, 그 남자는 파티나 공식 만찬 석상에서 애정 넘치는 윙크를 던지고 혀를 쏙 내미는 그녀에게 깊은 사랑을 느꼈다.

그리고 **올랭피아의 강함**이라 할 수 있는 형태가 있었다. 1865년 파리의 살롱에서 에두아르 마네의 전설적인 초상화가 처음 전시된 뒤로 생겨난 이름이다. 처음 전시되었을 때 '올랭피아'는 미술계에서 선풍적인 반응을 일으켰고, 곧 외설적이고 비윤리적인 작품이라는 비난이 쏟아졌다. 마네는 모델의 천박하고 부적절한 자세로 전통적인 회화 장르를 조롱했다는 비판을 받았다. 하지만 정말 비평가들의 비위를 건드린 것은 형식의 파괴가 아니라, 언급할 수는 없지만 모델인 빅토린 뫼랑의 표정이었다. 이전까지 여성 누드를 그린 [남성] 미술사 속의 모델들은 거의 언제나 유혹적이면서 온순한 자세를 취했다. 안방이나 고전적인 정원에서 여성은 나신인 채, 남자가 먼저 섹스를 시작하기를 기다리며, 요구하지는 않지만 유혹적이면서 수줍은 열다섯 살 소녀와 같은 표정을 지었다. 관객은 프로이트 이전 시대에 집착했던 순수한 의도를 품고서 위대한 미술 작품을 열심히 감상하는 외형을 띠고, 아름다운 요정을 보며 침을 흘릴 수 있었다. 이것이 티치아노가 그린 '우르비노의 베누스'로 대표되는 전통이었다. 젊을 때 마네도 모사한 적이 있는 이 작품 속의 여성은 온화하고 순수하면서도, 관객이 원할 때는 명백히 성교할 준비가 되어 있었다. 남성 관객은 시선으로 그녀의 옷을 벗기고, 한가한 때에 타락케 할 수 있었다. 그녀의 취향 따위는 걱정하지 않고도.

올랭피아는 전혀 달랐다. 수줍어 움츠린 기색 없이, 자신 있고 스스로의 욕망을 잘 아는 여성이었다. 무슨 일이 일어난다면 그 일을 먼저 시작하는 사람은 남성 관객이 아닌 그녀일 것 같았다. 눈과 입에 담긴 표정으로 봐서, 그녀는 크기나 솜씨에 대해〔그녀에게는 재미있고, 남자에게는 당황스럽게〕한두 마디 농담도 할 것 같았다.

에릭이 보기에 가끔 앨리스가 보여주는 강인함은 빅토린 뫼랑의 표정처럼 위협적이었다 — 하지만 이 경우는 성적인 위협이 아니라 정서적인 위협이었다. 그 남자는 앨리스가 자신의 평계들을 벗겨버리려 들까봐, "우리 관계에서 뭘 원하죠?"라거나 "왜 사랑을 나눌 때 날 보지 않죠?" 하고 물을까봐 두려웠다.

그 남자는 〔일반적인 남녀 관계에서 그렇다기보다는 그 자신의 경험에 의해서〕 정서적으로 더 우월한 성숙함이라고 할 수 있는 여성들의 면모에 위협을 느꼈다. 앨리스의 질문 공세나 '대화를 나누고 싶은' 욕구가 불쾌했다. 그녀는 그 남자의 기분이 어떤지, 왜 그런 방식으로 행동하는지 물어댔다. 그녀는 그 남자에게 요구를 했다. 한가하면 그 남자도 응해주고 싶었겠지만, 앨리스는 유혹을 마음대로 통제하는 데 익숙한 남자 관객에게 먼저 섹스를 걸어 오는 올랭피아 같았다. 그 남자는 그녀가 꼬치꼬치 캐묻고 요구가 많다고 생각했다. 또 〔그로서는 인정할 수 없지만〕 좀 두렵기도 했다. 그 남자는 껍질 속으로 피하려 했고, 아무 대답도 하기 싫고 가능하면 방에서 빠져나가려 했다. 평소라면 화제를 바꾸고, 음악을 크게 틀거나 전화할 일이 있는 체했다. 마음속 깊은 곳에서는 위험스럽게도 앨리스가 자신보다 성숙하고 현명하다는 생각이 들었다. 그녀의 눈이 좀 더 밝아지면, 그 남자가 두려워하는 자신의 모습을 볼 수 있을 것 같았다. 벌거벗은 임금님의 모습을.

남자에게는 애인 이전에 어머니가 있다 ─ 그런 면에서 모든 남자는 동등한 〔사실은 학대하는〕 관계 이전에 전능한 어머니에 맞서 무력한 아이 노릇을 경험한다. 에릭의 어머니는 힘이 넘치는 여자로, 어릴 때는 좀 무서웠다. 그녀는 엄청난 기운으로 아들 넷을 키웠다. 몹시 현실적이었고, 손수 바짓단을 올리고 가벼운 치료도 했으며, 잼을 만들고 케이크를 구웠다. 또 숨 막히게 하는 구석이 있었고 걱정이 많아서, 아들들의 목도리나 스웨터가 넉넉한지, 약은 먹었는지, 숙제를 했는지 늘 노심초사했다.

어머니 때문에 에릭은 간절히 독립을 원했다. 소매에 단추를 단 셔츠에 정장을 입고, 택시 기사에게 팁을 주고, 사업상 명함을 갖고 다니는 지금도, 여자들에 대한 그 남자의 태도에는 학교 앞에서 뽀뽀하고 외투를 여며주려는 어머니를 밀어내는 남자아이 같은 구석이 있었다.

일곱 살이던 해의 2월 어느 날, 에릭은 형들을 따라 템스 강변에 나가 눈싸움을 하고 싶었다. 아들의 건강을 염려한 어머니는, '꼬마'〔집에서 그를 그렇게 불렀다〕는 독감을 앓은 지 얼마 안 됐으니 집에 있어야 한다고 말했다. 하지만 어머니가 종일 집을 비웠기에 에릭은 형들을 따라나섰다. 눈싸움은 재미있었다. 형들을 쫓아다니면서 눈 뭉치를 한껏 던지니, 그는 어머니가 부르는 대로 '꼬마'가 아니라 형들처럼 다 큰 남자가 된 기분이었다. 형제들이 강변에서 놀 때 — 반대편 강둑까지 눈 뭉치를 던졌다 — 에릭의 발아래 얼음이 깨졌다. 그는 차가운 물 속으로 빠졌고, 겨우 허리까지만 잠겼지만, 괴로워서 집으로 가는 동안 내내 울었다. 형들이 침대에 뉘었고, 잠에서 깨니 어머니가 내려다보고 있었다. 어머니의 넓은 어깨와 보름달 같은 얼굴이 보였다. 어머니는 평소처럼 엄격한 웃음을 짓고 그의 눈썹을 쓸면서 담담한 어조로 물었다.

"왜 엄마 말을 안 들었니, 꼬마야?"

에릭이 지닌 여성 혐오의 밑바닥에는 그런 영상이 있었다. 보살펴주는 이에 대한 두려움, 권능 있는 어머니에 대한 두려움. 하지만 그런 영상에서 풀어주기라도 하듯, 다른 영상도 있었다. 어머니에게 소리쳐서 복종하게 만드는 아버지. 아버지 앞에서 어머니는 이상하게도 온순해졌다. 어머니는 어쩌면 그리 쉽게 아버지에게 고개를 숙이는지, 아버지는 어쩌면 그렇게 양치기의 파이 같다며 음식을 탓하고, 집이 더럽다거나 솔직하게 말하지 않는다고 몰아붙일 수 있는지, 이 권능 있는 여성은 어째서 군말 없이 힐난을 받아들이는지 항상 놀라웠다.

에릭은 독립적이고 강한 여자들이 이렇게 움츠러들 수 있다는 사실을 알았다. 케케묵은 가부장적인 태도를 취하면 여자들은 쉽게 순해지고 연약해졌다. 자신의 의도가 어떠했든, 여자 친구가 얼마나 많든 상관없이, 에릭은 이성을 상대할 때 개인사에 의지해 두 장대에 걸린 줄에 매달렸다. 한편에는 보름달처럼 얼굴이 둥근 어머니가, 다른 편에는 사나운 남편 앞에서는 물렁해지는 똑같은 여자가 있었다.

에릭은 스쿠버 다이빙을 하고 돌아와서, 도덕적인 주도권이 이미 앨리스에게 넘어갔음을 감지했다. 그녀는 시무룩한 청소년의 위치에 있지 않았고, 상황을 피하고자 유치하게 스쿠버 다이빙으로 도피했던 그 자신이 미성숙하고 자기방어적인 남자로 보였다.

"그 엄청난 물고기들을 못 보다니."

에릭은 세면대에서 수영복의 물을 짜내면서, 유화적인 말투로 말했다.

"그랬겠죠."

앨리스는 후회가 없다는 듯 받아넘겼다.

"오늘 뭐 했어요?"

"호텔에 묵는 캐나다 남자 둘이랑 수상 스키를 했어요."

"좋았어요?"

"네, 환상적이었어요."

"해를 너무 쪼이지 않았어요? 오늘 무척 뜨겁던데."

"아뇨, 괜찮았어요. 그리고 브래드가 티셔츠를 빌려줬어요."

"아, 잘됐네요. 수상 스키를 했다니 잘했어요. 해보고 싶다고 말했잖아요?"

"내일 다시 브래드랑 대니랑 나갈 거예요. 두 사람은 브리지타 운 쪽 해변을 구경하고 싶대요."

"멋진 계획 같네요."

"그래요, 아주 재미있을 것 같아요."

자기 자신에 대한 휴가

"앨리스! 어머나! 어서 와! 들어와, 잘 지냈어?"

"잘 지냈어. 너를 보니 반갑다."

"맙소사. 까맣게 탄 것 좀 봐……. 얄미운 것."

"알아, 종일 씻지도 않은 사람처럼 쳐다보더라구."

앨리스는 휴가에서 돌아와 처음 출근한 날, 집에 가는 길에 (남자친구의 집을 봐주는) 수지를 만나러 갔다. 두 사람은 문간에 서서 오랜만에 만나는 친구들처럼 포옹을 했다. 사실 앨리스가 런던을 떠난 지 열흘도 지나지 않았다.

"부럽다, 부러워. 아주 좋아 보이네."

"너도 그래, 수지."

"아니, 난 아냐. 어찌나 얼굴이 하얀지 깜깜한 데서도 허옇다니까. 흰 정도가 아니라 푸르딩딩해. 운동을 못 한 지 한참 됐어. 얘기 좀 해봐. 섬은 어땠어? 호텔이랑 다른 건?"

"오, 다 좋았어. 바베이도스는 아름다워. 우리는 창문에 문짝이 없는 방갈로에 묵었어. 사방이 트여서 바다가 보이는 방갈로였어. 호텔에서는 수상 스키 등등 엄청나게 할 게 많았지."

"듣기만 해도 몸이 근질근질하다……. 모두 정말 섹시하게 들리는데."

"그래, 그랬어."

"열대 과일을 엄청 먹고, 밤새 레게 댄스도 췄어?"

"맞아, 그랬지."

"또 로미오도 착하게 굴었고?"

"그런 편이지."

"날씨는 어땠어?"

"오, 내내 진짜 뜨거웠어. 밤에 가끔 비가 내리고 아침에는 흐린 날도 있었지만 기본적으로는 완벽했어."

"그랬겠지. 아, 앨리스. 정말 잘됐다! 다시 한 번 안아보자."

앨리스로서는 이번이 처음으로 휴가 이야기를 자세히 할 수 있는 기회였다. 직장에서 대강 이야기를 했지만, 수지와 대화하며 복잡하고 모순된 감정을 따져볼 참이었다.

그녀는 어떤 일에 대해 처음 어떤 말로 시작하느냐가 얼마나 중요한지 종종 목격했다. 사건이 일어난 순간 그 자체가 아니라 그것을 설명하는 방식이 중요한 것 같았다. 그때까지 그녀는 단순히 기억나는 대로 두서없이 이야기를 했다.

"봐, 네가 보낸 엽서를 매트의 메모판에 꽂아두었어."

수지가 엽서를 가리키며 말했다. 앨리스가 일주일 전에 호텔의 우편함에 넣었던 엽서였다. 엽서의 사진에는 해변에 넓게 펼쳐진 노란 모래밭이 무성한 식물과 키 큰 야자수로 둘러싸여 있었다. 바다는 쪽빛이었고 하늘은 구름 한 점 없이 파랬다.

"나도 매트랑 이런 데 가고 싶어. 당장은 비용을 만들기 어렵지만. 저 바다랑 하늘 색깔 좀 봐……. 저런 곳을 생각하면 어떻게 행복해지지 않겠어."

친구의 생각을 들으면서 앨리스는 휴가에 대한 기대감이 되살아났다. 그러자 지금 느끼는 모순된 감정을 설명하기가 더 어려워졌다. 꿈같은 여행담을 듣고 싶어하는 수지의 바람에 휩쓸려, 복잡한 감정을 털어놓는다는 계획은 〔듣는 사람의 기대감에 짓눌려서〕 단순히 유토피아 같은 카리브 해안에서 머무른 이야기로 흘러가버렸다.

여행은 흥미롭게도 지리적이라기보다 심리적인 활동으로 읽을 수 있다 ─ 외적인 여정은 내적으로 욕망하는 여정의 은유다. 네팔에서 히말라야를 오르고, 카리브 해에서 스쿠버 다이빙을 하고, 로키 산맥에서 스키를 타고, 오스트레일리아에서 파도타기하고, 이러한 것들은 이국적이고 유익하지만, 훨씬 심오한 동기를 가리는 시시한 변명에 불과하다. 그 동기란 여행을 예약하는 자신이 이런 활동을 즐기는, 다른 사람으로 변신할 수 있으리라는 희망이다.

여행사는 비행기 표와 호텔 방 예약, 보험 가입 같은 사소한 일을 처리해주는 것 같지만, 사실 그들의 기본 업무는 여행 상품을 사면 기적처럼 자신을 남겨두고 떠나게 되리라는 미묘한 환상에 근거한다. '나'가 여행을 가는 게 아니라, 여행이 '나'를 바꿔주리라는 생각이다.

앨리스가 런던에서 상상한, 휴가 여행 중의 자신에게는, 삶을 어렵게 하는 모든 게 없었다 ― 앨리스는 의심, 피로감, 초조함, 권태, 갈망에서 벗어난 누군가를 상상했다. 여행지에서는 기온이 25도까지 오르고, 런던에서 생활할 때와는 눈에 보이는 식물도 일상도 다르므로, 그런 풍광에 요구되는 역할로 쉽사리 빠져들리라고 꿈꾸었다. 루소의 '고상한 야만인'이 되어 서구 문명의 문젯거리에 시달리지 않고, 마음의 병력도 벗어던지고, 신경의 무게도 덜어낼 것이라고. 하지만 방갈로가 목가적이고 과일이 맛있고 모래가 부드럽고 따뜻해도, 중요한 것은 피해지지 않았다. 풍경이 아무리 근사해도 내면의 꾸밈새, 곧 내적인 지형이 우선했다.

왜 실제 여행 경험은 그토록 기대와 다른지, 섬과 호텔이 훌륭함에도 왜 계속 혼란스러운지 의아한 까닭은, 그녀가 짐을 꾸릴 때 한 가지 중요한 것을 두고 오는 걸 잊었기 때문일 것이다. 선탠로션이며 자기계발 책, 비키니 수영복과 선글라스를 싸면서, 자기 자신까지 챙겨왔기 때문이었다.

런던에서 기대에 들떠서 바베이도스를 생각할 때는, 장래의 등식에 그녀 자신이 들어간다는 사실을 잊고 단순히 바닷가, 야자수, 미풍…… 등에만 초점을 맞추었다.

앨리스 → 기대감 [– 앨리스]

그러다 바베이도스 세관을 통과하고서야, 피하러 온 것을 버리지 않고 왔음을 깨달았다. 더할 나위 없이 맑은 날 서인도제도에 도착하면서, 정말이지 두고 오고 싶었던 유일한 것을〔결국 잿빛 하늘이면 어떤가?〕— 곧 **그녀 자신**을 갖고 왔다는 사실을.

현실 = 앨리스 + 🌴

몽테뉴는 수상록의 '고독에 관해'란 부분에서 이렇게 썼다. "한 사람이 소크라테스에게, 어떤 사람이 여행을 하고도 전혀 성숙해지지 않았다고 말했다. '그는 발전하지 않은 것 같습니다. 자기 자신을 데려갔거든요.'" 같은 글에서 호라티우스는 물었다.

왜 우리는 찾아다니나,
다른 나라와 기후를?
어떤 추방자가 자신을 뒤에 남기고 떠날까?

사람들이 "자신에게서 탈출한다"고 말하는 것을 단지 이런저런 문제에서 도피하는 것으로만 본다면 중요한 것을 놓치게 된다. 여기서 자신이란 타고났으며 고치기도 힘든 난점들의 핵심으로 이해된다. 이런 것들은 어떤 특정한 것으로 환원될 수 없다 ― 그렇지 않으면 우리는 '직장' '날씨' '남편'에게서 탈출한다고 이야기하게 될 것이다. '자신'이란 표현에서는 막연히 실존적인 권태, 항상 똑같은 육체에서 거주하며 정신이 활발해질 때에도 익숙한 생각의 창살에 부딪히고 만다는 무거운 좌절이 만져진다.

앨리스는 풍경이 변해도 그것을 보는 눈은 바뀌지 않으리라는 점을 잊고 있었다. 그녀는 실제 살아보는 고통 없이도 혜택을 얻을 수 있는 양 미래를 비인격적으로 전망했다. 되돌아보고 그녀는 자신의 빈곤한 상상력에 충격을 받았다 ― 현재 고민할 거리 중에서 런던에서 일하며 산다는 것과 직결된 문제들은 빼버리고, 낙원에서도 잠을 못 이루게 하는 일은 차고 넘치리란 것을 알았어야 했다. 하지만 그녀는 날씨와 풍광이 바뀌는 데 희망을 걸었다. 의상과 무대 장치가 호화롭게 변하면 독백 연기가 나아질 거라고 기대하는 실력 없는 배우처럼.

그녀는 환상이 깨지는 과정을 알아챌 수도 있었다. 런던을 떠나기 직전, 그녀는 잡지를 획획 넘겨보다가, '해변의 미인'이라는 제목이 달린 면을 보았다. 반들거리는 다섯 장의 지면을 가득 메운 것은, 키 큰 금발 모델이 노란 수영복 위에 희고 긴 리넨 드레스를 걸치고 해변을 걷는 사진이었다. 흰 드레스나 노란 수영복을 좋아하지도 않고, 그런 것에 탐닉할 정도로 스스로 빈약하다고 생각하지도 않지만, 사진 속의 뭔가에 끌려서 봉투 뒷면에 상호와 디자이너의 이름을 적어두었다.

그러나 바베이도스에 도착해 사진작가가 잡아낸 풍경과 대충 비슷해 보이는 해변에 당도해서, 그녀는 완전히 옷을 잘못 샀다는 사실을 깨달았다. 일단 그녀는 키가 그리 크지 않았고, 옷감은 모래에 쉽게 더럽혀지는 소재였다. 또 디자인도 적당하지 않아서, 낮에 입기에는 너무 차려입은 티가 나고 밤에 입기에는 너무 해변 분위기가 났다. '어쩌자고 이런 쓸데없는 옷을 샀을까?' 하면서 그녀는 머릿속으로 옷장 속의 안 입는 옷 더미〔유감스럽게도 산더미 같았다〕위에 던져버렸다. 그곳에는 거부감이나 자기혐오의 반작용으로 사들였지만, 환하고 현실적인 빛 속에서 보면〔무언가, **어느 것에라도** 돈을 써야 할 것 같은 강박증이 누그러지면〕전혀 적당치 않아 보이는 옷들이 쌓여 있었다.

리넨 드레스를 산 일이나 카리브 해에서 휴가를 보내는 일이나, 앨리스는 고전적인 소비의 덫에 걸린 것이었다. 꼭 필요하지 않은 물건을 사는 행위에 무의식적으로 깔린 목적은 단순히 그것을 가지는 게 아니라, 그것을 소유함으로써 스스로 변하고자 하는 것이다. 그녀가 어렵게 번 80파운드를 드레스와 수영복에 쏟아 부으면서 원했던 것은 꼴같잖게 비싼 옷이 아니었다. 냉소적이고 재능 없는 디자이너가 만들고 패션 잡지가 과대 선전해준 옷이 아니라, 손에 잡히지 않는, 그걸 입은 사람의 존재였다—우스운 소리로 들리겠지만, 그녀가 원했던 것은 모델이 입은 옷이 아니라 모델 **자체**였다.

그런데 어떻게 되었는가? 그녀는 드레스의 포장을 풀면서 깨달았다. 그 옷 속에 들어갈 것은 살빛이 맑고 잘 그을린, 사진 속의 살아 있는 조각상이 아니라, 자신의 친숙하고 통통한 몸매임을. 다리는 너무 짧고 엉덩이는 풍만하지 않으며 배는 탄탄하지 않고 가슴은 납작한, 불완전한 몸매였다. 이거 사기 아냐! 그러나 가진 돈을 다 쏟아 부어서라도 그녀가 갖고 싶은 것은, 아무도 팔 수 없는 것, 바로 **그녀가 아닌 다른 존재**였다. 이것은 끔찍한 딜레마였다. 어떻게 옷 가게에 가서 이런저런 사이즈가 아닌 다른 자아를 달라고 요구할 수 있단 말인가? — 혹은 어떻게 아무렇지 않은 얼굴로 여행사에 가서 "나 자신과 멀어지는 곳이면 어디든 좋다"고 말한단 말인가?

그리스어로 유토피아는 '존재하지 않는 곳'이란 뜻이다. 하지만 앨리스의 경우, 그곳이 존재하지 않는 이유가 특이했다. 그녀는 유토피아 **자체**는 존재할 수 있다고 믿고(로빈슨 크루소 호텔은 목가적이었다), 다만 자신은 결코 그런 곳에 가지 못한다고 결론을 내렸다. 사회적인 이유나 재정상의 문제 때문이 아니었다. 다만 그녀가 뭔가를 만끽하려면 방정식에 자신을 넣어야 할 텐데, 그러면 즐거움을 망치게 된다는 모순이 문제였다.

"유일하게 가능한 낙원은 우리가 잃어버린 것들이다" 하고 향수에 젖어 프루스트는 말했다. 덜 비관적인 작가들은 장차 올 낙원을 기다리는 편을 택했다. 하지만 과거에 있든 미래에 있든 (동경의 대상이 앞으로 갈 휴양지를 안내하는 책자이든 이미 다녀온 휴양지에서 산 엽서이든) 핵심은, 낙원은 실제로 가서 더럽히지 않고 오직 상상만으로 그릴 수 있는 시나리오라는 점이었다.

몇 주 사이에 원래 색으로 돌아가는 피부를 보면서 그녀는 오랜 진실을 깨달았다. 애인과 결혼하려고 아내를 버린 남자는 새 애인을 찾고 만다는 것 ─ 또 낙원을 찾아 카리브 해의 섬으로 날아간 사람은 불가피하게 햇빛과 바다에 실망하고는 그 실망을 가라앉히느라 마음속으로 또 다른 낙원을 찾는다는 것을.

지역성

앨리스가 타고난 배경은 지구상의 특정한 지역에 매이지 않았다. 어머니는 오랫동안 런던에서 살았지만, 영국에서 프랑스인과 이탈리아인 부모 사이에 태어났다. 아버지는 시카고 출신 미국인인데, 그 부모는 러시아인들이었다. 돌아갈 고향도 없었고, 5대쯤 되는 친척들이 묻혀서 가계의 중심지가 될 만한 가족 묘지도 없었다.

아버지가 다국적 기업에서 일했기 때문에 앨리스는 세계를 누비며 어린 시절을 보냈다. 몇 년에 한 번씩 전학을 거듭했고, 영어와 프랑스어, 스페인어를 배웠다. 또 집에는 외교관, 학자, 사업가, 화가, 건축가, 회계사 등 다양한 손님들이 찾아왔다. 그녀는 딱히 한 지역을 마음에 두지 않고 자랐고, 추억은 연대순으로 여러 곳에 산산이 흩어져 있었다. 바르셀로나의 집에서 봄이 오는 것을 보았고, 뇌이(파리 인근 도시―옮긴이)의 정원에서 맡던 가을 냄새를 기억했다. 롱아일랜드 해변의 모래 언덕과 노르웨이 피오르드 협곡의 얼어붙은 고요함을 알았다. 그녀는 여러 나라에서 각각의 언어로 쓴 어린이 책, 아기 코끼리 바바와 그림 동화, 포터(헬렌 베아트릭스 포터. 영국의 동화 작가-편집자)의 동화, 시페와 사페(스페인의 만화 주인공-편집자) 책에서 요정과 괴물, 못된 마녀 이야기를 읽었다.

그녀의 민족적 소속감은 모호했다. 사람들은 민족의식이 뼛속으로 느껴지는 것이라도 되는 듯 "어느 나라 사람으로 생각하느냐?"고 묻곤 했다. 하지만 그녀는 어느 한 나라의 여권에만 마음을 쏟지 못했다. 그러기에는 소속되었던 가정, 학교, 좋아하는 과자가 서로 다른 나라에 너무 많았다. 친구 관계는 지독하게시리 안정감이 없었다. 단짝 친구 소피하고는 다섯 살 때, 마리아하고는 일곱 살 때, 첫사랑이었던 토머스하고는 여덟 살 때 헤어져야 했다.

사람들은 "고향이 어디예요?" 하고 물었다. 고향이 있다는 게 무엇인가? 특정 지역 출신임을 느끼는 것, 특정한 기후나 특정한 토산품, '국민성'이라는 이상적인 정신 상태로 정체성이 규정되는 것. 앨리스는 다양성만을 인식했다. 런던에는 런던만의 건물, 거리, 삶의 방식이 있음을 이해했다 — 다른 도시와 나라에서도 마찬가지였다. 그녀는 샌프란시스코에서 바르 미츠바(유대교에서 13세 남자가 치르는 성인식-옮긴이)를 본 경험과 세비야에서 성찬식을 본 경험을 비교할 수 있었다. 파리에서 먹는 빵과 시카고에서 먹는 빵 맛, 뉴욕의 하늘과 런던의 하늘 빛깔을 비교할 수 있었다. 각 나라의 완고한 이들이 지닌 편견도 기억했다.

대조적으로 에릭은 20세기에도 여전히 가능한 정착민 가정에서 성장했다. 그 남자의 집안은 런던에서 5대째 살았고, 그 전에는 햄프셔의 마을에서 살았다. 조부모는 아직도 그곳에 농장을 소유하고 있었다. 부모는 그 남자가 어릴 적 자란 집에 그대로 살았다. 노팅힐과 홀랜드 파크 사이에 있는 그 동네를 지나갈 때면 가게 주인들이 그 남자를 알아보았고, 그 남자의 어머니는 우유 배달원과 정육점 주인의 이름을 알았다. 봉사하는 자와 봉사 받는 자 사이에 봉건적 충성심이 남아 있는 지역이었다. 에릭은 어릴 때부터 알아온 친구들에게 둘러싸여 있었다. 유치원 동창이 같은 직장에 다녔고, 사춘기 이후에는 내내 기본적으로 같은 집단의 친구들하고 어울렸다. 환경의 지속성은 정체성에 대한 의문을 허락하지 않았다.

"모르겠어요."

어느 날 저녁 에릭이 "자기가 어느 나라 사람 같아요?" 하고 묻자, 앨리스가 대답한 말이었다. 에릭은 이렇게 말했다.

"난 잉글랜드인이에요. 다르게 느껴본 적이 없어요."

"그래요, 그런데 잉글랜드인이라는 게 당신에게 어떤 의미인데요?"

"거 참, 모르겠어요. 그냥 그런 게 정상이죠. 인상과 감정을 뭉뚱그려서 그래요. 이를테면 지난 주말, 히스로 공항에서 오면서 눈앞에 보이는 풍경과 내가 결속된 느낌이 들었어요. 내 나라에 왔구나 싶은. 경치랑 건물이 다르잖아요. 또 외국에 나가서 영국인이나 영국 물건을 보면 반갑죠. 바베이도스에서 〈파이낸셜 타임스〉를 보거나 BBC 월드 방송을 들었을 때도 그런 기분이었고."

누구와 사귈 때, 사람만 달랑 올 수가 없다 — 어린 시절부터 축적된 문화가 따라오고, 관계를 맺은 사람들과 관습이 따라온다. 특정한 **지역성**이라고 할 수 있는 요소가 함께 온다. 이러한 성향은 민족성으로만 만들어지는 게 아니라, 계층과 지역과 집안의 특성이 뒤섞여 구성된다. 본인은 이 무의식적인 요소들의 집합을 정상 상태로 여긴다. 그가 보는 번화가나 우체국 창구의 정상적인 풍경, 정상적인 저녁 뉴스와 세금 환급 신청서 양식, 친구와 인사하고 침구를 펴고 버터 빵을 먹고 집안을 청소하고 가구를 고르고 음식을 주문하고 차 안에 카세트를 배열하고 화장실을 사용하고 여행지를 결정하고 전화를 끊고 토요일 계획을 짜는 정상적인 방식들.

"왜 항상 낮에 영화를 보러 가자고 하죠?"

1월의 어느 주말 앨리스가 2시에 시작되는 영화를 보자고 하자, 밤 9시 영화를 보고 싶은 에릭이 물었다.

"낮에 영화를 보는 게 뭐 어때서요?"

앨리스가 물었다. 그녀에게, 부녀지간의 유대 관계는 그나마 토요일 오후에 같이 영화를 보러 가는 일로 가늘게 이어졌고, 그래서 그 시간은 아버지와 같이 영화를 보던 기억과 무의식적으로 맞물렸다.

"모르겠어요, 그냥 어색해요."

에릭이 대답했다. 그 남자의 가족은 어머니가 "활동사진"이라고 부르는 것에 대해 늘 완고한 의심을 품었기 때문에, 주말 오후면 전통적으로 럭비, 축구, 크리켓 경기를 하거나 TV로 경기를 시청했다.

"뭐가 어색해요? 극장도 훨씬 덜 붐비고 관람료도 싸서 편리한데요."

앨리스가 대꾸했다. 그녀가 물려받은 아버지의 취향이 남자친구의 집안 풍습과 충돌했다.

"하지만 영화관에서 나왔을 때 밖이 아직 환하면 아주 이상하잖아요."

에릭이 말했다.

"영화를 보고 났을 때는 환한 햇살 아래 나오는 것보다 밖이 어두운 게 좋아요. 그럼 저녁을 먹거나 다른 일을 할 필요 없이 곧장 잠자리에 들고 싶어지지요."

사귀게 되면 필연적으로 두 사람의 지역성도 만난다. 앨리스는 배경이 복잡해, '잉글랜드인답다'거나 '미국인답다'거나 '중산층답다'거나 하는 식으로 어느 한 가지에 국한해 꼬집어 말할 수 없었지만, 그녀에게도 나름대로 지역성이라고 할 부분은 있었다.

두 사람의 관계에서 점차 뚜렷해지는 게 있었다. 앨리스는 에릭이 두 사람의 차이를 교묘하게 그녀의 탓으로 돌린다는 것을 차츰 알아차렸다. 그 남자의 지역성에는 정상의 표준 개념이 확고해서, 극장에 가는 것이나 음식, 색깔에 대한 취향, 선호하는 예법이 다를 경우 앨리스를 이상한 사람으로 취급했다.

간단히 말해 둘의 지역성이 충돌하면, 에릭은 더 **지역적**이 되는 경향이 있었다 — 곧 자신의 습관을 고수하고, 상대방의 지역성도 동등하게 존중받아야 한다는 점을 인정하지 않았다. 그 남자는 자신의 지역성도 상대적인 가치가 있을 뿐임을 부인하고, 자신의 가치관을 일원론적인 우주의 중심에 놓았다.

"이번 주말에 이슬링턴에 있는 컨벤션 센터에서 골동품 전시회가 열린대요."

앨리스가 화요일 조간신문을 넘기다가 에릭에게 말했다.

"재미있을 것 같아요. 전국 각지의 골동품상이 모인대요. 이 쿠폰을 가지고 가면 10퍼센트 할인을 해준다네요. 당신 친구들이랑 점심 식사를 마치고 오는 길에 가보면 되겠네요, 그렇죠?"

"그저 그럴 것 같은데."

"난 재미있을 것 같은데요."

"난 이번 주말에 할 일이 많아요."

"그럼 나 혼자 갈게요."

이 문제는 그렇게 결정된 듯 보였고, 아침 식탁에는 침묵이 떨어졌다.

"그런데 왜 골동품 전시회에 가고 싶다는 거죠?"

잠시 후 에릭이 물었다.

"골동품 전시회에 가는 게 어때서요?"

"몰라요, 그건 너무…… 너무……."

"너무 뭐요?"

"할머니 같아요. 할머니들이나 고가구에 관심이 있죠."

"당신 할머니는 그런가보네요. 우리 할머니는 데 스테일(de Stijl: 네덜란드어로 양식the style이란 뜻. 1917년 암스테르담에서 시작된 추상 미술 운동으로 건축에 큰 영향을 미쳤다. 직사각형을 기본으로 원색에 회색과 검정색을 주로 사용했다 – 편집자)을 좋아하셨어요."

"정말? 우리 할머니는 돈을 준다고 해도 스테일의 철자도 제대로 못 쓰셨을 거요. 하지만 그런 골동품 전시장에는 우중충한 구닥다리 가구만 있잖아요. 지방 상인들이 치펜데일(영국의 유명한 가구 디자이너 – 옮긴이)의 조수가 만든 탁자라고 주장하는 후진 고물만 넘쳐난다구요. 바가지를 쓸 거예요. 가구가 필요하면 현대적인 곳에 가서, 훌륭한 요즘 디자이너가 만든 걸로 사지 그래요. 돈은 더 들지 몰라도 품질은 뛰어날 텐데."

"그건 내 취향에 안 맞아요."

"그럼 고상한 취향으로 바꾸지 그래요?"

"난 내 취향이 좋아요."

"후진 거라도요?"

"제발, 나한테 주말에 할 즐거운 일이 생겼는데 왜 당신은 좋아해주지 않죠?"

이 물음의 답은, 에릭은 인정하지 못하겠지만, 앨리스가 그 자신과 무관한 일 때문에 행복해지기 때문이었다. 그 때문에 그녀가 독립적으로 즐거움을 누리는 일에 질투심이 촉발했다.

최근 그녀는 에릭의 지역성에 시샘하는 경향이 있다는 것을 알아차렸다. 그 남자가 그녀의 지역성을 비난하는 것은 일종의 외국인 혐오증이었다. 그녀는 타인의 취향과 기대를 폭넓게 감지하고, 그 기대에 자신을 맞추는 경향이 강했다.

'난 같이 있는 사람에 따라 변해' 하고 앨리스는 인정했다. 그녀가 같이 있는 사람에 따라 약간씩 변한다는 것을 누구라도 알아차릴 수 있었다. 그녀는 자기가 하고 싶은 말보다는 상대가 듣고 싶어하는 말을 했다. 어머니가 세련되고 사회에 잘 적응하는 딸을 원하자, 앨리스는 자신이 초대받은 모임에 대한 이야기를 해서 그러한 인상을 확인해주었다. 그녀가 자동차 타이어에 바람을 잘 넣거나 직장에서 발표를 잘하면 에릭이 듣기 좋은 말을 해준다는 것을 앨리스는 알고 있었다. 또 친구 루시가 자신의 성공담을 듣기 싫어하자, 루시의 비위를 상하게 하지 않으려고 일이 힘든 기색을 보이곤 했다. 부자 친구인 라비니아를 만날 때면 말투가 서부 런던 억양으로 변했고, 화가 친구 고든을 만날 때는 루이섬(템스 강 남쪽의 자치구 – 편집자) 말투가 되었다.

앨리스의 말씨는 상대의 개성에 따라 변했다. 사람들이 싫어하고 좋아하는 것을 명심하고, 그것에 맞추려고 분투했다. 자기방식을 밀고 나가기보다 신경을 곤두세우고 상대에게 보조를 맞추었으며, 일관되기보다는 환심을 사려 했다.

전에는 그녀가 에릭의 취향에 맞지 않는 부분은 드러내기를 꺼렸다. 가구에 대한 그 남자의 미니멀리즘 취향과 정치적 견해에 반대하는 의견을 억누르곤 했다. 다른 넥타이를 사라고 권하거나 도심에서 차를 더 천천히 몰라는 말도 삼갔다. 자신이 좋아하는 것을 주장하는 일도 꺼렸다. 그녀는 런던의 공원을 산책하거나 교외에 나가서 유서 깊은 저택들을 구경하는 일, 빵을 굽거나, 위기에 처한 아마존 원주민들을 구하는 일에 동참하기를 좋아했다. 채식주의로 변형한 무사카(양고기와 가지를 번갈아 겹쳐 넣고 치즈와 소스를 뿌려 구운 그리스·터키 요리—옮긴이)를 좋아했지만 에릭에게 만들어주기는 망설였고, 그가 있을 때는 제임스 테일러의 음악을 듣지 않았다. 또 그에게 전희를 다르게 해달라는 주문도 하지 않았다.

여행에서 돌아온 뒤, 앨리스는 두 사람의 관계에서 자신의 개성을 뚜렷이 표현한 적이 있었던가 하고 자문하기에 이르렀다.

개성이란 무엇인가? 만찬회에서 음담패설을 하고, 크게 웃어 젖히고, 냅킨으로 마술을 해보이고, 마무리 단계로 취해서 안주인을 유혹하는 사람이 있으면 다들 '개성 있다'고 한다. 그저 자기 오른쪽 자리에 앉은 사람과 이야기하고, 그다음에 왼쪽 자리에 앉은 사람과 이야기하고, 그다음에 조용히 양해를 구하고 떠나는 사람을 개성 있다고 하지는 않는다. 한 사람으로서의 신분은 문제가 되지 않는다. 개성 있는 사람으로서의 신분이 문제였다.

개성은 차이와 다양성을 기반으로 나온다. 옆 사람과 다르면 더 개성적인 사람이 된다. 벌레를 날로 먹기 좋아한다거나 귀로 노래할 수 있다고 말해보라. 즉시 **사람들 중 하나**가 아닌, 두드러진 존재가 된다. 문학 작품에는 많은 사람이 나오지만 '개성적인 인물'은 많지 않다. 돈키호테는 '개성적'이지만 요제프 K는 아니다. 돈키호테 같은 사람은 칵테일파티에서 금방 눈에 띄지만, 요제프 K는 손바닥이 축축해져서 평범한 사무원처럼 보이기를 바라면서 초조한 표정으로 문간에서 조심스럽게 땅콩이나 씹을 것이다.

앨리스의 어머니에게는 '진정한 개성'이 있었다. 친구들은 그녀가 남의 뒷얘기를 마구 해대며, 우아한 분위기에서 튀는 여학생 같은 농담을 지껄이고, 콧방귀를 뀌면서 웃는 경향이 있다고 인정했다. 그녀는 긴 분홍색 옷을 입고 향이 짙은 향수를 뿌려서 어디서나 두드러졌다 — 모든 것이 그녀가 얼마나 개성이 강한지 알리는 표시였다.

그녀의 딸은 성격을 구성하는 요소들이 평범한 편이었다. 남과 다르고 싶은 맹목적인 욕망이 없었기에, 눈에 띄는 인물이 아니었다. 그녀의 독특한 면은 시간이 지나야 드러났다.

골동품을 좋아하는 것도 그리 돋보이는 취미는 아니었다 — 애인의 반발을 일으키긴 했지만. 에릭은 객관적으로는 그녀의 행복에 신경을 썼지만, 이 별난 취미는 개성적인 망각으로 넘겨버리고 싶었다. 그 남자가 생각하는 앨리스와는 어울리지 않았으니까.

"그 사람하고 같이 안 간다고 누가 뭐라니?"

골동품 전시회에 가고 싶지만 에릭이 반대한다고 앨리스가 말하자, 수지가 이렇게 대꾸했다.

"너 혼자 가. 재미있을 거야."

"가고 싶은지 어쩐지도 잘 모르겠어."

앨리스가 대답했다.

"그럼, 가고 싶지. 당연히 가고 싶은 거야. 네가 그렇게 말했잖아."

"내가?"

"그래. 아니면 왜 에릭이 안 간다고 불평을 하겠어?"

"네 말이 맞는 것 같아."

"물론 맞지. 이거 아니? 매트의 친구 중에 필립이라고 괜찮은 사람이 있어. 음향 기술자로 고전 음악을 녹음하는 사람이야. 정말 좋은 사람인데 골동품을 좋아한다던 기억이 나. 그러니까 그 사람이랑 가도록 해. 그러면 같이 갈 사람이 생기잖아. 내가 약속을 잡아볼게."

내가 어떤 사람이 되게 하나?

주말 전에 필립이 앨리스의 집에 전화했고, 둘은 토요일에 빅토리아 역 앞에서 만나기로 했다.

"서로 어떻게 알아보죠?"

앨리스가 물었다.

"어떻게 생기셨어요?"

"어, 기분이 괜찮을 때는 로버트 드니로랑 비슷한 것 같아요. 모르겠어요. 질문이 조금 그러네요! 저는 당신을 어떻게 알아보죠?"

"전 평범한 갈색 봉투에 들어가 있을 거예요."

"멋진 표현이군요."

좀 더 자세한 설명을 주고받은 끝에, 약속한 날 두 사람은 문제없이 서로를 알아보고, 필립의 차인 연두색 미니(BMW의 소형차 상표 – 편집자)를 타고서 북부 런던으로 향했다. 골동품 전시회는 이슬링턴의 대형 컨벤션 센터에서 열렸는데, 에릭이 예상한 대로 구닥다리 가구로 꽉 들어찬 듯 보였다.

"실은 전 부엌에 놓을 식탁을 찾고 있어요."

위층에 있는 전시실을 둘러보고 나오면서 필립이 말했다.

"하나 찾을 수 있을 것 같아요?"

"좋아 보이는 게 없군요, 그렇죠? 하지만 찾을지도 모르죠. 가끔은 기막히게 우연히 손에 넣는 수도 있으니까요. 기둥이 네 개 달린 침대도 이런 전시회에서 찾아냈거든요. 터무니없이 싼값에 샀죠."

"네 기둥이 달린 침대에서 주무세요?"

"알아요, 웃기죠. 그런 침대에서 자요."

"웃긴 게 아니라, 진짜로 낭만적이네요. 아, 이 탁자 좀 보세요. 제 침대 옆에 두면 딱 좋겠는데요."

첼로 모양으로 생긴 작은 나무 탁자가 전시된 매장 앞을 지나다가 앨리스가 말했다.

"20파운드밖에 안 해요."

판매원이 놓칠세라 달려들었다.

"그거 괜찮네요."

"그럼 사시지요."

"그래야 할까요?"

"예, 그럼요. 마음에 들면 안 살 이유가 없잖아요?"

한 시간 반 후, 첼로 모양 소탁자를 옆구리에 낀 필립과 앨리스는 (적당한 식탁은 찾지 못하고) 혼잡한 컨벤션 센터를 벗어나 햇빛 쏟아지는 하이 거리로 나왔다. 막 정오가 지난 무렵이라, 필립은 차에 첼로를 실어놓고 근처의 해산물 식당에서 점심을 먹자고 했다.

"바다를 보면 놀랍지 않아요? 정말 광활해서, 모든 것의 균형을 잡아주거든요."

앨리스는 자리에서 가까운 벽 한 면이 온통 바다 풍경으로 그려진 것을 보며 말했다.

"무슨 균형을 잡아주는데요?"

필립이 물었다.

"글쎄요. 여러 가지 일들, 온갖 사소한 걱정과 고민거리들. 밤에는 잠 못 이루고 낮에는 조바심치게 하는 일들요."

"잠을 잘 못 자나요?"

"음, 아주 심하지는 않지만, 걱정은 돼요. 당신은 안 그래요? 때로는 핸드브레이크를 채우고 사는 기분이에요. 그러면 어떤지 알잖아요. 운전을 하는데 왠지 차가 무겁게 느껴지면, 그제야 핸드브레이크를 풀지 않았다는 걸 깨닫게 되죠. 난 항상 그렇거든요. 그나저나 내가 혼자 떠들고 있네요."

"아니요."

필립이 대답했고, 앨리스는 살짝 웃었다. 그녀는 소금통을 집어서 손에 조금 덜어 빵 접시에 쏟았다. 침묵이 흘렀고, 두 사람 다 바다를 응시했다.

"있죠, 책에서 읽은 어떤 물고기가 생각나요."

앨리스가 말했다.

"심해 바닥에서 사는데, 같은 종의 물고기랑 거의 마주치는 일이 없대요. 그러다가 스치게 되면 두 마리는 곧 사랑을 나누고, 그러고 나서 암놈이 수놈을 먹어치운대요."

"연애를 끝내는 방법치곤 무시무시하네요. 그러니 희귀종일 수밖에."

"섬뜩하지 않아요?"

앨리스가 물었다.

"저는 늘 생각해요. 두 마리 외로운 물고기가 망망대해에서 만났는데, 한 마리가 다른 한 마리를 잡아먹어요."

"도버 솔(구운 넙치 요리 – 편집자) 어느 분이 시키셨나요?"

웨이트리스가 와서 물었다.

"저요."

앨리스가 대답했다.

필립과 앨리스의 대화는 밑바닥의 신실한 암반에 도달하기 전에 견뎌야 하는 관례적 단계들을 거쳐서, 예의상 주고받는 대화의 선을 넘어섰다.

더욱 주목할 만한 점이 있었으니, 앨리스는 주로 이야기하는 사람이 자신임을 알아차렸다. 그녀는 평소 답변하는 쪽이 아니라 다른 사람에게 묻는 쪽이라, 어떤 모임에서는 '인터뷰어'라는 별명까지 얻었기 때문에 이것은 주목할 만한 일이었다. 약한 쪽이 자신을 드러내고, 강한 쪽은 자기를 절제하게 마련이라면, 인터뷰어는 강한 쪽에 있는 셈이다. 그러나 강한 쪽이라면 마키아벨리식 책략에 따라 질문을 해야겠지만, 앨리스는 단지 자신이 드러날까봐 두려워서 질문하는 쪽에 서는 것이었다. 그녀도 누군가와 내면을 나눌 필요가 있었다. 다만 누군가에게 세세한 부분까지 들이대는 게 싫었다. 또 사람들은 앨리스가 기꺼이 귀를 기울여준다는 점을 알고는, 진정한 친구라기보다는 절약형 심리치료사로 이용하곤 했다.

하지만 그녀는 필립에게서, 자꾸 말을 하고 싶게끔 하는 호기심과 또 그에게는 편하게 말해도 될 것 같은 정직함을 간파했다. 두 코스를 마치면서 두 사람은 앨리스의 어린 시절을 거의 다 훑었는데, 그녀는 다른 사람에게 그렇게 솔직하게 (또 그렇게 빨리) 그 이야기를 한 적이 없었다.

"놀랍도록 명석하신 분이었어요."

앨리스는 아버지를 떠올리며 말했다.

"다들 아버지를 미쳤다고 생각하면서도 존경했죠. 아버지는 항상 바쁘게 세계를 돌아다니셨어요. 지점이 많은 백화점에서 근무하다가, 상점용 진열창이 달린 상업용 건물과 토지를 사들이셨지요. 어릴 때는 아버지 얼굴을 거의 못 봐서, 만나게 되면 나는 늘 정신을 못 차렸어요. 아버지에게 좋은 인상을 심어드리려고 눈물겹게 노력했죠. 내가 여덟 살쯤 되었을 때의 아버지 생신 날이 기억나요. 생신 때면 다들 아버지께 호화스러운 선물을 드렸는데, 나도 특별한 선물을 드리고 싶었지요. 물론 돈이 없었어요.

그래서 큰 상자를 찾아가지고 포장해서 빈 상자를 선물하려고 했던 기억이 나요. 어찌나 조바심을 쳤던지 결국 상자를 쉰 개나 샀죠. 그런데 아버지께 전하지도 못했어요. 캐나다로 출장을 갔다가 생일에 맞춰 돌아오시지 못했거든요. 어머니는 상자가 자리를 너무 많이 차지한다면서 몽땅 버리셨어요."

"샘이 났나보군요."

"어떤 면에서는 그랬을 거예요. 어머니는 항상 아버지와 나 사이에 장벽을 만들었으니까요. 하지만 질투심을 생산적으로 이용하시지 못했어요. 어머니는 내가 아버지를 못 만나게 하고 싶으면서도, 날 더 잘 알려는 노력은 안 하셨거든요. 그런 면에서 파괴적인 성향이 있는 분이죠. 어머니는 늘 사람들을 갈라놓고 싶어하세요. 홀로 남은 사람에게서 가치를 끌어내시지도 못하면서요."

"어머니께서 자식들을 좋아하셨나요?"

"글쎄요, 원래 아버지는 자녀를 낳고 싶어하시지 않았고, 어머니가 아버지를 속여서 아이를 낳으셨지요. 어머니는 간절히 아이를 원했지만, 남편에게 인정받기도 바라셨어요. 자식을 갖자 남편의 신뢰를 조금 잃었고, 그래서 우리에게 심하게 구셨던 것 같아요. 어머니는 당신 때문에 우리가 생겼다고 생각해서, 우리가 잘못하면 개인감정으로 받아들이셨죠. 나는 아주 늦된 아이여서 열두 살까지는 말도 제대로 못 했어요. 몹시 수줍어서, 어머니는 그 점에 짜증을 내셨죠. 아버지가 명석하시니, 자식들이 똑똑하지 않으면 당신께서 '열등한 유전자'를 물려준 탓이라고 생각하셨거든요."

"어머니는 결혼 생활에서 행복하셨나요?"

"아버지랑요?"

"왜요, 다른 배우자도 있었어요?"

"지금이 세 번째 결혼이에요."

"당신 아버지하고요."

"아뇨, 행복하지 않았을 거예요. 어머니가 아브너랑 살겠다고 집을 나갔을 때 난 슬프지 않았어요. 난 절대로 우리가 가족이라는 데 비중을 두지 않았거든요. 우린 식탁에 둘러앉아 행복한 가정을 연출하는 사람들이 아니었어요. 어머니는 아주 냉정한 여자이고, 어떤 면에서는 마초 같아요. 아주 어릴 때 할아버지가 돌아가셔서 장녀인 어머니가 집안을 꾸려가야 했나봐요. 겨우 열두 살 때 그런 일을 겪었으니 금방 어른이 되어버렸죠. 아주 강하고 세상 물정에 밝고, 한편으로는 겁에 질렸으면서도 그것을 인정하지 않으려는 열두 살 아이의 모습이 있어요."

"그런데 부친께서는 왜 결혼하셨지요?"

"어머니가 어떤 안정감 같은 것을 보여주셨나봐요. 아버지가 막 일을 시작하셨을 때 두 분이 만났어요. 두 분 다 뉴욕에 살았는데, 당시 어머니는 꽤 매력 있으셨지요. TV 방송사에서 일했는데, 일을 꽤 잘하셨어요. 그리고 두 분 다 결혼하고 싶어하셨어요. 어느 파티에서 만나 3주 만에 결혼식을 올렸죠. 진짜 미친 짓이지만, 두 분이 얼마나 간절히 안정을 찾으려 했는지 보여주는 일이기도 해요. 그러다가 몇 해가 지나서야 잘못됐다는 걸 파악하신 거죠."

"외람된 말을 해도 되겠어요? 이 모든 일 때문에 당신도 피해를 보고 있나요?"

"재미있는 분이군요. 당연히 그렇죠. 예, 하지만 행복한 가정에서 자랐다고 말하는 사람들은 의심스러워요. 가능하지가 않잖아요. 적어도 우리 집은 내놓고 엉망이었어요. 누구든 우리 집에 와서 5분만 지나면 심각하게 잘못 돌아가고 있다는 걸 알아차렸거든요. 이를 북북 갈면서 상대를 죽이는 공상을 즐기는 집이었지, 다들 '정말 잘했구나, 아가' 하고 말하는 예의 바른 분위기가 아니었어요. 그런 집을 보면 이런 우스개가 떠올라요. 남자가 정신과 의사에게 이렇게 말하죠. '닥터 슈피겔라이어, 저번에 재미있는 실수를 저질렀습니다. 어머니랑 차를 마시는데, 저는 어머니, 설탕 좀 주시겠어요? 하고 말하려 했거든요? 그런데 기절초풍하게도 이런 말이 튀어나왔지 뭡니까. 어머니, 몹쓸 여자! 당신이 내 인생을 망쳤어.'"

점심을 먹고 나서, 둘은 하이 거리를 걸으면서 나란히 늘어선 서점을 몇 군데 구경했다. 그러다 이슬비가 내리기 시작하자, 차로 가서 런던 도심으로 돌아갔다.

"첼로를 설치해드리고 갈까요?"

얼스 코트에 있는 그녀의 아파트에 도착하자, 필립이 물었다.

"아뇨, 괜찮아요. 내가 할 수 있어요."

"좋을 대로 하세요."

"이렇게 데려다주시고 정말 친절하시네요. 언제 한번 신세를 갚아야 할 텐데."

"그러세요. 식탁 고르는 일을 도와주시면 되겠네요."

"좋아요. 그럼 서로 연락하죠."

앨리스는 차에서 내려 첼로를 꺼내고, 가볍게 손을 흔들고는 정문으로 들어갔다. 그녀는 방에 탁자를 들여놓고, 그 위에 작은 램프와 자명종 시계를 올려놓았다. 탁자가 침대 옆에 맞춤한 것을 보니 웃음이 나왔다. 하지만 에릭이 〔그날 저녁 식사를 하면서〕 할 말이 떠올라 웃음은 지워지고 말았다. 그 탁자는, 누구라도 이렇게 형편없는 물건을 보면 20파운드 날렸다고 할 거라는 소리를 들었다.

이 일을 겪으며 앨리스는 자신이 단일한 사람이 아님을 상기했다. 내력과 생활 방식이 같은 복제 인간 수백 명이 런던, 파리나 뉴욕을 돌아다닌다는 뜻이 아니라, 옆에 있는 사람에 따라서 그녀가 다른 사람이 된다는 뜻이었다. 더욱이 그중 어떤 모습은 다른 경우보다 더 낫고 더 **그녀답기도** 했다.

마침 에릭과 그녀가 휴가 중에 찍은 사진이 나와서, 저녁 식사 후에 둘은 거실에서 사진을 보았다. 바베이도스 스냅 사진 중에 방갈로 바깥 베란다에서 찍은 장면이 있었다. 살빛으로 보아 도착한 지 얼마 안 되어 찍은 사진이었다.

"이것 좀 봐요. 당신 멋지게 나왔네."

에릭이 말했다.

"근사해 보여요."

"괴물 같은걸요. 나 같지가 않아요. 정말 이상해요."

에릭이 사진 속의 그녀를 잘못 본 것은 아니었다. 그녀는 평소의 표정〔잔인한 사진관에서 수정해준 게 아니라〕을 짓고 있었다. 잘못 나온 사진이 아니라, 다만 그녀에게 익숙지 않은 표정일 뿐이었다. 내게 이런 면이 있었나 싶은 표정.

그녀의 반응에서 올바른 '나'에 대한 어떤 관념이 드러난다. 과거의 어떤 사진도, 바베이도스의 방갈로에서 찍은 다른 사진도 진정 자신답다고 생각할 수 없었다. 셀프타이머가 포착한 외모의 단면을 〔그리고 넓게 보면 그녀 본성의 한 측면을〕 자기 모습이라고 할 수가 없었다. 그녀는 이런 웃음을 지으려 한 적이 없었고, 이런 식으로 뺨을 붉히는 것도 낯설었으며, 바람에 머리가 이렇게 휘날리는 줄 몰랐다 — 말 그대로 사진기의 속임수였고, 그녀는 사진기가 주제넘게 이런 모습을 자신의 것으로 갖다 붙이게 하고 싶지 않았다.

하지만 그런 감정은 사진에만 국한되지 않았다. 단순히 육체만 아니라 성격도 여러 각도에서 읽힐 수 있었으니까 — 다른 조명, 다른 렌즈, 다른 애인을 통해서. 같이 있으면 다른 사람들과 있을 때보다 더 '자신답게' 느껴지는 사람들이 있었다. 예를 들어 수지와 있을 때면 그녀는 늘 자신이 바라는 모습 그대로 잘 이해받는 기분이었다. 수지는 심리적 통찰력이 뛰어나서, "앨리스, 난 알아, 넌 그 남자를 손에 넣을 수 없기 때문에 좋아하는 것뿐이야"라거나 "너는 지금 네가 하고 싶은 일을 다른 사람에게 시키고 있어……"라고 말하곤 했다. 또 친구 고든은 쇼핑을 좋아하고 아예 잡지 속으로 들어가고 싶은 그녀의 일면을 깊이 이해하고, 완곡한 반어를 구사하며 이렇게 농담하곤 했다.

"오늘 하루는 어떠셨나요, 엠마 B.?"

그녀가 한숨을 쉬면 그 남자는 흉내 내서 더 크게 한숨지었다.

"그만 갖고 놀아."

앨리스가 쏘아붙이면, 그 남자는 이렇게 대답하곤 했다.

"아냐, 네가 맥스 & 스펜서 백화점에서 사려던 타이츠가 다 팔리다니, 내 가슴이 무너진다니까."

"비꼬는구나."

"그러면 안 되옵니까, 마마?"

고든이 짐짓 위엄 있게 대꾸하면, 두 사람은 웃음을 터뜨렸다.

친구들이 주로 앨리스의 단점을 놀리는 식으로 반응하기 때문에, 그녀는 일상의 강박증에서 희극적인 분위기로 전환할 수 있었다. 친구들 사이에서 앨리스는 집단에 잘 적응하지 못하는 사람이었지만, 그들은 그녀에게 십자가를 지우지 않고, 대신 파티에 그녀를 초대할 때면 파티 시작 전에 한 시간 정도를 '앨리스 시간'으로 삼아 그녀를 도왔다. 자기를 발견하고 싶고, 할리우드

스타처럼 되거나 브라질의 홍수림을 구하고 싶은 앨리스의 욕망을 그들은 우스운 말투로 과장했다. 그녀는 친구들이 자신을 이해하고 용서하고, 자신의 단점을 좋아해준다고 느꼈다.

그녀는 에릭하고서는 왜 비슷한 과정을 체험하지 못하는지 의아했다. 그와 만날 때는 표현할 수 없는 긴장감이 감돌거나, 매몰차게 견해가 갈리기 쉬웠다.

앨리스는 필립과 아주 유쾌한 하루를 보냈고, 그와 함께했을 때의 자신이 자신답다고 느껴졌기 때문에, 그날 저녁 에릭에게도 그런 기분으로 대해보았다. 필립에게는 은근히 장난스런 구석이 있었다. 그 남자는 앨리스의 성격을 금방 파악해서 재치 있게 대처했다. 그녀가 식당에서 늘 그렇듯이 주문할 음식을 정하지 못하고 머뭇댄 일을 놀리려고, 그 남자는 식사 중간에 웨이트리스에게 디저트 차림표를 갖다달라고 부탁했다. 시간에 맞춰 주문하려면 미리 차림표를 연구해야 한다면서.

그녀는 들뜬 기분으로 집을 나섰고, 자신 있고 느긋한 태도로 에릭의 아파트에 들어섰다.

"별일 없어요, 자기? 일은 잘됐어요?"

그녀가 에릭에게 물었다.

"그래요. 무슨 일 있어요?"

"없어요. 왜요?"

앨리스가 대꾸했다.

"모르겠어요. 당신 분위기가 좀 낯설어서요."

"아니요, 그냥 기분이 좋아서 그래요."

"아."

"필립이란 사람이 들려준 우스개 하나 들어볼래요?"

"말해봐요."

"좋아요. 유대인 두 명이 공중목욕탕 앞에 서 있었는데, 한 사람이 이렇게 물었대요. '목욕했어요?' 그랬더니 다른 사람이 신경질적으로 대꾸하기를, '아뇨, 왜요? 하나 없어졌소?'"('목욕했어요?'란 뜻의 영어 Did you take a bath?를 단어 그대로 해석하면 '당신이 목욕통을 가져갔소?'라는 뜻이 된다.—편집자)

"아."

"알겠어요? '하나 없어졌소?'"

"응응, 고마워요. 알아들었어요. 냉장고에 케이크가 남아 있으니 먹고 싶으면 먹어요."

"좋아요……."

비트겐슈타인(오스트리아 태생인 영국 철학자—옮긴이)의 주장을 빌리면, 타인들이 우리를 이해하는 폭이 우리 세계의 폭이 된다. 우리는 상대가 인식하는 범위 안에서 존재할 수밖에 없다—그들이 우리의 농담을 이해하면 우리는 재미난 사람이 되고, 그들의 지성에 의해 우리는 지성 있는 사람이 된다. 그들의 너그러움이 우리를 너그럽게 하고, 그들의 모순이 우리를 모순되게 한다. 개성이란 읽는 이와 쓰는 이 양쪽이 다 필요한 언어와 같다. 일곱 살 아이에게 셰익스피어 작품은 말도 안 되는 허섭스레기이며, 만약 그의 작품이 일곱 살 아이들에게만 읽힌다면 셰익스피어는 그 아이들이 이해하는 수준에서 평가받을 수밖에 없다 — 마찬가지로 앨리스의 가능성도 애인이 공감해주는 한도에서만 뻗어나갈 수 있다.

그녀의 장난스럽고 익살스런 면모를 필립은 맞장구치면서 격려했지만, 그걸 알아보지 못하는 사람하고 어떻게 같은 분위기를 유지할 수 있을까? 그녀는 에릭이 생각하는 그녀의 모습으로 돌아가지 않을 수 없었다.

관계의 기반은 상대방의 특성이 아니라, 그런 특성이 우리의 자아상에 미치는 영향에 있다 — 우리에게 적당한 자아상을 반사시켜주는 상대방의 능력에 기초해서. 에릭은 앨리스에게 그녀가 어떤 사람이라고 느끼게 하는가? 그는 어떻게 그것을 알려주는가? 모든 게 머릿속 생각일 뿐인지 실제로도 그런지 모르지만, 그녀는 오래전부터 그 남자와 있으면 가치 없는 사람이 된 기분을 느꼈다. 그 남자와 함께 있는 앨리스는 돈을 함부로 쓰고, 지성적이지 않고, 감정적인 데 매달리고, 타인을 귀찮게 하는 의타심 때문에 고생하는 사람이었다.

에릭이 그런 말을 한 것은 절대 아니었다. 같이 있을 때 그녀 **스스로** 느끼는 바가 그러했다. 과학자들은 어떤 결과가 나오는 원인을 알고 싶으면, 조건을 바꾸는 실험을 한다. 한 번에 한 가지씩 조건을 바꾸어나가면 결국 마지막에 한 가지 원인이 남게 된다.

앨리스도 그러한 실험을 했다면, 에릭이 자신의 자기 개념에 얼마나 영향을 미치는지 금방 알았을 것이다―그게 아니라면 그와 같이 있을 때의 뭔가 부족한 느낌을 어떻게 설명할 수 있을까? 하지만 앨리스는 그러한 연관 관계를 염두에 두지 않았다. 그에 대한 감정은 늘 따뜻하게 남아 있을 수 있었다[혹은 종교적인 열정 같은 열기로 달아오를 수도 있었다]. 자신에 대한 감정이 차갑고 축축해질 때조차 그러했다. 에릭은 그녀의 자기 개념에 먼저 영향을 미쳤고, 그녀의 에릭 개념에 영향을 미친 것은 그보다 훨씬 후였다.

A가 B를 바라보면 B는 A의 눈길에 담긴 생각에 영향을 받을 수밖에 없다. A가 B를 작고 사랑스럽고 피부가 보드라운 천사라고 생각하면, B는 작고 사랑스럽고 피부가 보드라운 천사가 된 기분을 느끼기 시작한다. A가 B를 2 더하기 2도 못 하는 천하의 멍청이로 생각하면, B는 그 생각에 맞게 자신의 능력이 쪼그라드는 느낌이 들어, 결국 2 더하기 2는 6쯤 된다고 답하게 될 것이다.

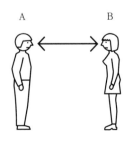

앨리스는 이 과정이 교묘하게 진행된다는 점이 당황스러웠다. 무엇보다, B를 천하의 멍청이로 생각한 A는 "넌 천하의 멍청이야" 라고 말할 필요도 없었다. 이런 생각은 전달되게 마련이니까 — 다만 보이지 않는 방식으로 전달되어, B가 '나 혼자만의 생각일까……?' 하고 자문하게 되는 것이다.

의사소통이란 대담한 선언으로 이루어지지 않는다 — 상대에게 감정을 말로 설명할 필요가 거의 없다. 그러면 이런 의사는 어떻게 말로 뱉지 않고도 전달되는가?

앨리스가 친구 클레어와 마일스를 가리켜 꼭 어머니와 아들 같다고 말하자, (마일스와는 학교 다닐 적부터 친구였던) 에릭은 터무니없는 생각이라며 이렇게 말했다.

"오, 말도 안 되는 소리. 늘 그렇지만 당신은 책을 너무 많이 읽었어요."

"하지만 당신도 인정해야 해요. 둘 사이에는 뭔가 기묘한 데가 있다구요. 마일스는 늘 투덜투덜해요. 그러면 클레어가 와서 도와주지요. 둘은 그런 역할을 즐기는 눈치구요."

"헛소리. 두 사람은 정말 좋은 사람들이에요."

"내 말은 그렇지 않다는 뜻이 아니에요."

"그럼 무슨 뜻인데요?"

"그냥 두 사람의 행동이……."

"당신은 뭐든 복잡하게 만드는 걸 좋아해요, 안 그래요?"

"안 그래요. 그냥 말하고 싶었을 뿐이에요. 내 참, 이런 말이 무슨 소용이람? 잊어버려요."

자주 겪은 일이지만 에릭은 (말로 표현하지는 않아도), 앨리스가 친구들의 감정생활에 별난 관심을 보이면, 건강한 사람 눈에는 아무것도 아닌 일을 가지고 허깨비 놀음을 한다는 듯한 반응을 보였다. 그 남자는 이런 뜻을 직설적으로 표현하지 않았다. 다만 그녀가 생각을 말하면 통명스럽게 넘겨버리는 일이 충분히 여러 번 거듭되니, 그런 뜻은 조용하면서도 파괴적으로 전달되었다.

앨리스가 주말에 책 더미를 방으로 옮길 계획이라고 말하자, 에릭은 나중에 "초판본들을 치우시려는 건가?"라는 질문으로 심사를 내비쳤다. 떽떽거리며 아는 게 병이라거나 책을 너무 많이 읽는다는 말은 하지 않았다. 그러나 평범한 싸구려 문고판들을 귀한 '초판본'이라 표현한 것은, 내용을 숙지하기보다는 과시하려고 오래된 책을 사는 사람들의 허영심에 빗대어 그녀를 슬쩍 힐난한 것이었다.

물론 앨리스는 이런 (저런) 공세를 해독할 시간이 없었다. 자기 애인이 자신을 공격할 수 있다고 생각하는 게 싫어서, 다음과 같이 적절하게 받아치지 못했다. "초판본은 없어요. 당신도 알잖아요. 그러니까 그렇게 비꼬지 말아요. 난 책을 좋아하는데, 그게 당신 마음에 들지 않는다면 우리, 얘기를 해봐야겠네요." 그러지 못하고, 그녀는 무엇 때문인지 아니면 누구 때문인지도 모른 채 울적한 기분으로 집에 돌아왔다.

그런 심술궂은 말을 하지 않아도, 앨리스가 에릭과 있을 때 느

끼는 자기 개념은 그 남자의 대화 성향에 따라 한정되었다. 그 남
자가 즐겁게 엔화와 BMW사의 차세대 엔진 성능에 대해 말하면,
그녀는 자신이 말하고 싶었던 것들이 대화의 영역 밖으로 밀려나
버렸음을 재빨리 포착했다. 그 남자는 그녀의 말을 막지 않았지
만, 자기 이야기를 함으로써 그녀에게 말해봤자 쇠귀에 경 읽기
가 되리라는 것을 암시했다.

따라서 앨리스는 자신이 다른 사람들과 있으면 흥미로운 인물
일 수 있다는 사실을 잊고, 스스로 아주 재미없는 사람이 되어버
렸다고 결론지었다. 에릭과 같이 앉아 저녁을 먹을 때면, 적당한
상대만 있다면 자신이 하고 싶은 이야기가 많으리라는 자신감을
잃고, 할 말이 있다는 사실을 까맣게 잊었다 ─ 우리가 말할 수 있는
것뿐 아니라 우리가 말하고 싶은 것, 말하고 싶어할 수 있는 것까지
타인이 결정한다는 증거다.

다음 주에 앨리스는 필립과 만나 점심 식사를 했다. 직장 동료
인 산드라가 6월에 남자친구와 결혼식을 올린다고 발표했기에,
대화는 결혼 이야기로 흘러갔다.

"많은 사람이 단지 혼자 있기 두려워서 결혼하는 것 같아요."

앨리스가 생각에 잠겨 말하자, 필립은 말을 이어받아 생각을
덧붙이고, 다시 그녀에게 발언권을 넘겼다.

여자 : 많은 사람이 단지 혼자 있기 두려워서 결혼하는 것 같아요.

남자 : 저번에 내 친구 질도 그렇다고 인정하더군요. 혼자 있는 걸 참을 수가
없어서, 완벽한 상대가 아니라도 결혼하고 싶다고요. 당신은 어때요?
문제없이 혼자 있을 수 있나요?

여자 : 난 괜찮아요. 사실 미리 몇 시간쯤 혼자 지내지 않으면 사람들을 감당하지
못하겠어요. 혼자 있는 시간이 가장 생산적이거든요.

남자 : 혼자 있는 것과 외로운 것은 다르겠죠.

여자 : 맞아요. 때론 혼자 있을 수 있지만, 그때에도 마치 많은 사람들하고 같이 있
는 느낌이에요. 내 머릿속에서 그들이 말을 하거든요. 사람들이 내게 한 말에 대해
생각하고, 우리가 같이 한 일들을 떠올려요. 그러니까 고립된 느낌은 들지 않아요.

남자 : 혼자서도 행복하다면, 그런 문제에 대해 선택권이 있네요. 수다를 떨고
싶으면 전화 걸 사람은 많다고 생각하잖아요.

여자 : 그렇게 이야기하니까 재미있네요. 대학 시절, 난 사람들을 만나느라 혈안이
됐거든요. 대단히 사교적이었지만, 마음속 깊은 곳에서는 외톨이가 될까봐 두려웠
어요. 매일같이 구내 술집으로 뛰어가야 했죠. 혼자 남겨질까봐 두려워서요.

남자 : 지금은 무엇이 달라졌습니까?

여자 : 많은 게 달라졌죠. 우선 일을 시작했고요. 그래서 사람들과 사귈 시간이
줄어들었죠. 몇 명하고는 아주 친한 친구가 되었지만, 우르르 몰려다니지는
못하게 됐어요. 또 남들이 어떻게 생각할지 염려하지 않게 됐어요. 세상은
넓고, 토요일 밤을 어디서 보내는지는 중요하지 않다는 걸 깨달았죠.

오후 1시 31분, 서부 런던, 딘 거리의 식당

남자 : 결혼 연령이 다시 낮아졌다더군요. 오늘 신문에서 봤어요.

여자 : 사람들이 혼자 있는 걸 점점 더 두려워하는 걸까요?

남자 : 아뇨, 그건 경제적인 문제 때문이에요. 경기가 침체되면, 돈을 아끼려고 결혼을 일찍 하는 거예요.

여자 : 경제가 인간관계에 영향을 미칠 수 있다니 정말 이상하네요.

남자 : 아시아에서는 결혼을 훨씬 늦게 해요. GDP가 높아지니까요. 내가 말했던 가요? 오늘 정비 공장에서 전화가 왔어요. 변속기에 문제가 있었대요.

여자 : 아, 정말요? 다행이네요.

오후 8시 7분, 남서부 런던, 온슬로 광장

대화의 흐름을 나무의 형태에 비유할 수 있을 것이다. 누구와 함께하느냐에 따라서 가지가 매우 다르게 뻗어갈 수 있다. 그날 밤, 앨리스는 에릭과 저녁 식사를 했고, 아침에 동료가 결혼 발표를 했기 때문에, 그날 들어 두 번째로 그 이야기를 꺼냈다.

앨리스와 필립의 대화는 왼쪽에, 앨리스와 에릭의 대화를 오른쪽에 그려, 대화 나무 두 개를 비교해 볼 수 있다.

사소한 예이긴 하지만 이 대화 나무는 두 가지 서로 다른 앨리스의 모습을 보여주었다. 결혼과 친구, 외로움에 대한 필립의 반응에 따라, 앨리스는 에릭이라면 기회를 허용하지 않을 생각을 말할 수 있었다 — 이로써 간접적으로 그녀는 약간 다른 느낌을 받았고, 이 경우 더 풍요롭고 개인적인 대화를 하게 되었다. 에릭은 사람들이 혼자라고 느끼는 것에 대해 그녀가 말하지 못하도록 막지는 않았지만, 그런 길로 뻗을 수도 있었을 대화의 문을 닫았다. 그 남자는 그녀가 본래 생각을 말할 수 있도록 잠재적 가능성을 끌어내지 못했다.

과연 그녀는 점심이 좋았을까, 저녁이 좋았을까?

영혼

그날 저녁 온슬로 광장의 아파트에 초대받지 못한 필립은 (베이커 거리에 있는 식당에서 독일 음반사 간부들과 지루한 저녁을 먹었다), 어느 쪽이 좋았는지 분명했다. 그 남자는 그날과 이튿날, 줄곧 앨리스를 생각했다. 일부러 생각한 게 아니라, 식당에서 맞은편에 앉은 모습이나, 웃다가 진지하고 거의 애수 어린 표정으로 곧잘 바뀌던 모습이 의식에 살풋살풋 떠올랐다.

필립은 자주 친구 피터와 저녁에 술집에서, 행복을 이루는 주된 것들 — 일과 사랑 — 에 대해 이야기를 나누었다. 다음 주, 둘이 만났을 때 그 남자는 자기도 모르게 앨리스 이야기를 했다.

"매트랑 같이 사는 수지를 통해서 만났어. 둘은 오래전부터 알아왔다더군. 그녀는 마케팅에 관련된 일을 하는데, 저번에 이슬링턴 골동품 전시회에 같이 갔어. 정말 멋진 여자야."

"어떤 면에서?"

"말로 하긴 어려워. 잘 못 하겠어."

"미인이야?"

"아니, 특별히 그렇진 않아. 나름대로 굉장히 매력적이지만, 대단한 미인은 아니야."

"널 웃게 만들어?"

"그래, 그렇긴 해. 하지만 코미디언처럼 굴어서 웃기진 않아."

"그럼 생기발랄해서 보면 기분 좋아지고, 그런 여자인가?"

"이상한 말이지만, 그녀가 어떤 사람이라고 해야 할지 모르겠어. 생각해보면, 앨리스에게는 진짜 깊은 뭔가가 있는 것 같아. 정의 내릴 수 없는 무언가. **영혼**이 있다고 할까. 무슨 뜻인지 알겠어?"

"영혼?"

피터가 반문했다. 그는 물론 이해하지 못했다.

프랑스 계몽주의 철학자 라메트리(1709~1751)가 1748년 저서 《인간기계론》을 출판하자 교육받은 대중은 분노했다. 라메트리는 인간은 실제로는 복잡한 기계일 뿐이라고 야만스럽게(당시는 아직 종교적인 시대였으니) 주장했다. 출입문, 배수로, 톱니, 도관, 원자 등등의 집합체 그 이상은 아니라는 것이었다 — 파충류나 아메바, 항해용 정밀시계가 그렇듯이.

"인간은 기계이며, 전 우주는 다양하게 변형되는 단 한 가지 재료로 되어 있다"라고 라메트리는 주장했다. 물론 이 재료는 초라한 **물질**이다. 이것은 이원론에 대한 도전이었다. 인간은 물체와 영혼으로 구성된다는 이원론은 플라톤 이후 별다른 이견 없이 군림해왔다. 어느 부분이 더 중요한지는 명백했다. 인간에게 생명과 존엄성을 부여하는 것은 영혼이었다. 영혼이 없다면 인간은 단순한 기계가 되어, 주주 총회에서 치명적인 심장 발작을 일으킬 경우 영원한 죽음을 맞을 터였다.

그러면 이 영혼이란 무엇인가? 그것은 1969년 처음으로 인간을 태우고 달에 착륙한 로켓의 꼭대기에 달린 우주선과 같았다. 우주선은 거대한 아폴로 2호의 세 부분 중 한 부분에 불과했다. 아폴로의 총 길이는 111미터였지만, 8일간의 임무 수행을 마치고 우주 비행사들이 귀환했을 때는 로켓의 꼭대기 부분, 곧 높이가 3미터 조금 넘는, 작은 원뿔만 가지고 왔다. 나머지 부분은 우주 비행사들을 궤도로 쏘아 올리는 기능을 했지만, 결정적으로 중요하고 활동성이 있는 부분은 거기 탄 우주 비행사들이 간신히 서 있을 정도 크기밖에 안 된 궤도선이었다.

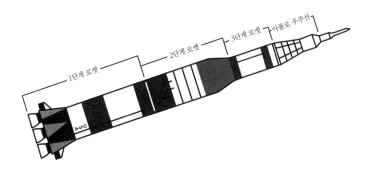

영혼 이론가들은 마찬가지로, 인간 존재란 크지만 쓸모없는 몸과 작지만 비할 데 없이 귀한 영혼으로 나뉜다고 보았다. 몸은 로켓과 같아서, 영혼을 움직이게 하고 잡곡 빵과 더블 치즈버거를 소비함으로써 발사됐다. 몸이 매우 인상적인 경우도 있지만

〔그래도 키가 111미터나 되는 경우는 별로 없다〕, 결국에는 지상에서 소명을 수행하는 데에 불필요한 요소가 됐다. 수십 년 인생 여행을 한 끝에는 작은 영혼 — 우주선만 남을 테니까. 영혼은 초강력 현미경으로도 보이지 않는 것이지만.

철학자들 대부분은 인간이 영원한 영혼과 로켓 — 육체로 나뉜다는 데 동의하지만, 그 가치 있는 우주선에 누가 혹은 무엇이 앉아 있느냐에 대해서는 의견이 달랐다. 우주선에 있는 것이 인간에게 가장 중요한 부분일 테지만, 그건 정확히 무엇으로 구성될까?

플라톤은 이성이 가장 중요하다고 주장하여 철학의 새 장을 열고, 영혼을 **이성적인** 우주선으로 보는 선례를 남겼다. 신이 더 중요하다고 생각한 아우구스티누스는 영혼 — 우주선을 신에게 속한 것, 천국을 열망하는 것으로 보았다 — 이것은 그 후 몇 세기 동안 우주 비행사들과 민간인들 사이에서 인기 있는 관점이었다. 하지만 계몽주의가 나타나면서 신의 영향력이 줄어들자, 신학적인 면에서 영혼의 역할 역시 변하기 시작했다. 인간의 가장 중요한 부분이 영혼인데 신은 이제 중요하지 않게 되었다면, 영혼은 무엇에 바쳐져야 하나?

물론 영혼 — 우주선에 계속 관심을 가져야 한다고 믿지 않은 사람들도 있었다. 과학자들과 라메트리처럼 콧대 높은 철학자들은 유물론자로서 충성심을 발휘해, 영혼에 대한 논의를 격하하기로 불퉁스럽게 합의했다. 영혼 — 우주선을 채우는 것에 대해 생각하는 일은 신비주의 사상가들과 순진한 시인들의 몫으로 남겨졌다. 그들은 곧 영혼 ─ 우주선에 **감정**을 채워 넣기 시작했다.

영혼은 인간이면 당연히 갖고 있는 것이었지만 이제 사람에 따라 더 많이, 더 적게 갖는 것이 되었다 ─ 얼마나 **느끼느냐**에 따라서. 오페라 공연 중에 코를 풀고 트림을 하며 시를 멸시하는 천박한 사람들은 '영혼이 없는' 사람으로 알려졌다. 이것은 예전에는 가장 비천한 얼간이만 듣던 말이었다. '영혼이 없는 사람'이란 미술, 문학, 음악 같은 분야에 감수성이 부족한 사람을 의미했다. 이는 극작가 존 드라이든(1631~1700)이 셰익스피어에 대해서 "현대와 고대를 망라해서 그는 가장 크고 이해심 깊은 영혼을 지닌 시인이었다"라고 쓴 까닭을 설명해준다. 키츠에 따르면 영혼에는 나름의 자양분(여기서는 더블 치즈버거를 말하는 게 아니다)이 있다. 그 자신과 출판사에게 편리하게도 이것은 시의 형식을 타고 왔다. "시는 위대하고 겸손하여라, 인간의 영혼으로 들어가는 것⋯⋯."

성적性的으로 보면, 영혼 때문에 그를 사랑하는 것이 몸 ─ 로켓 때문에 사랑하는 것보다 훨씬 가치 있는 일로 보이게 되었다 ─ 침실에서는 그 두 가지가 똑같이 한숨으로 마무리 지을지 모르지만. 메릴린 먼로(1926~1962)는 영화 산업의 도덕적 붕괴를 보여주고자, 영혼에 대한 계몽주의 이후의 견해를 천명하며 이런 말을 했다. 할리우드는 "당신의 키스에 천 달러를 내고, 당신의 영혼을 위해서는 50센트를 내는 곳입니다."

따라서 필립이 피터에게 앨리스가 영혼이 풍부한 사람이라고 말한 것은, 그녀가 깊이 많이 느끼는 것 같다는 유혹적인 생각을 뜻했다. 하지만 겨우 몇 번 만나고, 그것도 라벨의 음악을 같이 듣거나 워즈워스의《서곡》을 읽은 것도 아닌데 그 남자는 어떻게 그런 주장을 할 수 있을까?

감정은 주관적인 경험이지만, 영혼이 보일 수도 있다고 주장하는 사람들이 있다. 영혼이 얼굴의 신체적 특징에 드러나고, 육신에 뭔가 남긴다는 뜻이었다. 리처드슨의 소설《클라리사》〔1747〕에는 클라리사의 눈에 영혼이 가득하다는 표현이 나온다. 오래전부터 시인들은 눈을 영혼의 창이라고 했다. 하지만 리처드슨이 말하는 영혼이 가득한 **눈**이란 무엇일까?

영혼이 가득한 얼굴 표현은 서양 미술에서 얼마간 사라졌지만 ─ 지금은 전형적으로 웃음 짓거나 관능적이거나 부루퉁한 표정만 있다 ─ 근대 초반부에 유럽에서 동정녀 마리아를 그린 그림에서는 영혼이 가득한 표정의 예를 찾아볼 수 있다. 런던 국립미술관을 거닐다보면 판데르 베이던(플랑드르 화파 중 거장으로 손꼽히는 화가 ─ 옮긴이)의 '독서하는 막달라 마리아'〔1430년대에 그려진〕가 있다. 그림 속 막달라 마리아의 눈에는 감히 범접할 수 없는 슬픔이 드러난다. 여자는 읽고 있는 책에서 묘하게 시선을 옮기고, 영혼의 깊은 세계에 침잠한 듯한 분위기다. 보티첼리의 '동정녀와 아이'〔1475~1510에 그려진〕에서 동정녀는 바흐의 후기 아리아나 페르골레시(18세기 전반부에 이탈리아 나폴리 악파를 이은 음악가 ─ 옮긴이)의 '성모 애상' 도입부와 같은 분위기를 풍긴다.

"이봐, 필립. 그래서 어떻게 되고 있지? 동정녀 마리아를 침대로 데려갈 셈이야?"

피터가 끼어들었다.

"말도 안 되는 소리."

필립이 대꾸했다.

"난 그녀가 동정녀 마리아라고는 하지 않았어. 언젠가 본 동정녀 마리아의 표정을 연상케 하는 그런 표정을 지었다고 했지."

"난 이해가 안 돼."

"그렇게 이해가 안 돼?"

"그래. 네가 서양 최고 미녀와 결별을 선언한 후, 모든 게 다 신비로 여겨진다니까."

피터는 필립의 전 애인 캐서린 이야기를 꺼냈다. 필립과 캐서린은 몇 달간 만나다가 헤어졌다. 캐서린은 키가 크고 금발에 완벽한 얼굴과 몸매를 가진 여자였다. 돈을 벌고자 몇몇 잡지에서 모델 활동을 한 적도 있었고, 다들 인간의 아름다움을 거의 이상적으로 구현한 표본이라고 했다. 얼굴만 예쁜 게 아니었다. 27세인 그녀는 모든 시험을 최고 성적으로 통과한 전문의로, 학회에 연구 논문을 발표하기 시작했다. 성격 또한 흠잡을 데가 없었다. 심술이 없고, 오래된 친구들과 관계를 유지했으며, 저녁 식사에 초대해준 사람에게는 매력적인 감사 편지를 써서 보냈다 — 그런데 필립은 왜 그녀에게 영혼이 없다는 분명한 느낌을 받았을까?

그녀가 라메트리 식으로 감상을 배제하고 **무미건조한** 언어로 말하기 때문일지도 몰랐다. 의사 수련을 받은 까닭인지, 그녀는 에둘러 말하거나 생사의 핵심 요소에서 빗나간 이야기 하는 걸 꺼렸다. 캐서린에 비해 앨리스의 말은 시 같았다 — 그렇다고 운율에 맞춰 말한다는 게 아니라, 시에는 있고 산문에는 없는 울림 같은 게 있었다.

앨리스는 어릴 때 갔던 평범한 낚시 여행에 대해 말할 때에도, 그 산문적인 사건을 시적으로 표현할 수 있었다 — 배에 필요한 장비와 노르웨이의 바닷가 오두막 이상의 뭔가가 낚시 여행에 있기라도 한 것처럼. 그녀는 무미건조한 설명을 늘어놓아 필립의 흥미를 떨어뜨리지 않았다. 그녀의 사생활에서는 닿을 수 없는 슬픔이 드러났다. 그녀에게는 욕망에 불을 지피는 신비감이 있었다.

며칠 전 필립과 앨리스는 점심을 먹었는데, 먼저 그녀의 고객이 될 사람과 술을 한 잔 마셨다. 그 사람이 사업 이야기를 할 때("우리는 네덜란드에서 파이프를 수입해 적절히 가공한 다음 모든 EU 국가에 재수출합니다……") 그녀는 고개를 끄덕이며 이따금 "그렇군요" "흥미롭네요" 하고 대꾸했지만, 내내 다른 별에 가 있는 것 같았다 — 제대로 된 아폴로 호를 찾을 수만 있다면 필립 자신이 가고 싶은 별에.

하지만 이 이야기가 아주 순수하게 들릴지 몰라도, 필립이 앨리스의 영혼에 사로잡힌 데에는 잠재적으로 어두운 측면도 있었다.

낭만주의 시대에 영혼의 개념이 **감정**과 연결되었다면, 감정은 곧 쾌감보다는 **아픈** 감정으로 통했다는 것이 의미심장하다. 강렬한 경험이라 하면, 행복해서 샤워를 하면서 휘파람을 불거나 정원에서 노래하는 것을 뜻하지 않았다 — 영혼을 가진다는 것은 곧 고통을 감수하는 것을 의미했다.

레이 찰스가 시작하고 어리사 프랭클린('솔의 퍼스트레이디') 이 최고조로 끌어올린 '솔 음악'이 흑인 운동의 주된 형태였던 것은 우연이 아니었다. 블루스 이래로 백인보다는 흑인 음악가들이, 영혼이 풍성하다는 말을 들었다. 수세기 동안의 압제, 노예선과 목화밭이 응석받이 백인들보다는 고통과 감정을 잘 이해해서 표현할 수 있게 해준 듯했다.

흑인에 대한 억압과 솔 음악을 연관 지어 보는 것은, 예술가 〔느끼는 사람〕를 고문당하는 창조자로 본 낭만주의적 사고방식의 단편이었다. 당시에는 오래 거듭된 시도와 고통을 거쳐야만 작품이 나올 수 있다고 믿었다. 미국인 철학자 조지 산타야나 〔1863~1952〕는, 아픔을 통해서만 영혼이 성장할 수 있다고 주장했다. "영혼 역시 처녀성이 있어, 피를 흘려야만 열매를 맺을 수 있다." 시릴 코널리는 고통을 겪는 것이 작품 탄생의 필요조건〔영웅적으로 정복할 수 있는 장애물이 아니라〕만 아니었으면 보들레르나 랭보가 되고 싶었을 거라고 말했다. 예술가들은 고통을 겪으면서도 이를 이겨내고 창작하는 게 아니라, 바로 고통을 겪기 **때문**에 창작한다는 가설이었다.

그러니 필립이 영혼을 사랑하는 데는 슬픔에 대한 사랑이 감추어져 있는 게 아닐까? 슬픔이야말로 가장 고전적이고 서정적인 마약이 아닌가.

하지만 어떻게 슬픔이 매력적일 수 있을까? 왜냐하면 사람들 가운데에서 웃음을 터뜨리는 여자는 누군가의 관심이 필요하지 않은 반면, 식당에서 혼자 커피를 마시는 불행한 여자는 유혹하려는 남자에게 희망을 갖게 하기 때문이었다. 그녀는 슬픔을 잘 알기 때문에 남자의 슬픔에도 반응을 보일지 몰랐다. 고통을 아는 여자니까 내 고통을 이해할 거야, 남자는 쓸쓸한 저녁을 먹으며 한구석으로 그런 생각을 할 터였다.

행복은 배타적이지만 불행은 끌어안는다. 그러므로 누군가에게 필요한 존재가 되기를 바라는 사람이라면 행복한 표정이 아니라 불행한 표정을 짓고, 명랑함에 수반되는 독립심, 고통에 대한 무감각을 피할 일이다. 불행을 추구하는 일은, 만족한 표정에 함유된 경쟁심을 피하려 하는 것인지도 모른다.

"알았어."

피터가 끼어들었다.

"이건 완전히 구원에 대한 환상이야. 여기 남자친구의 손아귀에서 힘든 시간을 보내는 여자가 있어. 너는 백마를 타고 가서 여자를 구하고 싶은 거야. 넌 다른 사람의 불행을 이용하는 치사한 인간이라구. 그런 연인들을 봤어. 여자가 불행한데 남자는 그걸 좋아하는 거야. 어떻게 됐는지 알아? 끔찍하지. 여자는 더욱 불행해졌어. 남자가 그렇게 몰아가니까. 남자는 여자가 불행한 걸 보면 행복하니까.”

　“피터, 나도 그런 유형을 알아. 내 말을 믿어줘. 이건 그런 경우가 아니야. 난 앨리스를 구제하고 싶은 게 아니야. 그런 의도는 추호도 없어. 그녀가 구제받을 필요가 있다는 생각만으로도 앨리스는 충격을 받을 거야. 그녀는 놀랄 만치 독립심이 강한 사람이야. 누군가 구제해주려 들면, 머리를 쥐어뜯으면서 ‘이봐요, 고맙지만 내 일은 알아서 할 수 있어요’라고 말할걸. 내 말하는데, 야릇한 소리이긴 해도, 내가 그녀를 좋아하는 이유가 있다면, 우습겠지만 눈에 보이는 그녀의 모습 때문이야. 그녀는 영혼이 풍부해 보이기 때문에, 내가 아는 다른 여자들보다 심오하고 흥미로워.”

　“판데르 베이던의 그림에 나온 것같이 생긴 사람을 유혹하려거든 상당히 신중해야겠는데.”

　“이봐, 잠깐만. 대단한 여자라고 말했지, 그녀를 **유혹할** 뜻은 전혀 없다구.”

　“그게 무슨 말이야? 30분 동안 이 여자가 얼마나 근사한지 떠들어놓고, 이제 와서 순수한 우정이다 이거야? 믿을 수 없지.”

　“이봐, 그녀에게는 남자친구가 있어. 내가 그런 상황을 어떻게 생각하는지 알잖아. 난 다른 사람과 사귀는 여자랑 얽히는 건 사양하겠어. 아주 골치 아파져. 그렇게 살기엔 인생은 너무 짧지. 앨리스는 어쨌거나 이 남자랑 행복하고, 난 친구가 되는 게 좋아. 같이 수다 떨고 그러면서. 그녀는 똑똑하고, 흥미롭고 영혼이 풍성한 친구야. 바로 내가 갖고 싶은 면이지.”

진실의 층위

　살면서 상당 부분, 사람은 일관된 가치 체계 없이 우왕좌왕하기도 한다. 스스로 선택하는 책임을 지지 않아도 되는 도덕적 궁지에 몰렸을 때에는 망설일 일이 없을 것이다. 고급 일간지의 문학 지면에서 받는 문화적인 죄의식이 없다면, 진정 어떤 책을 성실하게 볼까? 평생 외딴섬에서 살겠다고 짐을 꾸리기 전에, 과연 비평할 위치에 있을까? 권력과 정직 중 어느 것의 손을 들까? 반드시 둘 중 하나를 선택하지 않아도 된다면, 그 답을 진짜 알 수 있고 알고 싶을까〔파우스트가 우리를 의자에서 꼼지락대게 한 것도 무리는 아니었다〕?

　우리는 노골적인 선택 앞에서는 물러서버린다. 그런 선택을 하면 당연한 일들을 하지 못하게 되니까. 다시 말해, 부조리하지만 편하고 즐거운 수십 가지 일을 믿지 못하게 되니까. 스스로 지성적인 문학을 좋아한다고 생각하던 사람이, 외딴섬에 간 순간 공항 가판대에서 파는 대중 소설이 가장 좋다는 것을 깨닫는다면 어떨까? 자신을 청렴한 사람으로 여겼는데, 천만 달러에 쉽게 마음이 변한다는 것을 알게 된다면?

앨리스는 필립을 어떻게 느꼈을까? 아, 고맙게도 정말 좋은 사람이에요. 다정하고, 고전 음악 음향 기사로 일해요. 최근에는 베를린에서 미도리랑 작업을 했대요. 바흐의 곡을 녹음했을 거예요. 정말 차 한잔 안 마시겠어요? 저번에는 필립이랑 골동품 전시회에 갔는데, 정말 재미있게 이야기했어요. 혹시 이런 걸 묻는 특별한 이유라도 있어요, 아니면……?

하지만 프로이트 식으로 이해하자면, 스스로도 모르는 자아의 영역, 해결 안 된 갈등의 영역이 광활하긴 해도, 스스로를 알고 갈등의 해결책을 찾고자 하는 어떤 동력이 존재한다. 이러한 틀에서 꿈과 말실수는 표현법을 모색하는, 혼란스럽지만 대단히 논리적인 시도다. 자신을 딱 부러지게 이성애자로 믿는 군 장성이 초저녁에 같이 당구를 친 눈이 파란 중위와 성교하는 꿈을 꾼다—거기서 동성애가 시작된다. 친한 친구의 아내가 자꾸 생각나는 남자는 친구에게 어떻게 지내냐고 자연스럽게 묻지만, 그 과정에서 친구의 배우자에게 쏠려버린 관심을 깨닫는다. "아내 your wife는 어때, 빌? 아니, 자네 your life 요즘 어떠냐고, 빌."

필립을 만나고 나서 앨리스의 꿈에 별다른 점이 나타나지는 않았다. 그녀가 탄 비행기가 산에 추락하는 꿈을 꾸긴 했다. 또 다섯 살짜리 아이가 되어서 라로셸 근처 바닷가로 놀러갈 계획에 흥분하는 꿈도 꾸었다. 학교에서 〈트로이의 헬렌〉을 공연해 무대 위를 걷는데, 대사를 하려 하자 입에서 비누 거품만 나오는 꿈도 꾸었다. 평소처럼 초조감과 공상이 뒤섞인 꿈일 뿐, 에릭 옆에 누워서 잠을 자다가 깼을 때 그에게 숨길 만한 꿈은 없었다. 또 눈에 띄게 뭔가를 잊어버리거나 혀가 미끄러진 일도 없었다. 경쟁사에 전화를 해야 했을 때 불쾌하게 구는 경리 직원의 이름을 잊은 적은 있지만, 슈리방가주리란 이름은 헷갈리기 쉬운 이름이었다. 실수로 동료 루시를 친구 수지로 부른 적은 있었지만, 두 이름은 모음이 똑같기 때문에 서로 착각하게 할 만한 다른 심리적 경위는 얼마든지 있었다. 전형적인 실착행위(실언이나 깜빡 잊는 것 등을 말함 - 옮긴이)는 없었지만, 앨리스의 소망은 **자동 응답기 실수**라는 현상을 통해서 드러났다.

프로이트가 1939년 런던에서 사망할 무렵, 전화는 아직 초보 수준의 희귀한 물건이었다. 통화가 직접 연결되지 못하고 교환원을 거쳐야 했고, 몇 시간 전에 통화 예약을 해야 했다. 국제 전화는 말할 수 없이 비쌌다. 더욱이 전화를 받을 사람이 집에 없을 경우, 집사가 받아주지 않으면 해야 할 말을 전할 방법이 없었다. 당시에는 주로 납판에 새기는 방식으로 소리를 녹음했기 때문에, 전화기와 녹음기를 연결할 수가 없었다. 1970년대에 릴을 감아 돌리는 카세트가 널리 보급되기 전까지는, 전화를 받아야 할 사람이 점심 식사를 하러 외출한 경우 말을 남기지 못했다. 하지만 카세트가 개발되어 여러 전자 회사들은 **자동 응답 전화기** 제조 분야를 개척할 수 있었다. 작은 상자를 전화기에 연결하면 걸려 오는 전화에 응답하는, 음성 사서함의 형태였다. 응답 장치가 전화기에 내장되기 전(1980년대 중반에 그런 변화가 생겼다), 자동 응답기는 대개 카세트 두 개가 담긴 작고 네모난 상자였다. 카세트 하나에는 걸려 오는 전화에 응답하는 말을 녹음하고, 다른 하나에는 전화를 건 사람이 남기는 말을 녹음했다. 제어 장치(재생, 반복, 녹음 등) 버튼이 몇 개 있고, 작은 LED 창이 달려서 걸려 온 전화가 몇 통이었는지 숫자가 나왔다.

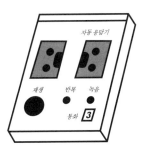

〔꿈과 똑같이〕 주체의 무의식을 파악하는 왕도인 자동 응답 전화기의 엄청난 심리적 의의를 프로이트가 연구하지 못한 것은 오직 연대기적 불일치 때문에 생겨난 사고였다. 자동 응답기의 구조상 주인이 전화가 걸려 온 소식을 접하는 순서는, 먼저 전화가 왔다는 사실을 알고(LED에 숫자가 나타나니까) 그런 다음에야 전화를 건 사람이 누군지 아는 것이다. 설계상의 특성에 따라, 전화가 왔다는 흥분과 전화 건 사람이 누군지 확인하는 사이에는 중요한 간격이 생겼다 — 환상을 자극하고 형성할 시간이 생기는

셈이었다. 그 시간에는 누가 전화했는가가 아니라, 누가 전화했으면 하고 **바랐는가** 하는 속내가 드러났다. 누군가를 생각했다가 기대가 충족되지 못했음을 인정하는 것은 위험한 일이므로, 응답기 주인은 자신이 특정한 사람을 마음속에 꽂아두었다는 걸 의식하지 못하는 경우도 많았다. 하지만 친구들과 저녁 시간을 보내고 집에 돌아왔을 때 LED의 불빛이 밝고 희망차게 4라는 숫자를 깜빡이면, **자동 응답기 실수**는 여지없이 누구의 전화이면 좋겠다는 마음을 드러내버렸다. 응답기 주인은 [허겁지겁 재생 단추를 누르면서] 바라던 그 사람이 드디어 전화했다는 생각이 밀려드는 걸 막을 수가 없었다.

앨리스가 자동 응답기의 LED 창을 보고, 집을 비운 사이 필립이 전화했다고 해석한 것도 이런 맥락에서 봐야 한다. 이것은 라플랑슈와 퐁탈리스가 "욕망이 성취되었다고 상상하는 심리적 각본"이라고 정의한 전형적인 소원 성취 형태였다.*

이런 소망은 불가능한 토대에서 비롯된 게 아니었다. 필립은 그녀의 전화번호를 알고, 딘 거리에서 점심을 다 먹었을 무렵 다음 주에 전화할 테니 영화를 보거나 왕립미술원에서 새로 시작한 전시회에 같이 가자고 약속했다. 앨리스가 집에 왔을 때 자동 응답기에서 3이란 숫자를 보고, 직관적으로 그중 한 통은 필립의 전화일 거라고 생각한 것도 놀랄 일은 아니었다. 결국 어머니, 배

---

* J. 라플랑슈, J. 퐁탈리스, 《정신분석사전》, 카르나크 북스, 1988년. — 저자 주.

관공, 은행 직원의 전화로 밝혀지긴 했지만. 또 이튿날 5통이나 전화가 와 있으면, 다시 한 번 같은 생각을 할 만도 했다. 똑같이 실망한다고 해도〔하지만 에릭을 깊이 사랑하고, 친구도 적지 않고, 일도 매우 바쁜데다 필립과 만난 지 며칠 되지도 않았는데 그녀는 어째서 그토록 크게 실망했을까?〕.

다음 주, 에릭은 아파트에서 술잔치를 열기로 계획하고, 앨리스에게 몇 사람을 초대하라고 권했다. 그녀는 그때 입으려고 우아한 검정 드레스를 샀고, 파티 생각에 유난히 쾌활해 보였으며, 에릭의 욕실 거울 앞에서 화장할 때는 자연 다큐멘터리 프로그램의 주제 음악을 휘파람으로 불기도 했다.

파티 중간에 부엌에서 전화벨이 울리자 앨리스가 받으러 갔다. 필립이 늦어져서 미안하다고 사과하고, 케임브리지의 킹스 칼리지에서 진행하던 녹음 작업이 너무 늦어져 시간에 맞춰 런던에 돌아갈 방도가 없었다고 했다. 더구나 내일 3주짜리 작업을 위해 쾰른으로 떠나기 때문에 영화관이나 왕립미술원에 가는 것은 미뤄야겠지만, 돌아와서 전화하겠다고 했다.

앨리스가 통화를 마치고 몇 분 만에 자리로 돌아오니, 화제는 대영 제국의 노동 관행에 대한 것으로 바뀌어 있었다. 키 크고 수염을 기른 기자가 이야기 중이었다.

"영국인들이 믿기 어렵다는 생각은 모든 영국인이 다 이튼스쿨(영국 최고 명문인 사립 기숙학교 – 옮긴이)에 다니고 멋을 부리며 발음한다고 생각하는 것만큼이나 구태의연한 발상이라고 봐요. 영국은 유럽에서 생산성이 최고 수준이에요. 다른 나라와 비교할 때 파업도 매우 적고, 대단히 선진적이고 효율적인 의사소통 체계를 갖추었지요. 영국 기업들은 대개 기한에 맞춰 알맞은 비용에 적당량을 출고하지요."

다른 손님들이 너무 따분해서 긍정도 부정도 하지 않았기에, 대화는 딴 방향으로 흐를 참이었다.

"그건 말도 안 되는 말씀이에요."

불쑥 앨리스가 끼어들었다.

"모든 면에서 비능률적이죠. 어디 가나 계약대로 되지 않고, 사람들은 약속을 어긴다구요. 바로 어제 신문에서 읽었는데, 어느 회사가 미국 회사와 계약한 시간에서 24시간을 어겨서 75만 파운드를 손해 봤다더군요."

앨리스가 열을 올려 영국의 비능률을 비난하는 바람에 손님들은 놀랐다. 그들은 그 이야기가 너무 뻔해서 논쟁거리나 고려할 대상이 되지 않는다고 여기던 참이었다. 그중 몇 사람은 파티의 여주인이 이 문제에 대해 좀 흥분할 일이 있어서 예의를 잠시 잊은 모양이라고 기민하게 생각하고, 논쟁이 벌어지지 않을 만한 이야기로 화제를 돌려서, 결국 콘월에서 휴가 때 배를 타는 이야기를 하기 시작했다.

앨리스는 필립에게 화가 치밀었다 ─ 아니, 그에게 신경 쓰지 않는다면서 어떻게 화를 낼 수 있을까? 사실 짜증이 난다면, 그녀가 매일 돌아버릴 것 같은 영국의 비능률을 경험하는데도 영국인들이 능률적이라고 믿는 기자 때문이었다. 또 이 안경을 낀 손님이 싸울 듯한 기세였으니, 열띤 논쟁을 펼치는 것보다 더 자연스런 반응이 있을까? 그 문제에 대해 그렇게 강한 반감을 갖고 있었는지 그녀 스스로도 몰랐지만.

마치 앨리스의 마음속에서 여러 욕망이 합의를 본 것 같았다. 한편으로는 필립이 약속을 어긴 데서 생긴 분노가 폭발하려고 대들었고, 다른 한편으로는 그 남자에 대한 감정을 밝힐 수 없다는 자기검열이 있었다. 그러니 거래가 막혔다. 마음 한쪽에서 다른 쪽에게 '화를 내도록 허락하겠지만, 네가 무엇에 화를 내는지 알지 못할 때만이야. 너 스스로 화를 내는 진짜 이유를 모르는 동안에만 화를 내도 좋아'라고 말했다. 사랑하는 사람은 아니지만 신경이 쓰이는 어느 특정한 영국인이 특정한 약속을 지키지 않는다고 짜증을 내는 것보다야 일반적인 영국인들이 약속을 지키지 않는다고 화를 내는 편이 얼마나 더 쉬운지.

대화 중에 에릭이 다가와서 가만히 그녀에게 팔을 두르더니, 파티가 재미있느냐고 물었다.

"그럼요, 멋진데요. 정말 재미난 손님이 많네요."

"아까 누가 전화했어요?"

"아까 전화요?"

"그래요, 누구였어요?"

"아, 아무도 아니에요. 그러니까, 필립이었어요. 아무 일도 아니에요. 파티에 못 오겠다는 이야기였어요."

"유감이네요. 당신은 그 사람을 만나고 싶어했는데, 화났겠어요."

"화가 나요? 아뇨, 왜요?"

"글쎄요, 당신이 초대한 사람이니까."

"상관없어요. 그건 그 사람의 문제지 내 문제가 아니에요. 다만 사람들이 어디에 오겠다고 해놓고 오지 않으면 속상해요."

그 문제는 얘기가 끝났다. 마음의 상처는 창피스러운 감정적인 불쾌감 쪽보다는 행정적인 불쾌감으로 돌려졌다.

한 사람 내부에서 양립 불가능한 두 가지 믿음에 대해 일관된 태도를 취하지 못하는 것이 자기기만의 뚜렷한 특징이다. 철학적으로 말하자면, 한 사람이 특정한 방식(X 방식)으로 처신하는데, 그것은 더 중요하지만 숨겨져 있는, X에 반대되는 믿음 때문에만 가능하다(X는 반$_反$X에 의해서만 가능하다). 전형적인 예로 자신이 날씬하다고 믿는 뚱뚱한 남자를 들 수 있다. 남자는 스스로를 날씬하다고 속이고, 그러기 위해서 거울 앞에 서기 전에는 배를 쑥 집어넣는다. 거울은 튀어나온 똥배를 보여주지 않지만, 그가 이렇게 자신의 모습을 위장하는 것은 배가 나왔다는 사실을 이미 알기 때문이다. 자신이 뚱뚱하다는 사실을 몰랐다면(그래서 그 불편한 사실을 감추려고 숨을 들이쉬는 게 아니라면), 그 남자는 자신이 날씬하다고 생각할 필요도 없었을 것이다.

앨리스는 똥배가 나오지는 않았지만 비슷한 상황에 빠졌다.

그녀가 필립의 불참에 대해 내놓고 화를 내지 않은 것은, 더 깊고 용납할 수 없는 화가 난다는 사실을 스스로 알기 때문이었다. 그녀는 필립이 오느냐 안 오느냐 하는 데에 보통의 경우보다 신경을 쓰지 않았다. 마음의 어느 층위에서, 보통의 경우보다 더, 타당한 정도 이상으로 신경 쓰인다는 사실을 스스로 알았기 때문이다〔이 경우 X 생각은 반 X 생각에 의해서만 가능했다〕.

하지만 어떻게 같은 사람이 거짓을 지어내고 동시에 숨길 수 있을까? 앨리스의 경우, 그 답은 미약하지만 전설적인 어느 **층위**에 있었다. 앨리스는 에릭을 사랑하는가? 물론 그랬다 — 어느 층위에서는. 그녀는 필립에 대해 어떤 감정일까? 꽤 따뜻한 마음이다 — 어느 층위에서는. 그녀는 이 모든 걸 의식하고 있을까? 아마 그럴 것이다 — 어느 층위에서는.

그녀의 마음은 여러 층을 오르내리는 승강기의 통로에 비유할 수 있다. 한 층의 내용물이 다른 층의 내용물을 부인할 필요가 없었다. 층마다 독특한 일이 일어났고, 승강기는 논리적인 연속성 없이 각 층을 옮겨 다녔다.

파티가 열린 저녁에는 한 가지 모순이 있었다. 그날 저녁 앨리스는 어느 층위에서, 필립이 오든 안 오든 상관하지 않았다. 다른 층위에서는 그것이 너무 마음 쓰여서 인정할 수 없기 때문이었다. 그날 저녁 그녀는 평소보다 에릭을 사랑하지 않았지만 평소보다 뜨겁게 사랑했다. 애정이 식은 것을 자각하지 않고자 함이었다. 어느 층위에서, 그녀는 틀림없이 그 사실을 알고 있었다. 그

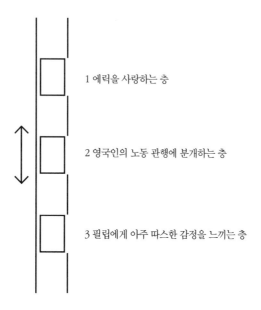

1 에릭을 사랑하는 층

2 영국인의 노동 관행에 분개하는 층

3 필립에게 아주 따스한 감정을 느끼는 층

런 열정적인 사랑 행위가 가능한 걸 보면.

각 층에 서로 다른 사람들이 관련된다는 것이 그저 유감스럽
다······.

의문

필립은 앨리스가 매력적이라는 점을 부인하지 않았다. 다만 처음부터, 이미 다른 사람과 사귀는 여자와는 사귀지 않겠다는 점을 조용하지만 단호하게 견지했을 뿐이었다.

몇 주일 후 그 남자가 독일에서 돌아왔을 때, 두 사람은 주기적으로 만나 같이 점심을 먹기 시작했다. 소호에 있는 두 사람의 사무실이 서로 가깝다는 지리적인 근거를 핑계로 내세웠다.

"주말은 어떻게 보냈어요?"

어느 날 점심 때 필립이 물었다.

"아, 그냥 그랬어요. 당신은요? 결국 콘월에 내려갔어요, 아니면 여기서 지내고 말았어요?"

"내가 먼저 물었어요."

"음, 그냥 다른 때랑 똑같았어요……. 우리가 주문했나요? 오늘은 아보카도를 먹고 싶어요. 종일 아보카도를 먹고 싶어서 혼났다니까요."

"일부러 이러는 거예요?"

"뭘요?"

"화제를 돌리는 것."

"아뇨, 그렇지 않아요. 무슨 말을 할지 몰라서 그래요. 주말은 별로 근사하지 않았어요. 에릭은 또 '나한테 말 걸지 마, 대화할 기분 아니니까' 상태였거든요. 나더러 수지와 주말을 보내지 말고 런던에 있어달라고 부탁한 사람이 바로 그이였으니, 유감스럽지요. 그럴 때면 그이는 날 무시해요. 꼭 내가 나쁜 일이라도 저지른 것처럼요. 한데 왜 그러냐고 물으면 발끈해서 그만 성가시게 굴라고 하죠. 어제 이 케이크 가게에 들렀어요. 그이가 치즈케이크를 좋아한다는 걸 아니까 한 조각 사서 그의 집으로 가져갔죠. 그런데 책상에 케이크를 놓았더니 그이는 쳐다보지도 않는 거예요. 나중에 다시 가보니까 그이는 나가고 없고, 케이크는 손도 안 댄 채 그대로 있었어요. 아무튼 이런 후줄근한 이야기는 당신한테 흥미 없을 것 같네요. 배고파 죽겠어요. 이제 주문해도 될까요?"

아무리 후줄근하고 마음 아파도, 우리 문화는 우리에게 보답 없는 사랑을 친절하게 지켜보라고 가르친다. 직업 세계에서는 실패를 견디기 힘들지만, 사회는 정서생활에서 나오는 슬픔을 존중해준다. 문학 세계에서 가장 좌절한 연인들(보바리, 젊은 베르테르)은 의지도 없고 능력도 없거나 잔인한 애인에게 보여주는 관대함 때문에 독자들의 감탄을 산다. 앨리스가 가여워진 필립은 오래되고 잘 알려진 사회적 경로를 밟았다. 애정을 받고도 응답할 줄 모르는 남자를 사랑하는 한 여자의 슬픈 이야기가 여기 있었다. 에릭은 사악한 괴물이었다. 치즈케이크를 가져간 앨리스는 부인할 수 없이 아름다운 눈과 말할 나위 없이 영혼이 풍성한 얼굴을 가진 여자였기 때문에, 필립은 이 불운한 아가씨에게 연민을 느끼지 않을 수 없었다.

"그 사람이 당신을 짓밟게 놔두지 말아요. 그렇게 하면 안 돼요. 당신이 문 앞의 깔개처럼 굴면, 그 남자는 당신을 존중하지 않아요."

"그럼 어떻게 해야 하죠?"

"더 세게 나가요. 그가 기분이 안 좋으면, 수동적으로 비위 맞추지 말고 더 기분 나쁘게 굴어요. 그 사람은 함부로 대해도 괜찮다는 걸 알기 때문에 그렇게 행동하는 거라구요."

여러 가지 충고가 이어졌다. 앨리스는 멋쩍게 에릭이 한 일을 털어놓았고, 필립은 대처법을 알려주려고 애썼다.

이런 만남은 순수해 보이지만, 복잡한 문제가 깔려 있었다. 앨리스는 왜 애인에 대해 불평하면서 시간을 보낼까? 그에 대해 불평하는 것은 둘 사이가 좋지 않게 되어간다는 뜻이고, 둘의 사이가 좋지 않다면 그녀는 조만간 더 잘 지낼 사람을 찾게 될 터였다. 그런 경우, 여기서 필립은 어떤 역할을 할까? 왜 그 남자는 괴로운 이야기를 들어주는 친구 겸 상담사로 선택되었을까? 말을 잘 들어주는 사람이라서? 아니면 환자 쪽에서 친한 관계 이상으로 진전되기를 바라서? 앨리스가 에릭에 대한 불만을 늘어놓은 것은, 필립의 관심이 싫지 않다는 의중을 밝히려 함일까? 아니면 그녀에게는 점심시간의 만남이, 기본적으로는 행복한 관계에서 가끔 일어나는 짜증을 해소할 수 있는 기회일 뿐인가?

지뢰밭에 들어선 필립은 신중한 노선을 취했다.

"에릭은 내 취향에 대해서 늘 부정적이에요. 내가 영화를 고르고 같이 보러 가겠느냐고 물으면, 내가 고른 영화라서 거절하는 것 같아요."

"흠."

"어떻게 생각해요?"

"잉마르 베리만의 영화를 좋아하지 않나보죠."

"아뇨, 그게 아니라, 그 이상인 것 같아요. 그이가 우리 관계를 입증하려고 베리만을 이용하는 것 같아요."

"뭘 입증해요?"

"날 존중하지 않는다든가."

"둘이 이런 문제에 대해 대화하지 못하나요?"

"무슨 뜻이에요?"

"그러니까, 둘 사이의 긴장감에 대해 다 털어놓고 대화하지 못하느냐구요?"

"아뇨. 왜요?"

"모르겠어요, 그렇게 들려서요."

"내가 그랬나요?"

"그래요."

잠시 말이 끊겼다. 웨이터가 토마토와 모차렐라 치즈를 넣은 샐러드를 가져왔다.

"에릭하고 항상 좋지만은 않아요."

앨리스가 머리칼을 넘기면서 입을 열었다.

"하지만 기본적으로 우리는 서로 사랑하고, 우리 사이에는 진정 성실함이 있어요. 그이는 내게 전에 어떤 남자도 주지 못한 것들을 줬고, 그런 점에서 그를 존경해요."

그런데 앨리스는 왜 그와는 반대되는 이야기를 하면서 시간을 보냈을까? 왜 필립이 직접적으로 공격을 할 때에만 둘의 관계를 옹호할까? 왜 상처를 줄줄이 말해놓고 불쑥 사랑을 주장할까?

이들 곤란한 질문의 답이 뭐든 간에, 그런 의문에는 적어도 한 가지 두드러진 부작용이 있었다. 애인이 있는 여자와는 사귀지 않겠다는 필립의 주장이 무색해진 것이었다. 그 남자는 관심을 가지면 일이 복잡해진다는 매우 이성적인 판단으로 앨리스에게 끌리는 마음을 밀어내려 했지만, 우유부단함과 금기가 충만한 상황은 부지불식간에 높이 부풀어만 갔다.

책임 떠넘기기

에릭이 며칠간 아테네로 출장을 떠나자, 앨리스는 필립에게 전화해서 영화를 보러 가겠느냐고 물었다. 다른 친구들은 이미 그 영화를 봤다면서.

"그 남자가 왜 나한테 계속 전화하는지 모르겠어."

집을 나서면서 그녀가 수지에게 말했다.

"왜 하면 안 되니?"

"안 될 이유는 없어. 다만 그이가 엉뚱한 생각을 하지 않으면 좋겠는데."

"무슨 엉뚱한 생각?"

"알잖아, 이건 우정이야."

"'알잖아, 이건 우정이야'란 생각이 뭐 잘못됐어?"

"아, 못 알아듣는 체하지 마."

영화관이 필립의 집에서 아주 가까워서, 영화가 끝나자 앨리스는 드디어 그 남자의 아파트를 구경할 기회가 생겼다고 말했다.

둘은 거실에 있는 큰 초록색 소파에 나란히 앉아서, 주중의 저녁과는 어울리지 않는 연대기적 차원의 대화를 나누었다. 정치, 요리, 부모, 병에 대해 이야기했고, 세계에서 가장 긴 강이 어디냐고 서로 묻고는 커다란 지도를 펴놓고 열심히 찾기까지 했다(둘의 무릎이 스쳤다).

"미시시피 강일걸요."

앨리스가 말했다.

"아니에요, 아마존 강이죠. 다 아는 사실이죠."

"아마존이 가장 물결이 센 강일지는 모르지만, 가장 긴 강은 아니라구요."

"뒤쪽을 봐요, 다 나와요."

"좋아요. 여기 있네요. 인구, 호수의 넓이, 산의 높이, 대양, 바다, 그리고 강. 어머나 이상해라. 우리 둘 다 틀렸네요."

"양쯔 강인가요?"

"아뇨, 나일 강이에요."

"맙소사, 나일 강. 그걸 어째서 깜박했을까? 뻔한 답인데."

"너무 뻔해서 잊은 거죠."

"길이가 얼마나 되죠?"

"6,690킬로미터. 아마존 강이 이보다 120킬로미터 짧네요."

"그럼 내가 거의 맞혔군요."

"이런 놀이에서 거의 맞혔다는 건 없죠. 120킬로미터나 틀렸네요, 친구."

강에 대한 조사가 끝나자, 앨리스는 헛기침을 하고는 보란 듯이 손목시계를 내려다보고 한숨을 쉬었다. 그리고 다음과 같은 말을 했다.

"피곤하네요."

이 말의 의미론적 내용은 대개 듣는 사람에게 별 고민을 안겨주지 않는다. 대개의 언어에서 '피곤하네요'라는 말은 부드러운 담요를 뒤집어쓰고 몇 시간 의식을 잃은 상태로 있어야 하는 생리적인 상태에 있음을 뜻한다.

하지만 상황과 말투를 고려할 때, '피곤하네요'라는 말에는 언어로 표현할 수 있는 가장 의미심장한 구문에 버금갈 만큼 풍부한 의미가 함축적으로 담겨 있었다.

앨리스가 나타내고자 한 뜻은 다음 중 어느 하나일 수 있었다.

1. 성마른 신호일 수 있었다. '들어봐요, 필립. 나는 알아차렸는데 당신은 모르겠어요? 밤새 여기 앉아서 세계에서 가장 긴 강 이야기나 하는 걸 내가 재미있어한다고 정말로 생각해요? 어떻게 해요. 우리 중에는 내일 아침 9시에 사무실 책상 앞에 앉아 있어야 하는 사람이 있다구요.'

2. 혹은 그녀가 그 남자 옆에 앉아 있고 좀 전에 둘의 무릎이 스쳤지만, 그 이상으로 발전하는 것은 원치 않음을 필립에게 일깨워주려는 뜻일 수도 있었다.

3. 혹은 이제 가야겠다는 말을 꺼내는 방법일 수도 있었다. 가고 싶어서가 아니라, 필립이 가지 말라고 붙잡도록 채근하는 것일 수도.

4. 혹은 (이런 상황에서 가장 그럴듯하지 않지만) 단지 정말로 피곤하다
    는 뜻일 수도 있었다.

　필립은 이 복합적인 말의 의미를 파헤치려고 애쓰다가, 낙관
적으로 1번과 3번 언저리에서 해석을 정립하기로 했다. 이로써
그가 갑자기 오른손을 앨리스의 손바닥으로 가져가서 저항을 받
지 않고 그녀의 손금을 더듬었던 것이 설명되었다. 이로써 잠시
후 그의 상체가 움직이고 그 결과 입술이 그녀의 부드러운 입술
에 닿았으며, 그의 입술은 앨리스의 입가를 스치다가 명백히 공
감 아니 열광적인 반응까지 이끌어낸 것이 설명되었다.

　"저기 필립, 이건 안 돼요. 미친 짓이에요."
　잠시 후 앨리스가 말했다. 하지만 거부 의사를 밝히기에 적절
한 시간을 한참 지난 후였다.
　두 사람에게 전혀 새로운 소식이라도 되는 듯이 그녀가 덧붙
였다.
　"어떻게 내게 이런 일을 기대하세요? 나는 다른 사람이랑 사귀
고 있는데."

　책임 떠넘기기라는 고전적인 실내 놀이가 있다 ─ 사람 두 명,
금기시되거나 위험한 일, 책임감을 느끼거나 비난받을 가능성이
있으면 되는 놀이다. 방법은 놀이에 참가한 한 사람이, 양쪽이 원

해서 일어난 일에 대해 다른 한 사람에게 책임이 돌아가도록 미묘하게 상황을 조작하는 것이다.

정해진 행위에 네 단계가 필요한데, 네 번째 조치가 나오기 전에는 그 행위가 명백해지지 않는다고 하자. 상대가 1단계부터 3단계까지 밟았을지 모르지만, 결국 그 행위에 대한 책임을 지는 사람〔비난을 받게 될 사람〕은 마지막 4단계를 취하는 사람이다. 능숙한 선수라면 첫 세 단계를 밟은 후 물러서서, 상대가 마지막 4단계를 취하기를 기다린다. 그러면 욕망을 해결하고도 책임을 피할 수 있다.

앨리스는 별로 피곤하지 않았다, 그러나 필립과 키스하는 일은 에릭에 대한 죄책감을 짊어지운다고 상상해보자. 키스의 당사자가 되는 한편, 그 발단이 다른 사람에게 있다면 이보다 더 좋은 핑계가 있을까? 결국 그녀의 입술이 문지방을 넘은 게 아니지 않은가? 그녀는 그저 소파에 앉아서 피곤하다고 한숨을 짓기밖에 더했던가?

필립은 천성적으로 자기 탓이 아닌 일의 책임을 뒤집어쓰기 싫어하는 성품이어서, 앨리스에게 이렇게 말했다.

"아, 제발. 결백한 척해서 망치지 말아요. 우린 몇 주일 전부터 이렇게 되기를 바랐어요. 이게 큰 문제라는 데는 동의하지만, 우리 둘이서 벌인 일이라구요."

그 남자는 이렇게 말하며 앨리스를 다시 가만히 끌어당겼다.

"필립, 그렇지가 않아요. 미안해요. 오늘 밤에 있었던 일은 일어나서는 안 되는 일이었어요. 내가 어떻게 이렇게 되도록 내버려뒀는지 모르겠어요. 난 에릭에 대해 책임감이 있고, 그걸 잊어버릴 수가 없어요."

"갑자기 그 사람이 당신을 전혀 힘들게 하지 않은 것처럼 말하는군요."

"그 사람이 그랬는지 나는 몰라요."

"그래서 오랫동안 나한테 그에 대해 불평한 게 아니었나요?"

"그렇게 말하는 건 부당해요."

"당신은 어떤지 생각해봤어요?"

"내 말을 못 알아듣는군요. 난 에릭을 사랑해요."

"그래요, 내가 다르게 받아들여서 미안하군요. 물론 당신 잘못은 아니지요. 내 말을 잘 들어요, 앨리스. 앞으로 헷갈리고 위선적인 행동은 다른 사람한테 보이면 고맙겠군요."

"그렇다면 성가시게 해서 미안해요."

서로 키스했던 두 사람은 이런 말을 주고받은 후 차갑게 헤어졌다. 앨리스는, 어느 한쪽이 호감과 연애 감정을 근시안적으로 혼동해 우정을 망쳤다는 흔한 이야기 밑으로 자신의 양면성을 묻어버렸다.

혼자만의 언어

필립과 대실패를 겪은 후 앨리스에게는 그 필연적인 대실패를 만든, 에릭에 대한 애정을 되살리고자 하는 의욕이 고취되었다.

에릭이 아테네에서 돌아오자 그녀는 열정적으로 포옹했다. 그 남자가 매력적인 순진함으로[허영기가 아니라면] 자신이 열렬한 포옹에 썩 잘 어울리는 인물이라고 믿었기에 망정이지, 아니면 의심을 불러일으킬 법한 행동이었다.

에릭을 마음속으로 그리면서 몇 번이나 할 말을 연습하는 데서 [욕실에서, 출근길에, 잠들기 전에] 그녀의 노력이 드러났다. 그 말에는 둘 사이에서 어긋난 모든 게 들어 있었고, 말은 그들의 관계를 현대적인 개방성과 의사소통을 갖춘 이상적인 관계로 바꾸려는 대담한 계획으로 발전했다. 그녀의 말은 이러한 선언으로 시작됐다. "당신한테는 솔직해질 수 있다는 느낌을 받고 싶어요……." 그녀는 성숙하게, 둘 사이에 흐르는 긴장감의 윤곽을 밝히고, 비난과 사랑의 말을 균형 있게 표현하며, 익숙한 "알겠지만 내가 이런 말을 하는 이유는 오직……" 하는 말로 호소할 작정이었다.

어느 날 저녁 그녀는 퇴근 후에 이야기를 꺼낼 계획을 세웠다. 에릭은 집에 오면 가방을 내려놓고, 부엌으로 가서 물을 한 잔 마셨다. 그 남자가 소파의 그녀 옆자리에 앉으면, 그녀는 조용하지만 자신 있는 목소리로 이야기를 시작할 것이었다. "에릭, 할 이야기가 있어요……." 그녀는 감정을 꼭꼭 담아 대답을 요구하는 자신의 말솜씨에 그 남자가 놀라는 상상을 했다. 그녀는 법정에 선 변호사처럼 사건을 풀어갈 테고, 말을 마칠 즈음이면 법정 전체의 눈이 자신에게 쏠릴 터였다.

비트겐슈타인은, 언어란 공유된 의사소통 체계라고 정의되므로 사회를 벗어난 곳에서는 상상할 수 없다며, 혼자만의 언어는 있을 수 없다고 했다.

하지만 비트겐슈타인이 뭐라고 주장했든 간에, 앨리스는 차츰 이런 말이 '혼자만의 언어'라고밖에 할 수 없는 형태임을 인식해야 했다. 이 언어는 무엇으로 구성되었는가? 이것은 꿀꿀, 딸깍 하는 이해 불가능한 소리의 체계가 아니라, 의사를 표현할 수가 없는 뒤엉킨 단어들이었다.

객관적인 현실로서, 에릭은 예상대로 집에 와서 부엌으로 갔다. 물을 가지고 나와서는 텔레비전을 켰다. 남아프리카에서 일어난 폭동과 북아일랜드의 총격 사건을 알리는 화면이 지나가는 동안, 앨리스는 중요한 이야기를 전하는 데는 내일 밤이 더 좋겠다고 속으로 말했다.

마침내 말을 꺼냈을 때, 그녀의 목소리는 마음속으로 예상했던 바와 달리 매끄럽지 않았다. 열정적인 변호사 말투는 고사하고, 목이 멘 듯하고 격렬하며 필사적인 말투였다. 에릭도 상상처럼 유연한 상대가 아니었다. 그녀는 그 남자가 참을성 있게 듣고, 이해하고, 사려 깊게 반응하리라고 기대했다. 하지만 애초부터 말하기를 꺼렸던 것이, 말해봤자 소용없으리라는 무의식적이지만 고통스럽도록 옳은 예감에서 파생된 태도였음을 깨닫게 되었다.

남자 : 자동차 타이어를 어떻게 해야겠어요.

여자 : 에릭, 할 말이 있어요.

남자 : 무슨 일인데요?

여자 : 당신도 알 텐데요.

남자 : 자동차 타이어?

그들의 대화에는 해럴드 핀터(영국의 극작가 겸 배우. 극도로 복잡하고 도전적인 극으로 유명하다 - 옮긴이)나 톰 스토파드(체코 태생인 영국 극작가. 탁월한 영어 사용으로 이름 높다 - 옮긴이)의 부조리극에 나오는 것과 같은 분위기가 흘렀다 — 그들의 작품에 등장하는 인물은 동문서답을 하거나 상대가 10분 전에 그만둔 이야기를 자기도 모르게 이어서 한다(대화가 어긋나도 문제가 되지 않는다. 각 인물은 자기중심적 세계에 갇혀서, 친절하게도 상대방에게는 나름의 사고방식이 있다고 짐작하고, 성가신 질문 따위는 하지 않는다).

불평을 표현하는 행동 뒤에는 상대가 잘못을 빌 거라는 낙관적인 믿음이 깔려 있을 것이다. 불평은 대화에 대한 믿음을 암시한다. 상처를 입긴 했지만, 이쪽이 화난 것을 상대가 이해해줄〔돌아봐줄〕수 있으리라는 생각이다.

불평의 기술에 대한 앨리스의 믿음은 구세주적인 면과 자폐적인 면 사이에서 비틀거렸다.

1. 구세주적인 면

이 측면에서 그녀는, 갈등이 아무리 무거워도 대화를 통해 반드시 해결에 도달하게 되리라고 믿었다. 의견 불일치는 상대의 관점을 파악하는 데 실패한 것뿐이고, 그렇지만 양쪽이 자리에 앉아서 차분히 자기 생각을 설명할 시간이 주어진다면 자연히 이해가 따를 터였다.

처음 아파트에 같이 살게 되었을 때, 수지는 토스트에 버터를 바른 칼로 다시 꿀을 뜨는 짜증스런 습관이 있었다. 꿀통에 작고 흰 알갱이들이 떨어졌다. 앨리스가 짜증 난 원인은 당연히 복합적이었지만, 그것을 표현하는 기술은 더욱 복잡했다. 아침마다 꿀통을 보고 말없이 화를 내는 앨리스의 심정을 수지가 어떻게 이해할 수 있었을까?

하지만 앨리스는 마침내 문제에 정면으로 맞서기로 하고, 주저하면서 이야기를 시작했다. "좀 이상한 얘기인 줄은 알지만……" 이야기는 썩 잘 풀렸다. "잼이나 꿀을 바르는 칼을 따로

정하고, 버터는 다른 칼로 바르자."

"그러지 뭐. 좋은 생각인걸."

수지는 대답하면서도, 앨리스가 그런 제안을 하기까지 몹시 속을 끓였다는 사실을 눈치 채지 못했다.

그녀와 어머니의 관계도 오래전부터 꿀통에 담긴 버터 칼에 비유할 수 있었지만, 구세주적인 대화를 하려고 노력해봤자 혜택이 없었다. 그러나 앨리스는 이제 어머니를 자주 못 봐서 그녀를 떠올리면 애틋했기에, 어머니가 런던에 온다는 소식을 듣고 반가웠다. 어른들끼리 예의를 차리고 위선을 떠는 관습을 깨고, 어린 시절 모녀 사이에 있었던 일을 솔직하게 이야기할 수 있는 기회였으니까.

2. 자폐적인 면

앨리스와 어머니는 완즈워스에 있는 식당에서 저녁을 먹었다. 가벼운 이야기를 주고받은 후, 앨리스가 과거사로 화제를 돌렸다.

"너희 아버지와 나는 늘 몹시 분주했지. 너희를 좋아하지 않아서가 아니라, 마음을 보여줄 쯤이 없었어."

어머니가 설명했다.

"하지만 정말 시간이 문제였나요?"

"네 말이 옳아. 우리의 처사를 변명할 수 없겠지. 되돌아보면 이기적으로 행동했어. 하지만 우린 젊었고, 인생에서 모든 것을 얻느라 급급했지. 자식을 키우고, 경력을 쌓고, 돈을 모으고. 돌이켜보면 모든 게 허무한데 말이야. 지금은 쭈그렁 할머니가 돼버렸구나."

"어머, 엄마. 그렇지 않아요."

"얘야, 난 쭈그렁 할머니일 뿐이야. 이제는 어떤 의사도, 크림도 도움이 안 되거든."

"그래도 어머니는 제가 아는 여자 중에 가장 아름다워요."

"그렇게 말해주니 고맙다만, 내 나이에는 아첨도 도움이 되지 않는단다. 거울을 보면 모든 게 끝났다는 걸 깨닫게 되거든. 그런데 어디까지 이야기했더라? 아, 그래. 네 어린 시절 이야기를 했지. 내가 하려던 말은, 내 인생에서 가장 중요한 것은 자식들이며 나머지는 하나도 중요하지 않다는 사실을 이제야 깨달았다는 거지. 탄산수 말고 생수를 주문하지 않았던가?"

"아뇨, 저는 탄산수가 좋아요."

"그걸 마시면 난 속이 안 좋은데."

"그럼 생수를 시키죠."

"아냐, 됐다. 탄산수를 조금만 마시마."

앨리스는 어머니가 그들 사이에 묻혀 있던 불만의 원인을 인식하기 시작했다고 믿으며 집에 돌아왔다. 어머니는 가치관이 한결 나아졌다는 내색을 했다. 자식이 중요하다는 것을 깨달았다고 —나이를 떠나서, 골프를 더 중요시했던 예전의 태도와는 달랐다.

그런데 왜, 그 후 어머니가 앨리스를 '신경쇠약 같은 것'에 걸렸다고 판단했다는 얘기가 제삼자의 입에서 흘러나왔을까?

"가여운 아이가 몹시 괴로운 게야. 20대 성인이 십여 년 전 이야기를 하면서 눈물을 쏟다니, 유능한 전문가의 도움이 필요해. 아이를 위로하려고 내가 할 수 있는 일을 했지만, 여전히 너무 약해 보여. 몹시 과민하고."

앨리스가 자폐적인 기분으로 추락하는 것은 이런 경험을 할 때였다. 아무리 말을 잘해도, 어떤 근거를 들이대며 간청하고 설득해도, 사람들은 결코 서로 이해하지 못한다는 확신이 들 때. 그녀는 며칠 동안 어머니에게 말할 수도 있겠고, 그러면 어머니는 생명과 공감의 신호를 보내며 격려하겠지만, 결국 아무것도 모른 채 끝날 터였다. 어머니는 젊은 시절과 다름없이 노년에도 자기중심적으로 생각할 테니까. 앨리스가 잡을 수 없는 것들이 있었고, 더 실망할 위험을 감수하느니 그냥 받아들이고 아쉬워하는 게 최선이었다.

그래서 앨리스는 에릭에게 어떤 식으로 접근했을까? 그녀는 자폐적보다는 구세주적 경향에 더 많이 기운 채 출발했다. 선뜻 대화를 시작하지 못하고 에릭이 이해해주기만을 숨 막힐 듯 (어떤 사람은 '불가사의하게'라고 하겠지만) 바라온 사람치고는 너무 급작스런 변화이긴 했지만.

최근 둘은 영화를 보러 갔다. 남자가 애인과 친구들을 방치하다가, 나중에야 자신이 책임을 회피해서 인생이 바뀌어버렸음을 깨닫는다는 도덕적인 내용이었다. 주제를 조잡하게 표현한 영화였지만, 앨리스는 어둠 속에서 에릭의 얼굴을 보며 이 남자도 영화와 현실의 유사성을 알아차리기를 바랐다. 하지만 극장에서 나오면서, 그녀의 바람은 실현되지 않았음이 분명해졌다. 영화에 충격을 받고 자신의 상황을 깨닫기는커녕, 에릭은 자신의 처지와는 백만 마일쯤 멀리 떨어진 남자의 단점을 보여준 영화라고 자기 편할 대로 생각했다.

앨리스는 에릭의 단점을 알았겠지만, 그것이 그 남자의 자기 인식과 다르다면 아무 소용이 없었다. 이것은 말을 물가에 (혹은 극장에) 데려갈 수는 있지만, 물을 마시게 할 수는 없다는 오래된 난관이었다.

그녀는 에릭이, 타인의 문제를 각자의 무능 탓으로 돌리고 좀 더 폭넓은 요인을 인정하지 않는 경우가 잦다는 것을 알아차렸다. 그 이유에 대해 그녀는 십여 가지 이론을 갖고 있었다.

"당신이 자신에게 너무 매몰차기 때문에 남에게도 매몰찬 거라구요."

에릭이 직원을 해고하자 앨리스가 말했다.

"이건 매몰찬 거하고는 전혀 상관없는 일이에요, 앨리스. 기본적인 업무도 장난치듯 하는 직원하고는 같이 일할 수 없다는 사실하고 상관있죠. 당신은 이 일을 두고 내 성격, 당신 성격, 그리고 아마 국가적인 차원으로까지 확장해서 거창한 토론을 벌이고 싶겠지만, 이건 훨씬 간단한 문제이고, 그 이상 흥미로울 것도 없다는 생각이 드는데요."

앨리스는 에릭의 심리 구조를 정확히 평가했겠지만, 그녀가 생각한 대로 그 남자가 행동하리라 기대했다면 오산이었다. 다른 사람의 자기인식을 자극하는 그녀의 통찰력은 고작 사람에게 자기 DNA 구조를 보여주는 정도 수준이었다. 명석한 과학자들은 사람에게 이 유전자가 당신 것이라고 말하겠지만, 그 사람은 그것을 주관적으로 **느끼지** 못하기 때문에 "이 이중 나선형 따위는 나랑 아무 상관 없는데요"라고 대꾸할 것이다.

앨리스가 에릭의 성격을 분석한 것은, 헬리콥터를 타고 미로를 내려다보는 것과 비슷했다. 지상에 있는 사람은 뒤엉킨 울타리의 중심을 보지 못하지만 헬리콥터에서는 볼 수 있었다.

하지만 미로에 대한 그녀의 해결책은 [타당성이 있든 없든] 아쉽게도 효과가 없었다. 에릭은 수십 년 후 욕조에 누워 문득, 옛 애인이 자신의 성격을 제대로 파악했구나 깨달을지 몰라도, 앨리스는 그 남자를 헬리콥터에 태워 심리 퍼즐의 중심으로 데려가,

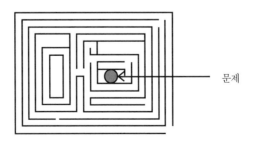

문제

문제의 핵심을 지적하고, 자신이 옳다는 말을 듣지 못했다. 그 남자는 스스로 여행에 동참하지 않았고, 그녀가 보여주는 정보와 자신의 나머지 부분을 연결하는 통로를 보지 못했기 때문에, 당당하게 말할 수 있었다.

"대중 심리 이론은 당신한테나 적용하면 고맙겠는데요."

오독

문제가 있는 사람(사랑을 받기만 하는 사람, 질투가 심한 사람, 감수성이 무딘 사람, 다른 성性에 더 관심 있는 사람, 결국 다른 사람과 결혼하는 사람……)을 사랑할 경우, "문제는 그의 탓이 아니다"라고 말하는 게 가장 흔한 반응이다. 물론 그에게 문제가 있지만, 그것은 그 성격의 중심적인 특질이 아니라 우연히 생긴 일면일 뿐이라는 것이다. 살에 파고든 발톱처럼 제거할 수 있는 부분이고, 시간이 흐르면 없어질 장애다.

정서적으로 거리감이 있는 사람을 사랑한다고 가정하자. 그는 전화에 응답도 없고, 약한 면을 드러내지도 않고, 가치 있는 일을 함께하지도 않는다. 무슨 문제인가. 이런 면모는 사소한 부분이어서 그의 성격을 구성하는 핵심 요소 — 곧 감수성이 예민한 눈빛, 복잡한 상점가에서 손을 잡아줄 때의 느낌, 영화를 보면서 우는 모습, 우리가 너무도 공감하는 어린 시절의 상처…… — 가 아니다.

앨리스는 항상 에릭의 성격을 독창적으로, 어쩌면 빗나간 방법으로 읽었다. 상대적으로 사소한 면을 그 남자의 본질이라고 판단했다. 이렇게 빙산에 접근하는 방식 때문에 그녀는 그 남자가 한두 번만 재미있게 굴면, 그를 숨겨진 해학적 기지가 대단한 사람이라고 믿어버렸다.

그러나 이제 그 남자가 좀 더 자주 재미있는 사람이나, 감수성이 예민하거나 친절한 사람이 되지 못하게 막는 장애물이 과연 진짜 장애물인가 하는 의문이 생겼다. 그러한 것들은 에릭의 진정한 본모습이 아니라, 앨리스가 자기 입맛에 맞게 지금까지 상상한 모습이라고 해야 마땅하지 않을까?

보는 것은 항상 다른 요소에 의해 보강된다. 심지어 이미 알고 있거나 바라는 것에 따라 보는 것이 달라지기도 한다. 우리는 눈앞에 있는 것을 곧이곧대로 보지 않고, 이미 인식하고 있는 영상으로 눈을 가리고 힐끗 쳐다볼 뿐이다. 앨리스의 출근길만 봐도 그렇다. 그녀는 사무실까지 가는 길을 너무나 잘 알기 때문에, 도중에 주위를 거의 돌아보지 않았다. 런던의 절반을 질러와서 사무실 책상에 앉을 때까지 어떻게 왔는지 모를 때도 있었다. 지하철역 승강장의 윤곽을 게슴츠레 한번 보고 나면, 나머지는 저절로 돌아갔다. 지하철역을 몇 구간 지나야 하는지, 어느 방향으로 에스컬레이터가 작동되는지, 어느 통로가 복잡한지 그녀는 훤히 알았다. 열차의 색상이나, 런던의 하늘에 뜬 구름의 모양, 스치는 사람들이 입은 옷의 질감 따위를 의식하고 싶은 마음은 없었다. 그런 것들이 매혹적이고 시적이긴 해도, 평범한 출근길에는 어울리지 않는 호사였다.

앨리스가 게으른 지하철 승객이라 할 때, 그녀가 주위를 인식하지 않는 것은 습관에 의존하는 데서 생겨난 습성이었다. 그녀는 순수한 눈으로 사방에 펼쳐지는 것을 보기보다는 익숙한 대로만 보았다.

익숙하거나 권위 있는 문장에서 한 낱말이 빠지거나 두 번 나오는 경우에도 이런 착시 현상이 나타난다. 글을 읽는 사람은 문장이 어법에 맞을 거라고 생각하고, 틀린 곳을 지나쳐버린다. 서아시아에 대한 최근 신문 기사의 한 구절을 보자.

> 외무부 장관은, 양측이 대화할 준비가 되어야만 합의에 이를 수 있다고 말했고, 이 지역의 유혈 사태는 외압만으로는 그치지 않는 않는다고 덧붙였다.

독자는 특히 신문에 많이 쓰이는 이런 문장에 익숙해진 나머지, 이것이 어색한 문장임을 간과하기 일쑤다. 읽고자 하는 문장[어법에 맞는 문장]을 알기 때문에, 예상에서 벗어난 것을 봐도 선입견의 지배를 받는 것이다.

두 가지 정보가 충돌하거나 혼합되는 것에 바탕을 두고 관찰은 결론을 맺는다.

1. 어떤 것이 어떻게 생겼는가.

2. 우리가 이렇게 생긴 경향이 있는 사물에 대해 무엇을 아는가,

혹은 기대하는가.

물론 두 가지가 분별력 있게 균형 잡힌다면 이상적이다. (내적인 소망에 기울어서 외적인 현실을 외면하는) 망상은 오직 두 번째 정보에 과도하게 초점을 둘 때에 시작된다. '않는'이란 말이 두 번 되풀이된 것을 알아차리지 못한 독자는 (앨리스와 같은 맥락에서) 작지만 거리가 먼 환상을 품은 데 책임이 있다.

5월, 앨리스와 에릭은 어느 저녁 식사에 초대받았다. 에릭은 사무실에서, 앨리스는 집에서 출발해서 따로 갔다. 둘은 식탁 끝에 마주 보고 앉았는데, 그녀는 집주인 옆에 앉았고, 그 남자는 싸늘한 변호사와 말 많은 여성 홍보 전문가 사이에 앉았다. 대화가 잠시 끊긴 사이에, 앨리스는 맞은편을 건너다보고 에릭의 말을 들었다.

"우리가 홍콩에 갈 때에 그 지역은 장마철이었어요. 갑자기 엄청난 비가 내리는데, 비행기가 마구 흔들리더군요. 착륙할 때 진동이 심할 거라고 경고 방송이 나왔고, 바퀴가 땅바닥에 닿았을 때는 사방에 물보라가 일었어요. 창밖으로 아무것도 보이지 않더군요. 그때 비행기의 속도가 떨어졌고, 우린 다 잘될 거라고 생각했는데, 비행기가 완전히 서지 않았더라구요. 비행기는 활주로의 착륙 지점을 지나서, 바다에 빠지기 직전에 멈췄어요. 바퀴가 진흙탕에 빠졌지요."

"정말 무서웠겠네요."

"운이 좋았지요."

사람들을 끊임없이 봐도, 새로운 인상이 생기는 경우는 별로 없다. 새로운 인상을 받기보다는 편견을 확인하는 게 고작이다. 우리는 겨우 몇 단계로만 사람을 그린다 ― 첫 만남에서, 오래 안 만난 후에, 야단법석 중에, 병을 앓은 후에, 그런 때에 비로소 게으른 시각을 일깨우는 뭔가가 생긴다.

그 결과는 당혹스러웠다. 에릭의 한두 마디에 그녀는 문득 그 남자가 **평범하기** 그지없다는 것을 깨달았다. 이제 그 남자의 태도는 훌륭한 품위의 상징으로 보이지 않았다. 그 남자의 대화는 존경하거나 특별히 관심을 기울일 가치가 없었다. 집주인이 와인을 따르고 에릭이 콩 요리를 떠서 담는 사이, 그녀는 (마치 대단한 발견이라도 한 듯이) 생각했다. **그이도 다를 바 없는 인간이구나.** ― 조지 버나드 쇼가 말한 "사랑은 두 사람이 서로 다른 점을 과장하는 흥미로운 과정"이라는 유명한 경구의 진부한 메아리였다.

누가 노력하는가?

에릭은 앨리스의 애정이 식어가는 것을 간과하지 않을 수도 있었다. 그 남자는 앨리스가 필립과 자주 점심을 먹는 것을 눈치 챘고, 그러한 만남이 갑자기 끊긴 후에도 그녀의 들뜬 행동은 이어졌다. 파티에 관심이 없던 그녀가 이제는 규칙적으로 참석했고, 에릭을 동반하지 않고 파티 장소에 도착하기도 했으며, 그 후에는 친구로 확인되지 않은 남자들에게 전화가 걸려 오기도 했다.

헌신적이었던 태도가 변한 데 대해 그 남자가 질투를 느끼고 표시하면서, 못마땅한 말투로(어떤 남자들은 그러할 것이다) "오늘 밤 그 베이스기타 연주자한테 왜 그렇게 열심이었지요?"라거나 "이 루크라는 사람, 왜 만날 전화하는 거죠?"라고 묻는 게 당연했다.

그러나 에릭은 질투심을 가장 형편없는 감정이라고 치부했다. 세련되지 않거나 수치를 모르는 자들이나 품는 감정이라고. 어린이와 청소년은 질투심을 느끼지만, 세상에 자리를 잡은 어른에게는 어울리지 않는 감정이라고 믿었다.

질투심이 없는 것은 감탄스러운 면일 수도 있다. 적어도 앨리스는 의처증 환자에게 고통 받는 상황은 피할 수 있었다. 하지만 이것은 또한 노골적인 모욕으로 읽힐 수도 있었다. 에릭은 사랑을 주장하고 지킬 생각이 없는 것으로 보였다. 질투심을 경험하려면 아래 두 가지를 받아들여야 한다.

첫째: 다른 사람에게 간절히 마음을 쓴다는 점.

둘째: 〔이것은 자존심이 개입되는 부분이다〕 그 사람이 이제는 자신에게 별로 신경을 쓰지 않는다는 점.

그 남자가 질투하지 않는 것이 앨리스로서는 기쁘지 않았다면, 그 까닭은 그가 고집스레 첫 번째 항목을 인정하지 않아서 그러는 것으로 보였기 때문이었다. 이것은 역설적으로 두 번째 항목의 시나리오가 펼쳐질 길을 여는 데 이바지했다.

그럼에도 에릭의 행동에는 분명히 변화가 있었다. 앨리스는 늘 밤을 그 남자의 아파트에서 지냈는데, 그것은 그 남자에게는 매우 편리하고 그녀에게는 불편한 일이었다. 그래서 미묘한 〔물론 무언의〕 극단 경주의 결과, 가방을 챙겨서 얼스 코트를 떠나는 것은 앨리스의 책임이었다. 극단 경주란 두 사람이 서로 밀어붙여서, 어느 한쪽이 마지못해 돌아오는 수고를 할 때까지 어디까지 가는지 보는 것이었다. 이 경주의 일환으로 두 사람은 이런 통화를 했다.

여자 : 오늘 밤에는 뭐 할 거예요?

남자 : 그냥 집에 있을 거예요. 당신은?

여자 : 모르겠어요. 뭔가 할래요?

남자 : 좋아요.

여자 : 당신이 이리 올래요, 내가 갈까요?

남자 : 오늘 밤에는 무척 피곤한데.

여자 : 그래요?

남자 : 그래요. 오늘 하루 회사에서 힘들었거든요.

여자 : 나도 그래요.

남자 : 음.

여자 : 그래서요?

남자 : 뭐가요?

여자 : 알았어요, 그럼 내가 당신한테 갈까요?

남자 : 그래요, 좋은 생각이에요.

대화가 펼쳐지는 어느 지점에서, 앨리스는 자신이 가지 않으면 에릭은 자기 집에서 나오지 않으리라는 감을 잡았을 것이다. 저녁 시간을 같이 보내고 싶은 그 남자의 욕망은 아주 작고, 분명히 그녀의 욕망보다 약했다. 그 남자는 혼자 있는 것마저 감수할 테지만, 그녀는 쉽게 그러지 못했다 — 그래서 노력하는 일은 그녀의 몫으로 떨어졌다. 그녀가 물러나지 않았다면, "도대체 한 번만이라도 당신이 나한테 오면 안 돼요?"라고 말했다면, 에릭은 당장 쫓아왔을 것이다. 하지만 그녀는 그렇게 배수진을 칠 처지가 아니었다. 그녀는 거절당할까봐 노심초사했다.

하지만 애정이 엷어지면서, 그녀는 좀 더 자유롭게 에릭의 반응에 도박을 걸었다. 이런 이야기가 나오면 이제는 자신이 가겠다고 나서지 않았다. 그러자 에릭은 자신이 움직이는 법을 익혔다. 요즘은 대화가 이런 식으로 풀렸다.

남자 : 오늘 밤에 뭐 할 거예요?

여자 : 고든이나 수지랑 외출할 것 같은데요. 왜요?

남자 : 여기로 올래요?

여자 : 미안해요, 에릭. 진짜 기진맥진한 상태거든요.

남자 : 하지만 화요일 만나고 못 봤잖아요.

여자 : 그래요.

남자 : 그러니까 오래됐죠.

여자 : 그런가요?

남자 : 당연히 그렇죠.

침묵

남자 : 이따가 내가 그쪽으로 가면 어때요?

여자 : 어떨까요?

남자 : 그래도 괜찮겠어요?

여자 : 그래요, 그럴 거예요. 하지만 11시 전에는 오지 말아요.

　　　그때까지는 술집에 있을 테니까요.

극단으로 밀어대는 것은 미국 영화에 나오는 어떤 겨루기에 비유할 수 있다. 자동차 두 대가 좁은 길에서 서로를 향해 돌진해서, 누가 먼저 풀밭으로 차를 돌릴지를 겨루는 것이다. 운전자는 상대가 언제 차를 돌릴지 가늠해야 하지만, 만약 둘 다 끝까지 버틴다면 둘 다 죽고 만다.

누구의 생명이 걸린 일은 아니지만 앨리스와 에릭도 비슷한 겨루기를 하는 셈이었다. 누가 런던을 가로질러 가느냐 하는 것은, 둘 다 밤을 혼자 보내는 일을 피하고자 상대가 어떻게 나올지 가늠하는 데 달렸다. 길가 풀밭으로 방향을 트는 것은 충돌을 피하려고 노력한다는 뜻이었다. 서로를 위해 자신의 아파트 혹은 자존심을 놓는다는, 간단히 말해 이기적인 욕망을 버린다는 뜻이었다. 더 많이 두려워한 까닭에 이기적인 길에서 더 자주 벗어난 사람은 물론 앨리스였다. 에릭은 사랑이 끝나도 개의치 않는 듯 완강했다.

하지만 이제 전화를 끊고, 극장에서 안 좋은 자리에 앉고, 장을 보거나 문을 열어주러 나가야 하는 경우, 앨리스가 점점 더 무모해지는 것을 에릭은 감지했다. 사랑을 끝낼 각오가 된 쪽은 바로 자신뿐이라고 확신할 때만 위험하게 운전하는 것이 논리에 맞았다. 앨리스가 그러한 태세에 동참한다면, 노력하느니 애인과 헤어지고 말겠다는 사람에게 가미가제 전술은 견디기 힘든 위험 부담을 수반했다.

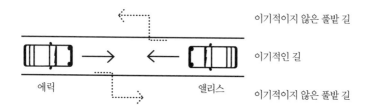

이기적이지 않은 풀밭 길

이기적인 길

에릭   앨리스

이기적이지 않은 풀밭 길

관계란 스스로 균형을 잡고자 하는 원초적이고 잔혹한 욕망이라고 말할 수 있다. 방정식으로 나타냈을 때, 두 사람이 함께하려면 양쪽에서 40단위[이것을 x라고 한다]에 이르는 노력이 필요하다고 하자.

$$앨리스\ 20x + 에릭\ 20x = 관계\ 40x$$

40x라는 값은 관계가 지속된다는 것을 나타내는데, 잔인한 점은 총량을 양쪽이 똑같이 지불해야 하는 것은 아니라는 데 있다. 양쪽이 20단위씩 노력을 내놓는 관계가 가장 합리적이겠지만, 원래 한쪽이 상대방보다 더 많이 노력하게 마련이다. 하지만 어떻게, 또는 왜 그럴까? 덜 노력하는 편은 어떻게 정해질까? 상대가 얼마나 신경 쓰느냐를 측정하는 몹시 냉소적인 감각에 따라서 그렇게 된다. 두 사람은 본능적으로 상대의 감정을 재고 자신에게 묻는다. '내가 할 수 있는 최소한의 노력은 얼마일까? 상대가 거부하고 사랑이 끝나기 직전까지 얼마만큼 밀어붙일 수 있을까?'

그들의 관계에서 에릭은 대부분 제 몫의 노력을 지불하는 것을 피했다. 자신이 노력하지 않으면 앨리스가 애쓰리란 것을 알았기 때문이다. 그 남자가 10단위만 노력하면, 그녀가 나머지 30단위를 채울 터였다. 그 남자가 차를 몰고 그녀의 집까지 가고 싶지 않다면 그녀가 그 남자의 집으로 올 터였다. 그 남자는 말다툼을 벌이고 나서 교착 상태를 깨뜨리고 싶지 않을 때, 그녀가 화해를 청해 오리라고 믿을 수 있었다.

하지만 그 남자는 앨리스를 어디까지 밀어붙일 수 있을지를 잘못 계산했다. 40x 중에서 그녀가 노력하는 몫이 천천히 줄어들면서, 에릭이 나머지를 보충해야 했다. 처음에는 작은 몫이었지만, 그 남자가 감당할 부분이 사정없이 커지더니 결국 관계의 온 무게가 그의 가냘픈 어깨에 다 떨어지고 말았다.

앨리스는 여러 면에서 신경을 쓰지 않게 되었고, 에릭은 자신이 계속 39x를 쏟아 붓지 않으면 두 사람이 충돌해서 부서져버리리란 것을 깨달았다.

연애의 조각 맞추기

'누군가를 벗어난다'는 것은 낯설고 감상적인 생각이었다. 바지나 코트가 작아진 것과 비슷하다. 위험을 무릅쓰고 걸음이 늦은 상대를 앞질러버린 감정의 발전을 연상케 했다. 앨리스가 변하면서 사랑에 요청되는 해답도 달라졌고, 시간이 흐르면서 애초에 맺은 관계의 계약서를 재작성하도록 요구할 가능성들도 드러났다. 그녀의 수용 능력이 변한 것만으로도, 한때 흠모를 받던 인물이 연애상의 공룡 역할을 떠맡게 될 수 있었다.

앨리스는 자신의 모자란 점을 채우고자 사랑했고, 그녀가 갈망했지만 부족했던 자질을 상대에게서 추구했다. 그녀의 감정적인 욕구는, 상대가 가져다준 조각 없이는 불완전한 퍼즐 같았다. 하지만 스스로 발전하면서 빈 공간은 변하고, 열다섯 살에는 딱 맞았던 조각이 서른 살 때는 필요치 않게 된다. 빈 자리는 윤곽을 다시 그렸고, 퍼즐 – 사람이 그에 맞춰 변하지 않으면, 그녀는 헤어지거나 곤란을 무릅쓰고 결론을 끌어내고자 했다.

무수히 다양한 해결책을 다음과 같이 도표로 나타낼 수 있다.

나이	빈 자리	남자를 통한 해결책
8	같이 나무를 타고, 성냥불을 켜고, 학교에서 가장 멋진 아이들을 소개해줄 사람을 찾고 싶은 욕망.	토머스라는 아홉 살짜리 영악한 소년. 가죽 재킷을 입고 자전거를 탔다. 둘은 결혼해서 자녀를 열두 명 낳을 계획이었다. 정원에서 소변보는 모습을 앨리스에게 한 번 보여준 적이 있다.
13-16	섹스와 키스에 대해 배우고 싶은 욕망.	여드름 투성이 십대 소년들을 줄줄이 만남. 그들은 은밀히 앨리스를 더듬다가, 열정적이지만 철자법이 틀린 (두 번째 것은 그녀가 고쳐줌) 연애편지를 보냈다.
16	질.	처녀성을 바칠 수 있을 듯한 첫 남자를 만남. 부모님 친구의 아들—24세에 예일대 졸업생이었는데 전혀 세련되지 못했고, 5분 만에 끝낸 뒤, 가망 없이 사랑에 빠진 그녀의 편지에 답장을 하지 않았다.
18	마음을 넓게 해주는 약물을 복용하고, 어두운 지하실에서 몽롱한 음악을 듣고 싶은 욕망.	헤르만 헤세의 책을 즐겨 읽던 20세 남학생. 사물함에 알약과 대마초가 가득해 친구들 사이에서 '좋은 의사'라고 불렸다. 앨리스에게 다산을 상징하는 힌두 여신의 이름을 붙여주었지만, 그 자신은 발기 부전이었다.
19	성생활을 고양하고 싶고, 그 과정에서 부모(마르크스가 역사적으로 사라질 운명이라고 한 부르주아 계급의 잔재)에게 충격을 안겨주고 싶은 소망.	트레버라는 자메이카 출신 색소폰 연주자. 여자 200명과 잤다고 주장했으며, 노팅힐에서 '사업'에 관여, 앨리스를 황홀경으로 끌어올렸다가 내려놓았다—'마르크스가 역사적으로 사라질 운명이라고 한 부르주아 계급의 잔재'가 경악해서, 그를 경찰에 고발하겠다고 협박함.
20-23	지적으로 뛰어난 아버지 같은 남자를 찾음.	수염을 기른 생물학 교수. 다윈의 진화론에 대해 강의하고, 오르가슴의 와중에 화석 이름을 읊어댔다.
24	고달픈 런던 생활에서 불안정함을 에움해줄, 자신감 넘치고 잘 나가는 미남 애인을 갈망.	에릭.

발전하는 연애 퍼즐

앨리스가 에릭에게서 사랑한 것은, 역사적으로 변천해온, 그녀 안에 없는 퍼즐 조각이었다. 그들의 사랑은 서로 다른 방향을 향하는 두 길이 교차한 경우와 같은 운명이었다. 두 길은 교차점에서 짧게 〔여러 면에서 아주 유쾌하게〕 만났다.

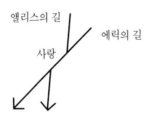

고통은 성숙의 차이에서 비롯되었다. 함께할 수 있는 **단계**에서 만난 두 사람은 시간이 흐르면서, 서로 같은 **방향**을 향하지 않는다는 사실을 알게 되었다 — 한동안 합치되었던 것은, 넓고 갈림길이 많은 길에서 일어난 우연의 일치였을 뿐이다.

에릭이 줄 수 있는 것이 더는 매력적이지 않았다. 런던의 레스토랑을 훤히 아는 것, 우아한 아파트, 사회의 사다리에서 굳건한 지위를 차지한 것, 이런 것들은 그녀도 얻을 수 있고, 꼭 필요하지도 않은 것들이었다. 직장에서 성공한 것은, 그녀를 웃게 하거나 친절한 행동으로 놀라게 하는 능력에 비하면 부차적인 요소였다. 그리고 한동안 수염을 기른 생물학자가 지적인 면에서 앨리스를 주눅 들게 한 것처럼, 에릭의 심리적인 경박함도 그와는 다르지만 강하게 진을 뺐다. 그녀는 정신세계가 겁나게 엉뚱한 사람도,

덜 똑똑한 사람들을 조소하는 사람도 원치 않았다. 자기존중심이 어느 수준까지 커지자, 앨리스는 종교적인 사랑의 속성인 굴욕감을 더 참을 수가 없었다.

나이	빈 자리	남자를 통한 해결책
25	줏대 없지 않으면서 친절하고, 중심을 지키면서 재미있고, 성공의 외적인 지표만 추구하지 않으면서 자기 일에서 존경받는 사람이 필요함. 잘난 체하지 않으면서 지성적인 사람. 그녀가 주차할 때 아무리 헤매도 윽박지르지 않을 성인군자.	

선언

실연당할 절박한 상황에 처하자, 에릭은 처음으로 그런 말을 꺼냈다.

둘은 그 남자의 집 거실에 앉아 있었고, 때는 토요일 점심 무렵이었다. 앨리스는 "할 이야기가 있다"며 찾아왔고, 커피와 죽음의 냄새가 공기 중에 떠돌았다.

"오래 있지 않을 거예요."

앨리스가 말했다.

"2시에 친구들하고 약속이 있어요."

"점심 먹을래요?"

"저, 이런 이야기는 오래 끄는 게 좋지 않죠. 에릭, 우린 끝났어요."

이제는 그 남자의 대답을 들을 필요가 없으므로, 언쟁이 아닌 끝맺음을 할 심산이므로, 그녀의 목소리에는 스스로도 상상치 못했던 자신감이 넘쳤다.

"언제나 당신보다는 내가 노력을 해야 했어요. 죄책감을 느끼게 하려는 건 아니에요. 그저 이렇게 된 게 불가피한 일은 아니었는데 당신이 이렇게 만들었다는 걸 깨달으면 좋겠어요. 나는 당신을 이해하려고, 당신이 왜 그러는지, 날 어떻게 생각하는지, 우리에 대해 어떻게 생각하는지 생각하면서 많은 시간을 보냈어요. 그래서 화가 끓어오르고 울고 싶네요. 모든 게 쓸데없는 낭비였어요. 하지만 이제 다 울었어요. 다 뒤로 하고 싶어요. 우린 친구로 남을 수 있다고 말하고 싶어요……. 당신이 헤어진 애인과는 연락하지 않는다고 말했던 기억이 나지만요. 당신은 그걸 시간 낭비라고 했죠. 그것 역시 마음 아프네요. 이유는 모르겠지만, 쓸데없이 심하다는 생각이 들어요. 어쨌든 충분히 뜻을 전달했으니 가보는 게 좋겠어요. 열쇠는 탁자에 올려놨고, 당신 소지품이 든 상자는 복도에 놔뒀어요."

그 순간, 비눗방울 하나가 방 가운데를 가볍게 떠다니며 잠시 오후 햇살에 희망차게 반짝이다가, 곧 바닥에 떨어져 터졌다.

"하지만 앨리스, 당신을 사랑해요."

"에릭, 이러지 말아요. 부탁이에요. 우리 둘 다에게 가장 나쁜 상황을 만들지 말아요."

"그런 게 아니에요. 진심이에요. 정말이에요. 한 번 더 기회를 주는 게 어때요?"

"처음부터 내가 줄곧 해온 일이 뭔지 알아요, 에릭? 당신한테 그놈의 기회를 준 거예요. 그런데 당신은 매번 어떻게 했는지 알아요? 그때마다 내 면전에서 기회를 짓밟아버렸죠."

"우리 좀 더 차분하게 이야기해보는 게 어때요? 앉아서 뭘 좀 먹으면서, 더 편하게 자리를 잡고 얘기해봐요."

"편한 자리는 집어치워요. 난 필요한 만큼 차분해요. 그리고 할 말은 다 했어요."

"이해할 수가 없어요."

"그게 늘 당신의 문제죠."

"하지만 이럴 필요까지 없잖아요. 우리가 어른답게 처신한다면, 해결할 수 있어요. 왜냐면 난 일이 잘 풀리게 하고 싶고⋯⋯ 당신을 사랑하니까요, 앨리스."

그 말은 많은 희망으로 둘러싸여 있어, 자신감 넘치는 사람은 어떤 위기의 와중에도 꾸러미를 풀어 사랑을 들이밀면 기적 같은 효과가 생기리라 기대한다. 상대방이 환하게 웃으며 눈물을 글썽이고 비판의 예봉을 완전히 거둘 거라고 믿는다.

당신이 왜 요즘 내 삶을 못 견디게 만드는지 물어봐도 될까요? 내 신용카드를 함부로 쓰고, 내 욕실을 더럽히고, 부엌을 난장판으로 만들고, 내 마음을 갖고 놀잖아요. 아, 알겠어요. 날 사랑하기 때문이라구요. 아, 이제 이해가 되네요. 그렇다면, 좋아요, 계속 그렇게 해요. 참, 아예 집을 홀랑 태우는 걸 잊지 말아요. 다른 쪽 뺨을 때리는 것도요.

앨리스의 어머니는 열정적으로 사랑을 했다. 사랑하지 않는 사람이나 할 짓을 벌여놓고는 "하지만 여보, 내가 얼마나 사랑하는지 알잖아"라는 말을 후렴구로 삼았다. 그녀는 딸을 사랑했고, 화장실 청소부부터 대통령에 이르기까지 모든 사람이 이 경이롭고 이타적이고 유별난 감정을 안다고 떠벌렸다. 새 남편과 살려고 딸을 전학시키는 마당에, 딸의 몇 안 되는 진정한 관계를 깨버리려고 무슨 짓이든 하는 마당에, 딸의 자신감과 자기존중심을 무너뜨리면서, 어떻게 이런 것들이 사실은 복잡하지만 깊고 진실한 사랑의 발로라고 할 수 있을까?

그런데 지금 여기서 에릭이 사랑한다는 말을 하고 있었다. 한 달 전에 이 말을 들었다면 앨리스는 기뻐서 뛰었겠지만, 이제 그 남자의 눈앞에는 그 말을 한 사람 앞에서 그보다 더 냉소적일 수 없는 사람이 있을 뿐이었다. 냉소적인 사람은 **너무 많이 바라고 너무 오래 기다린 사람**을 뜻했다. 그의 사랑 고백은, 앞으로 혼자 밤을 보내야 하고 또 신경질을 부릴 대상이 없어진다는 걸 깨달은 남자의 반사적인 반응이 아닐까?

앨리스는 마지막 종지부를 찍은 듯했으나, 혼란스러운 고통은 여전히 끝나지 않았다. 계단을 뛰어 내려가는데 눈물이 흘러내렸고, 길 끝에 세워둔 차에 닿을 즈음에는 복받치는 울음을 터뜨렸다. 집으로 차를 몰고 가서〔친구를 만날 약속은 없었다〕 기진맥진해 침대에 쓰러졌다. 가슴이 찢어지는 상실감이 느껴졌다. 에릭과 함께했던 추억이 잇따라 가슴을 아프게 파고들었다 — 욱신거리는 고통과 함께 기억이 꼬리를 물고 이어졌다.

하지만 그녀는 이제 자신이 정말 에릭을 그리워한다고는 믿을 수 없었다. 상실감이 컸지만 그 대상이 에릭이라는 보장은 없었다. 사랑을 시작한 장본인은 에릭이었지만 그 남자는 사랑에 걸맞게 살지 않았다. 그녀는 기대 속에서 상상했을 뿐 실제로 일어나지 않은 상황에 대해 기묘하게 향수를 느꼈다. 누군가 그리웠지만(눈물이 나는 게 그 증거였다), 기억 속을 헤매자니 솔직히 이제는 상실감의 원인을 에릭으로 돌릴 수가 없었다.

감정을 먼저 이끌어낸 사람이 그 감정에 걸맞게 살지 못한다고 생각하니 이상했다. 에릭은 단순히, 그를 만나기 전에도 그 후에도 존재했던, 사랑하고자 하는 욕망의 촉매제 아니었을까? 그녀의 사랑은 그 남자와 함께 자리 잡았지만, 그것이 그 남자에 대한 사랑이었을까? 그 남자에 대한 그녀의 감정은 그저 결실을 맺지 못한 약속이 아니었을까? 에릭은 너무 빈곤해서 자신이 끌어낸 감정에 응하지 못했고, 그녀의 욕구를 달래주거나 충족해주지도 못하고 불충분한 채로 남았다. 그 남자는 무슨 뜻인지 모르고 대단히 똑똑한 말을 했는데, 다른 사람들은 그 말의 가치를 알지만 그 자신은 감당할 수 없는 멍청이 같았다.

이 상황은 착시 현상과 비슷했다. 여기서 그것은 주위를 둘러싼 형태에 따라 삼각형으로 보인다. 관계없는 물체에 의해서 모양이 결정되는 신기루와 같다 ― 에릭은 그를 둘러싼 희망 사항들이 투사하는 신기루였다.

이것은 어떤 사람이 그러하리라고 다른 사람이 생각하는 것과 그가 실제로 하는 행동 사이의 미묘하지만 결정적인 차이였다 — 실현하고 싶은 욕구와 실제로 실현된 모습의 뚜렷한 차이.

"내 일부가 아직도 그이에게 밀착되어 있어."

그날 오후 앨리스는 수지에게 말했다.

"하지만 내가 진짜로 그리워하는 건 그 사람이 아니라는 걸 알아. 미쳤나봐."

"네가 그리워하는 건 사랑이야."

수지가 한숨처럼 속삭였다.

초대

앨리스는 오지에서 돌아와 아주 소박한 일상에서 즐거움을 찾는 여행자처럼, 독신 생활에 다가갔다. 이제 밤이면 침대를 독차지하고 팔다리를 마음껏 펼 수 있었으며, 연락이 끊겼던 친구들과 만날 수 있었다. 못 읽고 쌓아놓은 책 더미도 공략하고, 저녁반 수업에 등록해서 이탈리아어를 배울 수도 있었다. 아주 평온했고, 이런 생활을 내주고 감정을 뒤흔드는 연애를 하려는 사람이 있다니 믿을 수 없을 지경이었다.

에릭과 헤어지고 몇 주 후, 그녀는 대학 시절 친구들과 작은 만찬회를 열기로 하고, 퇴근 후에 준비물을 사러 슈퍼마켓에 들렀다. 손수레를 밀고 청과물 매대를 지나다가, 낯익은 얼굴과 마주쳤다.

"어머나, 필립, 안녕하세요?"

"네, 잘 지내지요?"

"여긴 웬일이에요?"

"멜론을 살까 생각 중이에요."

"왜 생각만 하고 있어요?"

"멜론이 제대로 익었는지 모르겠어서요. 색깔이 좀 우스워요."

"아니에요, 그렇지 않아요. 다 괜찮은데요."

"그래요? 색이 옅은 것 같지 않나요?"

"아뇨, 아주 좋아요. 냄새를 맡아봐요, 금방 알 테니."

"당신을 믿고 사기로 하죠."

필립이 씩 웃으면서 덧붙였다.

"어쨌든 만나서 반가워요. 오랜만이네요. 어떻게 지내요?"

"네, 잘 지내요. 당신은요?"

"아주 잘 지내요, 알다시피 그럭저럭."

둘은 한동안 별 생각 없이 수다를 떨다가(앨리스가 에릭과 헤어졌다는 말을 하지 않을 만큼 생각이 없지는 않았지만), 빵과 치즈 판매대 앞에서 헤어졌다.

지난번 그들의 마지막 만남이 난감하게 끝난 사실에 비추어, 필립의 표정에 악의가 보이지 않자 앨리스는 새삼 그날의 자기 행동에 죄책감을 느꼈다. 그녀가 사과하지 못한 채 상황이 끝나버렸다. 그런데 몇 달 후 슈퍼마켓에서 만나놓고도 둘은 화해로 나아가지 못했다. 장을 본 물건을 들고 집으로 걸어가면서, 그녀는 다시 한 번 친절하고 좋은 친구를 잃었다는 생각에 잠겼다. 슬프지만 되돌릴 수 없는 일이었다.

며칠 후 뜻밖에도 필립에게 엽서가 왔다. 엽서의 한 면에는 멜론 그림이 있었고, 뒤쪽에는 저녁 식사에 초대한다고 적혀 있었다 ─ 그의 초대가 이렇게 기쁘고 동시에 겁날 줄 그녀는 미처 알지 못했다.

순교

필립은 약속 시간 직전에 식당에 도착했다. 고위 거리를 벗어난 곳에 있는 작은 이탈리아 식당의 가운데에 놓인 멋진 자리에 앉았다. 쌍쌍이 금요일 저녁 외식을 하러 들어와 금방 좌석이 찼다.

〔이성애자다운 편견으로 충만한〕 웨이터가 **숙녀분이 도착하시기 전에** 음료를 드시겠느냐고 물었고, 필립은 물을 조금 마시고 싶었지만 주문하지 않고 와인 목록을 보여달라고만 했다.

약속 시간에서 10분이 지났을 때 그 남자는 손목시계를 힐끗 보면서, 교통 체증이 심한가보다고 생각했다. 또 지하철 일부 구간의 신호 체계에 문제가 있다는 사실도 기억났다.

10분 후, 그 두 가지 생각을 다시 하는데 앨리스는 여전히 오지 않았다. 웨이터는 숙녀분이 오기 전에 주문할 식단을 보라는 듯, 더 험악하게 오락가락했다.

다시 10분이 지나자, 늦는 이유가 궁색해졌다. 아무리 도로가 혼잡해도, 지하철에 문제가 있어도 지금쯤은 식당에 도착해야 했다. 더 창의적인 이유들이 떠올랐다. 혹시 날짜를 착각했는지도 모른다. 앨리스는 이번 금요일이 아니라 다음 주 금요일로 생각했을까? 이 식당에 다른 지점이 있나? 그가 저녁인지 점심인지 분명히 말했던가? 로마가 아니라 런던이라는 건?

하지만 이런 의문은 철학적으로 대답할 수 없는 영역에 속했다. 필립은 몇 분에 걸쳐 곰곰 생각하고는, 〔영웅심을 총동원해서〕 결론을 내렸다. 사랑과 전쟁에는 모든 일이 벌어질 수 있으니, 그로서는 일어날 수밖에 없다고.

배고픈 두 명의 2인분 매상을 기대했던 웨이터들은, 그제야 일의 심각성을 파악하고는 알 만하다는 듯이 고개를 저었다. 그런데 욕망의 대상에게 퇴짜를 맞았는데도 필립의 뱃속에서는 냉정하게 계속 신호를 보냈다. 그래서 바삭한 롤빵과 눅눅해진 버터가 덩그마니 놓인 큰 탁자 앞에 불쌍하게 혼자 앉아서, 주위 연인들이 이따금 흘끔대면서 '적어도 우리는 저 남자 같지는 않아' 하는 생각으로 자위하는 가운데, 필립은 화장실 창문으로 도망치지 않고 자리를 지키며 1인분 식사를 주문하기로 했다.

그 남자의 용기에 식당 종업원들이 감탄했는지, 첫 코스가 도착한 직후에 수석 웨이터가 다가와서 말을 걸었고, 그 후 계산서가 나올 때까지 이따금 가슴의 아픈 상처에 집중된 대화가 이어졌다 — 수석 웨이터는 최근 어떤 아가씨의 손에 사랑의 고문을 당했노라고 했다. 그녀는 손님들의 외투를 벗겨주는 일을 했지만, 수석 웨이터에게서는 아무것도 벗기고 싶지 않았던 모양이었다.

집에 다다랐을 때에야 필립은 부아가 치밀기 시작했다.

'나쁜 여자 같으니.'

그 남자는 식당에서 당한 일을 떠올리며 혼잣말로 중얼거렸다. 그러나 문 앞에서 기다리는 사람을 발견하자, 그의 분노는 멈칫했다.

"저기요, 필립, 정말 미안해요. 진심이에요. 날 기다렸나요?"

"아뇨, 아니에요. 저녁에 식당에 혼자 갈 때면 항상 이렇게 차려입어요."

"사과할게요, 가려고 했는데……."

"지하철 때문에 못 왔어요?"

"아뇨."

"밀라노에 있는 트라토리아 베르데인 줄 알았군요?"

"아뇨, 아니에요. 말을 남기려고 했는데."

"알아요, 말을 남기기란 어렵지요. 그렇죠?"

"정말 바빴어요."

"당연히 그랬겠죠."

"오늘 또 다른 영업 회의가 있었고, 그래서……."

"허튼소리는 생략할래요?"

"무슨 허튼소리요? 알았어요, 미안해요. 가고 싶었는데 동시에……."

말이 끊겼지만 필립은 말꼬리를 잇지 않았다.

"무슨 말 좀 해봐요, 필립. 나한테 화났을 거예요. 그렇게 서 있지만 말고, 나한테 소리쳐요. 고함을 질러요. 뭐든……."

"당신한테 소리치지 않아요. 언제부터 나한테 솔직해질 건지 묻고 싶을 뿐이에요."

"무엇에 대해서요?"

"모든 것에 대해서, 당신이 왜 이렇게 행동하는지에 대해서. 무슨 줄다리기 해요, 앨리스?"

"줄다리기 같은 건 아니에요, 난 그런 거 싫어해요."

"미안해요. 잊어버려요. 줄다리기를 싫어하는 사람치고는 꽤 잘한다고 말하지 않을 수가 없군요."

"미안해요. 나도 나를 모르겠어요. 당신은 충분히 화를 낼 자격이 있어요."

필립은 주머니에서 열쇠를 꺼내서, 문을 열었다.

"이만 자야겠어요."

"저, 이렇게 가고 싶지 않아요. 5분만 있다 가도 될까요?"

"왜요?"

"부탁이에요."

"왜요?"

"필립, 제발 부탁이에요."

"좋아요, 하지만 5분만이에요."

침묵 속에서 두 사람은 좁은 계단을 올라 거실로 들어섰다.

"차를 준비할게요. 한 잔 마시겠어요?"

그 남자가 매몰차게 물었다.

"아뇨, 괜찮아요."

그녀는 부엌으로 들어가는 통로에 서 있었고, 물이 끓는 사이 두 사람은 말없이 주전자에서 나오는 김만 응시했다.

그녀는 감정적으로 너그러워서 사랑하는 사람을 위해 뭐든 감수할 준비가 되어 있다고 믿었다. 그것이 언제나 앨리스의 자기 개념이었다. 흔히 자신을 성숙하게 보호한다는 명목으로 이를 거부하지만, 그녀는 사랑을 희생의 '장'으로 여겼다.

그러니 전혀 어울리지 않거나 진정한 대화에 참여할 의사가 없는 남자들에게도 무한히 집착했다. 상대방에게 굴복하고 싶었지만, 그녀가 선택한 남자들은 참 열심히도 그 가능성을 피해 갔다. 앨리스는 그들의 정서적으로 눈먼 상태에 저항했고, 친구들 앞에서 울거나 잔인한 상황을 겪어야 하는 데에 남몰래 절망했지만, 더 적절한 상대를 만나는 것은 고집스럽게 거절했다. 친구들은 그녀가 불만스런 상대에게 매달리는 데 숨은 이유가 있다고 의심하기 시작했다. 다른 후보자를 소개해주려는 제안은 묵살되었다.

이들 자극적이지만 무반응인 인물들은, 자주 표현되지만 문제가 있는 욕망을 실현하는 데에 필수적인 장애물인 것 같았다. 그들은 고전적인 타협을 이루어내어, 그녀에게 사랑을 표현하도록 허용하되 그것이 받아들여질 염려는 없애주었다. 그들은 교묘하게 그녀에게 환희를 주었지만, 더 중요한 것은 이해받으려는 초조감이었다.

392

어떤 친구들은 그녀의 감정적인 순교에 동정을 표했지만, 앨리스의 고난은 그와 다른, 훨씬 의심스런 해석이 가능했다. 과연 보답 없이 사랑하는 것은 정말 비이기적일까? 선물을 받아주지 않을 것을 알면서도 선물을 내미는 것은 너그러운 일일까?

앨리스는 에릭에게 모든 것을 줄 준비가 되지 않았던가? 그녀는 아직도 모자란 듯, 그녀가 뭘 주든 에릭은 퇴짜를 놓을 거라는 생각을 매일 거부하지 않았나? 하지만 그녀가 그 남자를 선택한 것은, 그 남자로 인해 그녀 자신은 **실제로 그렇게 할 필요가 없어도** 줄 수 있는 사람이라는 만족감을 얻었기 때문 아닌가?

이 모든 대목에서 필립은 문제였다. 그 남자는 감정적으로 정직해지고 싶어하는 사람이었다. 그와 사귀면 매우 진로가 다른 관계를 형성하리라는 점에 오랫동안 앨리스는 경계심을 느꼈다. 이 남자는 받은 만큼 주고 싶어하는 사람이어서, 종교적인 관계가 구축될 기미 따위는 있을 수 없었다. 그 남자는 반가운 후보자였지만, 평등하게 애정을 주고받는 데 현실적으로〔관념적인 것에 반대되는 의미에서〕어려움이 없다고 여기는 사람에게만 그러했다.

"내가 다 망쳤어."

앨리스가 중얼거렸다.

"뭐라고 했어요?"

"아무 말도 안 했어요."

"뭐라고 말했잖아요."

"안 했어요."

"아뇨, 분명히 했어요."

"중요한 말이 아니에요."

"뭔데요?"

"그냥, 내가 다 망쳤다구요."

다시 침묵이 흐른 뒤 필립이 덧붙였다(그의 말은 한창 끓어오른 주전자 소리에 삼켜졌다).

"우리 둘 다 바보예요."

"네?"

"우리 둘 다 바보라고 했어요."

"여기서 바보는 나 하나예요."

자기를 비하하는 두 바보가 마주 보며 살짝 웃었다.

"다시는 당신이랑 말 않겠다고 다짐했는데, 벌써 맹세를 깼잖아요."

필립이 말했다.

"왜요?"

"내가 말 안 하면 좋겠어요?"

"아뇨, 당연히 아니죠. 내가 처음부터 너무 못되게 굴었어요. 그때 일도 그렇고, 지금도 그렇고, 다. 그런데 더 나쁜 건 나도 왜 그러는지 모른다는 사실이에요."

"그러니까 내가 당신을 좋아할 이유가 없다고 확신할 수 있어요?"

"아마."

"이상한 것은 당신이 그렇게 애써도 소용이 없다는 거예요. 난 당신한테 화조차 낼 수가 없어요. 아주 다른 식으로 대할 작정이 었는데, 이렇게 아무 일도 없었던 것처럼 이야기하고 있잖아요."

앨리스의 얼굴은 너무 천사 같아서, 필립은 오랫동안 토라질 수가 없었다. 심하게 굴면 이득이 있을 줄 알면서도, 솔직한 쪽에 걸기로 했다. 그 남자가 앨리스를 갈망했다면, 그것은 소통을 원해서였다 — 그 때문에 그녀에게 관심을 끊은 체하려던 계획도 무너져버렸다.

"사디스트와 마조히스트 이야기 알아요?"

필립이 물었다.

"다시 말해봐요."

"마조히스트가 사디스트에게 '날 때려요' 하고 말했죠. 그랬더니 사디스트가 '싫어' 했대요. 나도 '싫어' 할래요."

"아야."

두 사람은 웃음 지었다.

"당신이 나한테서 뭘 보는지 궁금해요."

앨리스가 말했다.

"그런 질문을 하는 것."

"제대로 말해요."

앨리스는 스웨터의 소매 끝을 잡아당겨 그것으로 입을 가렸다. 필립은 잠시 바라보다가 그녀의 팔을 잡고, 손을 끌어내려 손가락을 폈다. 그 남자는 그녀의 소맷부리 안으로 손가락을 넣어 손목을 만지고, 혈관을 쓰다듬었다.

앨리스는 고개를 들어 그 남자를 보았다. 찡그리고, 창피한 듯이, 따뜻하게.

"난 멍청하고 신경질적인 바보예요. 당신은 내가 너무 이상하다고 생각하겠죠."

필립이 그녀의 얼굴에서 머리칼 한 올을 쓸어 넘겼다.

"아니요."

그 남자가 대답했다.

"솔직히 말해요, 당연히 그렇죠."

"좋아요. 그럴지 모르지만, 이상한 건 아주 정상적이고 훨씬 흥미로운 거라구요."

"키스해도 될까요?"

앨리스가 물었다.

"내가 당신에게 돌려줘도 된다면."

옮기고 나서

　사랑은 소설이란 장르가 시작될 때부터 소설의 제재나 주제가 되었다. 공상 과학 소설이나 스릴러 소설까지도 모든 이야기에는 등장인물들이 있고, 사람들이 있으면 이런저런 감정이 얽히며 관계가 형성되고, 거기서 사랑과 갈등이 생기기 마련이니까. 세상의 작가들은 사랑의 여러 면을 다양한 내용과 형식을 통해서 보여주지만, 알랭 드 보통처럼 독특한 태도로 사랑이란 주제에 접근하는 작가는 드물 듯하다.

　《우리는 사랑일까The Romantic Movement》는 런던에 사는 광고 회사 직원 앨리스가 파티에서 만난 남자 에릭과 엮어가는 사랑과 이별의 이야기다. 상대를 환상적인 남자라고 생각하는 낭만적인 만남에서 시작해서, 어쩐지 점점 상대가 낯설게 느껴지고 대화가 통하지 않지만 여전히 사랑한다고 느끼는 기간을 거쳐, 자기 자신을 깊숙이 들여다보고 헤어짐을 선택하는 이별에 이르기까지, 알랭 드 보통은 사랑에 대한 남녀의 다른 심리를 꿰뚫어 보며 이야기를 이끌어간다.

남자가 생각하는 사랑은 어떤 것인가? 연애하면서 남자가 지극히 당연하게 여기는 사고방식과 태도가 여자에게는 왜 그리 낯설고 쓸쓸하게 받아들여지는가? 그러면서도 왜 많은 여자는 앨리스처럼 '그래도 나는 그를 사랑해'라고 느낄까? 왜 사랑한다고 믿는 두 사람이 나누고 싶은 이야기가 서로 다를까? 작가는 제삼자의 관점에서 남자와 여자의 인식 차이, 의사소통 방식의 차이, 개인의 성장 배경에 따른 문화의 차이 등을 때로 철학 이론 등을 동원하며 특유의 재치와 유머를 담아 펼친다. 삶과 관계를 바라보는 뛰어난 통찰력이 담긴 현대적이고 풍요로운 언어는 소설 읽기의 재미를 더해준다. 이런 언어 미학은 알랭 드 보통이 독자에게 안겨주는 선물이다.

'둘이 같이 있는데도 각자 다른 생각을 하게 되는 것.' 사랑을 인생의 전부로 여기는 '로맨틱한' 생각을 하는 앨리스와 만남을 시작한 후에는 독단적이고 평범하게 변해버리는 것을 당연시하는 에릭. 두 사람의 연애 이야기는, 우리 모두가 연애나 결혼 생활을 하면서 느끼는 '어쩐지 이가 맞지 않는 감정의 괴리'가 어디에 기인하는지, 밖에서 보면 그것이 어떤 모양새인지 명쾌하게 보여준다. 소설을 읽으면서 여러 대목에서 작가가 내 마음속을 드나드는 것은 아닐까, 그래서 이렇게 내 마음과 상황을 잘 파악하는가 하는 의구심까지 갖게 된다.

이런 작가와 소통하는 것, 또 앨리스가 따뜻하고 배려하는 사람을 선택하는 마지막 장면을 통해 사랑에 냉소적인 것 같던 작가가 따뜻한 마음이 깃든 사랑에 대해 내비치는 희망, 그것이 이 소설의 가장 큰 매력이 아닐까.

공경희

우리는 사랑일까

1판 1쇄 발행 2005년 11월 18일
1판 35쇄 발행 2010년 9월 15일
2판 1쇄 발행 2011년 3월 10일
2판 27쇄 발행 2023년 11월 20일
3판 1쇄 발행 2025년 6월 14일

지은이 · 알랭 드 보통
옮긴이 · 공경희
펴낸이 · 주연선

(주)은행나무
04035 서울특별시 마포구 양화로11길 54
전화·02)3143-0651~3 ｜ 팩스·02)3143-0654
신고번호·제 1997—000168호(1997. 12. 12)
www.ehbook.co.kr
ehbook@ehbook.co.kr

ISBN 979-11-6737-557-5 (03840)